国家出版基金项目
NATIONAL PUBLICATION FOUNDATION

中国现代文论史

第 3 卷 / 丛书主编　王一川

制度的后果

中国现代文论的体制构型

胡疆锋　著

北京师范大学出版集团
BEIJING NORMAL UNIVERSITY PUBLISHING GROUP
北京师范大学出版社

总　序

　　晚清以来的中国文学界，曾先后出现过林林总总的新的文学观念、思想或思潮——它们在这里被统称为中国现代文学理论或简称中国现代文论。这些被视为中国现代文论的东西与同时期同样新的诗歌、小说、散文、剧本等现代文学作品一道，通过影响诸种不同读者的心灵，而在现代社会革命进程中扮演过重要的角色，甚至成为现代社会革命进程有力的推动力量。对这样的中国现代文论展开追溯、论析和评价，当然有其必要性和重要性，但问题在于，今天从事中国现代文论史编撰，首先需要辨明的是，当中国现代文论史著述已出现过若干种，而它们已从各自不同角度向人们重新打开中国现代文论历程中的多样景致时，现在再来着手编撰新的中国现代文论史，是否有必要？确实，现在来编撰一部新的中国现代文论史的起码前提就在于，必须确保能在中国现代文论史观上或多或少地呈现新东西，至少是有所出新。如此，在文论史观上出新就应是我们中国现代文论史编撰的唯一选择。但是，要在前人和时贤业已倾力创新的中国现代文论史编撰领域另觅新径，谈何容易?! 我们只能勉力为之。

一

　　中国现代文论，也可称为中国现代文学理论或中国现代文学理论批评，在这里大约是指相互交融而难以分割的四个层面的东西：第一层面是指那些明确表述出来的文学思想或理论，例如梁启超倡导的"诗界革命""文界革命"及"小说界革命"三大文学革命主张；第二层面是指在一定的文艺共同体（由一定数量的作家、文学批评家或文学理论家组成）内外标举或响应的那些相互关联的诸种文学思潮，例如，五四时期的"为人生而艺术"潮流、后来的"现实主义""浪漫主义"等思潮；第三层面是指其他人文社会科学论著中表述或蕴含的相关文艺或美学观念，例如冯友兰《新理学》中有关艺术的论述；第四层面是指文学作品中蕴含的或显或隐的文学观念、艺术观念或美学主张等，例如沈从文的《边城》等作品对湘西边远山乡中纯美情感的追求及其所呈现的深层文学与美学观念。这些层面的文学思想、思潮及观念共同编织成中国现代文论的多声部交响曲。

相对而言，本书固然会主要讨论上述第一、第二层面的文学理论，但在需要时也会对第三、第四层面有所涉及。

二

中国现代文论史可以被视为一个包含若干长时段的超长时段连续体。清末至 20 世纪 70 年代为第一个长时段，可称为现代Ⅰ时段，而 20 世纪 80 年代至今可称为现代Ⅱ时段。本书将主要探讨中国现代文论史的现代Ⅰ时段，至于现代Ⅱ时段状况，则应另行研究。

就具体的时段或时间来说，中国现代文论史的论域由三个时段组成：直接的主要论述时期现代Ⅰ时段称为主时段，与此时段存在关联的那些时段为关联时段，而有所延伸的时段为延伸时段。中国现代文论史的主时段为 1899 年"诗界革命论"（梁启超）提出至 1978 年改革开放启动前；其关联时段为鸦片战争至庚子事变；其延伸时段为 20 世纪八九十年代。不过，现代Ⅰ时段本身可以进一步划分为前后两个中时段：清末至 20 世纪 40 年代为现代Ⅰ时段前期，20 世纪 40 年代至 70 年代为现代Ⅰ时段后期。这里将把中国现代文论史的现代Ⅰ时段前期状况作为直接论述对象，但同时也会适当涉及关联时段和延伸时段。

三

　　这部中国现代文论史著述的一个基本看法是，中国现代文论史是中国我者（或自我）与外来西方他者之间文化涵濡的结晶。涵濡，是一个中国词语。涵是指包容或包涵，即把外来的东西包容进自身躯体之中；也指沉或潜，即把外来者不仅包容进来，而且还能沉入自身躯体之中，直到潜入最基础的底层。濡则有沾湿或润泽、停留或迟滞及含忍之意。合起来看，涵濡的基本意思在于雨水对事物的包涵和滋润状态。可见，涵濡带有包涵和滋润之意，以及更持久而深入的濡染、熏陶或熏染之意。它可以同现代人类学的"濡化"（acculturation）概念形成中西思想的相互发明之势，共同把握中国我者与西方他者之间在20世纪实际经历的相互润泽情形。

　　应当看到，中国我者与西方他者各自的身份及内涵本身并非一成不变，而是历史地变化的，在不同的时段有其不同的呈现方式以及关系状况，正是这种身份及内涵变化会影响到现代文论本身的发展和演变。

　　同时，中国我者与西方他者之间发生关系的社会语境本身也是变化的，正是这种社会语境变化会对中国我者与西方他者的关系状况及其演变产生根本性影响。

　　由此，中国我者与西方他者之间的涵濡会导致中国我者发生微妙而又重要的变化，其结果是，让中国我者既不同于其原有状况，也不是西方他者的简单照搬或复制，而是一种自身前所未有、西方他者也从未有过的新形态。这种新形态正是我们今天所说的中国现代文论。

　　正是在如上意义可以说，中国现代文论史是现代中国我者与西方他者之间文化涵濡的产物。在中国现代文论界曾先后登上主流地位的"典型"与"意境"范畴，正是一对平常而又重要的范畴实例。应当讲，来自西方的"典型"范畴在西方20世纪文论界本身并没有像在中国现代这样主流过（尽管曾经在苏联文论中主流过）；同样，来自中国古代的"意境"范畴在中国古代文论界本身也没有像在中国现代这样主流过（尽管明清时代曾有人在一般意义上使用过）。实际上，它们之所以能盛行于中国现代文论界，恰恰应当归结于中国我者与西方他者之间的文化涵濡或濡化，也属于这两者之间文化涵濡的结晶。就"典型"来说，中国古代以金圣叹小说评点为代表的人物性格理论，已为西方"典型"范畴在中国的涵濡准备了合适的土壤、气候等文化条件，而亟需拯救的中国现代文化危机则成为"典型"登上中国现代文论主流宝座的有力推手。而来自西方的以尼采的"醉境"（或酒神状态）与"梦境"（或日神状态）等为代表的美学理论，以及以黑格尔的"时代精神"和斯宾格勒的"文化心灵"等为代表的哲学及文化理论，也为中国古代"意境"（或"境界"）理论在现代的复兴及大放异彩提供了强烈的比较发明诱因。尽管在论者因不满足于"典型"的独尊地位而倡导将"意境"作为与之平行的美学范畴提出之初（1957），"意境"概念并没有立即在中国热起来，但伴随着改革开放进程的推进和深化，"意境"作为中国文化与艺术在全球化时代当然的原创性和独特性标志，而逐渐与"典型"一道成为"美学中平行相等的两个基本范畴"①，乃至后来逐渐成为取代"典型"范畴而一枝独秀的美学范畴。由此看来，无论是人们已经论及的"典型"还是"意境"范畴，或者本书提出的"感兴"范畴，它们之所以能成为或可能成为中国现代文论的核心范畴，恰是由于中国我者与西方他者之间发生了持续的文化涵濡的缘故。如此，要想弄清中国现代文论这对重要范畴的兴衰，假如不从中国我者与西方他者之间的文化涵濡去把握（当然也应当同时从其他方面去把握），想必是难以全面完成的。

---

①　李泽厚：《"意境"杂谈》，《光明日报》"文化遗产"，1957年6月9日、16日，据李泽厚：《门外集》，138—139页，武汉，长江文艺出版社，1957。

四

这部中国现代文论史著述属于笔者担任首席专家的教育部2005年度哲学社会科学重大课题攻关项目"西方文论中国化与中国文论建设"在结项后的一项延伸和扩展性成果，共由四卷组成，依次由笔者与陈雪虎、胡疆锋、胡继华协力承担。在与包括他们三人在内的众多同行朋友协力完成该项目的结项成果《西方文论中国化与中国文论建设》之后，我们再集中大约七年时间完成了这部四卷本著作的撰写工作。如此，这部著作的研究、写作及修改过程不知不觉中竟然已前后历时十多年。

这四卷除了第一卷为总论外，其余三卷都大体按照时间进程的推移或交替去安排，第二卷主要停留于清末至20世纪20年代之间，第三卷聚焦于民国初年至20世纪40年代末，第四卷着眼于五四时期至20世纪40年代。不过，与此同时，包括第一卷在内各卷的主要议题或任务诚然各不相同，各有侧重点，但它们之间又都存在复杂的关联性及其持续的缠绕，因而相互之间呈现交叉、回溯、照应或打通等态势，又实在是必要的和重要的。只有这种分工的相对性和交融互通的密切度，才更有利于进入中国现代文论史的进程之中。因此，当有的人物、事件、观念、命题或案例在各卷中数度重复出现或交叉，甚至被赋予不同的阐释任务时，都是必然的和不可避免的。

第一卷为中国现代文论传统。这属于全书的总论部分，概要地阐述中国现代文论若干方面的特征，由本人撰写。中国现代文论传统不是来自对西方文论的简单照搬，而是有着自身的现代性缘由。它也不是一蹴而就的，可以被视为"世界之中国"时代中国我者与西方他者之间持续的层累涵濡进程的产物。置身在持续的层累涵濡过程中的中国我者与西方他者之间的关系总是具有相对性和变化性，这导致异质他者总是不断地被涵濡进自我的机体中，转化为自我的一部分。中国现代文论传统可以由其知识型、核心范畴及其位移、我他关系模型及双重品格得到呈现。在心化美学与物化美学的对照及兴辞美学方案中，可见出中国现代美学Ⅰ时段与现代美学Ⅱ时段的分化与联系。中国现代文论传统的特点还可从与中国现代型文学传统的特征及其大海形象个案的比较中见出。

第二卷为中国现代文论的发生。探究清末中国现代文论的发生轨迹，由北京师范大学陈雪虎撰写。需要暂且搁置我们后人想当然的清晰概括，重返当时的文论发生现场（假如有的话），尽力窥见其时本来就有的多元选择中的困惑与执着、拒绝与对话、冲突与调和等不同面貌。从知名的章太炎、梁启超、王国维、陈独秀、胡适等以及未必知名的朱希祖等人物的选择可见，中国现代文论从其发生赋形时段起就呈现为多元取向中的张力式构造及历时与共时交互缠绕的复杂过程。无论是其顽强守护中国我者固有传统的方略，还是其果敢拿来西方他者的精心筹划，都呈现出多重方案或多种可能性，以及逐渐演变或寻找的复杂性。通过尽可能多地检视当时的不同陈述、查阅新近研究成果、引证时贤多种不同的论说，多方面地贴近中国现代文论发生期的内在的张力状貌和多重选择的困窘，构成该卷的自觉追求和特色。

第三卷为中国现代文论的构型。探讨中国现代文论如何以多层面的体制化方式进一步形塑自身的生存方式并发生演变，该卷由首都师范大学胡疆锋撰写。该卷的新意在于走出过去单一的思想辨析路径，尝试从学术体制与文论思想之间的关联性视角，也就是从知识制度的大众传媒、现代大学、文学社团、政党文艺政策的综合与交融视角，具体勾勒中国现代文论尽可能完整的制度化转型面貌及其具体的生成与演变轨迹，从而形成中国现代文论的制度转型过程中多层面之间的交汇以及历时与共时之间的交融图景。正是借助于这种综合与交融视角，通过大量的具体案例分析，该卷揭示了中国现代文论在其发生与发展过程中呈现的制度化转型状况，表明假如离开这种多层面制度转型，中国现代文论那些已经呈现或尚未完整地呈现的特质就是不可思议的或难以理解的。

第四卷为中国现代文论的多元取向。分析中国现代文论中的文化涵濡与多元文论思想秩序，由北京第二外国语学院胡继华撰写。该卷选取精神史与文化涵濡的视角，从纷纭繁复的现代文论观念、命题或思潮中，尽力梳理出几种具有一定代表性的文学理论主张或文艺思想，看看现代耳熟能详的或者暂且被遗忘的那些文艺思想，是如何在当时以自身面貌呈现出来的。人文主义、道德理想主义、社会主义和象征主义正体现出其时的多元思想景观。甚至其中的象征主义思潮内部，还可细分出诸如梁宗岱的象征诗学、李长之的理想人格论、宗白华的"中国艺术心灵"、冯至的浪漫主义、闻一多的古典主义、陈寅恪的史诗互通论和钱钟书的跨文化诗学等不同思想选择。当代人从这些不会被遗忘的多元思想取向及著者自己有关天文与人文汇通和中西诗学互化的构想中，可以得出怎样的反思？

需要说明的是，由于是四人合作的四卷本著作，除了各卷承担不同的分析任务，而在人物、思想、事件、社会文化语境及其他相关现象方面有时会略有重叠或交叉外，各位著者在学术上也各有其学术积累、治学专长和文论主张，因此，虽然彼此做过相互协调和统一的共同努力，但终究还是各有其特殊性或个性显露。这应当说也是合理的，因为笔者所设想的学术合作，不再是消除个别性或差异性的完全同一体，而是带入差异和体现个性的"和而不同"的共同体。不过，在关于中国现代文论的基本面貌、主线、分期、制度、知识型、核心范畴及品格等主要问题上，各位著者之间的相互协调立场仍然是接近的，尽管难免仍存有不同。

王一川

2019 年 1 月 22 日于北京大学

目　录

导　论

　　本卷研究的是中国现代文论①生成过程中的制度因素。

　　自 20 世纪 90 年代以来，文学制度研究在海内外的中国文学研究领域中蔚然成风，这也直接影响了中国文论研究。近年来，学者们对中国文论发生、发展过程中的媒介、教育、社团、文艺政策等制度因素给予了一定的关注，取得了一些研究成果。② 这些著述的研究价值和启发意义是显而易见的，但作为后来者，我们总要面临超越前人工作的任务，总要面对和回答一些未被充分解决的老问题或不断被发现的新问题，比如，中国是否存在着某种整体的知识制度？如果存在，这种知识制度对中国文论的影响到底体现在何处？它是否影响并决定了中国文论知识的生成和构型？从制度的视角看，中国现代文论家与古代文论家的区别究竟表现在哪些方面？一些具体的制度因素是如何渗透在现代文论的生产过程中的？比如，现代报刊书局是如何介入文论生产的？现代学者的职业和经济状况对其研究又有着哪些影响？文学社团的活动和文论家的主张之间有着怎样的互动关系？权力机构和执政党的文艺政策对文论的规训和导向发挥了哪些作用？等等。

　　这些相关的制度问题在以往的文论研究中并没有得到足够的审视和解答，在许多时候，它们要么被有意无意地忽略了，要么被放置在文化语境、社会背景等介绍中含含糊糊地一笔带过，要么仅仅被当作

---

①　本卷所说的"文论"指的是广义上的文学理论，与"文学理论批评"的含义大致相同。

②　文论领域有代表性的著作有程正民、程凯的《中国现代文学理论知识体系的建构：文学理论教材与教学的历史沿革》（北京大学出版社，2005）、黄念然的《中国古代文论研究的现代转型》（中国社会科学出版社，2006）、曾守正的《权力、知识与批评史图像——四库全书总目诗文评类的文学思想》（台湾学生书局，2008）。

零碎的史料分门别类地加以研究，对制度层面的综合问题，对各种制度因素之间的内在关联以及制度因素与现代文论的复杂关系，我们仍然不甚明了。

美国学者罗伯特·达恩顿在研究 18 世纪的法国文学制度时曾经这样说过：

> 重建社会是历史学家最重要的任务。历史学家从事这项工作，并非出于挖掘档案和翻检古老文件的古怪热情，而是因为渴望与逝者交谈。通过拷问文献，倾听答案，历史学家不仅能听到逝者的灵魂，而且能衡量他们寄身的社会。如果我们与过去的世界断绝了联系，就只能生活在一个二维的世界里——时间凝固的现在，我们的世界也会变得平板。①

从某种角度看，本卷也是一次达恩顿所说的"重建行动"的尝试，是一次围绕知识制度"重建"文论知识"社会"的尝试，是一次通过"拷问""倾听"和对话来发现、描绘丰富的、多维的现代文论世界的尝试。

在进入正题之前，为了更清楚地理解知识制度的影响力及其对文论的作用，我们不妨先从文论史上一个非常经典但很少引起关注的案例——清朝嘉庆壬戌年会试事件——说起。这个案例堪称文论史上的标志性事件，总结它的文论史意义，进而考察中国传统知识制度的特点及其现代变迁，有利于整体把握中国文论与制度之间的关系，拓宽文论研究的领域，也有助于推进当代文论建设。

一、一道试题难倒四千才俊

在中国文论史上，清朝嘉庆壬戌年(1802)是一个普普通通的年份，这一年的文坛没有什么大事发生，也没有经典的文论著作问世：中国

---

① ［美］罗伯特·达恩顿：《旧制度时期的地下文学》，刘军译，前言，北京，中国人民大学出版社，2012。

古代文论的名篇——叶燮的《原诗》——在一百多年前就已完成，中国文论史的雏形《四库全书总目提要》[①]此时已出版十来年了。不过，对于中国文论来说，这一年确实出现了值得一提的事情：这一年的三月初六，在三年一次的科举会试第三场"策问"考试中，时任主考官的礼部尚书纪晓岚（纪昀）出了一道标准的文论试题，考试结果让人大吃一惊：应试的近四千个举人考得一塌糊涂，几乎全军覆没。关于这一事件，前人多注意到了纪晓岚把文论知识引入科举考试的创新之举，但对后人来说，考生们的集体失语似乎更是意味深长，这一事件暴露出的制度、权力和知识之间的复杂关系实在耐人寻味，值得深究。

不妨先看看这道试题：

> 问：屈宋以前，无以文章名世者，枚马以后，词赋始多；《典论》以后，论文始盛，至唐宋而门户分，异同竞矣。齐、梁、陈、隋，韩愈以为"众作等蝉噪"；杜甫则云："颇学阴何苦用心。"李白触忤权幸，杜甫忧国忠君，而朱子谓"李杜只是酒人"。韩愈《平淮西碑》，李商隐推之甚力，而姚铉撰《唐文粹》，乃黜韩而仍录段文昌作。元稹多绮罗脂粉之词，固矣；白居易诗如十首秦吟，近正声者原自不乏：杜牧乃一例诋之。苏黄为宋代巨擘，而魏泰《东轩笔录》，诋黄为"当其拾玑羽，往往失鹏鲸"；元好问《论诗绝句》亦曰："只知诗到苏黄尽，沧海横流却是谁？"凡此作者论者，皆非浅学，其抵牾必有故焉。多士潜心文艺久矣，其持平以对。[②]

这道试题的"题干"多出自纪晓岚所主编的《四库全书总目提要》之"诗文评"部分。[③] 纪晓岚在试题中列举了古人在进行文学批评时发生抵牾的诸多例子，如韩愈与杜甫对齐、梁、陈、隋之诗，朱熹和一般学者对李杜，李商隐与姚铉对韩愈之文，杜牧和一般学者对元白之作，魏泰

---

①　朱自清先生认为《四库全书总目》的诗文评"不失为系统的文学批评"，可以将其看作文学理论（批评）史的雏形。参见朱自清：《诗文评的发展》，载《朱自清全集》第3卷，第2版，27页，南京，江苏教育出版社，1996。

②　《纪文达公遗集》卷十二《策问五道》，14页，清嘉庆十七年（1812）刻本。

③　详见《四库全书总目提要》中"诗文评"导语、《临汉隐居诗话一卷》《彦周诗话一卷》《紫微诗话一卷》等部分。

与元好问对苏轼、黄庭坚，等等。他追问的核心问题是：面对相同的文学研究对象，同样都是杰出的学者，他们的审美判断为什么会如此矛盾？

现在看来，这道考题涉及文学风格、修辞、读者接受、文学流派、审美情趣、文学批评标准等重要问题，要答好确实不易，但也说不上过于艰深。如果让当下中文专业的本科生①或研究生②来回答，可能回答得不一定有多么深刻全面，但相信他们多少能根据在"文学概论"课程中学到的理论（如"知人论世说""接受美学""文学风格""批评方法"等）说出一些门道来。然而，当年这道题的回答情况却实在让人惨不忍睹：四千举人中，除了一位叫朱士彦的考生之外，大部分交的是白卷或文不对题（"四千人莫余答也"，"无以对答者甚多"）！有意思的是，朱士彦本来已经被判落第，却因为从文学流派的差异和文学论争（南方人/北方人、江湖派/江西派）的角度进行了自己的解释，纪晓岚认为他"词意晓然，未可执为定论也"，富有"洞见"，欣然把他补录榜中。③

---

① 用本科生作为举人的参照只是权宜之举，这是因为科举功名与现行学位是不对应的，不能像利玛窦那样把秀才、举人、进士和学士、硕士、博士简单地等同起来（参见［意］利玛窦、［比］金尼阁：《利玛窦中国札记》，何高济等译，36—41 页，北京，中华书局，1983）。不过，由于两者都代表一定等级的学术水平，因此也并非完全没有可比性，比如在明清时期从进士中选拔出来的庶吉士或翰林大致类似于现在的硕士，甚至博士，那么，进士的后备军——举人——的学术水平可以认为接近于本科生。参见谢桂华：《20 世纪的中国高等教育：学位制度与研究生教育卷》，12—13 页，北京，高等教育出版社，2003。

② 中国古代书院在培养研究人才、提倡学术、增进知识诸方面均有积极影响，胡适曾把书院的培养和博士研究生的培养相提并论，为它的消失大感惋惜："盖书院为我国古时最高的教育机关。所可惜的就是光绪变政，把一千年来书院制完全推翻，而以形式一律的学堂代替教育。要知我国书院的程度，足可以比外国的大学研究院。譬如南菁书院，它所出版的书籍，等于外国博士所做的论文。书院之废，实在是吾中国一大不幸事。"参见胡适：《书院制史略》，《东方杂志》第 21 卷第 3 期，1924 年 2 月 10 日。

③ 《纪文达公文集》记载："东坡才笔，横据一代，未有异词。而元遗山《论诗绝句》乃曰：'苏门果有忠臣在，肯放苏诗百态新'；又曰：'奇外无奇更出奇，一波才动万波随，只言诗到苏黄尽，沧海横流却是谁！'二公均属词宗，而元之持论，若不欲人钻仰于苏黄者，其故殆不可晓。余嘉庆壬戌典会试三场，以此条发策，四千人莫余答也。惟揭晓前一夕，得朱子士彦卷，对曰：南宋末年，江湖一派，万口同音，故元好问追寻源本，作是惩羹吹齑之论；又南北分疆，未免心存畛域，其《中州集》末题诗，一则曰：'北人不拾江西唾，未要曾郎借齿牙'；一则曰：'若从华实论诗品，未便吴侬得锦袍。'词意晓然，未可执为定论也。喜其洞见症结，急为补入榜中。"见纪晓岚：《四百三十二峰草堂诗抄序》，《纪文达公遗集》第 9 卷，35 页，清嘉庆十七年（1812）刻本。

更让人惊叹的是，"准落榜生"朱士彦不仅凭此奇迹般地改变了落第的命运，还一路杀入殿试，成了当年的探花！①

以往，在评价这次事件时，人们多注意到了纪晓岚以文学批评入题的"别出心裁"。比如，纪晓岚"以文学批评史策士，在当时自属创格"②，"纪氏以此策士，在清代乃至历代科举考试中，自属开创之举"③。但遗憾的是，有一个重要的问题明显被人们忽略了：举人作为清朝知识分子阶层的杰出代表，堪称全国的学术精英，为什么四千才俊只有一人答出了此题？纪晓岚的"开创之举"，为何遭遇如此尴尬的结果呢？这只是一个偶然现象吗？

此外，还有一个不应被忽略的情况是：文学批评试题进入会试，这在清朝并非孤例，仅仅在六年前，即嘉庆丙辰年（1796），当时的主考官也是纪晓岚，他已经在"策问"考试中考过文论方面的题目。更让人惊讶的是，这两次的考题居然颇为相似！1796 年的原题如下：

> 齐梁绮靡，去李杜远甚，而杜甫以阴铿比李白，又自称"颇学阴何"，其何故也？苏黄为元佑大宗，元好问论诗绝句，指为"沧海横流"，其故又何也？王孟清音，惟求妙悟，于美刺无关，而论者谓之上乘；元白讽谕，源出变雅，有益劝惩，而论者谓之落言诠，涉理路；然欤否欤？击壤流为濂洛风雅，是不入诗格者也，然据理而谈，亦无以难之；《昌谷集》流为铁崖乐府，是破坏诗律者也，然嗜奇者众，亦不废之；何以救其弊欤？北地，信阳以摹拟汉唐，流为肤滥，然因此禁学汉唐，是尽锢古人之规矩也；公安，竟陵以"孽甲新意"，流为纤佻，然因此恶生新意，是锢天下之性灵也，又何以酌其中欤？④

这五个问题，涉及自六朝至明代之千年诗史流变历程，以及阴铿、李

---

① 朱士彦高中探花一事，可参看仲光军等：《历代金殿殿试鼎甲朱卷清代试题试卷》，586 页，石家庄，花山文艺出版社，1995。

② 朱东润：《中国文学批评史大纲》，324 页，上海，上海古籍出版社，2005。

③ 蔡镇楚：《中国古代文学批评史》，492 页，长沙，岳麓书社，1999。

④ 《纪文达公遗集》，11 页，清嘉庆十七年（1812）刻本，卷第十二《策问》。

白、杜甫、苏轼、黄庭坚、王孟、元白、宋明理学、明代七子、公安竟陵等诗人、诗派的评价问题，1802 年的题目与其如出一辙，题目中的关键信息如李杜、苏黄、元白等也重复出现，可以说，这两次试题的区分度和难度是大致相同的。

这就不免让人有些愕然了。我们知道，出于商业或宣传的目的，中国的民间书坊和官方机构一向很热衷于科考范文等科考用书的刊印，《八股文选集》《朱卷集》之类的图书曾是明清书市的畅销书，在《儒林外史》第 18 回"约诗会名士携匡二 访朋友书店会潘三"中，就有书商合伙刻印"考卷批注本"的细节描写。① 在清朝繁荣的"考试经济"的推动下，熟谙历年"真题"的考生们应该对纪晓岚的这一类"策问"试题不会感到陌生。考虑到这一点，就不免让人更加费解：面对三年一次的、极可能一考定终身的"全国公务员考试"，为什么会有大量的考生显得应试态度如此不端正，备考如此不充分，以至于考生再次面对同类试题仍然是"无从答起"呢？考生们的"漠视"与试卷上的"空白"又意味着什么呢？

问题的答案恐怕只能到文论生产的场域和当时的知识制度中去寻找了。

如果从知识制度的角度看，大部分考生之所以在这一题上马失前蹄，原因大概有以下几点。

第一，从知识评价体系的角度看，文论知识并非会试的考查重点。清朝的会试有三场，内容虽时有调整，但大体上是一致的：第一场从《四书》《五经》《性理》等书中出题，完成八股文和言八韵诗；第二场考"论一道，判五道"或"昭、诰、表内科一道"或《五经》题各四，五言八韵诗一首"等；第三场是"经史时务策"即"策问"，主要考经史知识。② 真正决定考生命运的是第一场的四书文（八股文）的成绩。顾炎武这样评论明朝的批卷规则："主司阅卷，复护初场所中之卷，而不深求其三

---

① （清）吴敬梓：《儒林外史》，张慧剑校注，358 页，北京，人民文学出版社，1958。

② 马镛：《中国教育制度通史》第 5 卷，397 页，济南，山东教育出版社，2000。

场。"①明朝如此，沿袭此制的清朝也如此。清高宗曾经对科考的目的和重点有过如下归纳："国家以经义取士，将使士子沉潜于《四书》《五经》之书。"②乾隆皇帝特别颁布时文程式即《钦定四书文》，要求八股文"以清真雅正为宗"。③ 这样一来，"策问"在清朝科考中并不被"深求"和"复护"，在整个会试中所占的分量并不重，这也导致了学子们在"策问"上投入的精力不会太多，无论是当时的官学（京师的国学，直省的府、州、县学）还是官学化的书院都是如此，这就是所谓"学校之制，与选举相表里"，"洪武之三场沿为今体，其选举之法即其学校之教矣"。④ 也就是说，科举考什么，学校就教什么。清代时文大家方苞对类似《钦定四书文》等书籍的评价是："夫时文者，科举之士所用以牟荣利也。"⑤在这样的应试培训中，多数士子全身心记诵八股时文，并不是出于对知识、对真理的渴求来认真学习经义和其他课业，而是为了追求功名而希望速成。这恐怕是近四千考生无言以对、答不出考题（即使是旧题）的根本原因。如果借用福柯的理论，考生与考官、考试制度之间实际上构成了一种互动的"现实—指涉"关系："权力关系造就了一种知识体系，而知识则扩大和强化了这种权力的效应。"⑥

第二，从知识选择的角度看，文论课程不是清朝教育中课程设置的重点。在文、史、哲不分的中国传统学术知识中，文论知识只是经学、史学的附庸，考生只需学习和遵从儒家诗教的"兴观群怨""温柔敦厚"这些最重要的价值观念即可从容对付科考。在各类学校（官学、学庙、私塾和书院）的课程设置里，文论课只是经学和史学的点缀，属于

---

① （清）顾炎武：《日知录集释》，黄汝城集释，栾保群、吕宗力校点，943—944 页，上海，上海古籍出版社，2006。

② （清）董诰等：《高宗纯皇帝实录》，《清实录》第 9 册下，501 页，北京，中华书局，1985。

③ （清）董诰等：《高宗纯皇帝实录》，《清实录》第 16 册上，745 页，北京，中华书局，1986。

④ （清）乾隆五十一年敕撰：《钦定八旗通志》，载（清）纪晓岚：《文渊阁四库全书》第 665 册，700 页，台北，台湾商务印书馆，1982。

⑤ （清）方苞：《方苞集》，刘季高校点，96 页，上海，上海古籍出版社，1983。

⑥ ［法］米歇尔·福柯：《规训与惩罚：监狱的诞生》，刘北成、杨远婴译，32 页，北京，生活·读书·新知三联书店，2003。

可学可不学的"自修课"，而非"必修课"或"选修课"。即使是在纪晓岚主编的《四库全书总目提要》里，文学理论(诗文评)也只是列在"集"的最末，在学术门类中处于边缘位置。纪晓岚在"策问"中两次考查文论知识，确实有点剑走偏锋、遴选偏才或全才的味道，也显现出他要挑战整个课程体系和评价制度的孑然姿态。

第三，传统的知识体系和"学科建设"不利于文论知识的传承。尽管中国古代出现了曹丕的《典论》、陆机的《文赋》、刘勰的《文心雕龙》、叶燮的《原诗》等一些体系性较强的文论著述，但更多的文论多以诗话、序跋、评点等诗文评的形式散落和湮没在浩如烟海的"经史子集"各部，在整体上并没有形成一种连续的、自觉的学术传统，缺乏清晰的学科意识，诗文评"代表着一个附庸的地位和一个轻蔑的声音。"①"中国文学批评"作为一门独立的研究学科，一直到 20 世纪 20 年代末才开始建立，这既不利于传统文论的发展，也不易引起读书人的重视。

第四，从知识的传播与再生产的情形来看，文论知识的生产与再生产还未形成规模化，不利于受众接受。从文论史的发展来看，纪晓岚主编的《四库全书总目提要》于 1782 年完成初稿，1789 年定稿后由武英殿刻版，1795 年浙江根据杭州文澜阁所藏武英殿刻本翻刻，《四库全书总目提要》从此得以流传，中国文论史开始进入成规模的再生产阶段。不过，在七年之后的 1802 年，有机会读到《四库全书总目提要》的学子毕竟数量有限。归根结底，此时的中国文论史写作仍然属于小众传播，总体上还处于雏形阶段，传统文论知识仍然缺乏必要的归纳与总结，这也阻碍了文论知识的大规模接受与传承。

以上这些因素都不利于应考的举人们对文论知识的学习和掌握，他们在考场上无以对答也就不足为奇了。利用科举改革来实现主考官的文学主张，推广某种文学理论，在科举史上屡见不鲜，如欧阳修在嘉祐二年(1057)担任主考官时，为了推广平易自然、流畅婉转的文学风格，达到宋代古文运动的基本目标，利用科举对当时的文风、文体进行了影响和导向：所有"太学体"(流行于科举中的一种"险怪奇涩"的

---

① 朱自清：《诗文评的发展》，《朱自清全集》第 3 卷，第 2 版，23 页，南京，江苏教育出版社，1996。

文风)风格的考生都落榜了。① 但纪晓岚的情况显然与得到科举制度支持的欧阳修不同。纪晓岚两次尝试在科举中考查文论知识，试图引起学子们的重视，但由于缺乏整体制度的支持，他个人的期待只能一再落空。三年后即 1805 年，纪晓岚辞世，老人在临终前如果想起此事，恐怕也会留有遗憾吧。

从制度的视角来看，纪晓岚出的这道"难题"之所以在当下的中文系里不再可能横扫千军，主要是因为：清末民初以来，西方近代学科分类逐渐代替了中国传统的学术分类，"文学门"和"中国文学系"先后设立，"文学概论"等相关课程逐步进入大学课堂，文艺学早已自立门户、开枝散叶。特别是新时期以来，随着文艺学学科的快速发展，②各种学术机构(中心、学会等)的成立，风貌各异的文论教材和学术期刊的创办和出版，从事文论研究已经成为数量可观的学者安身立命之本，这一切都为文论知识的传播和创造培养了重要的生产主体和接受主体。纪晓岚所要考查的文论知识，其实已属于文学专业学生的常识了，学生们面对它能说出个子丑寅卯来也不算难事了。

无疑，嘉庆壬戌年会试事件不是一个偶然事件，它是权力运行的产物，是制度运行的结果。用福柯的话说就是：权力制造知识，权力和知识是直接相互连带的，不相应地建构一种知识领域就不可能有权力关系，不同时预设和建构权力关系就不会有任何知识。③

那么，在这道试题的背后，到底隐藏着哪些权力的因素呢？它是由怎样的制度生产出来的？这种制度又是如何影响了中国古代文论的发展？这种传统制度后来又发生了哪些变迁或转型？简言之，我们在这里要追问的重要问题是：中国文学理论是在怎样的制度中被生产出

---

① 王水照：《嘉祐二年贡举事件的文学史意义》，载《王水照自选集》，198—243 页，上海，上海教育出版社，2000。

② 新时期以来，作为中国语言文学的二级学科，文艺学的发展比较迅猛，据"中国研究生招生信息网"提供的信息，自 1983 年北京师范大学设立中国第一个文艺学博士点以来，截至 2014 年，全国约有 90 个文艺学博士点，115 个文艺学硕士点。参见 http://yz.chsi.com.cn/zsml/queryAction.do。

③ [法]米歇尔·福柯：《规训与惩罚：监狱的诞生》，刘北成、杨远婴译，29 页，北京，生活·读书·新知三联书店，2003。

来的，它的现代转型又是怎样发生的？这种制度对文论的生产究竟意味着什么？

要回答这些问题，有必要先从知识制度说起。

二、知识制度：界定与建构

制度研究是一个跨学科的课题。对制度的界定和分类，不同学科的学者们的说法不一，各有侧重。《周易》曰："天地节，而四时成。节以制度，不伤财，不害民。"《汉书元帝记》云："汉家自有制度，本以霸王道杂之。"新制度主义政治学的学者倪志伟认为，"制度被界定为治理社会关系的规则和规范相互交织的网络，包含着正式和非正式的社会约束，这些约束设定了行动者的选择项。"[①]制度经济学派的约翰·R.康芒斯（John R. Commons）认为制度是"集体行动控制个体行动"，[②]道格拉斯·C.诺思（Douglass C. North）认为："制度是一个社会的博弈规则，或者更规范地说，它们是一些人为设计的、型塑人们互动关系的约束。""制度构造了人们在政治、社会或经济领域里交换的激励。"制度由"非正式的约束"（行事规则、行为规范、惯例等）和"正式的规则"（政治、司法、经济规则和契约）组成。[③] 以上论述虽然没有直接论述知识制度，但它们涉及对制度的界定和分类，也揭示了权力与制度、权力与知识之间存在的保障与制约的共谋关系，为我们理解知识制度提供了有益的参考。

本卷所使用的"知识制度"，主要来自知识社会学，也适当借鉴了制度经济学和新制度主义政治学的观点。

按照知识社会学的看法，知识制度是参与知识活动的主体基于知

---

① ［美］倪志伟：《社会学新制度主义的来源》，见何俊志等：《新制度主义政治学译文精选》，142—143 页，236 页，天津，天津人民出版社，2007。

② ［美］康芒斯：《制度经济学》（上册），于树生译，87 页，北京，商务印书馆，1962。

③ ［美］道格拉斯·C.诺思：《制度、制度变迁与经济绩效》，杭行译，3 页，50 页，65 页，上海，格致出版社、上海人民出版社，2008。

识活动的性质和各自的利益需求，经过长期的博弈，通过自然演进和人工制造的方式形成的关于知识生产与传播的各种游戏规则的总称，包括知识分工、知识选择、知识评价和知识分配的游戏规则以及执行规则等。① 与之相近的术语有大学制度、学术制度等。②

下面依次从文学活动的角度分析知识制度的建构主体、分类和功能。

1. 知识制度的建构主体

知识制度的建构主体包括知识的拥有者——生产和再生产知识的主体，也包括知识的使用者——购买知识服务的个人和集团；既包括知识共同体内部的学术人员，也包括使用知识的各种利益集团。就文学活动来说，各种组织——大学、研究机构、传媒和文学社团、政党——承担了知识生产与再生产的任务，它们是知识制度的建构主体；另外，文学生产的主体还包括从事文学消费的"顾客"，如政府、社会集团、学生等，他们在"购买"和"消费"知识服务的过程中，也在发挥着主体作用。

2. 知识制度的分类

知识的拥有者和使用者由于认知旨趣和价值倾向上的差异，所提供的制度安排有着很大的不同。根据建构主体的不同，知识制度的结构可以分为内在结构和外在结构。前者供给的制度安排可称为内在知识制度，后者供给的制度安排可称为外在知识制度。③

内在知识制度又可以分为元规则和具体制度。元规则指的是学者

---

① 参见朴雪涛：《知识制度视野中的大学发展》，3 页，29 页，北京，人民出版社，2007。

② 知识制度产生的时间与人类知识探索的历史一样长，要比大学制度早得多，范围也比学术制度更广阔，后者主要指涉学校机构和教育机构，以及非学校或教育机构的学术研究机构以及学术出版机构，包括学科分类、学术资源分配（财政预算、项目规划等）、学术资格认证（学位、学术职称）、学术刊物的全国分级（核心刊物、影响因子等）以及学术成果的评价体系（晋级制度、学术奖励）。参见程巍：《学术制度》，《外国文学》2005 年第 6 期。

③ 朴雪涛：《知识制度视野中的大学发展》，31—32 页，北京，人民出版社，2007。

自治和学术自由,① 它的确立意味着学术研究的成熟和学科的建立。

所谓"学者自治和学术自由"，其主要含义是：学术研究人员的本质特征是他们仅仅对真理负责，对客观知识的追求是他们学术生活的主要内容，他们倾向于将自己活动的舞台理解为一个自主性的场域，把知识规则的建构看成对知识活动内在规定性的把握。爱因斯坦说过，学术自由是"一个人有探求真理以及发表和讲授他们认为正确的东西的权利。这种权利也包含着一种义务：一个人不应当隐瞒他已认识到正确的东西的任何部分。"②对学者而言，学术自由的气氛是最有效的研究环境。蔡元培主政北京大学时提出"思想自由，兼容并包"③，朱光潜认为文化思想运动应该具有"自由生发，自由讨论"的态度,④ 都是对这一元规则的具体阐释。其他具体的内在制度都是在元规则的基础上产生的，主要包括基于专业化的知识分工制度，基于知识标准的学者准入制度，基于内在逻辑的知识选择制度，基于内部承认的知识奖励制度。⑤

内在知识制度是学术共同体成员本着学术工作的内在逻辑，按照元规则的要求在学术实践中不断创造出来的，是自然演进的。它的执行一般不具有外在强制性，主要依靠学术人员的自律精神发挥作用，本身就具有一种脱离体制束缚的特点。布迪厄曾经指出："由于建立在各种不同的资本及其持有者之间的关系中的等级制度，文化生产场暂时在权力场内部处于被统治地位。""文化生产场每时每刻都是等级化的两条原则之间斗争的场所，两条原则分别是不能自主的原则和自主的原则（比如'为艺术而艺术'）"，他认为文化发展一方面受到社会、权力

---

① 朴雪涛先生从大学教育的视角将知识制度的"元规则"概括为"大学自治和学术自由"（参见朴雪涛：《知识制度视野中的大学发展》，37 页，北京，人民出版社，2007）。考虑到学术研究的主体不仅包括大学，还包括一些科研机构、大众媒体和民间机构等，本卷将其修订为"学者自治和学术自由"。

② 《爱因斯坦文集》第 3 卷，323 页，许良英、范岱年编译，北京，商务印书馆，1979。

③ 蔡元培：《致〈公言报〉函并答林琴南函》，高平叔：《蔡元培全集》第 3 卷，271 页，北京，中华书局，1984。

④ 朱光潜：《我对本刊的希望》（《〈文学杂志〉发刊词》），收入《我与文学及其他》时题目改为《理想的文艺刊物》，见《朱光潜全集》第 3 卷，437 页，合肥，安徽教育出版社，1987。

⑤ 朴雪涛：《知识制度视野中的大学发展》，37—42 页，北京，人民出版社，2007。

等因素的制约，另一方面则可以逃逸出体制性因素的束缚，谋求自身发展的空间，呈现出"反制度的制度化形式"。① 布迪厄在这里所说的"对体制性的逃逸"和"反制度的制度化"，正是知识制度的元规则。

外在知识制度的建构主体主要是掌握权力的政府、政党，也包括学生、读者等接受主体。外在知识制度的主体往往高居于知识共同体之上，具有统治意志和强制实施的权力，由权威机构自上而下地以有组织的方式来进行设计和实行，执行方式具有强制性。

外在知识制度与内在知识制度实现最佳匹配，是学术迅速发展的必要条件。在这个意义上，可以说是知识制度这一场域而不是理论家"生产"出了中国文论的知识和价值。

3. 知识制度的功能

根据知识社会学和制度经济学的看法，知识并不完全根据"内在法则"（immanent law）发展，并不是完全按"纯粹的逻辑可能性"被"内在辩证地"推动的。相反，它的产生与发展实际上受到知识以外的非理论性因素的制约与影响，即受到知识制度的影响，正如诺思所说的那样："知识的发展方式型塑了我们对周遭世界的感知，而这些感知又型塑了我们对知识的追求。"②这里所说的非理论性因素和"知识的发展方式"，最典型的表现就是权力的影响。布迪厄也指出，权力在文学场和文化场占据着统治和支配的地位："在权力场内部文学场自身占据了被统治地位。权力场是各种因素和机制之间的力量关系空间，这些因素和机制的共同点是拥有在不同场（尤其是经济场或文化场）中占据统治地位的必要资本。"③

知识制度及其中的权力因素在知识生产过程中的功能比较复杂。我们可以从词源学的角度进行分析。在西方，"制度"（institution）一词源于"站立"（stand）。这一语词的拉丁文形态按照字源学顺序是"insti-

---

① ［法］皮埃尔·布迪厄：《艺术的法则：文学场的生成和结构》，刘晖译，264 页，265 页，306 页，北京，中央编译出版社，2001。

② ［美］道格拉斯·C. 诺思：《制度、制度变迁与经济绩效》，杭行译，105 页，上海，格致出版社、上海人民出版社，2008。

③ ［法］皮埃尔·布迪厄：《艺术的法则——文学场的生成和结构》，刘晖译，263 页，北京，中央编译出版社，2001。

tutus"—"instituere"—"in"＋"statuere"，最后两词翻译为英文是："to"＋"set up"（建立起来），其中后一词又源于拉丁文的"stare"，即英文的"to stand"（站立）。[①] 这一含义突出的是制度的"站立""建立"，也就是说，一方面，制度具有一种"保障""创造"的作用，如古希腊的舞蹈、运动、宗教制度的建立，在很大程度上促成和保障了雕塑文明的诞生与繁荣。[②] 另一方面，"institution"还有"外在规约"的含义，有"强行教管"的意思，在西方"institution"可以指医院、疯人院等管教机构。在汉语中，"制"与"度"两字有如下的含义：（1）"制"——节制、制止、控制、准则、命令；（2）"度"——标准、限度、法制、胸怀、器量、通过。汉语中的"制度"突出的是外在的和内在的规约、束缚、局限、限度。[③] 就文学生态而言，制度力量可以直接对文学进行干预，对创作进行引导，同时，制度建构下的政治思维格局也内在地影响着文学思想和思潮。

简言之，从中西方的词源学角度看，制度天然地蕴含着两方面的功能：保障和制约。制度一旦建立，对知识的性质、价值、选择、流向等都会产生深刻而复杂的影响。制度内的知识创造，必须要面对学术规则和权力机构的制约，这并不意味着使学术丧失自由；制度外的知识生产获得了充分的独立性，未必能使学术获得长足的发展。也就是说，制度的建立既有消极的意义，又有积极的效果。

[①] 此处分析参考了朴雪涛的分析，见朴雪涛：《知识制度视野中的大学发展》，12—13页，北京，人民出版社，2007。

[②] 丹纳在《艺术哲学》中的第四编专列一章《制度》，揭示了制度与艺术的关系。丹纳在论述古希腊雕塑文明的成因时认为，在种族和时代之外，最重要的就是制度——促成完美人体的舞蹈制度、奥林匹克运动制度，以及特殊的崇拜自然力和神力的宗教制度："雕塑与促成完美的人体的制度在七世纪上半期一同出现……基奥的梅拉斯造出第一批云石的雕像，而在一届又一届的奥林匹克运动会之间，七世纪的末期和整个六世纪，塑像艺术由粗而精，终于在辉煌的米太战争（五世纪中叶波斯入侵希腊的战争）之后登峰造极。——因为舞蹈与运动两个科目那时已成为经常而完整的制度。"参见［法］丹纳：《艺术哲学》，傅雷译，319页，桂林，广西师范大学出版社，2000。

[③] 《辞源》（修订本），191页，545页，北京，商务印书馆，1988。

三、知识制度视野下的文学研究与文论研究

　　缺少了制度研究的视野，文学研究是不完整的，也是不彻底的，不深刻的。美国学者韦勒克在论述文学史的写作时曾经试图建立一种"纯粹的文学标准"，一种"去制度化的"文学研究。他曾经有过这样理想化的论述：

　　　　即使我们有了一套简洁地把人类文化史，包括政治、哲学及其他艺术等的历史再加细分的分期，文学史也仍然不应该满足于接受从具有不同目的的许多材料里得来的某一种系统。不应该把文学视为仅仅是人类政治、社会或甚至是理智发展史的消极反映或摹本。因此，文学分期应该纯粹按照文学的标准来制定。

　　　　我们的出发点必须是作为文学的文学发展史。这样，分期就只是文学一般发展中的细分的小段而已。它的历史只能参照一个不断变化的价值系统而写成，而这一个价值系统必须从历史本身中抽象出来。因此，一个时期就是一个由文学的规范、标准和惯例的体系所支配的时间的横断面，这些规范、标准和惯例的被采用、传播、变化、综合以及消失是能够加以探索的。①

韦勒克在这里试图从历史中抽离出一个理想的文学史分期，试图从文学的"规范、标准和惯例的体系"入手去确立"文学史"的研究标准，并由此寻找和描述出文学领域中"不断变化的价值系统"，相对于僵化的或庸俗的文学社会学而言，这无疑有其合理性。但是，无论如何也不能否认的是，文学从来就不仅仅是文学自身的问题，文学的规范、标准、惯例也不仅仅是文学内部的问题，而是外在和内在的各种标准综合作用下的结果，被韦勒克视作理所当然的文学史书写"对象"的"文学

---

　　① ［美］勒内·韦勒克、奥斯汀·沃伦：《文学理论》，刘象愚等译，317—318 页，南京，江苏教育出版社，2005。

作品""文学事件""文学家"以及"批评家""文论家"，也从来没有脱离过知识制度的约束和保障。在文学发展的所有历史过程中，这一定律极少出现过例外。

知识制度或文学制度是通过权力运作而形成的稳定秩序，是学术政治（academic politics）在知识上的伴随物和结果。中国现代文论传统的构型，不单纯是叙事技巧和审美意识的问题，它涉及社会、文化的现代转化的整个社会实践过程，与文学知识的组织、生产、传播和控制等过程息息相关，中国现代文论是在大学、学术机构、出版传播、社团运作、执政党文艺政策等构成的知识制度和文学制度这一土壤中发生、演变和构型的。

在回顾知识制度在中国学界当下的研究现状和趋势之前，我们不妨先看看学者王晓明在《一份杂志和一个"社团"——重识"五四"文学传统》（1993）一文中的相关论述：

> 每看见"文学现象"这四个字，我头一个想到的就是"文本"，那由具体的作品和评论著作共同构成的文本。但是，这不是唯一的文学现象，在它身前身后，还围着一大群也佩戴"文学"徽章的事物。它们有的面目清楚，轮廓鲜明，譬如出版机构、作家社团；有的却身无定形，飘飘忽忽，譬如读者反映、文学规范。它们从不同的方面围住了文学文本，向它施加各种影响……今天重读二十世纪中国文学的历史，就特别要注意那些文本以外的现象。①

在这段话中，王晓明先生提到了"文学文本以外"的一系列现象，如出版机构、作家社团、读者反映、文学规范等，它们虽然也佩戴着"文学"徽章，从各个角度对文学产生了深刻的影响，但很长一段时间内没有引起学者的重视。那些或"面目清楚"或"飘飘忽忽"的因素，实际上都属于本卷的研究对象——知识制度。这段话主要针对的是现代文学研究，但也同样适用于现代文论研究。

---

① 王晓明：《一份杂志和一个"社团"——重识"五四"文学传统》，《上海文学》1993年第4期。

　　从制度的宏观视角研究包括文论研究在内的中国学术的历史，至今只有五六十年的时间。自 20 世纪中期，或许是顺应了西方当时兴起的"知识社会学"和"科学社会学"①的潮流，一些西方汉学家、"中国学"学者开始对中国学术与制度产生了浓厚的兴趣，如费正清主编的《剑桥中华民国史》（于 1966 年开始策划撰写）就意识到了制度史研究的重要性：（以往）"对中国学术思想史的研究远胜于学术机构史的研究"。"我们可能对晚清新儒家诸学派的思想知之甚多，如宋学、汉学、今文经学、古文经学，甚至桐城学派等——却对书院、藏书楼、印书坊及赞助者之间的联系网了解甚少，而正是这一切支撑着儒学的研究。"②这里所说的"书院、藏书楼、印书坊及赞助者之间的联系网"，都是制度研究的重要构成。为了弥补这项缺憾，费正清等人将民国学术史研究的重点放在了现代大学、专业研究机构的建立与发展上，对民国学术体制的创建问题做了初步探索。

　　美国学者艾尔曼在《从理学到朴学》（1984）一书里研究了 18 世纪以朴学家为代表的江南学术共同体，③ 探讨了学术交流模式（札记、通信、藏书楼、刻书业等）、职业化、学术资助、教育模式等制度化要素。尽管艾尔曼有些夸大了这种职业化学术研究的覆盖领域以及它对

---

　　①　20 世纪 30 年代，科学社会学形成于西方学术界，它侧重从学术制度的视角来考察学术思想演变。代表作有罗伯特·金·默顿于 1938 年出版的《十七世纪英国的科学、技术与社会》，该书以 17 世纪英国为例，将科学技术的兴起与英国社会变化结合起来考察，作者指出：科学家彼此间的会面、通信及期刊的出版提供了思想交流机会，有助于创造性研究的出现，英国皇家学会这类学术团体的成立，强化了科学家之间的接触，导致科学研究的兴趣与成就在当时英国显著增长。巴伯 1952 年出版了《科学与社会秩序》，对美国现代科学体制化、职业化历程作了宏观考察。约瑟夫·本-戴维在 1971 年出版了《科学家在社会中的角色》一书，全面探讨了西方古代学术传播和 17 世纪以来欧美科学组织的成立与革新对科学发展带来的深远影响。中译本参见［美］罗伯特·金·默顿：《十七世纪英国的科学、技术与社会》，范岱年等译，北京，商务印书馆，2000；［美］巴伯：《科学与社会秩序》，顾昕等译，北京，生活·读书·新知三联书店，1991；［以色列］约瑟夫·本-戴维：《科学家在社会中的角色》，赵佳苓译，成都，四川人民出版社，1988。

　　②　［美］费正清：《剑桥中华民国史》第 2 部，394 页，章建刚等译，上海，上海人民出版社，1992。

　　③　参见［美］艾尔曼：《从理学到朴学——中华帝国晚期思想与社会变化面面观》，赵刚译，南京，江苏人民出版社，1995。

传统知识制度的冲击，但他的研究仍然具有很高的价值。

　　自 20 世纪 90 年代以来，西方的文学社会学、西方马克思主义、英国文化研究的理论陆续被介绍到中国大陆，对中国当代的知识制度研究产生了深远的影响。比如，本雅明在考察波德莱尔时发现："在现代社会中文学的品格与本质在很大程度上取决于文学的生产方式和体制。以报纸杂志、书店和出版单位为核心的文学生产体制，构成了政治体制外的文化、言论空间和社会有机体，产生和决定着文学的本质和所谓的'文学性'。"①本雅明在这里所说的"文学生产方式与体制"，和"知识制度"的概念非常相似。法国社会学家布迪厄提出了"文学场"这一概念，研究了它的主要构成：批评家、艺术史学家、出版商、画廊经理、商人、博物馆馆长、赞助人、收藏家、至尊地位的认可机构、学院、沙龙、评判委员会、主管艺术的政治和行政机构等。② 这也极大启发了中国学者，加拿大学者托托西使用了另外一个类似的术语"文学制度"，他认为文学制度包括教育、大学师资、文学批评、学术圈、核心刊物编辑、作家协会、重要文学奖等。③ 英国文化研究之父霍加特曾经在文章中列举了当代文化研究的很多问题，涉及稿酬、文艺与传媒、文学的保障机制（保护人、权贵、知识阶层）、文艺生产机构的经营状况、促销手段以及文化资本等文学场中的各个要素，需要跨越文学边界，得到经济学、传播学、政治学等多学科的援助才能解决。④类似地，另一位文化研究学者约翰生在《究竟什么是文化研究》一文中，指出文化研究主要有三种模式，分别是基于生产的研究、基于文本的研究和对活生生的文化的研究，这三种模式应该结合在一起，共同审

---

　　① ［德］瓦尔特·本雅明：《发达资本主义时代的抒情诗人》，张旭东、魏文生译，44 页，北京，生活·读书·新知三联书店，1989。
　　② ［法］皮埃尔·布迪厄：《艺术的法则：文学场的生成和结构》，刘晖译，276—277 页，北京，中央编译出版社，2001。
　　③ ［加］斯蒂文·托托西：《文学研究的合法化》，马瑞琦译，34 页，北京，北京大学出版社，1997。
　　④ ［英］理查德·霍加特：《当代文化研究方法》，包振南译，见张英进、于沛：《现当代西方文艺社会学探索》，21—22 页，福州，海峡文艺出版社，1987。

视文化产品的整个文化线路。① 他这里所说的文化线路和知识制度密切相关。德国学者比格尔也曾指出，"历史上的先锋派运动表明，艺术体制对于单个的艺术作品有重要的作用"，"一件艺术作品的社会效果不能仅仅从作品本身来衡量，它受到作品在其'起作用'的体制的决定性影响。"②

本雅明、布迪厄、托托西、霍加特、约翰生、比格尔等人对文学制度、艺术生产的细化和论述，极大地启发了中国的知识制度研究。除了偶尔有人沿用传统的"外部研究"这一说法之外，学界使用了一系列更具体的"知识制度"的称谓，如文学制度（Literature Institution）、文学体制（Literature System）或文学机制（Literature Mechanism）等，③相关研究也被称为文学研究中不可或缺的"过程研究"和"生态研究"。④知识制度研究在近代学术史、古代文学、中国现当代文学或现代中国文学⑤等领域已经成为显学。中国学界在期刊、出版社、社团、审查制度等领域都取得了丰硕的研究成果。目前，这一研究仍然在持续升温。有代表性的成果如下：

全面研究文学制度的代表著作是王本朝的《中国现代文学制度研究》（西南师范大学出版社，2002）、《1949—1976：中国当代文学制度

---

① ［英］理查德·约翰生：《究竟什么是文化研究》，陈永国译，3—50页，罗钢、刘象愚：《文化研究读本》，北京，中国社会科学文献出版社，2000。

② ［德］彼得·比格尔：《先锋派理论》，高建平译，170页，北京，商务印书馆，2002。

③ 从存在形态来看，"文学制度"既是有形的、显在的，体现为一系列文学机构、团体以及形诸文字的文学政策、规则、章程等；又是无形的、潜在的，体现为影响文学生成的诸多"潜规则"。"文学体制"往往具有一定的组织形式或文字形式，如文学机构（全国及各省作协等）、出版机构、评奖机构、研究机构等或相关的条例、规则、章程等。"文学机制"则是文学场中各种制度力量（包括体制力量）相互作用构成的有机互动关系，是无形的、抽象的。但在实际操作中，文学制度、文学体制、文学机制这三者间的关系很复杂，很难将它们截然区分开来，本文将它们视为同义词。详见彭玉斌：《文学制度·文学体制·文学机制》，《运城学院学报》2006年第1期。

④ 王本朝：《中国现代文学制度研究》，11页，重庆，西南师范大学出版社，2002。

⑤ 这里使用的"现代中国文学"，主要借鉴了黄曼君等先生的观点，黄先生等人认为：和以往的"中国现代文学""20世纪文学"等概念相比，"现代中国文学"的起点和终点更开放、更具包容性。参见黄曼君、周晓明：《现代中国文学研究书系言——从"中国现代文学"到"现代中国文学"》，载周晓明：《多源与多元：从中国留学族到新月派》，序言，武汉，华中师范大学出版社，2001。

研究》（新星出版社，2007）、张均的《1949—1976：中国当代文学制度研究》（北京大学出版社，2010）、王红的《明清文化体制与文学关系研究》（巴蜀书社，2010）。左玉河的《从四部之学到七科之学》（上海书店出版社，2004）和《中国近代学术体制之创建》（四川人民出版社，2008）全面讨论了现代学科制度和学术制度在中国的建立过程，不过由于作者的历史学背景，论著中较少涉及文学制度和文学活动。陈以爱的《中国现代学术机构的兴起——以北大研究所国学门为例》（江西教育出版社，2002）、栾梅健的《二十世纪中国文学发生论》（广西师范大学出版社，2006）、《前工业文明与中国文学》（复旦大学出版社，2008）系统研究了学术制度、文学制度与现代学术以及现当代文学的关系，非常引人关注。

陈平原的相关研究兴趣主要集中在传媒和教育领域，他先后出版了《二十世纪中国小说史（1897—1916）》（北京大学出版社，1989）、《中国现代学术之建立——以章太炎、胡适之为中心》（北京大学出版社，1998）、《文学的周边》（新世界出版社，2004）、《大众传媒与中国现代文学》（和山口守合编，新世界出版社，2003）、《中国大学十讲》（复旦大学出版社，2002）、《大学何为》（北京大学出版社，2006）、《大学有精神》（北京大学出版社，2009）等著作，在制度研究上起到了开拓性的作用。

程光炜、钱理群、王铁仙、洪子诚等学者在其主编的著述和专著中，从文学期刊、文人集团、学术机构的视角进行了多方位的探讨，主要有程光炜主编的《文人集团与中国现当代文学》《大众媒介与中国现当代文学》《都市文化与中国现当代文学》（人民文学出版社，2005）；钱理群主持的"二十世纪中国文学与大学文化""文学与出版"两大课题，成果有王培元的《抗战时期的延安鲁艺》（1999）、黄延复的《二三十年代清华校园文化》、姚丹的《西南联大历史情境中的文学活动》（2000）、高恒文的《东南大学与学衡派》（2002）等（均由广西师范大学出版社出版），此外还有洪子诚的《问题与方法：中国当代文学史研究讲稿》（北京大学出版社，2002），王铁仙、王文英主编的《二十世纪中国社会科学·文学学卷》（上海人民出版社，2005），刘增人等人的《中国现代文学期刊史论》(新华出版社，2006)，等等。

　　此外，鲁湘元的《稿酬制度怎样搅动文坛》(红旗出版社，1998)、陈明远的《文化人的经济生活》①对稿费制度的研究，杨扬的《商务印书馆：民间出版业的兴衰》(上海教育出版社，2000)、刘纳的《创造社与泰东图书局》(广西教育出版社，1999)等对出版社的研究，贾植芳的《中国现代文学社团流派》(江苏教育出版社，1989)、陈安湖的《中国现代文学社团流派史》(华中师范大学出版社，1997)、朱寿桐的《中国现代社团文学史》(人民文学出版社，2004)、杨洪承的《文学社群文化形态论：现代中国文学社团流派文化研究》(安徽文艺出版社，1998)、陈思和等的《中国现代文学社团史研究书系》(东方出版中心，2006；武汉出版社，2011)对文学社团的研究，倪墨炎的《现代文坛灾祸录》(上海书店出版社，1996)、倪伟的《"民族"想象和国家统制》(上海教育出版社，2003)、刘东玲的《文学体制化与作家创作转型》(作家出版社，2006)、朱晓进的《政治文化与中国二十世纪三十年代文学》(人民出版社，2006)、范国英的《茅盾文学奖的文学制度研究》(中国社会科学出版社，2009)、万安伦的《二十世纪中国文学的奖励机制研究》(北京师范大学出版社，2012)对书报审查制度和政党文艺政策、奖励政策的研究，集中展现了中国现当代文学领域的丰富成果。

　　古代文学领域对知识制度研究较为深入的是历朝国家制度与文学的关系。如商衍鎏的《清代科举考试述录》(生活·读书·新知三联书店，1958)、程千帆的《唐代进士行卷与文学》(上海古籍出版社，1980)、傅璇琮的《唐代科举与文学》(陕西人民出版社，1986)、祝尚书的《宋代科举与文学考论》(大象出版社，2006)、林岩的《北宋科举考试与文学》(上海古籍出版社，2006)等著作，从教育、科举、荐举、翰林院等角度研究和解读了中国文学的发展状况。加拿大学者卜正民的《明清时期的国家图书检查与图书贸易》(《史林》2003年第3期)、刘孝平《明代出版管理述略》(《图书情报知识》2004年第6期)、徐忠的《中国

---

　　①　该书有三个版本：百花文艺出版社2001年初版，初版名为《文化人与钱——五四前后到解放前的文化人经济生活状况专题研究》，文汇出版社于2005年出了修订版，陕西人民出版社于2010年出了全新增修版。

古代文艺政策史》（南京大学出版社，1994）梳理了文艺政策对文学的影响。还有许多著作综合考察了知识制度对古代文学的影响，主要有王勋成的《唐代铨选与文学》（中华书局，2001）、陈元锋的《北宋馆阁翰苑与诗坛研究》（中华书局，2005）、曹胜高的《汉赋与汉代制度》（北京大学出版社，2006）、李德辉的《唐代文馆制度及其与政治和文学之关系》（上海古籍出版社，2006）、吴夏平的《唐代中央文馆制度与文学研究》（齐鲁书社，2007）、黄强的《八股文与明清文学论稿》（上海古籍出版社，2005）、叶晔的《明代中央文官制度与文学》（浙江大学出版社，2011），还有一些学位论文也涉及了这一话题。[①]

　　相对于中国古代文学和现当代文学领域的丰硕成果，文学理论领域的制度研究显得有些冷清，大多数现代文论研究者关注的往往只是文论家及其文艺思想，对文论所依存的"河床"和"土壤"——文学制度——往往只是无心一瞥。如一本题为"中国文学理论现代性问题研究"的著作对文学制度基本没有涉猎，[②] 于 2000 年左右出版的"百年文艺学"回顾的著作中，对文学制度的研究虽然有所涉及，[③] 但并没有成为论述的重点。可喜的是，近年来已经有一些学者注意到了这一问题的重要性，如程正民、程凯、孟登迎、毛庆耆、李昕揆、傅莹等学者从"教育制度"和"课程设置"，叶世祥从"中国现代审美语境"，黄念然从"古代文论的现代转型"，张清民从"1940 年代文论话语"，曾守正从

---

　　① 有代表性的博士论文有：郑礼炬：《明代洪武至正德年间的翰林院与文学》，南京师范大学 2006 年博士学位论文；陈龙：《明代公文变革论》，南京师范大学 2007 年博士学位论文；程建虎：《中古应制诗研究》，武汉大学 2007 年博士学位论文。硕士论文有：张连银：《明代乡试、会试评卷研究》，西北师范大学 2004 年硕士学位论文；何玉军：《明代科举与诗歌》，苏州大学 2004 年硕士学位论文。
　　② 姜文振：《中国文学理论现代性问题研究》，北京，人民文学出版社，2005。
　　③ 陈传才主编的《文艺学百年》（北京出版社，1999）简要介绍了主要文学期刊对西方文学思潮的引进作用，杜书瀛、钱竞主编的《中国 20 世纪文艺学学术史》（上海文艺出版社，2001）在论述梁启超等人的"小说论丛"时，对文学批评的公共论坛也有所触及。

《四库全书总目提要》等角度进行的相关研究,① 倪伟、张大明、牟泽雄对三民主义文学运动、民族主义文艺运动的研究,② 都涉及了文论生产与权力运作的关系,阐释了制度与文学理论的构型等重大问题,推动了这一课题的深入发展。

　　不过,从目前的研究现状来看,虽然学界在"文学制度与中国现代文论"这一领域取得了一些研究成果,但由于这一课题的综合性和复杂性,还有很多有价值的问题需要深入研究。比如,一些重要的学术资源的清理工作目前做得还很不够,各种蒙尘已久的文论著作还亟待梳理和回顾,如学者朱德发等人指出的那样:"作为现代中国文学史有机组成部分的理论形态,不论在资料的挖掘上或理论的阐释上还要在'深'与'细'上花大力气。"③同时,也由于缺少深入的个案研究,还有一些悬而未决的问题有待进一步剖析和解决,如文学概论课程在单独设科以后,在北京大学、清华大学、西南联大等大学里的开课情况究竟如何?开课情况与教科书的竞相出版是否真的步调一致?大学的建立对学术的职业化和学科化的影响是怎样的?目前的稿费制度研究侧重的是晚清以来小说家的稿费,那么学术著作和文论著作的稿费究竟是怎样的呢?文学社团在现代文论的构型过程中作用有何不同?作为中国现代政党的代表,中国国民党和中国共产党在 20 世纪 20 年代到

---

　　① 相应的成果如下:程正民、程凯:《中国现代文学理论知识体系的建构:文学理论教材与教学的历史沿革》,北京,北京大学出版社,2005;李昕揆:《癸卯学制与中国现代文学理论学科品格的形成》,《文艺理论与批评》2006 年第 1 期;孟登迎:《中国文学教育制度的现代转变及其难题——以清末民初"文学科"设立为中心》,《中国青年政治学院学报》2005 年第 3 期;毛庆耆、董学文、杨福生:《中国文艺理论百年教程》,广州,广东高等教育出版社,2004;叶世祥:《中国现代审美主义思想的起源语境》,《文艺研究》2006 年第 2 期;黄念然:《中国古代文论研究的现代转型》,北京,中国社会科学出版社,2006;张清民:《话语与秩序》,北京,中国社会科学出版社,2005;傅莹:《中国现代文学理论发生史》,上海,上海文艺出版社,2008;曾守正:《权力、知识与批评史图像——四库全书总目诗文评类的文学思想》,台北,台湾学生书局,2008。

　　② 分别参见倪伟:《"民族"想象和国家统制》,上海,上海教育出版社,2003;张大明:《主潮的那一面:三民主义文艺与民族主义文艺》,北京,中国社会科学出版社,2010;牟泽雄:《民族主义与国家文艺体制的形成》,昆明,云南人民出版社,2013。

　　③ 朱德发、贾振勇:《批判与建构:现代中国文学史学》,78 页,济南,山东大学出版社,2002。

40 年代有着怎样不同的文艺政策？它们对文学生产和文论创作的影响如何？等等。这些问题都值得深入探讨。

更为重要的是，中国现代文论的生成和构型，是知识制度运行的后果，是知识制度的内外规则发挥合力的产物，这是一个在目前的研究中经常被忽略的事实。恩格斯在论述"历史的创造"时曾经这样说过：

> 最终的结果总是从许多单个的意志的相互冲突中产生出来的，而其中每一个意志，又是由于许多特殊的生活条件，才成为它所成为的那样。这样就有无数互相交错的力量，有无数个力的平行四边形，由此就产生出一个合力，即历史结果，而这个结果又可以看做一个作为整体的、不自觉地和不自主地起着作用的力量的产物。①

恩格斯在这里论述了历史在被创造时的"合力"和"整体性"因素，这提醒我们要充分重视现代文论构型过程中不同力量所形成的"平行四边形"，考虑到其中的复杂因素和多重关系。文化研究学者雷蒙德·威廉斯也说过：制度研究是一种对复合体中的关系分析，"分析文化就是去发现作为这些关系复合体的组织的本质。在这个语境之下分析特定的作品或体制，就是去分析它们的组织的基本种类，分析作品或制度作为总体组织各个部分而加以体现的关系"。② 德里达在《文学行动》中也指出了文学制度的复杂性：文学制度是"一种因为永远处于关系之中、处于与非文学的关系之中而不能鉴定自身的建制"。③ 先贤的这些论述都告诉我们，应该在知识制度的视野中综合考察中国现代文论生产过程中的各种关系。令人遗憾的是，目前国内学界关于"现代文论与制度"的研究大多集中在学科课程、大众传播、文学社团等单个层面上，还很少从更广阔的"知识制度"的整体视角来展开，也缺乏从知识制度

---

① 《恩格斯致约·布洛赫》，《马克思恩格斯文集》第 10 卷，592 页，北京，人民出版社，2009。

② ［英］雷蒙·威廉斯：《文化分析》，赵国新译，见罗钢、刘象愚：《文化研究读本》，130 页，北京，中国社会科学出版社，2000。

③ ［法］雅克·德里达：《文学行动》，赵兴国等译，15 页，北京，中国社会科学出版社，1998。

的内在规则和外在规则的协调机制上进行研究。

　　本卷尝试引入"知识制度"这一视角，以现代文学理论的构型为中心，对知识制度的理论资源做出初步清理，尝试从晚清和五四新文化运动的历史和文化语境对文学理论的制度化结果做出概括，探讨文学传播、大学制度、文学社团、执政党文艺政策等因素对中国文论的转型和现代文论的构型所发挥的综合作用，试图阐释如下结果：正是在以上这些复杂因素的合力作用下，中国诗学才得以从古典向现代蜕变，中国现代文论才得以构型，其知识谱系才得以确立。

　　由于知识制度的内在结构和外在结构是相对的，在很多地方内外的区别并不是太明显，如课程的设置与学生对知识的消费，就既属于外在知识制度，也属于内在知识制度。因此，经过必要的整合和变通，本卷主要以"学者自治与学术自由"这一元规则为论述基础，首先梳理传统知识制度的特点以及现代知识制度的变迁（第一章），然后具体阐释文学传播制度（出版体制、版权法律制度和稿酬制度）与现代文论（第二章），现代大学制度（包括教育法律的颁布、专业化的知识分工、大学教职制度保护下的言论自由机制、文艺学学科制度的确立、学生主体在文论建设中的作用）与现代文论（第三章），文学社团等学术共同体和文学组织在文论生产过程中的运作（第四章），执政党文艺政策（执政党文化政策，政党领导下的协会等机构）等制度要素与文论生产的关系（第五章），最后结合上述制度在文学理论构型中所产生的作用和扮演的角色，尝试对知识制度对现代文论生产的保障和制约进行概括和总结（结语）。

第一章 从田园型到都市型：中国知识制度的现代变迁

在漫长的中国文论发展历史中，中国现代文论只是其中短暂的一段，因此，要考察中国现代文论的构型，有几个不能回避的问题：中国现代文论是从怎样的传统知识制度转化而来的？其特点是什么？这种转化是怎么发生的？是否受到外来的知识制度的影响？外来知识制度是在怎样的过程中被"中国化"的？

在对中国现代知识制度进行具体论述之前，有必要先对这些问题做出简要分析，然后才可以发现和阐释知识制度的现代变迁对文论的深刻影响。

一、中国传统知识制度的特点——以《文心雕龙》为例

在论及中国文论的现代转型时，有学者曾这样认为："与传统文学研究的个人化或私人化特征相比，现代的文学研究活动更具有制度化生产的特征，它们往往是在某些具有制度性保障的话语生产场域中完成的。"①这段话强调了现代文学研究的制度化特征，这无疑是正确的，但用"个人化和私人化"来概括传统文学研究，恐怕难以让人信服。原因很简单，传统文学研究从来不是在知识制度的缺席状态中完成的，只不过是此制度不同于彼制度罢了。

这里不妨以刘勰的《文心雕龙》（以下简称《文心》）的生产与传播过

---

① 黄念然：《中国古代文论研究的现代转型》，283 页，北京，中国社会科学出版社，2006。

程为例，对中国古代文论生产和传统知识制度进行一些概括和探讨。

根据《梁书》记载，① 《文心》的生产与传播过程大致如下：刘勰于501年前后完成了《文心》的写作，② 成书后，学术界没有认识到它的价值（"未为时流所称"），刘勰只好用自荐的方式设法让当时的文坛领袖沈约看到了这本书，沈约读后非常赏识《文心》，认为它"深得文理"，并放在案头经常阅读，《文心》因此也广为人知。后来刘勰能够得到喜爱文学的昭明太子萧统的信任并入仕，《文心》可能是其中的重要因素。此后，尤其是从明清开始，"龙学"开始兴起，至今仍属显学。回顾《文心》的成书过程和传播过程，我们可以窥见中国古代知识制度和文论话语的生产状况。

先看知识制度的建构主体。根据《文心》的生产与传播过程，按照不同的职业与身份，中国古代文论生产和知识制度的建构主体可以归纳为三类：第一类是以刘勰为代表的非职业化的文论家。③ 他们具有深厚的学术功底和丰富的治学经验，是学术话语生产的主力。和很多理论家一样，文论研究不是刘勰的专职，只是他入仕前的业余爱好。刘勰一生的正式职业只有两个：一是佛经出版编辑——他先担任僧佑的学术助理，后来独当一面主持修经；二是政府官员，先后任秘书（记室、东宫通事舍人）、后勤主管（参仓曹军）、县长（太末县令）等职务。第二类是以萧统为代表的统治者，他们主要从事知识的控制和文化政策的制定，是知识的"消费者"。第三类是以沈约为代表的仕人，介于

---

① 《梁书·刘勰传》记载："既成，未为时流所称。勰自重其文，欲取定于沈约。约时贵盛，无由自达，乃负其书，候约出，干之于车前，状若货鬻者。约便命取读，大重之，谓为深得文理，常陈诸几案。"

② 《文心雕龙》成书年代说法不一，这里依据的是周振甫先生的说法，见周振甫：《文心雕龙今译》，1 页，北京，中华书局，1986。

③ 蔡镇楚先生认为：与中国古代文论家不同，西方的文学批评从古希腊开始就是一种独立的职业，批评家和诗人、剧作家一样都是职业家，批评家专门以批评为业，专门挑剔别人的作品，形成了批评家职业阶层。蔡先生的这一论断不知所据何来，似乎不太准确。根据法国学者蒂博代的论证，在 19 世纪之前，在还没有出现教授行业和记者行业之前，西方是没有职业化的批评家的，刘勰所代表的非职业化批评在 19 世纪之前的西方是很普遍的，在这一点上中西方没有太大的差别。分别参见蔡镇楚：《中国古代文学批评史》，8 页，长沙，岳麓书社，2001；[法]阿尔贝·蒂博代：《六说文学批评》，赵坚译，34 页，北京，生活·读书·新知三联书店，1989。

第一类人和第二类人之间。沈约等人既是知识的创造者，也是知识的消费者，他们起初也有过学术研究的经历（沈约曾提出过著名的"四声八病"说），但当他们走上仕途后，其主要精力集中在知识的管理和引导而不是知识的创造上。①

再看生产机构和生产方式。《文心》是刘勰的个人专著，是他在寺庙（定林寺）中整理佛经过程中完成的。有学者指出：中国古代（如唐代的）寺庙兼有学校教育与图书馆传播文化的双重功能，古代寺庙在文学传播方面的功能与贡献很值得关注。② 从教育学的角度看，许多寺庙、道观是中国古代学术研究的重要场所，与稷下学宫、太学、书院一样，它们都相当于一所高等院校，这与印度、阿拉伯地区的情况是相似的，③ 定林寺也不例外。理由如下：其一，它拥有雄厚的师资和良好的学风。定林寺是当时京师建康（南京）最有名的大佛寺，高僧云集，刘勰跟随的僧佑更是一代名僧，曾经在京师讲论佛法，声名远扬；寺内学术空气浓厚，高僧治学严谨，甚至有的僧人三十余载足不出户，这都对"笃志好学"的刘勰产生了积极的影响。其二，它拥有丰富的文献资源。定林寺藏有释典一万三千余卷，诸子百家典籍和诗学著作的数量也在万卷之上。④ 刘勰跟随僧佑十多年，在整理和编订佛经的同时，伴随着青灯黄卷，饱览了大量典籍（"博通经论"）。其三，寺庙凭借着相对超然的地位，建立了一整套翻译、研究和传播经典知识的制

---

① 朱东润先生曾把刘勰、沈约、萧统都看成文学批评家，参见朱东润：《中国文学批评史大纲》，41 页，46 页，64 页，上海，上海古籍出版社，2005。

② 寺庙虽然刊行文学书籍较少，但寺庙的住持长老经常负责经营石刻传播，地位很高。北宋的苏轼、黄庭坚和秦观等名流经常寄诗文给杭州的长老们刻石，类似于当今的作者向出版社或报刊投稿，有些寺庙的僧侣又常常向当世名流们索取诗文刻石，类似于当今的约稿。不少士人都曾到寺庙长期住宿，类似于现在的访学。参见王兆鹏：《中国古代文学传播研究的六个层面》，《江汉论坛》2006 年第 5 期。

③ 以印度的纳兰陀寺（Narlanda Temple）为例，其僧师在玄奘时期（7 世纪）有一千五百余人，僧徒达八千五百人之多，近似今日的万人大学。该寺规模宏大，几乎每天都有一百项学术讨论或报告分别在殿堂或讲堂举行；除睡眠时间外，僧人无时无刻不在听讲或参与论辩，堪称佛教的高等学府。参见滕大春：《外国教育通史》第一卷，84 页，济南，山东教育出版社，1989。

④ 参见贾树新：《文心雕龙历史疑案新考》，载《文心雕龙研究》第一辑，北京，北京大学出版社，1995。此处定林寺为山东莒县浮来山定林寺。

度，为刘勰提供了相对的学者自治和学术自由的条件。刘勰的《文心》、皎然的《诗式》、严羽的《沧浪诗话》、叶燮的《原诗》等中国文论名作均受惠于寺庙或佛教，[①] 而且体系性相对较强，这不是偶然的现象，而是制度的后果。

这里，我们不妨再说得远一些，尝试从寺庙这一生产机构来管窥后世"龙学"兴起的原因以及中国古代文论具有的"前学科"特点。

《文心》自得到沈约的赏识后，它的价值不断被世人发现，获得了学者们的高度评价："妙达此旨，始可言文"（谢灵运），"立本驱宏"（陆龟蒙），"体大而虑周"（章学诚），"文苑之学，寡二无双"（谭献），等等。新时期以来"龙学"更是欣欣向荣。《文心》为什么会得到如此的厚爱？其中的原因有很多，有一点就是它弥补了中国文学理论缺少某种严密逻辑体系的"缺陷"。中国古代文论主要依附于诗文等抒情文学，以语录、诗话、评点和序跋等"诗文评"为主要表现形式，虽然显得灵活而亲切，但也不免零散而琐碎，正如朱光潜所言，"中国向来只有诗话而无诗学"，"诗话大半是偶感随笔，信手拈来，片言中肯，简练亲切，是其所长；但是它的短处在零乱琐碎，不成系统，有时偏于主观，有时过信传统，缺乏科学的精神和方法。"[②]另一位民国时期的学者朱希祖也曾说：中国文论缺乏单篇论著，往往是"触目赏心，漫附数语于篇末，挥毫拍案，忽加赘语于幅余"，文学观念往往"浑而不析，偏而不全"，"吾国各种学术，或始具萌芽，或散无友纪，本末区别，始终条理……故建设学校，分立专科，不得不取材于欧美；或取其治学之术以整理吾国之学，自政治、法律、财政、教育诸科，莫不皆然……在吾国，则以一切学术皆为文学，在欧美则以文学离一切学科而独立，岂非至可骇疑之事乎！"[③]朱光潜和朱希祖的评价是一致的，都认为中国文论看重经验、直观、感悟、印象，缺乏系统的思辨式的鸿篇巨制，

---

① 皎然早年受戒于灵隐寺，后定居妙喜寺，《诗式》完成于定居妙喜寺期间；严羽的《沧浪诗话》以禅喻诗，强调妙悟；叶燮受父亲的影响，从小钻研佛学，精通佛理，常到佛寺接受熏陶，后来也多次寄居寺庙，观摩佛事。

② 朱光潜：《诗论·抗战版序》，《朱光潜全集》第 3 卷，3 页，合肥，安徽教育出版社，1987。

③ 朱希祖：《文学论》，《北京大学月刊》第 1 卷第 1 号（1919 年 1 月）。

这样很不利于系统性和学科化文论知识的产生，这才有了后来的借鉴西方学术制度，"分立专科"，"取其治学之术以整理吾国之学"。

事实也确实如此，在中国古代文论史上，除了叶燮的《原诗》等少量著述之外，还少有《文心》这样体系缜密、逻辑严整的专著。你看，《文心》有总序，有本体论、创作论、批评论，这些都太符合教科书的知识体系了；作者试图"弥纶群言"，"擘肌分理"，"振叶以寻根，观澜而索源"，尝试"本道、师圣、体经、酌纬、变《骚》"，勾画出"文之枢纽"，都凸显出创造逻辑严密的文论体系的雄心。毫无疑问，《文心》的这一特点与刘勰在定林寺长达十年的苦修佛经是有密切关系的。作为一种外来的知识系统，佛经有着严密的逻辑论证体系，注重概念辨析，长于抽象说理，刘勰在写作思路上受其影响是很自然的事情。可以说，如果没有定林寺这座学府的培养和佛经的濡化或涵濡过程，刘勰是否能够完成《文心》是很值得怀疑的。即使最终他完成了，《文心》是否还是我们现在看到的这个样子，也是很难说的事情。

不过，寺庙终归不是现代意义上的大学，它缺少一个重要的知识制度的建构主体和消费者：学生和读者。《文心》毕竟不是供人念诵的佛经，刘勰也不大可能把僧人当作其主要的接受者。因此，刘勰只能走出"象牙塔"，步出山门，去寻找沈约这样的把关人或传播对象。

接下来我们看看《文心》的传播情况与当时的学术交流路径。刘勰完成《文心》后，起初没有被当时的"学术圈"认可，于是他采取了借势的策略：在街头假装成卖货郎，守候在沈约必经之地，挡住他的去路，试图得到沈约的赏识。这一做法曾经让后人大为不解：当时刘勰已经在定林寺多年，襄佐僧佑校订经藏，且为定林寺僧抄辩墓碑制文，在佛教圈里不能说完全默默无闻；沈约是宋、齐、梁三朝重臣，齐梁之际文坛领袖，史称"一代词宗""当世辞宗"等，他与定林寺的关系相当密切，他曾为僧佑的老师法献撰制碑文，凭借这样的渊源，刘勰要让沈约接触到自己的作品似乎并不困难，但刘勰却舍易求难，扮成一个小贩把书摆在沈约的车前，这是为什么呢？

有学者认为这与刘勰出身庶族，与显贵沈约"士庶天隔"的等级制度有关，刘勰此举纯属无奈。① 应该说，这很可能是一个重要原因，沈约所在的吴兴沈氏在三国两晋时期已经是江东著名的士族，时有"江东之豪，莫强周、沈"的说法，而且沈约的门阀等级观念非常强烈，甚至对士族与庶族的通婚都要大加干涉，不依不饶，还要罢免涉事之人的官职。② 也有人说，刘勰之所以这样做可能与出身无关，是出于"不假吹嘘，唯期真赏"。③ 不过，关于刘勰历史上留下的资料太少，刘勰到底是出自士族还是庶族，学术界一直争论不休。④ 这一情况让我们也无法很容易做出判断。

在这里我更愿意从学术共同体或学术圈的准入制度和传播情况来讨论这一问题。《文心》起初遭到冷遇，当然不是学术含量不够的问题，刘勰的"无由自达"也不一定是出身问题。我们不妨看与刘勰熟识的另外一位杰出的文论家钟嵘的例子。据《南史·钟嵘传》记载，钟嵘虽然出身士族（"晋侍中雅七世孙也。父蹈，齐中军参军"），但他也同样被沈约拒绝接见："嵘尝求誉于沈约，约拒之。及约卒，嵘品古今诗为评，言其优劣……盖追宿憾，以此报约也。"⑤沈约为什么拒绝同一个阶级或阶层的钟嵘的拜访或推荐？这恐怕不是士庶之别所能解释清楚的。这说明，刘勰的"无由自达"，可能主要与学术共同体或学术圈的准入制度有关。

按照知识社会学的观点，学术圈最大的特点是：在圈子里，学者不是在对整个社会发表言论，而是只针对一部分人发言；在学术圈里也并不是所有话语领域都是同样开放的、可进入的，只对它认可的对象和经过选择的部分听众完全开放，一般只欢迎推翻其他"圈子"的理

---

① 王元化：《文心雕龙讲疏》，9—12页，桂林，广西师范大学出版社，2004。

② 林家骊：《一代辞宗——沈约传》，30页，122—124页，杭州，浙江人民出版社，2006。

③ 周绍恒：《刘勰出身庶族说商兑》，《文心雕龙研究》第三辑，北京，北京大学出版社，1998。

④ 比如，与王元化等学者不同的是，有学者坚持认为：南北朝时划分士庶的标准并不是按照经济实力和地位，而是要看家族的渊源，刘勰尽管是寒士阶层，但仍然属于士族，见朱文民：《刘勰传》，20页，西安，三秦出版社，2006。

⑤ 《南史·卷七十二·列传第六十二》。

论或事实探索。① 根据这一特点，圈内人必须要具备一定的专业资格，要经常沟通，互通信息，要尊重这个圈子背后共同的学术权威或宗教般的学术秩序。就刘勰当时的情形而言，沈约、萧衍等围绕在竟陵王萧子良周围的"竟陵八友"就是当时名气最大的学术圈，以提倡永明声律理论著称。② 而刘勰在寺庙中寄居十余年，苦修佛经，与学术圈不免产生隔膜，不能接触到当时的学术名流（"时流"）是很正常的，无缘得到学术权威沈约的赏识和推荐也不足为奇。同时，《文心》的传播情况也不利于缩短他与学术圈的距离，由于家世贫寒，地位卑微，刘勰不能像写作《典论》的曹丕一样把学者们召集起来，给他们宣讲自己的文论主张，进行口头传播，③ 也不能把自己的著作用好纸抄好后送给达官贵人传阅，④ 更不能像国家法典一样把文论刻在石碑上。⑤ 刘勰能做的，就是在完成《文心》后，采取手抄本或手工印刷的形式，通过最原始的摆摊方式推销自己的知识。这种选择其实充满了无奈。刘勰在《序志》和《知音》篇中叹息："茫茫往代，既洗予闻；渺渺来世，倘尘彼观。""知音其难哉！音实难知，知实难逢；逢其知音，千载其一乎！"这流露出刘勰知音难觅的深深的孤独感，他说的本是文学作品的接受问题，但又何尝不是在描述学术圈之外的学者面对高高的学术门槛时所产生的无奈呢？幸运的是，刘勰的"营销"策略获得了成功，他的自我推销虽然没有完全改变自己的命运，但通过得到沈约这样一位学术权

---

① ［波兰］弗·兹纳涅茨基：《知识人的社会角色》，郑斌祥译，45 页，南京，译林出版社，2000。

② "竟陵八友"的具体学术活动参见林家骊：《一代辞宗——沈约传》，104—121 页，杭州，浙江人民出版社，2006。

③ 《三国志》注引《魏书》记载：(曹丕)"集诸儒于肃城门内，讲论大义，侃侃无倦。"

④ 《三国志·魏志·文帝纪》记载："帝以素书所著《典论》及诗赋饷孙权，又以纸写一通与张昭。"

⑤ 将编辑已定的典籍版本镂刻于碑石，向公众展示，以供抄录复制，这是官方经常采用的出版标准文本的方式。《三国志·魏志·文帝纪》记载，魏明帝太和四年二月戊子，曾"以文帝《典论》刻石立于庙门之外"。类似的例子还有：东汉熹平四年，蔡邕等人"以经籍去圣久远，文字多谬，俗儒穿凿，疑误后学"，上疏"奏求正定六经文字。灵帝许之，邕乃自书丹于碑，使工镌刻立于太学门外。于是后儒晚学咸取正焉。及碑始立，其观视及摹写者，车乘日千余辆，填塞街陌"。这种出版方式也是后来雕版印刷的雏形。参见(宋)范晔：《后汉书·蔡邕列传》，(唐)李贤等注，1990 页，北京，中华书局，2005。

威和学术共同体的把关人的认可，[1] 刘勰很快便声名鹊起，成功地进入了当时的学术圈："沈约大赏之，陈于几案。于是竞相传焉。"（叶廷珪《海录碎事》卷十八）刘勰后来能够入仕，并有可能参与中国古代影响最大的一部文学总集《昭明文选》的编辑，应该与他获得沈约的欣赏、能够跻身"时流"有直接的关系。

　　再看当时的文化政策与知识管理制度。自汉朝以来，儒家思想在绝大多数时间都是中国传统知识制度中地位和价值最高的知识，南朝也不例外。梁武帝萧衍本人爱好文学，广招文士，文学家的地位得以大幅提高。萧衍非常看重儒家经典，天监四年（505），梁武帝发动了一场复兴儒学的运动，立五经馆，置《五经》博士，且广增生员，招揽寒门俊生，以图扭转"魏晋浮荡，儒教论歇"的局面。[2] 刘勰撰写《文心》也并非是在古庙中自娱自乐的个人行为，他的著书动机在《序志》《程器》[3]等篇中显露无遗，那就是为求闻达。由此，虽然刘勰精通佛经，后来也出家为僧，《文心》一书的写法深受佛经的影响，但《文心》整本书仍然是以推崇复古宗经为主调，以儒家思想为圭臬，[4] 除了少量"般若""圆通""体性"等明显的只言片语之外，基本不杂佛典之言。这种写作策略与当时的文化政策是一致的——按照知识制度的规则，他自然要选择官方和主流文化认可的最有价值的知识。当然，南朝的宗教文化政策反反复复，让人捉摸不透，刘勰为了自保不得不避开佛教话语，

---

　　[1]　沈约当时拥有着类似于"学术掌门人"和传播过程中"把关人"的地位。除了推荐和引领刘勰进入当时的学术圈，沈约还奖掖了许多年轻的文人学士，可参见《南史》卷七十二列传第六十二"文学"，还可参见林家骊：《一代辞宗——沈约传》，211—213 页，杭州，浙江人民出版社，2006。

　　[2]　参见《梁书·本纪第三·武帝下》。

　　[3]　刘勰在《程器》篇中曾经抒发过对时运不济的感慨："然将相以位隆特达，文士以职卑多诮；此江河所以腾涌，涓流所以寸折也。"同时也吐露了心中的抱负："穷则独善以垂文，达则奉时以骋绩。"《序志》篇云："君子处世，树德建言。"又借梦境描述了对孔子的敬仰："齿在逾立，尝夜梦执丹漆之礼器，随仲尼而南行，旦而寤，乃怡然而喜。大哉圣人之难见也！乃小子之垂梦欤！"

　　[4]　关于《文心雕龙》与佛教、佛学的关系，可参见饶宗颐的《刘勰文艺思想与佛教之关系》，香港大学中文系：《文心雕龙研究专号》，1962；方元珍《文心雕龙与佛教关系之考辨》，台北，台湾文史哲出版社，1987；陶礼天：《〈文心雕龙〉与佛学关系再探》，《陕西师范大学学报》（哲学社会科学版）2009 年第 1 期。

也是其中一个重要原因：南朝本来信佛，寺庙林立，然而永元二年（500），齐朝信道教的萧宝卷（东昏侯）为帝的时候却突然打击佛教、袭击定林寺，正在寺中撰写《文心》的刘勰是如何幸运逃过一劫的，至今仍然是个谜。[①] 然而，仅仅过了三四年，政府的宗教政策又发生了变化：梁武帝萧衍本是道教徒，登基之后看到佛教势力强于道教，为维护统治，于天监三年（504）舍道事佛，并要求皇室和政府官员信佛。东昏侯和萧衍都是南朝知识制度的建构者，他们代表的是制定南朝文化政策和知识控制的管理者，这些极不稳定的宗教文化政策自然要影响刘勰。刘勰在定林寺中写作的时候，拥有难得的学术自由，这是无须怀疑的。不过，刘勰试图以儒学立场为宗，由讨论文学来博取声誉，因此小心翼翼地避开佛学，在这种文论生产取向的形成过程中，南朝知识制度所起到的控制或引导作用也不应被忽略。朱东润先生说：刘勰承受宋齐以来的潮流影响，然而他又不满意宋齐以来的现实。[②] 我想，这里所说的"潮流"和"现实"应该与当时的知识制度直接相关吧。

以上我们围绕着《文心》，对中国古代知识制度的特点进行了初步的阐释。归纳起来，这种知识制度的总体特征是：学者、文人和统治者是知识生产的生产主体和建构主体；官学、寺庙等是知识的主要生产机构；学术自由在一定范围内确实存在，然而又是有限的；知识生产以儒家思想为圭臬，儒家知识体系在行政系统支持下成为垄断性的知识；知识传播以手抄本和手工印刷为主，传播不仅是为了获得学术共同体的认同，更是为了实现学者的政治志向；知识的控制和管理以各种形式渗透于整个生产过程之中。

前文所谈的嘉庆壬戌年会试事件，正是这一绵延千年的知识制度的后果之一。这种传统知识制度，在隋唐以后获得了科举制度的保障，更趋于稳定。知识与思想的生产与再生产随着科举制度这根"指挥棒"缓缓起舞，中国学者的知识旨趣发生了重要的变化，学术成了儒生追求功名利禄和国家培养政治官吏的重要手段，学术史上也出现了漫长的"盛世的平庸"。有学者曾经这样描述唐代科举取士对学术研究的

---

① 定林寺被袭击一事参见《资治通鉴·齐纪八》。
② 朱东润：《中国文学批评史大纲》，自序，上海，上海古籍出版社，2005。

影响：

> 主流知识思想已经不再具有自我调整的能力，于是它也不再
> 具有判断当时社会问题的洞察力。当主流的知识和思想逐渐失去
> 了对当时社会问题的诊断和疗救能力，也失去了对宇宙和人生问
> 题的揭示和批判能力的时候，往往出现很奇怪的现象：它一方面
> 被提升为笼罩一切、不容置疑的意识形态，一方面逐渐沦落为一
> 种无须思考、失去思想的记诵知识，它只是凭借着政治权力和世
> 俗利益，维持着它对知识阶层的吸引力，在一整套精致而华丽的
> 语言技巧中，知识阶层勉强翻空出奇，维持着它的生产和再生
> 产……①

这种以科举为圭臬的非学术化的、僵化的、缺乏足够的学术自由和创
造力的知识制度，自唐代以来逐渐稳定下来，在中国至少持续了一千
多年，深深地烙上了中国文化语境和政治制度的印记，期间虽然面临
过许多次危机（如书院的兴起对科举制度的反拨），也曾有过短暂的断
裂（如北方少数民族政权在统治初期对汉文化的压制），但更多的是得
到了程度不一的修复和巩固。比如明清国子监前的卧碑规定：生员不
得言事，不得立盟结社，不得刊刻文字。这剥夺了近现代人所要争取
的三大自由——言论自由、结社自由和出版自由。梁启超在《中国近三
百年学术史》中分析道："明朝以八股取士，一般士子，除了永乐皇帝
钦定的《性理大全》外，几乎一书不读。学术界本身，本来就像贫血症
的人，衰弱得可怜。"②梁启超这一评价，深刻揭示出了传统知识制度
的弊端，可谓一针见血。
　　晚清以降，这样一种知识制度随着西方知识制度在中国树立起霸
权地位，终于发生了根本性的变迁，中国文论的现代形态得以出现。

---

① 葛兆光：《中国思想史》第 2 卷，13 页，上海，复旦大学出版社，2001。
② 梁启超：《中国近三百年学术史》，3 页，北京，东方出版社，1996。

二、西方现代知识制度及其特征

中国传统知识制度之所以发生重大变迁，主要是受到了西方现代知识制度的冲击和影响。那么，与中国传统知识制度相比，西方现代知识制度又有何不同呢？

根据科学社会学的观点，西方在 17 世纪之前，学术研究尚未实现制度化：科学知识[①]的传播与扩散机制中存在着种种缺陷，如缺乏学术杂志、专著、教科书和专门的教育课程，知识是作为技术传统、宗教传统或普通哲学传统的一部分来传播的，创造和掌握科学知识的人通常是技术专家或哲学家，社会中还没有出现科学家这种角色，科学知识的增长缺乏连续性，呈现出缓慢和无规则的生长形势。随着中世纪大学里专业大学教师的出现，特别是随着 17 世纪后期以来对科学研究的社会需要明显增加，科学成为国家经济的一部分，科学组织从 17 世纪和 18 世纪的学会演变成了 19 世纪和 20 世纪的大学和研究院，科学共同体从知识分子的小组和网络变成了专业科学家强有力的共同体。[②] 自 18 世纪开始，文学公共领域和政治公共领域在欧洲开始建立，西方形成了不同于传统中国的现代知识制度。主要特点如下：

第一，大学自治和学术自由的精神追求是西方现代大学的根基和前进的内在动力，也构成了学术制度的元规则。

欧洲大学自中世纪建立以来，要受到教会和国王的干涉，享受到的是不完全的学术自由，[③] 但随着 13 世纪和 14 世纪欧洲大学先后建立了学位制、导师制、教授制，在实现了大学与教会、国家之间关系

---

① "科学社会学"中的"科学"不仅仅指自然科学，原则上也包括社会科学和人文科学。参见[以色列]约瑟夫·本-戴维：《科学家在社会中的角色》，赵佳苓译，3 页，成都，四川人民出版社，1988。

② [以色列]约瑟夫·本-戴维：《科学家在社会中的角色》，赵佳苓译，23—24 页，28 页，42—43 页，57—58 页，成都，四川人民出版社，1988。

③ [法]爱弥尔·涂尔干：《教育思想的演进》，李康译，95—96 页，上海，上海人民出版社，2003。

的制度化之后，大学自治和学术自由的理念已经深入人心，为大学自身发展创造了良好的条件。这一现象受益于欧洲的城市自治权，[①] 也受益于欧洲的学生大学和教师大学。[②]

比如，洪堡在 19 世纪创建柏林大学时，主要的建校原则就是教授治校和学术自由。在柏林大学里，教师的学术研究和教学都是自由决定的，不应受到外在的干扰，教师有如下的学术权力：教师有权自由决定研究的课题，采用自己认定的方法自由地开设课程，大学允许教师自由发表个人意见而不受外在力量的压制。学术自由则同样适用于学术工作的继承者——大学生，学术自由的制度安排赋予大学生的学术权利是：学生可以自由制订选课计划，自己决定学习多长时间；学生也有权从一个大学转到另一个大学。这也就是德国的学院和大学常常被称为"学者王国"的原因。[③]

---

① 约瑟夫·本-戴维认为，欧洲的大学起初与中国、印度、伊斯兰等其他传统社会的高等学习机构没什么不同，但欧洲有一个条件是独特的：著名教师居住的城市享有自治权，学生和学者组成了自治管理机构，教会授予它权力，并且得到了世俗统治者的承认，其重要结果是：高级研究活动不再局限于师徒形式的孤立圈子，师生们逐渐组成了共同体。13 世纪欧洲的学生不再只跟随某一位特定的导师学习，而是到某一所大学学习，大学里有几千名学生（如 1300 年巴黎大学有六千名学生），又有数百名教师生活在一个自治的知识分子公共体中，有相当充分的资助和特权。就整体而言，这种知识分子共同体与那些为国家或教堂服务的知识分子相比，所受社会压力的控制要少得多。参见［以色列］约瑟夫·本-戴维：《科学家在社会中的角色》，赵佳苓译，93—94 页，成都，四川人民出版社，1988。

② 朴雪涛也指出：大学的自治权，就像中世纪自由城市一样，是欧洲特定社会历史条件下的制度文明。大学早期的自治权与欧洲特有的自由城市的自治权相似，等于半个独立立国家的自治权。早期欧洲大学有"学生大学"和"教师大学"两种类型，如博隆尼亚实行"学生大学"的形式，每个学生都有投票权，以决定教授的聘任、学费、学期和课时等；巴黎大学实行"教师大学"的管理方式，教师和学者组成行会，每个教师都有选举权来遴选校长和参与学校事务的管理。西方现代大学在制度上与中世纪大学相比发生了重大改变，在规模、职能和组织结构上更不能同日而语，但是大学自治和学术自由一直是现代大学制度的核心。大学自治权对早期的大学来说，如同其生命所在，它是与大学仿佛合二为一的东西。大学自治权赋予了学者研究和教学的自由。在教会中神学所宣扬的任何内容都是不容置疑的，而大学的学者可以从不同角度对神学的某些内容进行讨论和争辩。学术自由不仅仅停留在大学理念的层面上，而且也借助教会和国家的法律，借助于自治的管理模式而成为一种知识制度。参见朴雪涛：《知识制度视野中的大学发展》，36 页，北京，人民出版社，2007。

③ 参见［美］约翰·S. 布鲁贝克：《高等教育哲学》，王承绪译，28 页，杭州，浙江教育出版社，1987。

　　处在教会和世俗势力双重夹击下，巴黎大学争取自治的道路艰苦而漫长。1231 年，巴黎大学长达两年的罢课带来的威胁使得罗马教皇格列高利九世出面调停，正是格列高利发布了有大学"独立宪章"之称的教谕《知识之父》，确认了大学的法权自治和结社权、罢课权、授予学位的专一权这三大特权，并确认牛津大学、剑桥大学等学校反对国王干涉的斗争得到教皇保护，这也打下了学术独立自治的基础。关于欧洲中世纪以来的权力格局，可以用"上帝的事归上帝，恺撒的事归恺撒"的名句来描述。在知识这个广阔无垠的"国土"中，它的主人是学者。①

　　除了师生在校园里的相对自由，学术自由的另一个体现是言论自由。随着西方资产阶级革命的相继完成，言论自由作为公民权利的一部分已经得到了制度的保障。这一制度在大学里也发挥了积极的建设作用，例如，为了抑制国家权力对学术研究的过分干预（例如报刊检查制度），西方一些学术共同体利用宪法赋予的言论自由权（如美国宪法修正案第一条），为学术共同体建立了受到宪法保护的"学术自由"制度，如"美国大学教授协会"（The American Association of University Professors，AAUP）下属的学术自由和终身教职委员会于 1915 年起草《1915 年原则宣言》，该宣言在 1925 年被由美国教育部主持召开的教育组织大会所肯定，并形成《学术自由和终身教职 1925 年声明》。② 这一制度的建立保障了大学教授既有学术自由，又能有稳定和安全的职位。学者阿特巴赫这样评论："学术自由仅在大学公开的声明中受到保护，而且也制定了相应的政策，设立了一定的行政机构来保证学术自由不受侵犯。学术自由通常被视为制度上的自治和教授个人自治的一个重要组成部分。"③这段话揭示出了大学对"学者自治与学术自由"这一元规则的保证作用。

---

　　① 萧雪慧：《大学之魂》，载谢泳等：《逝去的大学》，263 页，北京，同心出版社，2005。

　　② 程巍：《学术制度》，《外国文学》2005 年第 6 期。

　　③ Philip G. Altbach, Academic: Freedom in Asian. *Far Eastern Economic Review* June 16, 1988. pp. 24—25.

第二，随着文学社团和学术期刊的出现，文学公共领域开始建立。

自 15 世纪开始，一些文学社团和学社（academy）先后在意大利等国成立，他们中的很多人是在当时的大学文学院工作，由于不满意大学的气氛，为了创建一个比大学更适合智力发展的机构，最终创立了自己的团体以便同官方的团体竞争，到 17 世纪末和 18 世纪，这些学社逐渐正规化。学社提供了一个灵活的组织机构，可以让知识分子的不同群体表达那些现有机构不能满足的文化兴趣，如对方言和文学的兴趣（当时它们没有成为大学课程的重要组成部分）。① 英国的皇家学会和法国的法兰西科学院成为当时最有声望的科学组织。

一些重要的学术期刊和学术平台先后创办、建立。成立于 1662 年的英国皇家学会于 1665 年开始定期出版《皇家学会哲学会刊》（*Philosophical Trans-actions of the Royal Society*），增加了学者联系和进行学术交流的平台。② 18 世纪，英国、法国、德国等在与"宫廷"的文化政治对立之中出现了一种文学公共领域，主要由咖啡馆、沙龙、宴会以及语言协会等团体、协会、学会、学术期刊和图书馆组成。这些机构首先是文学批评中心，其次是政治批评中心。③ 它们垄断了新作品的首发权和合法性的鉴定。在 18 世纪的法国，没有一位杰出作家不是在沙龙的讨论中和向学院提交的报告，特别是沙龙报告中首先将其基本思想陈述出来的。沙龙似乎垄断了新作品的首发权，只有在这里才能取得合法地位。一些文学研究杂志成了公众的批判工具，艺术和文化批评杂志成为机制化的艺术批评工具。公共图书馆、读书俱乐部、读书会、慈善图书馆如雨后春笋般涌现出来，阅读小说成为市民阶层的习惯。报纸杂志及其职业批评等中介机制使公众紧紧地团结在一起，他们组成了以文学讨论为主的公共领域。一些文学社团、读书、进步社团组织先后建立，在这些协会内部，人们平等交往，自由讨论，决

---

① 据约瑟夫·本-戴维的统计，在 1400—1799 年的意大利学社中，文学学社占了 56.3%，接近 60%。见［以色列］约瑟夫·本-戴维：《科学家在社会中的角色》，赵佳苓译，118 页，成都，四川人民出版社，1988。

② 李正风：《科学知识生产方式及其演变》，200 页，北京，清华大学出版社，2006。

③ ［德］哈贝马斯：《公共领域的结构转型》，曹卫东等译，34—55 页，37 页，上海，学林出版社，1999。

策依照多数原则。在这些一定程度上还把市民排斥在外的协会中，社会的政治平等规范得以贯彻实施。公共领域的出现进一步对抗了官方的检查制度。①

　　第三，现代西方学术经过了科学化的分工和专门化的学术分科，追求规律化和系统性的知识，以量化的规模化的方式进行知识的再生产。

　　学术分工作为人类劳动分工的结果之一，起初只是学者学术旨趣和学术能力的分化，还没有成为具有广泛影响的知识制度，西方大学的出现标志着学术分工制度开始走向成熟。西欧现代的一些人文学科如神学、哲学、法学、诗歌、文学，都是在 12 世纪建立的大学中创立的。② 约瑟夫·本-戴维也论述了一些大学在学科分化过程中所起的作用：西方一些大学在某个时期集中研究一两门学科，如波隆那大学是法学，巴黎大学和牛津大学是神学和哲学，蒙彼利埃大学是法学和医学。③ 在 16 世纪，自然科学的分化过程开始逐渐完成，④ 不过，按照华勒斯坦的观点，西方的学科制度在 19 世纪以后才真正趋于成熟："十九世纪思想史的首要标志就在于知识的学科化和专业化，即创立了以生产新知识、培养知识创造者为宗旨的永久性制度结构。"⑤ 约瑟夫·本-戴维也认为：19 世纪末德国的人文科学中的专业化倾向越来越普遍，越来越多的历史时期和文化被分头专门研究和讲授。⑥ 各学科摆脱哲学的"母体"，获得了学科独立，走上了制度化的道路，大学

---

　　① ［德］哈贝马斯：《公共领域的结构转型》，曹卫东等译，46 页，55 页，1990 年版序言 3—4 页，上海，学林出版社，1999。

　　② ［美］戴维·林德柏格：《西方科学的起源》，王珺译，220 页，北京，中国对外翻译公司，2001。

　　③ 参见［以色列］约瑟夫·本-戴维：《科学家在社会中的角色》，赵佳苓译，95 页，成都，四川人民出版社，1988。

　　④ ［以色列］约瑟夫·本-戴维：《科学家在社会中的角色》，赵佳苓译，101 页，成都，四川人民出版社，1988。

　　⑤ ［美］华勒斯坦等：《开放社会科学》，刘锋译，8—9 页，北京，生活·读书·新知三联书店，1998。

　　⑥ ［以色列］约瑟夫·本-戴维：《科学家在社会中的角色》，赵佳苓译，241 页，成都，四川人民出版社，1988。

里的学者也放弃了普遍的知识追求，成为专业的知识分子。

关于 18—19 世纪西方学术分工制度的建立，瑞士植物学家康多尔有过这样一段说明，很具有说服力。在谈到莱布尼茨和牛顿时代时，他说：

> 每个科学家头上差不多总是挂着两个或三个头衔：例如天文学家兼物理学家，数学天文学家兼物理学家，或者按照平常的说法笼统地称作哲学家，或自然科学家。然而，连如此称呼都不足以应付了。数学家和自然科学家有时竟然是学者和诗人。甚至到了 18 世纪末，沃尔夫（Wolff）、哈勒（Hailer）或查尔斯·波涅（Charles Bonnet）等人在科学和文学的几个不同领域都卓有建树，我们还需要很多头衔来恰当地称呼他们，以便指出他们的过人之处。但到了 19 世纪，这种称谓上的困难就已不复存在了，至少可以说很少遇见了。①

康多尔在这里揭示出了 19 世纪和 19 世纪前学术分工的区别：19 世纪之前，一个学者可能会在若干知识领域里进行研究，而到了 19 世纪，随着学科界线的明晰，一位学者往往只在一个领域获得成就。这段话形象地揭示了学科制度和专业分工的建立过程。

第四，近代西方实现了学术的职业化。

学术职业化，就是将学术研究作为谋生之社会职业，获得必要的研究资金，不仅满足学术研究的需要，而且使学者不必为日常生活而奔波，可以集中精力于纯粹的学术研究。据西方学者考证，在 16 世纪的欧洲，学术研究者还是典型的"业余爱好者"，学术亦未达到职业化程度："那些当时从事科学的人经常靠其他办法谋生，他们从事科学工作时，确实尽了最大的努力。"②17 世纪以后，法国出现了职业的批评家，教授批评出现了，这种批评把求疵作为批评家的天职，倡导一种

----

① 转引自［法］埃米尔·涂尔干：《社会分工论》，渠东译，2—3 页，北京，生活·读书·新知三联书店，2000。

② ［美］巴伯：《科学与社会秩序》，顾昕等译，81 页，北京，生活·读书·新知三联书店，1991。

"告诫的批评"。①　如自 1759 年起，狄德罗一直为格林的《文学通讯》杂志撰写"沙龙报告"，以及关于学院定期展览的艺术评论。在艺术、文学、戏剧和音乐的批评机制内部，一种新兴的职业——艺术评论员——也出现了，他们既把自己看作公众的代言人，同时又把自己当作公众的教育者。②　不过，相比人文学科，自然学科的学术研究的职业化要更晚一些，比如巴伯认为，19 世纪前，"社会作为整体并没有明确规定并普遍赞同科学家的职业，直到 19 世纪末，西方社会才为大学、工业和政府中的大量科学家奠定了稳固的社会基础，在 20 世纪，大量科学家的职业角色，被人们认为是理所当然的，是获得社会赞同的。"③这说明，直到 20 世纪，西方的学科职业化才真正实现。

第五，学位制度先后建立，保证了学术的再生产。

学位产生于 12 世纪的西欧，原意为任教执照或行医和律师资格证书，相当于手工业行会中的"师傅"称号。当时尽管有博士、硕士和学士等名称，但硕士、博士和"教授"基本上是同义语，均指最初之教师称号及开业授徒之营业执照。15 世纪以后，硕士与博士开始有区别。到 19 世纪，高级学位教育成为一种研究性、专业化高层次教育，学位成为兼具执教资格和学术标准的双重证明。

17 世纪之后，西方逐渐形成了制度化的知识生产，这意味着：研究工作已经成为大学学历所必须具备的资格，而且也是教授功能的一部分，研究技能不再私下传授，通常是在大学的实验室和讨论班里进行；精确的、经验的科学研究被认可为一种探索方法，重要的新知识不断被发现，而这些知识靠其他获取知识的途径（如传统、思辨、启

---

①　法国批评家蒂博代在《六说文学批评》一书中指出：职业批评（教授批评）的代表人物是一些著名的教授，例如执政时期的拉阿尔普，复辟时期的基佐、库赞和维尔曼，七月王朝和第二帝国时期的圣-马克·吉拉尔丹、尼扎尔和泰纳，共和时期的布伦蒂埃、勒麦特尔和法盖、圣勃夫等人。这一类文章注重规则和体裁，其标志是：文章写得很严肃，题目的头尾有"论"字，倘若文章不超过一万字，恐怕连作者本人说话的口吻都要低八度。参见［法］蒂博代：《六说文学批评》，赵坚译，21 页，84 页，北京，生活·读书·新知三联书店，1989。

②　［德］哈贝马斯：《公共领域的结构转型》，曹卫东等译，45 页，上海，学林出版社，1999。

③　［美］巴伯：《科学与社会秩序》，顾昕等译，81—82 页，北京，生活·读书·新知三联书店，1991。

示）是办不到的；公共领域将某人的发现传达给公众供其应用和评论，对其贡献进行完全一视同仁的评价；学术界拥有言论和出版自由，在宗教和政治上获得了宽容的对待，进行不断变革以实现探索自由；学术研究逐渐转变为一种职业，能使大学实现每位教师也应该是创造性研究者的理想；依靠独立的学术研究，对学术的自觉兴趣以及民众对学术的支持，使得知识生产不断提高。①

三、从晚清到民国：西方现代知识制度的中国化过程

西方现代知识制度开始建立的时候，正值中国的明清时期。在当时的中国，传统的知识制度仍然具有强大的生命力和统治力，笼罩着包括文论创造在内的中国学术。它是稳定的、牢固的，但这并不意味着它是一成不变的，总是拒绝变迁的。

关于制度的稳定与变迁，制度经济学家诺思曾经有过这样一段精彩的论述，他说：

> 制度在社会中的主要作用，是通过建立一个人们互动的稳定（但不一定是有效的）结构来减少不确定性。然而，制度的稳定性丝毫不否定它们处于变迁之中这一事实。从惯例、行为准则、行为规范到成文法、普通法，及个人之间的契约，制度总是处在演化之中，因而也在不断改变着对我们来说可能的选择。尽管我们生活在一个制度变迁速率甚快的世界中，但变迁在边际上可能宛如冰川移动般缓慢，以至于我们须以历史学家的眼光观察问题，方能察觉。②

---

① 　这些概括主要参考了约瑟夫·本-戴维对 18 世纪左右英国和 19 世纪德国的科学体制化的归纳。参见［以色列］约瑟夫·本-戴维：《科学家在社会中的角色》，赵佳苓译，147—148 页，211—224 页，成都，四川人民出版社，1988。

② 　［美］道格拉斯·C. 诺思：《制度、制度变迁与经济绩效》，杭行译，7 页，上海，格致出版社、上海人民出版社，2008。

诺思在这里指出了制度在发展过程中的几个特点：其一，制度具有稳定性和保守性；其二，制度总在演变当中；其三，制度的变迁可能是缓慢的，需要历史学家的眼光才能加以总结。诺思在这里说的主要是经济制度，但同样适用于包括中国传统知识制度在内的知识制度或文学制度。不过，为了更好地归纳出知识制度的特征。我们还需要补充和借鉴一些知识社会学的理论，把握更多的历史细节。

从知识社会学的角度看，制度变迁的模式可以分为修复性变迁和颠覆性变迁两类。修复性变迁是在同一知识体系中进行的，旨在维护原有的知识体系以适应解决现实社会问题的需要，它的机制是"进化"，变迁的目的是知识共同体对已经产生危机的知识制度进行修复，使它能够通过进化机制适应社会的发展变化，在变中求不变。这一模式是中国传统知识制度变迁的常态，如宋代理学家"援佛入儒""援道入儒"，形成了理学化的新儒学，是对儒学的修复；宋代书院制度对太学危机的挽救，是对以科举制度为中心的知识制度的修复，等等。[1] 而颠覆性变迁是新旧知识制度的替代过程，目的在于解构原有的知识体系及其相应的制度安排。它的机制是"突变"，归根结底是制度修复机制的失灵造成的，不能通过内部调试来解决其中的合法性危机。颠覆式制度变迁的共同点是对以前的知识体系加以排斥甚至加以扼杀，将一种新的知识体系放在了至高无上的地位。[2]

从目的上看，中国传统知识制度在 20 世纪上半期之前发生的变迁是一种颠覆性的变迁。不过，关于这一次变迁所发生的准确时间，学

---

[1]　朴雪涛：《知识制度视野中的大学发展》，78—79 页，北京，人民出版社，2007。

[2]　中国知识制度大致发生过四次颠覆性的变迁：第一次是秦朝的焚书坑儒，以法家思想替代百家思想（特别是儒家思想）来统治全国；第二次是汉代太学的建立，使独尊儒术的文教政策成为具有操作性的知识选择制度和知识分配制度，后来逐步建立了为维护儒家知识霸权而构建的科举制度，颠覆了以稷下学宫为代表的先秦时期的百家争鸣的知识制度；第三次是鸦片战争以后，西方知识制度借助军事力量和宗教力量，通过建立西式大学，颠覆了以儒学为代表的中国传统知识体系及其制度安排；第四次是在 20 世纪 60 年代中国"文化大革命"期间，中国发起的"教育革命"，颠覆了依据中西两种大学传统所建立起来的知识制度。参见朴雪涛：《知识制度视野中的大学发展》，85—105 页，北京，人民出版社，2007。朴雪涛先生只列举了后三次，但笔者认为，秦朝的焚书坑儒也是一次颠覆性的制度变迁，虽然这一次的时间比较短，但它的影响却很深远，故将其补列为第一次颠覆性的制度变迁。

术界还存有不同的观点，如艾尔曼认为，中国早在17—18世纪已经发生了学术话语革命，到1800年时，"现代意识尽管没有取得完全胜利，但已成定局"，[①] 他这样说：

> 中国从帝制时代向现代国家的转变远比我们想象的复杂。西方史学家总是认为，中华帝国发展到晚期，业已腐朽衰落，失去生机。他们在向前追溯鸦片战争（1839—1842）和太平天国叛乱（1850—1864）的历史根源时，通常把中国在现代化运动中的落伍归咎于18世纪及以前的历史进程，认为中国当时衰弱、停滞，欧洲朝气蓬勃、正在走向工业化，双方形成鲜明对照。这种对中国历史的认识过于肤浅，业已过时，它完全忽略了宋（960—1279）、元（1280—1368）、明（1368—1644）、清（1644—1911）各朝对中国现代化的出现、儒教传统的式微发挥的关键性作用。本书认为，17、18世纪历史不仅是儒教中国衰亡的前奏，也是新时代即将来临的序曲。[②]

艾尔曼在这段话中强调了"中国向现代国家的转变的复杂性"，认为这一转变比人们一般想象的要早得多，可以追溯到17世纪。理由主要有：中国的学术领域在17世纪就开始出现重要转变，朴学（考据学）学术研究已成为一种职业，推动了新的学术话语传播，官方政府以赞助的形式支持书院修书，作为学术奖励盐商也为朴学家提供了生活保障，江南商人和士大夫几乎融为一体，到了18世纪，学术因盐商的资助繁荣起来，书籍出版和收藏的数量远超前代，商业的财富支持促使学术成为一种可以维持生计的行业和谋生手段。[③] 艾尔曼的这些看法确实非常新颖，也还原了一些重要的历史文化语境。不过，他认为17—18世纪的考据学所代表的清朝学术"不仅是儒教中国衰亡的前奏，也是新

---

① ［美］艾尔曼：《从理学到朴学——中华帝国晚期思想与社会变化面面观》，赵刚译，26页，南京，江苏人民出版社，1995。

② ［美］艾尔曼：《从理学到朴学——中华帝国晚期思想与社会变化面面观》，赵刚译，4页，南京，江苏人民出版社，1995。

③ ［美］艾尔曼：《从理学到朴学——中华帝国晚期思想与社会变化面面观》，赵刚译，第二章到第五章，南京，江苏人民出版社，1995。

时代即将来临的序曲"，这似乎有些过于乐观了。艾尔曼过于夸大了考据学在中国现代学术史上的地位，也将江南学术职业化的影响力看得过于深远了。中国传统知识制度向现代转化的根本动力，不可能主要来自朴学这样一种学术潮流。艾尔曼所描述的学术职业化，也多少有些理想化了。

从时间上看，中国传统知识制度的颠覆性变迁，可能是在 17—18 世纪已经出现了苗头，艾尔曼的研究充分证明了这一点，但它的完成只能是在晚清时期，是在受到了西方列强的外力冲击、接受了西方知识制度外在的强制力之后发生的，是在打破了中国传统学术的封闭状况、经历了天翻地覆的抵制和变革之后出现的，是中国人在器物、制度、思想三个层面上向西方"先生"求学的结果。这一变迁发生的时间只能是 19 世纪后半期，而不可能更早。在这次学术话语变迁的背后，实际上隐含了近代以来中国社会结构的整体变迁：中国知识制度的颠覆性变迁正是国人的现代性追求的一个组成部分。

我们可以简单地勾勒出西方现代知识制度的中国化过程：自晚清维新运动以来，在纷繁复杂的时局中，现代出版业日益繁荣，出版自由、言论自由、思想自由等观念通过现代传媒业的发展深入人心，文学公共领域开始在中国出现；翻译西方各类书籍的"同文馆"（1862）和国立综合性大学京师大学堂（1898）先后创办，科举制度被废除（1905），学术研究日益职业化、专门化；"癸卯学制"颁布，"文学研究法"课程得以设置（1904），中国文学门（1910，1919 年改称"中国文学系"）正式在北大开始建立（1918），文学成为一门独立学科，文学理论课程也逐渐从边缘课程变为新体制下中文系的核心课程，文论的传播也从零零散散的文论译介发展到教科书和文论著述的规模性出版；文学社团如雨后春笋般地建立，中国国民党、中国共产党等现代政党先后成立，政党的宣传部门逐渐完善，各种文艺政策相继被制定，这些从各个层面参与了现代知识制度的建构。在这种变局中，学术界大量吸收和借鉴西方的学术范式和知识制度，用现代西方文论知识谱系对中国传统文论知识进行了整体置换，文学理论的生产制度终于发生了耐人寻味的变化。

有论者认为，这个制度变迁的过程可以被看成一个"涵濡"（accul-turation）的过程，它具有一种"强烈的革命色彩"，它是"异质文化群体之间在直接接触时引发的持久而又深层的包涵与濡染状态"，是"以外来他者来涵濡中国自我的产物"。传统知识制度"本来就是衰败和自闭的我的一部分，但是它在绝境中焕发出强大的自我意识和自我反思精神，敢于回头发现和揭示自我的衰败和自闭，起来全盘否定自我，从而仿佛得以以凤凰涅槃的姿态，从衰败和自闭自我中跳脱而出，回头以西方文化为标准和典范，对自我展开严厉的彻底的自我批判和自我否定，全力建构新型的自我。"①这位学者所描述的这个"反思—否定—批判—重建"的"涵濡"过程，正是中西异质的知识制度或文化形态发生碰撞、融合和重构的过程。

【个案分析】

从"格致"到"科学"
——Science 的翻译与西方知识制度的中国化

下面，我们不妨以"科学"（Science）这个术语的翻译为例，来考察近代以来西方现代知识在中国的译介及其知识制度的中国化过程，并从中管窥中国传统知识制度的变迁及其涵濡过程的具体体现。②

从明末到晚清时期，特别是鸦片战争以来，大量西学著作被翻译为中文，这对国人的知识体系的转变起到了巨大的推动作用。梁启超曾经这样记述当时研习西学的情况：

> （士人）争讲万国之故及各种新学，争阅地图，争讲译出之西书。昔之梦梦然不知有大地，以中国为世界上独一无二之国者，

---

① 王一川：《层累涵濡的现代性——中国现代文艺理论的发生与演变》，《文艺争鸣》2013 年第 7 期。

② 个案分析主要来自香港中文大学金观涛、刘青峰等人制作的"中国近现代思想史专业数据库"的关键词分析结果，该库收录了清末民初（1830—1915）和新文化运动（1915—1926）近 6000 万字的重要思想史文献。参见金观涛、刘青峰：《从"格物致知"到"科学"、"生产力"——知识体系和文化关系的思想》，载金观涛、刘青峰：《观念史研究：中国现代主要政治术语的形成》，319—356 页，香港，香港中文大学出版社，2008。

今则忽然开目，憬然知中国以外，尚有如许多国，而顽陋倨傲之意见，可以顿失矣……耳目既开，民智骤进。①

这种研习西学之热潮，改变着读书人的知识结构，加快了传统知识制度的转变，"科学"（Science）一词的翻译就是一例。

从 1607 年徐光启翻译《几何原本》前六卷作为西方科学传入的开始，到梁启超写《格致学沿革考略》，中国人一直用"格致"或"格物致知"翻译"科学"（Science），时间长达三百年。"科学"在中国原指"科举之学"。不过，在 1902 年后，中国知识分子忽然放弃了（格致）这一因袭已久的用语，用"科学"来取代"格致"，原因就在于："格致"是儒学修身八条目的前面两条，具有穷理和经世两个目标，两者均属于儒家道德伦理的一部分，用它来翻译科学，就明确赋予科学知识以建构道德意识形态的功能，而用"科学"取代"格致"，则意味着科学知识与儒学划清界限，标志着知识系统的专门化及其在文化中定位的非道德化，它是 19 世纪末西方冲击下中国文化和社会现代转型的结果。②

对"科学"术语的翻译过程，金观涛和刘青峰两位先生曾有过详细的研究，他们分析了中国近现代思想专业数据库（1830—1930）中近 6000 万字文献，回顾了"格致""科学"及与其相关词汇的意义内涵的变化，特别对《新青年》杂志中"科学"一词进行了计量分析，具体分析参见下图：③

---

① 梁启超：《戊戌政变记》，见中国史学会编：《戊戌变法》（二），25 页，上海，上海人民出版社，1957。

② ［美］艾尔曼：《从前现代的格致学到现代的科学》，蒋劲松译，1—43 页，《中国学术》2000 年第 2 辑。

③ 金观涛、刘青峰：《观念史研究——中国现代主要政治术语的形成》，335 页，香港，香港中文大学出版社，2008。

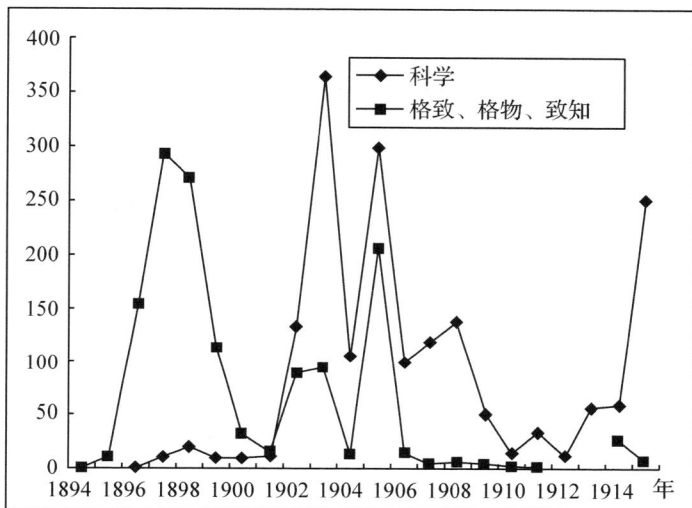

从上图可知，"科学"取代"格致"大致可分为以下两个阶段：第一阶段为 1902 至 1905 年，这两个词出现频度相差不远，可称为并用时期；第二个阶段为 1905 年前后，是"科学"取代"格致"的突变时期，1905 年可视为一个转折点。1906 年以后，"格致"不再和"科学"并存，其消亡之彻底和迅速令人吃惊。为什么"科学"取代"格致"会呈现出这两个阶段的变化？这是因为：1902 年正好是清廷宣布实行新政的第二个年头。新政最重要举措是改变传统科举制度，兴办新式教育；1903 年清廷颁布《鼓励游学毕业生章程》，更把新式教育毕业生和科举功名做出对应，奖掖新式教育人才；1905 年 9 月正式废除传统科举制度。无论是在第一阶段"科学"与"格致"共享，或科举制度与从新式学堂选拔人才同步，还是 1905 年"科学"取代"格致"，在时间上与废科举相对应，都可以证明"科学"取代"格致"并非偶然，有其社会制度和思想史方面的重要原因。"科学"一词在中文因其具"科举之分科"，但这种混淆随着科举的废除而被消除，从此"科学"一词可以无异议地被广泛使用。1900 至 1916 年"科学"一词的用法，90％以上是泛指或特指现代意义的科学（如近世科学、科学刊物、科学社团、科学史、科学精神、科学方法、科学家等）；在某些场合泛指社会人文科学（包括文史哲及政治学、社会学等），偶尔也用于指涉科举。值得注意的是，这一时期"科学"用于指涉各种实用技术知识的例句非常少；也很少用于反对纲常、主张平等或建立公德等。这表明在 1905 至 1915 年，除了个别的言论外，"科学"一词基本上是价值中立的，它与道德价值（终极关怀）呈二元分裂状态。1902 年后，一旦把儒家伦理与宇宙秩序和引进西方政治经济制度划分成两个互不相干的领域，"穷理"和"西学经世"就与儒家伦理无关，"格致"这个儒学术语也就丧失了使用意义。因此，"科学"取代"格致"，实际上意味着中国知识系统脱离儒家道德伦理的轨道。用"科学"代替"格致"，意味着中国知识系统的现代转型，其后果是与儒家意识形态划清界限。

西方现代科学兴起的标志，是"Science"从经院哲学中分离出来，无论是韦伯（Max Weber）所谓工具理性的兴起，还是现代知识系统的形成，其基本特征是知识系统和终极关怀呈二元分裂状态。虽然中国知识分子终极关怀的内容和西方不同，但从它和知识系统二元分裂这一意义上讲，新文化运动前十五年，"科学"一词所指涉的知识系统和西方现代知识系统是一致的。而中国的传统知识系统，特别当它处于儒学笼罩之下时，是一种以现世道德伦理为核心价值的知识系统，格致既包括科学理论，也通过经世与实用技术相关联。中国士大夫不需要区分科学和技术，可以统称为格致。一旦儒家终极关怀和知识系统呈二元分裂状态，实用技术也就不再与科学知识混同了。正因为如此，新文化运动前十年，"科学"的内涵中用于特指实用技术所占的比例很少。正是在这一时期，西方自然科学和多种社会科学理论知识系统无选择性地大量、快速传入中国。西方的现代知识制度也得以逐步完成了"中国化"。

四、从田园型到都市型：中国文论生产模式的转型

如果以晚清为界，我们可以发现，在经历了知识制度的颠覆性变迁之后，与诗文评等中国古代文论相比，中国现代文论的生产模式发

生了重大变化。随着西方现代知识制度在中国建立霸权地位以来，我们可以看到，以大学教授、报刊作者、社团灵魂、党派喉舌等身份出现的文论家，很明显地和晚清以前的文论家区别开来，他们的文论生产也不可避免地具有了现代知识制度的特点。如果借用英国学者托尼·比彻等人的术语，我们可以将这种区别和变化描述为从"田园型"到"都市型"的转变。①

之所以借鉴这两个术语，主要是因为：伴随着中国传统文论向现代文论转型的过程，文论生产的主体也正好在经历着从个人书斋、寺庙山林走向了大学校园和工业都市、从田园的农业社会走向了都市的工业社会的过程。在很多方面，"田园"和"都市"都形象地概括出中国文论研究的这种制度变迁的特点。

从制度的建构主体看，田园型群体主要是业余或兼职的文论家，多有其他职业和身份（官员、隐士、僧侣等），没有把文论研究当成毕生的事业来经营；而都市型的群体往往将文学研究作为安身立命的职业（大学教师、学者、批评家、理论家、编辑等），不仅可以借此满足自己的精神需求，而且可以获得物质和经济上的回报（薪水、稿酬、奖励等）。

从生产的特点看，田园型群体节奏稳定、缓慢，闲庭信步，更倾向于写专著，有些文论家皓首穷经，聚沙成塔，集腋成裘，一生磨一剑，终生只留下一部著作；而都市型的群体行色匆匆，生活节奏快，更倾向于首先在报刊上发表著述，著作等身也并非难事。

从研究的条件看，田园型群体在资源和供给上虽然也会受到资助和支持（如官方对出版《四库全书》的资助），但整体上是自给自足，其研究属于"劳动密集型"；而都市型模式由于具有更高的产出，获得的物质回报和资助也较多（如教科书和官方报刊的出版），其研究属于"资

---

① 英国学者比彻等人用"田园型"和"都市型"来描述学术研究中的两种类型，他们把软科学、应用科学的研究模式界定为"田园型"，把硬科学、纯科学的研究模式界定为"都市型"。笔者根据这两个类型的特点，结合文论生产的特点加以改造，借来描述中国文论的发展演变。参见[英]托尼·比彻、保罗·特罗勒：《学术部落及其领地：知识探索与学科文化》，唐跃勤等译，110—137页，北京，北京大学出版社，2008。

本密集型"。

从声誉和待遇上看，田园型研究获得殊荣的时间漫长，机会较少，其研究成果如果未遇伯乐只能藏之名山，传之后世，少人知晓；而都市型研究由于获得的支持较多，吸引资金的能力较强，其研究成果通过大众媒介的传播广为人知，在判定学术价值、获得提升方面往往会得到更多的机会。

从文论研究的人口密度上看，田园型的群体显然比都市型的要小得多，翻开中国古代文论史，自先秦到晚清，两千年里留下姓名的文论家不过两百人左右，[①] 而晚清以来，参与文论研究的学者如过江之鲫，某个规模较大的文学社团或研究机构的成员就可能超过百人，一所高校可能只需要几十年的时间就可以培养出来上百个从事文论研究的毕业生。

从研究问题的特点上看，田园型群体研究的问题很广，很零散，需要持续长时间的研究，发现答案非一朝一夕；而都市型集中研究范围较小的、相对突出的、数量有限的问题，研究持续时间较短，容易出成果，而且只有解决层出不穷的新问题，不断推出新成果，才能满足消费者（如学生、读者）要求，符合社会集团的目的。

从传播研究成果的途径来看，田园型的研究群体传播成果的渠道单一，速度较慢，以诗话、序跋、选本、书信为传播媒介，倾向于使用序、诗话、词话、评点、札记等诗文评形式，流传面较窄，影响较小，交流较少；而都市型的群体侧重于逻辑严谨、结构严整、论证严密、思路清晰等特点的论文和专著形式，通过大众媒介（报刊、出版物等）迅速发表研究成果，并以此保护自己的知识产权；都市型群体之间联系较紧密，通过参与课题、常规教学、学位论文和社团论争等进行广泛的学术交流。

---

① 陈钟凡的《中国文学批评史》（上海中华书局，1927）列举的文论家约有 94 人，牟世金主编的《中国古代文论家评传》（中州古籍出版社，1988）共评介了 67 位古代文论家，张少康的《中国文学理论批评史教程》（北京大学出版社，1999）列举的不到百人，蔡镇楚的《中国古代文学批评史》（岳麓书社，1999）列举了百人左右，张连第等著的《中国古代文论家手册》（吉林人民出版社，1985）列举的人数最多，约 207 人。

从合作模式看，田园型群体从事自身感兴趣的领域，研究中交叉覆盖的可能性很小，偏好独自研究胜过团队研究，很少集中研究一个别人已在从事研究的课题，很少在相同的研究领域与同行竞争；[①] 都市型群体只要有机会就尽量避免与别人在研究上有交叉覆盖，其竞争有时甚至令人窒息，如果不能避免撞车，就通过团队合作进行研究。[②]

从竞争情况看，田园型研究竞争的形式不像竞赛一样公开而激烈，学者们各居一方，默默耕耘，而都市型研究由于人员密度大，研究领域集中，竞争极为激烈，更像运动员的赛跑：跑道相同，赛跑距离相同，导致了最严酷的竞争，发生激烈的文学论争也在所难免。

从知识管理和知识控制方面看，田园型研究虽然也面临着文字狱等知识控制，但由于研究人员相对稀少，成果传播面窄，控制文论家的身体比控制知识更容易，而都市型研究的人员集中，传播较广，控制和管理知识的难度都在加大，政党的文化政策对文论生产的影响比以往更为明显。

从田园型到都市型模式，从传统到现代，为了满足不同知识制度建构主体的不同需要，中国文论生产的制度发生了巨大变化。这种变迁在中国知识制度的发展史上不是第一次，但对文学理论而言无疑是影响最为深远的一次。我们可以在文论著作、文学评论和学位论文等多种不同的知识产品中发现这种变迁的痕迹。正是在这个涵濡的过程

---

① 一种例外的情况是：清代学者会时常参与一些需集体努力相互协作的计划，这些计划主要依靠官方或半官方赞助维持运转，如 17 世纪的《明史》《大清一统志》《四库全书》等持续到 18 世纪的各种文化工程，其中也包括文论书籍的校勘和整理，如《四库全书提要》中的"诗文评"总结等。

② 从中国文论研究的实际情况看，集体协作型的生产自民国以后越来越突出。在 1949 年之前，团队合作主要集中在文学社团和同人群体中，如各期刊的发刊词往往是集体劳动的结晶，创造社和文学研究会的丛书，"中国新文学大系"等著作的出版都离不开集体合作。不过，民国时期在整体上还是以个人研究为主，即使是文论通史这样的工程也常由个人来完成（如郭绍虞、罗根泽、朱东润等人的文学批评史），学术活动的个体行为还比较明显，但在 1949 年后，这一生产方式发生了改变，集体协作型生产得到了加强，如牟世金主编的《中国古代文论家评传》只评介了 67 位文论家，作者却多达 60 位，吴文治主编的《中国古代文学理论名著题解》（黄山书社，1987）的作者也有 30 多人。关于 1949 年以来集体协作式的文论生产，详见黄念然：《中国古代文论研究的现代转型》，97—98 页，北京，中国社会科学出版社，2006。

中，古今中外的文论话语或彼此冲突、排斥、遮蔽、挤压，或磨合、沟通、兼容、重组，中国现代知识制度逐步建立起来，中国现代文学理论也因此具有了现代性，进入了"脱古入今、援西入中"的"中国诗学现代 1 时段"。①

　　接下来，从第二章至第五章，我们将详细勾勒中国现代文论从晚清，特别是民国初年到 20 世纪 40 年代的涵濡和构型过程，将主要集中于学术交流、现代大学、文学社团、政党文艺政策等制度因素进行论述。

---

　　① 王一川：《中国诗学现代 2 刍议——再谈中国现代性诗学》，《北京师范大学学报》2003 年第 3 期。

第二章　学术交流和生产场域：
大众传媒与现代文论

学术研究最根本的就是交流。

——比彻等①

　　如果按照雅各布逊的"沟通六要素"理论，② 我们可以将文学理论文本视为"信息"，将理论家和批评家视为"发信人"，将受众的接受视为"收信人"，那么，文学传播就是在发信人和收信人之间建立联系的物理渠道——触媒（contact），如报刊和书局等。研究中国文论，不能忽略对媒介（触媒）的研究。对此本雅明说得很清楚："日常的文学生活是以期刊为中心开展的。"③约瑟夫·本-戴维也认为："代表科学共同体是大学之间的联系网络和不同领域中的舆论，不是大学的正式实体。"④他们的意思是说，学术知识的储存，研究能力的提升，学者在大学中声誉的树立，学术的创新和发现，都要依靠学者之间的交流，要依靠快捷方便的传播途径，否则学术就很容易随着岁月而流失，甚至消亡。亚里士多德的《诗学》在中世纪前后的遭际与传播就说明了这

①　［英］托尼·比彻、保罗·特罗勒尔：《学术部落与学科领地：知识探索与学科文化》，唐跃勤等译，110 页，北京，北京大学出版社，2008。
②　俄裔美国语言学家雅各布逊指出，任何言语沟通行为都有六个构成要素：说话者、受话者、语境、信息、语码、接触。这六个要素是任何言语沟通都必不可少的。参见［美］罗曼·雅各布逊：《语言学与诗学》，载［俄］波利亚科夫编《结构—符号学文艺学》，佟景韩译，176 页，北京，文化艺术出版社，1994。
③　［德］本雅明：《发达资本主义时代的抒情诗人》，张旭东、魏文生译，44 页，北京，生活·读书·新知三联书店，1992。
④　［以色列］约瑟夫·本-戴维：《科学家在社会中的角色》，赵佳苓译，236 页，成都，四川人民出版社，1988。

一点。①

中国古代文论的传播主要依靠手抄和手工印刷的途径，传播范围受到了很大限制，多数文本只能是"藏之名山、传之后世"，难以为大众所熟知。近代以来，随着机械印刷媒介逐渐普及，知识的市场化和稿酬制度逐步开始建立，大量的理论家和文论家参与了报纸副刊、杂志以及出版社的编辑工作。梁启超曾把报章、现代大学和演讲一起称为传播文明的"三大利器"，② 这个说法对现代文论的构型也同样适用：现代传媒不仅开辟出了中国现代文学话语的生产场域，推动了学术的交流和文论知识的普及，改变了现代文论的生产特点，而且直接影响了现代文论的内在形态。

不过，包括现代文论在内的中国文论著作的传播途径和过程，在很长时间里并没有受到人们的重视。我们对中国文论的写作、刊印、传播和阅读的过程知之甚少。文论著述是在亲友之间传阅的民间文本，还是满足大众需求的传媒产物；是供学人拜读的个人专著，还是面向大中学生的教科书：这些因素在很大程度上影响和决定了文论的文体特色甚至重要观点。文论研究很多时候更表现为一个落到尘世的事务，而不是我们所想象的完全出自纯净的学术自觉。学术研究的自由既包括内在自由，也包括外在自由即法律保护和经济保障。③ 毕竟，文论家都是有血有肉的人，他们渴望自己的研究成果得到认同，也需要一份稳定的职业，需要赚取稿费养家糊口。这就要求我们要充分关注文论的传播过程。当然，对于文学传播的研究并不能解决关于文论研究的所有问题，但这确实能揭示出文论家所处的传媒语境以及文论话语

---

① 亚里士多德的《诗学》和他的许多著作一样，在他生前没有整理过，也没有流传发表，《诗学》曾在地窖沉埋百余年，公元前 100 年才被发现，但已有许多缺损：《诗学》共有两卷，第二卷已失传。公元前 40 年左右《诗学》经后人整理、校订后，开始广为流传，至文艺复兴时期，《诗学》对西欧文学与美学思想的影响愈显强烈，被西欧古典主义美学与文学奉为圭臬。

② 梁启超：《传播文明三利器》，见《饮冰室合集》第 6 册，42 页，北京，中华书局，1989（1936 年版影印版）。

③ 马佰莲：《国家目标下的科学家个人自由》，41 页，北京，中国社会科学出版社，2008。

的生产场域，也可以从中发现以往被我们忽略的文论特征。

一、中国古代文学理论的传播方式

中国古代文论始于先秦两汉时期，这时的文论往往依附于经学、子学或是史学。至魏晋六朝，文学及文学批评受到人们的关注，文学研究成为一个专门的学问。从《典论·论文》开始，独立的文学批评文章和著作逐渐增多，有些学者毕生从事文学研究，像曹丕、陆机、挚虞、刘勰、钟嵘等，文论著作也出现了多种类型，[①] 主要传播媒介有口语、文字(卷轴、碑石、墙壁、名刺、笺、陶瓷器、拓印本、雕版印刷本等)。[②]

在中国传统知识制度的影响下，中国古代文论家的写作往往是为了"立德、立功、立言"，为帝王、为士大夫进言，或者是娱情娱己，所谓"寄身于翰墨，见意于篇籍"(曹丕《典论》)。大多数文论著作要么以聚徒讲学与周游列国等方式进行传播(如孔孟的儒家文论)，要么以手抄本或手工印刷的形式拿去送师长、亲友或门生，交给藏书楼收藏，以便进行学术交流，前面讨论过的《文心》便是以手抄本或手工印刷的形式在沈约等少数文人圈里传播。但明清之后出现的小说评点等文论创作与以往不同。小说评点源于唐宋以来的诗话及诗文评点著作，但其功能和传播方式发生了许多改变。袁无涯刻本《水浒传》卷首"发凡"云："书尚评点，以能通作者之意，开览者之心也……今于一部之旨趣，一回之警策，一句一字之精神，无不拈出，使人知此为稗官史笔，有关于世道，有益于文章，与向来坊刻，迥乎不同。如按曲谱而中节，

---

① 有学者将中国古代文论分为以下种类：(1)专著，如刘勰《文心雕龙》、张炎《词源》、叶燮《原诗》、刘熙载《艺概》；(2)诗话；(3)品鉴；(4)律谱；(5)史传；(6)汇编；(7)论文；(8)序文；(9)书信；(10)作家传记；(11)选本；(12)疏注。参见成复旺：《中华文化通志·艺文典艺文理论志》，193页，上海，上海人民出版社，1998。

② 根据书籍的复制手段，可以将书籍分为简牍编次本、卷轴抄写本、册头、册页印刷本(雕版、活字、铅印)、电子屏幕本。参见翠玲：《传统媒介与典籍文化》，38页，北京，中国传媒大学出版社，2006。

针铜人而中穴，笔头有舌有眼，使人可见可闻，斯评点所最可贵者。"
这段话指出：评点人作为特殊读者，可以起到沟通作者和读者的作用，
好的小说评点可以拈出小说的旨趣，分析语言的内涵，归纳警策之处，
活灵活现，入木三分，有助于提高读者购买与阅读的热情，具有明显
的沟通世俗、促进销售的特性。这是小说评点最为独特的地方。在明
清书坊主的推动下，明清时期的小说名著多有批点，有的是一批再批，
随着小说一起刊行，依靠店铺、书肆、书摊、集市、负贩、书船、行
政渠道、驿传等渠道传播，在读者中产生了广泛而深入的影响。李贽、
金圣叹、毛宗纲、张竹坡、脂砚斋等人的评点当时很受欢迎，没有点
评的"白头本"几无招架之功。不过，由于小说评点文字都是附属于小
说文本，这也决定了它的篇幅不可能太长，难以出现完整的理论体系，
也几乎不以单行本的方式传播，这就限制了它的影响范围。

在稿酬和版权制度上，在中国古代图书市场上，除了通俗小说以
外，一般的图书不需要付稿费，① 也没有"著作权""版权"的概念。文
论家的研究作品积累到一定数量，就自己掏钱或由他人赞助请出版商
刻成文集，书商编选时人论文、出版已故学者的研究著作，也不必给
作者或作者的家属付报酬。② 不过，小说评点可能是例外。小说评点
本来是学者个人创造性的、不带功利性的赏评活动，但在评点本商业
利润的诱惑下，这种颇具理论价值的评点也在书坊主的利用下被商业
化了，甚至出现了大量假托名人评点、抬高书籍身价的现象。③ 书坊
主的虚假营销举动，也从另一个侧面充分展示了评点的传播功能和经
济效益。

此外，由于古代缺乏专门的学术期刊，不同地区的学者要进行学

---

① 明末清初，创作"才子佳人"小说的作家有"天花藏主人""烟水散人""烟霞散人""嗤
嗤道人""笔炼阁"等，他们的著作一般要付稿费，他们中间有的是出版商约请的作家，有的
同时兼做出版商。

② 例如，《儒林外史》描写的马二先生和匡超人等人在编选《八股文选本》时，出版商只
需付选家的报酬，不必付钱给入选的作者。

③ 据不完全统计，其中托名李贽评点者最多，有 18 种，金圣叹有 6 种，钟惺有 6 种，
此外冯梦龙、汤显祖、徐文长、李渔等人也屡屡被书商作为招徕顾客的广告。参见宋莉华：
《明清小说评点的广告意识及其传播功能》，《北方论丛》2000 年第 2 期。

术交流，遇到的障碍要大得多，在这种情况下，学术同行之间的书信交流发挥了一些沟通作用。这些学术信件日后或编入作者的文集，或单独成集出版，也成为文论传播的一种渠道。①

鉴于传播范围的局限性、稿酬制度和版权制度的不完善，以及学术期刊的阙如，中国古代文论的传播范围和影响力受到了很大限制，基本上属于小众传播，中国文论也没有太多机会发挥出公共话语的作用。

二、晚清到民国的书刊出版

中国现代文论与古代文论最明显的不同，是它与大众传媒之间建立了积极的互动关系。自晚清以来，新型的报馆、杂志、编译社、书局发展迅猛，尽管多数存活时间较短，② 但前所未有的大众媒介仍然极大地影响了中国文学，不但为文学研究提供广阔的知识生产、传播和普及的空间，介入了学术知识的生产过程，而且影响到现代文论特征的形成。戈公振甚至认为："一国学术之盛衰，可于其杂志之多寡而知之。"③这句话道出了报刊等大众传媒在现代学术研究中的重要性。

早在鸦片战争之前，中文报刊便已问世：1815 年，英国伦敦布道会的传教士马礼逊在马六甲创办了第一份中文刊物《察世俗每月统记

---

① 艾尔曼曾经以朴学为例，说明了书信交流对学术研究的重要性：章学诚与许多同行如邵晋涵、洪亮吉、孙星衍、姚鼐、钱大昕、戴震都有通信往来，有的结集出版。刘台拱（1751—1805）的学术经历类似章学诚，他生前虽然未出过学术专著，但和 204 位著名学者（如阮元、臧庸、段玉裁）经常通信，交换对经学研究的看法，对当时的许多知名学者产生了影响。钱大昕也常以通信方式委婉地指出同行、朋友出现的学术失误。参见［美］艾尔曼：《从理学到朴学：中华帝国晚期思想与社会变化面面观》，赵刚译，139—141 页，南京，江苏人民出版社，1995。

② 据统计，晚清民国时期文学期刊的存活期普遍很短，绝大多数刊物属于速生速灭型，在全部 4194 种文学期刊中，创刊后 1 年内终刊（死亡）的占 75.7%，能维持 1 年以上的仅占 24.3%，能维持 3 年以上的仅占 8.6%，5 年以上的仅占 3.7%，10 年以上的仅占 1%。见邓集田：《中国现代文学出版平台：晚清民国时期文学出版情况统计与分析：1902—1949》，95 页，上海，上海文艺出版社，2012。

③ 戈公振：《中国报学史》，217 页，上海，上海古籍出版社，2003。

传》。自 19 世纪末以来，中国报刊业的发展极其迅猛，《马关条约》签订以前，中国从鸦片战争以来五十多年创办的所有报刊，包括海外华文报刊，只有 110 多家，而在《马关条约》签订后的 1897 年与 1898 年两年内，创办的报刊就达 104 家。1815—1911 年，共有中文报刊 1753 种。① 1872—1949 年，晚清民国时期历年创刊的文学期刊多达 4194 种。②

不过，在晚清有报刊之时，被称为主笔的报刊主编还是一种社会地位低下的职业，为一般读书人所不齿，真正有家世、有才学的士子是不愿意从事这个行业的。③ 直到康有为、梁启超 1898 年在上海办起《时务报》之后，特别是自 1905 年科举制度废除后，报刊的社会地位才得以确立，报刊的价值陡然猛升，主编、记者之类的头衔也随之变得风光耀眼，正所谓"于是新闻业卓然成海上之新事业。而往者文人学子所不惜问津之主笔访事，至是亦美其名曰'新闻记者'，曰'特约通信员'，主之者既殷殷延聘，受之者唯唯不辞"。④ 传媒人逐渐得到了知识分子的承认与尊重。参与报刊的编辑和出版可以帮助文人从传统的做官、入幕、教书三条谋生之路中解脱出来，为他们成为独立的自由职业者奠定了基础。正如时人于右任所说的那样："报馆中人，鄙官而不为者，不知多少也。"⑤

作为传媒市场上的出版机构，利润自然是报刊社和出版社的直接目标甚至主要目标。不过，中国现代出版史上也不乏一些有志向的出

---

① 史和等：《中国近代报刊名录》，福州，福建人民出版社，1991；祝均宙：《近代 66 种文艺报纸和 132 种文艺杂志编目》，载上海书店编《中国近代文学争鸣》第 1 辑，163—164 页，上海，上海书店，1989。

② 参见邓集田：《中国现代文学出版平台：晚清民国时期文学出版情况统计与分析：1902—1949》，88 页，上海，上海文艺出版社，2012。

③ 比如，中西文化交流的早期倡导人之一王韬早年曾因生计所迫在墨海书馆当编辑，他在日记中忏悔道："当初初至时，曾无一人剖析义利，以决去留，徒以全家衣食为忧，此足一失，后悔莫追。苟能辨其大闲，虽饿死牖下，亦不往矣。虽然，已往者不可挽，未来者犹可致，以后余将作归计矣。"见《王韬日记》，方行、汤志钧整理，92 页，北京，中华书局，1987。

④ 参见魏绍昌：《中国近代文学大系 1840—1919 史料索引集》，934 页，上海，上海书店出版社，1996。

⑤ 于右任：《呜呼温肃》，《于右任辛亥文集》，77 页，上海，复旦大学出版社，1986。

版人，他们不同于一般的书商，他们为中国文论乃至中国文学的传播与发展贡献巨大，正如著名出版人张静庐总结的那样："'钱'是一切商业行为的总目标。然而，出版商人似乎还有比钱更重要的意义在上面。以出版为手段而达到赚钱的目的，和以出版为手段而图实现其信念与目标而获得报酬者，其演出方式相同，而其出版的动机完全两样。我们——一切的出版人——都应该从这上面去体会去领悟。"①所谓"比钱更重要的意义"，正是中国现代传播的真正价值所在。

与晚清之前和1949年以后的书刊出版不同，晚清到民国的书刊出版在书刊机构的组织者身份、与大学的渊源、书刊的形态、知识的传播和管控等方面，有着以下鲜明的特点：

第一，大量学者和作家亲自参与现代传媒领域，借助书刊出版来推动文学革新和思想文化的创造。他们或到出版社担任编辑，如茅盾和叶圣陶去了商务印书馆，郭沫若去了泰东图书局；或自己创办出版社和书店，经营文学事业，如陈望道之于大江出版社，胡风之于希望社、南天出版社、诗歌出版社，柯灵、唐弢之于上海出版公司，沈从文、萧红和胡也频之于红黑出版社，老舍和赵家璧之于晨光出版公司，施蛰存之于水沫书店，等等。②

第二，这一时期的文学出版往往与中国大学有着密切的关系。五四时期的《新青年》主要依靠的是陈独秀、胡适等北大教授，是"一校一刊"的典范，1928年创办的《新月》和1932年出版的《独立评论》更是紧

---

① 张静庐：《在出版界三十年》，137页，南京，江苏教育出版社，2005。
② 徐雁平：《文人学者与现代出版业关系概观》，见叶再生《出版史研究》第5辑，236—237页，北京，中国书籍出版社，1995。

紧依靠教授群体。① 现代传媒和现代大学的结盟，不仅使传媒业获得了源源不断的学术支持，学者的学术成果得以进入公共领域，也使知识的生产和传播方式发生了根本变化。

第三，晚清到民国后期的文学出版面貌各异，富有个性，一定程度上保障了言论出版自由的实现。从晚清到民国，中国的文学出版虽然没有挣脱出版审查的束缚，获得真正意义上的出版自由，但与已往相比，这段时期的文学出版确实获得了较大的发展空间和相对自由，这一点在五四前后表现得尤其突出。用蔡元培的话说，"当时思想言论的自由，几达极点"，② 出版界甚至出现了一段"黄金时代"，原因是，"举办一种刊物非常容易：一、不登记；二、纸张印刷价廉；三、邮递

① 以《新月》月刊为例，这本杂志是 1928 年 3 月由南迁上海的自由主义知识分子创办的，主要成员 31 人，其中 24 人为大学教师，分别是：胡适（中国公学校长）、徐志摩（光华大学、东吴大学法学院、中央大学）、罗隆基（光华大学政治系主任）、潘光旦（光华大学文学院院长、中国公学大学部社会科学院院长）、梁实秋（光华大学、暨南大学、青岛大学）、闻一多（南京第四中山大学副教授兼外文系主任）、余上沅（暨南大学教授）、饶孟侃（复旦大学、暨南大学）、沈从文（中国公学教员）、陈源（武汉大学教授兼文学院院长）、凌叔华（武汉大学）、陈衡哲（北京大学史学系教授）、杨端六（武汉大学教授兼经济系主任）、叶公超（暨南大学外文系主任，中国公学教授）、吴泽霖（大夏大学教授兼社会历史系主任、光华大学教授）、刘英士（东吴大学、暨南大学、中国公学教授）、唐庆增（中国公学、上海商科大学、光华大学）、丁西林（中央大学物理系教授）、全增嘏（中国公学、大夏大学、光华大学）、吴景超（金陵大学、清华大学）、王造时（光华大学、中国公学教授，光华文学院院长兼政治系主任）、梅汝敖（武汉大学教授）、宋春舫（东吴大学教授）、颜任光（光华大学教授兼理学院院长、副校长）。另外，《独立评论》也是如此，这本杂志于 1932 年 5 月开始出版，主要参与者 25 人均任职于各大学，分别是：胡适（北京大学文学院院长）、丁文江（北京大学地质学研究教授）、蒋廷黻（清华大学历史系教授兼系主任）、傅斯年（北京大学教授）、任鸿隽（中央大学教授、四川大学校长）、陈衡哲（北京大学、四川大学教授）、翁文灏（清华大学代校长）、吴景超（清华大学社会学系主任）、何廉（南开大学经济学院院长）、周炳琳（北京大学法学院院长）、陈之迈（北京大学及清华大学教授）、张奚若（清华大学教授兼政治系主任）、周诒春（燕京大学代校长）、陶希圣（北京大学政治系教授）、汪敬熙（北京大学教授）、萧公权（清华大学政治系教授）、陈岱孙（清华大学教授）、顾毓琇（清华大学工学院院长）、吴宪（北京协和医学院教授兼院长）、张忠绂（北京大学法学院政治系教授）、徐炳昶（北平师范大学校长）、张佛泉（北京大学政治系教授）、陈序经（南开大学教授）、董时进（北京大学教授）、郑林庄（燕京大学教授）。详见章清：《"胡适派学人群"与现代中国自由主义》，79—83 页，89—92 页，上海，上海古籍出版社，2004。

② 蔡元培：《总序》，见胡适编选《中国新文学大系·建设理论集》（影印本），8 页，上海，上海文艺出版社，2003。

便利，全国畅通；四、征稿不难，报酬微薄。"①这一时期的出版业虽
然也先后受到清朝政府、北洋政府和南京政府的严格控制和审查，但
由于北洋政府政局不稳，政权更迭频繁，军阀忙于混战，给出版界留
下了一定的空间。费正清等人后来这样评价这段时间舆论控制的特点：
虽然"大多数军阀都是保守的、竭力与传统价值观保持协调的人。然而
非常矛盾的是，他们所制造的分裂与混乱却为思想的转折和反传统倾
向的流传提供了绝好的机会。无论中央政府还是各省军阀，都无法有
效地控制住大学、期刊、出版业及中国知识界的其他机构"。②南京政
府成立后，虽然制定了一系列关于出版的法律，但这一时期的出版物
还没有被任何一种权威话语一统天下，价值取向不同的刊物构成了这
一时期报刊的底色：同人刊物、政党刊物、商业刊物、社团刊物，以
合法的或秘密的身份，以各种模样粉墨登场，在一定范围内也维护和
体现了言论出版自由这样一种元规则。比如，著名的语丝社的刊物《语
丝》为鲁迅非常赞赏的一点就是"语丝派"的特立独行，是它远离了行政
权威，"不愿意在有权者的刀下，颂扬他的威权，并奚落其敌人来取
媚，可以说，也是'语丝派'一种共同的态度。"③

以民国时期自由知识分子论政的胡适为例，胡适在教学、治学和
短暂从政之余，拿起笔写时评，阐述民主、自由与人权，时常尖锐批
评现实政治，以致他参与创办的或为其撰稿的刊物屡遭各方围剿：《努
力周报》(1922—1923，共75期)谈政治而碰壁，《新月月刊》(1928—
1932，共4卷7期)为人权问题与国民党弄得关系非常紧张，接着《独
立评论》(1932—1937，共244期)因揭露华北自治而被地方势力查
禁。④胡适与现代传媒的关系史也显现出民国时期学术自由的可能与
限度。

①　秋翁：《三十年前之期刊》，《万象》1944年第4卷第3期。
②　[美]费正清：《剑桥中华民国史》第一部，章建刚等译，338页，上海，上海人民出
版社，1991。
③　鲁迅：《我和〈语丝〉的始终》，《鲁迅全集》第4卷，173页，北京，人民文学出版社，
2005。
④　杨金荣：《角色与命运：胡适晚年的自由主义困境》，101页，北京，生活·读书·
新知三联书店，2003。

第四，书店或出版社的经营总是与杂志的出版联系在一起的。杂志对书店或出版社的经营和学术的传播有很好的宣传和推动作用。资深编辑赵景深说过，因为"办一个书店，总得有个杂志撑撑门面，或者借此登登广告，那么杂志的风起云涌是必然的趋势"。① 施蛰存也从广告营销的角度总结了期刊出版对书店的益处："出一种期刊，对于中小型书店来说，是很有用的，如果每月出版一册内容较好的刊物，在上海市，可以吸引许多读者每月光顾一次，买刊物之外，顺便再买几种单行本回去。对于外地读者，一期刊物就是一册本店出版书籍广告。"②

第五，从学术评价体系看，这一时期文学期刊尚未构成一种森严的等级制度。晚清到民国时期的各种文学杂志、学术报刊虽然背景不同，但在市场和读者那里是独立、平行的关系，当时的报刊秩序还不是权力等级的再现。即使有些刊物获得了政府或大学的财力和物力的支持，但如果没有获得读者和市场的认同和青睐，它也无法占领市场和掌握话语权。相反，如果普通的报刊发表了重要的学术论文，同样也可以获得如潮的好评，如鲁迅的《摩罗诗力说》《文化偏至论》《破恶声论》等著名论文只是发表在民间刊物《河南》上，③ 罗振玉创办的私人刊物《教育世界》，④ 也发表过王国维的惊世之作《红楼梦评论》。这与后世把学术期刊按照主管部门、行政级别等标准划分为三六九等（如权

---

① 赵景深：《十七年度中国文坛之回顾》，《申报·艺术界》，1929 年 1 月 6 日。
② 施蛰存：《沙上的脚迹》，60 页，沈阳，辽宁教育出版社，1995。
③ 《河南》是清朝末年河南留日学生程克、孙竹丹等人在日本东京主编的一个综合性刊物，1907 年 12 月创刊，1908 年 12 月 20 日停刊，共出九期。《摩罗诗力说》是由鲁迅 1907 年所作，于 1908 年 2 月和 3 月发表于《河南》杂志第 2 期和第 3 期上，署名令飞。《文化偏执论》发表于《河南》1908 年第 7 期。《破恶声论》发表在 1908 年 12 月 5 日《河南》的第 8 期，署名迅行。
④ 《教育世界》是中国最早的教育专业刊物，由罗振玉、王国维于 1901 年 5 月在上海创办，至 1908 年 1 月停刊，共出 166 期。《〈红楼梦〉评论》连载于《教育世界》1904 年第 8、9、10、12、13 期。

威、核心、一般等)的情形构成了鲜明的对比。①

以上几点构成了晚清到民国的文学传播的基本特征。

三、大众传播和文论生产

在上述语境下，参与和编辑出版报刊、创办书局成为当时许多文学青年、学者解决谋生问题、实现文学梦甚至是救国梦的有效途径，这也决定了中国现代性文学的进程。正如有学者指出的那样，某些曾"独领风骚"的报刊是可以作为一个时代的经典性文献来阅读的："晚清以降，几乎所有重要的著述，都首先在报刊上发表，而后方才结集出版；几乎所有重要的文学家、思想家，都直接介入了报刊的编辑与出版；几乎所有的文学潮流与思想运动，都借报刊聚集队伍并展现风采。"②这一判断是完全符合文学理论的生产情形的。晚清以来，文学传播和文论家形成了一种前所未有的互动关系，形成了文论生产的激励机制，对中国文论的转型和现代文论的构型也产生了巨大影响。

1. 报刊书局成为学术交流的平台，扩大了文论的再生产

早在 19 世纪末 20 世纪初，中国的一些报刊就已经开始发表文论研究论文。③ 虽然大多数文艺报刊都以刊载小说、戏剧、诗歌和散文为主，但很多报刊同时也有发表学术论文和短论的栏目，晚清到民国的著名报刊都与文论有着不解之缘，它们的副刊也成了文论研究的重要阵地。如《晨报副镌》《京报副刊》，《时事新报》的副刊《学灯》，《民国

---

① 这一点受到了洪子诚先生的启发。洪先生认为，新中国成立后中央一级(中国文联、作协)的刊物具有最高的权威性，负责提出重要问题和形成结论，20 世纪五六十年代中国文联和作协主办的《文艺报》《人民文学》等就起到了这样的作用。次一等的是省和直辖市的刊物，这些刊物往往负责对"中央"一级做出呼应。这种序列有效地建立了思想、文学领域的秩序，维护了体制。参见洪子诚：《问题与方法——中国当代文学史研究讲稿》，208 页，北京，生活·读书·新知三联书店，2002。

② 陈平原：《学问家与舆论家》，《读书》1997 年第 3 期。

③ 如几道、别士的《本馆附印说部起源》(《国闻报》1897 年 10 月 16 日—11 月 18 日)，任公(梁启超)的《译印政治小说序》(1898 年《清议报》1 册)等。

日报副刊》《觉悟》，《益世报》的《文学副刊》，《大公报》的《自由谈》，等等，《新青年》《新潮》《每周评论》《东方杂志》《小说月报》《文学旬刊》《创造季刊》也曾经开设和编排过"文论专栏""评论""文学原理研究号""文学批评研究号""创作批评"等专栏或专辑。这些报纸副刊行使着学术期刊的功能。对此知名编辑孙伏园在 20 世纪 20 年代就已经注意到了："在中国杂志又如此之少，专门杂志更少了，日报的附张于是代替一部分杂志的工作。例如宗教、哲学、科学、美术等，本来都应该有专门杂志的，而现在《民国日报》的《觉悟》，《时事新报》的《学灯》，北京《晨报》的副刊，大抵是兼收并蓄的。"①如果把现代报刊的发刊词、终刊词、序、叙例、缘起、论说、丛话、例言、牟言、稿约、通信汇编成书，我们可以看到，那简直就是一部中国现代文论和文学思潮的简史。②

在中国现代文论史上，一些有影响的文论家深感当时学术交流方式的匮乏，于是积极地参与到报刊的出版工作中来，正如朱光潜先生所说："学术思想是天下公物，须得流布人间，以求雅俗共赏。"③以批评家李长之为例，他与文论研究和大众传媒就有着不解之缘。1935年，李长之还在清华大学读本科，他通过自荐的方式承担起了天津《益世报》副刊《文学副刊》的编辑工作，著名的《鲁迅批判》也是首发于这一副刊。李长之后来回忆："我不能不感谢天津《益世报》，倘若不是纯文学副刊，感到稿件之少，这篇东西怕还得迟些时日才能动笔。在这里我证实了文章是逼出来的一事之可靠。""每到星期三，是文学副刊出版的日子，我一到阅报室，就看到有不少人在伸着脖子，挤着看那从首至尾，往往万字以上的排一整版的长文了，我很惭愧和不安。"④可见《益世报》对《鲁迅批判》一书有着直接的催生作用。更为重要的是，《益

---

① 记者(孙伏园)：《理想中的日报附张》，《京报副刊》第一号，1924 年 12 月 5 日。

② 相关著作可参见古敏：《头版头条——中国创刊词》，北京，时事出版社，2005。

③ 朱光潜：《给青年的十二封信·谈十字街头》，《朱光潜全集》第 1 卷，22 页，合肥，安徽教育出版社，1987。

④ 李长之：《鲁迅批判·后记》，《李长之文集》第 2 卷，114 页，115 页，石家庄，河北教育出版社，2006。

世报》也直接影响了《鲁迅批判》的最终呈现。由于涉及反教会的内容，① 具有教会背景的《文学副刊》于 1935 年最终仓促停刊，《鲁迅批判》没有写完，已经写完的也没有完全发表，如第十章《鲁迅著译工作的总检讨》原来计划写为七节，但停刊时其中"三、鲁迅翻译的剧本与小说""四、鲁迅翻译的散文随笔""五、鲁迅翻译的童话""六、鲁迅对旧籍之整理著作""七、鲁迅之杂译与杂著"还没有刊登，后来李长之在编辑《鲁迅批判》时，"因它不全，而且究竟是鲁迅的'身外之物'，未收录。"我们现在能够看到的《鲁迅批判》的全部内容，是曾经发表在李长之主编的《文学副刊》上的内容。此后，李长之再也没有了完成《鲁迅批判》的心境和机会，不免让后人扼腕叹息。

"新人文主义学派"的主将吴宓的经历也是如此。早在清华求学期间，吴宓感到当时"学术文章，尤晦昧无声响，俯抑先后，继起者敢辞此责哉？"因此下决心以创办期刊"为入手之举"，借以"造成一是学说，发挥国有文明，沟通东西事理，以熔铸风俗，改进道德，引导社会"。② 1922 年他在东南大学与梅光迪、柳诒徵一起主编创办《学衡》杂志。1928 年，吴宓兼任天津《大公报·文学副刊》主编，1947 年又主编《武汉日报·文学副刊》一年，一直活跃在传媒领域，这些都促进了学衡派的文学主张和新人文主义文论在中国的影响和推广。

中国现代文论家参与大众传播的活动，可参见表 2-1。

需要强调的是，晚清以来的大多数出版社几乎都参与了文论著作的出版，如商务印书馆（1897 年成立）、中华书局（1912 年成立）、大东书局（1916 年成立）、世界书局（1921 年成立）、开明书店（1926 年成立）等，通过文论著作的出版培养了大量的文论家和读者，推动了文学研究的制度化，其中大规模的"文学丛书"更是显示了传媒在文学生产

---

① 李长之曾经这样回忆报社的审查：报馆给的压迫也不是没有，因为神经过敏，常把原稿加以删改，因为触犯宗教，常在稿上批上"刺目"。还有无妄的限制，苏俄的字样得避讳，因为苏俄反对宗教，当然也反对天主教了。当然也反对天主教所设的《益世报》了，为"刺目"，或者为报复，苏俄的字样便最好少见。不许称"上帝"，得称"主"，这就是即便不反对天主教，而称谓也得受一受统制。见李长之：《鲁迅批判·后记》，《李长之文集》第 2 卷，114—115 页，石家庄，河北教育出版社，2006。

② 《吴宓日记》，381 页，410 页，北京，生活·读书·新知三联书店，1998。

表 2-1　中国现代文论家与报刊出版

文论家或学者	出版活动（包括创办、合办、编辑的出版物和出版机构）	文论家或学者	出版活动（包括创办、合办、编辑的出版物和出版机构）
胡适	《竞业旬报》《独立评论》《留美学生月报》《北京大学月刊》《读书杂志》《现代评论》	鲁迅	《浙江潮》《越铎日报》《国民新报》副刊、《前哨》《莽原》《语丝》《朝花》《呐喊》《译文》/朝花社、三闲书屋、未名书屋
陈独秀	《新青年》《安徽俗话报》《国民日报》《共产党》《劳动界》	沈从文	《人间》《红黑》《大公报》文艺副刊/人间出版社、红黑出版社
梁启超	《清议报》《新民丛报》《新小说》《时务报》	梁宗岱	《大公报·文艺》副刊《诗特刊》
梁实秋	《新月》《大江》《益世报》副刊、《文学周刊》《世界日报》副刊、《学文》《北平晨报》副刊、《文艺》/新月书店	郭沫若	《创造季刊》《创造月刊》《创造周报》/创造社、群益出版社
李长之	《文学季刊》《益世报》文学副刊、《清华周刊》《文学评论》《时与潮》副刊、《和平日报》副刊、《北平时报》副刊、《书评》副刊	茅盾	《小说月报》《呐喊》《文艺阵地》《文联》《小说》
朱光潜	《旬刊》《文学杂志》《工作》《现代文录》《独立时论》《周论》《民国日报》副刊、《文艺》《华北日报》副刊	冯雪峰	《文学工场》《萌芽月刊》《文艺新闻》《前哨》《十字街头》
宗白华	《时事新报·学灯》	胡风	《七月》《希望》

中的整体实力和优势，如"新潮社文学丛书""创造社丛书""文学研究会丛书""未名丛刊""乌合丛书""狂飙丛书""良友文学丛书"。在这些"丛书"里，特别需要提及的是 1935—1936 年由上海良友图书出版公司策划、出版的《中国新文学大系（1917—1927）》。"新文学大系"不仅对现

代文学进行了及时的总结和回顾，而且对现代文学理论进行了全面整理，丛书不仅囊括了建设理论、文学论争和史料等文学理论的各个方面，而且由参与新文学运动的鲁迅、胡适等主将们亲自担任各个分卷的主编并以"导言"的形式做出梳理和总结，推动了中国现代文论的系统化和学科化。

此外，文学理论教材的出版也开始呈现出遍地开花的格局，对文论传播和普及做出了很大贡献，可参看表 2-2 的部分统计数据。

表 2-2　文论教科书的出版

出版社/文论 教科书数量	著作名称及作者
（上海）商务 印书馆/8 本	刘永济：《文学论》(此前版本有：长沙湘鄂印刷公司 1922 年；上海太平洋印刷公司 1926 年；上海文艺书局 1931 年) [英]温彻斯特：《文学评论之原理》，景昌极、钱堃新译，梅光迪校，1924 年。 [日]本间久雄：《新文学概论》，章锡琛译，1925 年。 马宗霍：《文学概论》，1925 年。 郁达夫：《文学概论》，1927 年。 曹百川：《文学概论》，1931 年。 [美]韩德：《文学概论》，傅东华译，1935 年。 蔡仪：《新艺论》，1943 年。
（上海）北新 书局/8 本	[日]厨川白村：《苦闷的象征》，鲁迅译，北京新潮社，后改由北新书局出版，1924 年。 潘梓年：《文学概论》，1925 年。 王耘庄：《文学概论》，1929 年。 姜亮夫：《文学概论讲述》，1930 年。 [日]儿岛献吉郎：《中国文学概论》，胡行之译，1930 年。 赵景深：《文学概论讲话》，1933 年。 许钦文：《文学概论》，1936 年。 陈乾吉：《文学基本问题》，1936 年。
（上海）光华 书局/4 本	王森然：《文学新论》，1930 年。 [英]韩德生：《文学研究法》，宋桂煌译，1930 年。 [日]夏目漱石：《文学论》，张我军译，1931 年。 顾凤城：《新兴文学概论》，1930 年。

续表

出版社/文论 教科书数量	著作名称及作者
（上海）开明 书店/4本	章克标、方光焘：《文学入门》，1930年。 [日]本间久雄：《文学概论》，章锡琛译，1930年。 夏炎德：《文艺通论》，1933年。 程会昌纂：《文论要诠》，1948年。
（上海）中华 书局/3本	田汉编：《文学概论》，1927年。 钱歌川：《文艺概论》，1930年。 张梦麟：《文学浅说》，1948年。

从上表可知，商务、中华、开明、光华四个书局印刷出版了19本文论教科书，再加上其他书店的印刷数量就更为可观了。据毛庆耆等人所统计的书目，1920—1948年，中国出版的文艺理论教材达245本。[①]

大众传播快捷的出版机制，为知识分子传播学术成果提供了重要渠道和内在动力。正如曾任光华大学文学院院长的潘光旦先生所说的那样：

> 以前著述的人比较为数甚少，著作之后，有力量付诸剞劂的人为数更少；能够在生前见到自己的作品流传的人更是寥寥无几。现在呢，例如我昨晚上写着这一段"发表欲"的文字，我今天早上就可以看见排印出来。不过我们要了解，古今著作界的心理终究是一样的，一样希望把作品流传出来；不过以前因为种种物质上的设备太缺乏，这种希望不能立刻实现，只好藏诸名山传之身后了；甚或以退为进的说他的作品根本便不希望流传。到了现在，因为物质的设备很便利，所以著述少的便著述多了，不著述的也著述起来了，甚至完全不宜于著述的人，也起了幸进之心。[②]

---

① 毛庆耆、董学文、杨福生：《中国文艺理论百年教程》，附录，广州，广东高等教育出版社，2004。

② 潘光旦：《"著作狂"及"发表欲"》，见潘乃穆等《潘光旦文集》第2卷，53—54页，北京，北京大学出版社，1994。

这段文字形象地道出了大众传播对现代学者和学术创造的推动和激励作用。

现代报刊、印刷出版等大众媒介和图书流通等文学生产机制，使文学理论与批评得以发挥更为广泛的作用和影响；大量刊物专辟有批评的相关栏目，也大大催生了文论与批评的生产。文论研究和文学批评不再紧紧依附于创作者，也不再局限于文人士大夫间的心有灵犀，而是伴随着现代传播媒体成为一种面向广大读者群的独立活动。李长之曾经这样评价五四以来的文化运动："精神科学不如自然科学，哲学不如社会学、经济学，文学不如哲学，文学的创作还不如文学的理论批评，这是我对于中国五四以来文化运动的总考察。"① 这种评判是否准确而全面姑且不去提它，但其中对文学理论的高度评价值得重视，文学理论在当时的影响之大也可见一斑，其中大众传播功不可没。

2. 稿酬制度推动和促进了文论研究的职业化

稿费在中国由来已久，早在汉朝"作文受谢""润笔"（也称"润毫""濡润"）就有先例，② 很多著名的文学家都曾撰写碑文或墓志铭赚取过报酬，即使是狂放不羁的才子拿稿费或等价物时也是毫不客气，明朝的一些小说家如冯梦龙为书坊主撰写"三言"等通俗小说，都是拿过稿费的。不过，就整体而言，在大众媒介出现之前，能够拿到稿酬的文人毕竟是少数，一般的学术研究是难以获得经济回报的。中国古代文论家生活的经济来源主要依靠俸禄或其他收入，职业批评家的出现是大众传媒在中国出现以后的事情。

稿酬制度在中国的出现和成熟是近代商品经济发展的产物，也是近代出版业发展的产物。商品经济的发展使近代图书市场得以形成，

---

① 李长之：《一年来的中国文艺》，《民族杂志》1935 年第三卷第一期。

② 汉末蔡邕曾为人撰写碑志数十篇，"得万金计"（《后汉书》本传）。宋人洪迈《容斋随笔》记载："作文受谢，自晋宋以来有之，至唐始盛。"宋人王楙的《野客丛书》把稿酬的历史追溯到了汉代："作文受谢，非起于晋宋……观陈皇后失宠于汉武帝，别在长门官，闻司马相如天下工为文，奉黄金百斤为文君取酒，相如因为文，以悟主人，皇后复得幸。"李诩《戒庵老人漫笔》卷一"文士润笔"条云：嘉定沈练塘龄闲论文人无不重财者，常熟桑思玄曾有人求文，托以亲昵，无润笔。思玄谓曰："平生未尝白作文字，最败兴，你可暂将银一锭四五两置吾前，发兴后待作完，仍还汝可也。"详见陈明远、鲁湘元相关著作。

出版业技术条件的改进使出版经营者有利可图。现代以来，稿酬制度在中国的建立大体上是沿着这样的轨迹完成的：作者付费发表诗文——作者免费发表①——画家收取稿酬②——小说家收取稿酬③——稿酬制度开始建立，学术研究开始收取稿费。④

　　现代传媒业的快速发展和稿酬制度的建立，提高了学者和知识分子的经济地位，有助于实现学者自治和学术自由，⑤ 也进一步推动了

---

　　① 《申报》创刊时便宣布："如有骚人韵士有愿以短什长篇惠教者，如天下各名区竹枝词，及长歌记事之类，概不取值。""如有名言谠论，实有系乎国计民生，地利水源之类者，上关皇朝经济之需，下知小民稼穑之苦，附登新报，概不取酬。"见《申报馆条例》，《申报》1872 年 4 月 30 日。

　　② 1884 年 6 月，《申报》刊登"招请各处名手画新闻"的启事，为《点石斋画报》征稿，宣称"如遇本处有可惊可喜之事，以洁白纸新鲜浓墨绘成画幅，另纸书明事之原委。如果惟妙惟肖，足以列入画报者，每幅酬笔资两元"。这是近代报刊建立稿酬制度较早的例子。

　　③ 《新小说》创刊于 1902 年 11 月，在这之前半个月，梁启超主编的另一家刊物《新民丛报》刊登了一则《新小说征文启》，介绍即将问世的《新小说》杂志的创作宗旨并为之征稿，同时公布了《新小说》的稿酬标准：《新小说》稿酬范围只限于十数回以上的小说及传奇。稿酬标准如下：自着本甲等，每千字酬金四元；自着本乙等，每千字酬金三元；自着本丙等，每千字酬金二元；自着本丁等，每千字酬金一元五角；译本甲等，每千字酬金二元五角；译本乙等，每千字酬金一元六角；译本丙等，每千字酬金一元二角。《新小说》杂志在稿酬制度的确立方面起了倡导和示范作用。1906 年 11 月《月月小说》创刊，它在第 2 号上也刊出了《月月小说征文启》："如有佳作小说，愿交本社刊行者，本社当报以相当之酬劳……如有科学、理想、哲理、教育、家庭、政治、奇情诸小说，若有佳本寄交本社者，已经入选，润资从丰。"在此之后四个月创刊的《小说林》杂志(1907 年 2 月创刊)更明确规定：凡小说入选者，"甲等每千字五元，乙等每千字三元，丙等每千字二元"。之后，小说付稿酬则形成制度。后来近代著名的小说杂志，如《小说时报》(1909)、《小说月报》(1910)、《民权素》(1914)、《中华小说界》(1914)、《礼拜六》(1914)、《小说丛报》(1914)、《小说海》(1915)、《小说大观》(1915)、《小说画报》(1916)等均明确规定要付稿酬。

　　④ 有时报馆以书券相赠，作为征集诗文的稿费，如《小说林》第四期刊载"募集文艺杂着启事"，声明对诗文稿"以图书代价券酌量分赠"。包天笑后来在《〈时报〉的编制》一文中回忆："当时报纸除小说以外，别无稿酬，写稿的人，亦动于兴趣，并不索稿酬的。"见包天笑：《钏影楼回忆录》，349 页，台北，龙文出版社，1990。

　　⑤ 这一趋势在中国近代报刊大规模出现之前就已开始。王韬的命运就是一个例子。1849 年秋，王韬到上海谋生，迫于生计，他到处呈献计谋，甚至同时向清政府和太平军提供破敌之策，而最终起用王韬的既不是清政府，也不是洪秀全，而是上海租界里的传教士。像王韬一样，许多落魄的士大夫在墨海书馆、《万国公报》等近代出版机构和报刊中谋得一席之地，以一种自由、开放的心态在洋人开办的文化机构中发挥着他们的价值，改变了自己的观念，形成了被称作"口岸知识分子"的群体。详见王立群：《中国早期口岸知识分子形成的文化特征——王韬研究》，北京，北京大学出版社，2009。

文论研究的职业化。

伴随着《著作权律》(1910)和《著作权法》(1915)的相继颁布，买断版权、给付稿费(千字计酬)、版税抽成、按月给薪(编外编辑)等构成了现代稿酬制度的主要形式，这标志着稿酬制度在 20 世纪初的确立。不过，法律的制定并不意味着作者可以顺理成章地拿到稿费。[①] 比如，在民国初年，在文学副刊上发表文章是没有稿费的。[②] 1925 年的五卅运动在经济上极大地提高了劳动者的经济觉悟，茅盾、郑振铎等人参与的 1922 年的为期一周的商务印书馆总罢工，就是人们渴望建立合理的稿酬制度的最明显的一个例子。[③] 稿酬制度的确立不仅体现了全社会和出版界对著作人权利的承认和尊重，大大刺激了小说创作与小说翻译业的发展，对小说家的职业化起了很大的促进作用，同时也为职业批评家的出现提供了经济支持，为知识分子的人格独立和生活独立提供了物质保障，构成了现代文论生产重要的物质基础和经济动力，这有利于增强学者自治和独立意识。在参与现代传媒事业之前，传统文人要么读书做官，要么充当幕府，要么隐逸山林，这之后他们的境遇大为不同。稿酬制度的建立和知识生产的商品化成为中国现代文论最现实的语境之一。

关于民国时期一般的学术著作和文论著述的稿费，可参看表 2-3。

必须指出的是，在 20 世纪二三十年代，包括文论家在内的中国学者几乎没有人完全依赖稿费为生，无论是一次性稿费还是分批性版税。正如布迪厄所说："作家或艺术家的'职业'毕竟是最不系统化的职业之一；最不能完全确定和养活自诩为作家或艺术家的人。他们通常要想

---

① 作者不应索取稿酬的观念影响深远，以至于到了民国初年，在小说稿酬制度已建立的情况下，还有作者而不愿接受稿酬。如 1914 年 5 月创刊的《小说丛报》在征文通告中声明："有不愿受酬者请于稿尾注明。本报出版后当酌赠若干册以答雅谊。"这显然是报刊为了节约成本有意为之，但也说明了当时确实有作者羞于接受稿费。

② 据张静庐回忆，1916 年前后，他所供职的《公民日报》是讨袁期的华北国民党的机关报纸，但其副刊是没有稿费的，所以投稿的人也很少，因而连一个写作的朋友都找不到。见张静庐：《在出版界二十年》，38—39 页，南京，江苏教育出版社，2005。

③ 关于商务印书馆这次总罢工的来龙去脉及其对稿酬制度的影响，参见鲁湘元：《稿酬制度怎样搅动文坛》，210—214 页，北京，红旗出版社，1998。

表 2-3 民国时期学术著作和文论著述稿酬略表①

人物	时间	稿件及出版机构名称、所在地	稿费标准或稿费收入	当时、当地的实际购买力（以2009年人民币为参照）
一般作者	1902 年以后	述评及批评，《新民丛报》	千字 3 圆（约合人民币 420 元）	1 圆约合人民币 140 元
周树人、周作人	1907 年	译作《红星佚史》（[英]哈葛德著，商务印书馆，北京）	千字 2 圆，共 10 万字（约合人民币 28000 元）	同上
一般作者	1916—1918 年	《新青年》	千字 2～5 圆（约合人民币 160～500 元）	1 圆约合人民币 80～100 元
刘半农	1919 年	《中国文法通论》，商务印书馆	200 圆买断版权（约合人民币 16000～20000 元）	同上
北京大学教师	1919 年	科研著作，商务印书馆，北京	每册定价 3 角，销数不满 2000，所有损耗由发行人承担；印数满 2000 以上，如有余利，著作人得 60%，发行人得 40%	同上
梁启超等	1921 年	《世界通史》威尔士（商务印书馆）	千字 4 圆（约合人民币 280～329 元）	1 圆约合人民币 70～80 元
梁启超	1922 年	《中国历史研究法》（商务印书馆，北京）	版税 40%	同上
		佛学论文，《东方杂志》（商务印书馆，北京）	千字 20 圆（约合人民币 1400～1600 元）	同上

---

① 陈明远：《文化人的经济生活》（全新增修版），74—113 页，西安，陕西人民出版社，2010；汤哲声：《生产体系：中国现代文学生成发展的社会基础》，《文艺研究》2002 年第 6 期。当时、当地的实际购买力详见陈明远：《文化人的经济生活》（全新增修版），313 页，西安，陕西人民出版社，2010。

续表

人物	时间	稿件及出版机构名称、所在地	稿费标准或稿费收入	当时、当地的实际购买力（以2009年人民币为参照）
郭沫若	1929 年	《创造十年》（现代书店，上海）	千字 15 圆（约合人民币 900 元）	1 圆约合人民币 60 元
鲁迅	1920—1930 年	《晨报副刊》，北京	千字 2～3 圆（约合人民币 120～240 元）	1 圆约合人民币 60～80 元
	30 年代	《两心集》《自由谈》《现代》《文学》《作家》等杂志	千字 6 圆（约合人民币 360～480 元）	
	30 年代	《两地书》，北新书局等	版税 20％～25％	
	1920—1930 年	北京学术期刊	千字 4～5 圆（约合人民币 240～400 元）	1 圆约合人民币 60～80 元
	1930—1936 年	短论《申报自由谈》，上海	千字 2～5 圆（约合人民币 56～175 元）	1 圆约合人民币 28～35 元
刘豁公	30 年代	评论《时事信报 电影歌剧》	千字 1.5～5 圆（约合人民币 42～175 元）	同上
	1935 年	《益世报》文学副刊（李长之编辑）	千字 3 圆左右①（约合人民币 180 元）	1 圆约合人民币 60 元

保证主业，只有做副业，从中获取主要收入。"②在民国时期除梁启超、胡适、鲁迅和林语堂等少数大家外，真正依赖稿费和版税谋生者实属凤毛麟角。从 1918 年起，《新青年》甚至宣布取消稿酬，《新潮》《每周评论》《少年中国》等纷纷仿效。职业批评家往往拥有一个大学教职或政

---

　　① 天津《益世报》文学副刊第十四期《编后》，1935 年 6 月 5 日。
　　② ［法］皮埃尔·布迪厄：《艺术的法则：文学场的生成和结构》，刘晖译，274 页，北京，中央编译出版社，2001。

府提供的其他岗位。但随着大众传媒和商品经济的发展，可以供养文学研究者的市场正在中国渐渐形成。这样说不是为了揭露学术史背后赤裸裸的经济利益，而是为了更好地理解这一事实：知识制度的形成，是多种因素和多种力量共同参与的结果。为报刊投稿，凭借自己的学识获得经济回报，不只是小说家的权利，也是文学研究者和文论家的权利与写作意图之一，这种价值观已经深入人心了。储安平在回忆担任《中央日报》副刊的编辑时就这样说过：

> 我是赞成"公道"的，好稿子便应当付高价值，天下决没有付极低的稿费，可以收到极好的稿子的，即便能够，也不公道……所以我编副刊，我总尽我可能的力量将稿费提高。我在南京编副刊时，最少千字二圆，千字三圆亦极普遍，真正好的文字，虽付四圆亦不吝啬。因为惟有你肯出高稿费时，你方能常常收到好稿子，而刊物要编得好，又全靠来稿好。我上面所说的稿费，本不算丰富，但在一般报纸副刊的标准，这样支付，已经不算低了。[1]

"好稿子便应当付高价值"，这种对精神劳动和物质回报之间对等关系的看重，应该不是某个编辑的想法，而是在大众传媒的沐浴下知识分子和学人的共同心声。这也意味着，文学不再是自娱自乐的东西，文论研究也不再是田园和寺庙里静修的结果，而是社会生产中的一种职业要求和一种很自然的市场行为。

【个案分析】

朱光潜留学欧洲期间的稿费收入

关于中国现代文人的经济生活特别是稿酬收入，国内已经产生了一些代表性的成果。[2] 不过，这些研究基本上没有涉及朱光潜先生。这里我们主要讨论一下朱光潜先生在1925—1933年留学欧洲期间的稿

---

① 储安平：《我编辑副刊的自述》，载程其恒编《记者经验谈》，桂林，铭真出版社，1934；转引自眉睫：《文学史上的失踪者》，261页，北京，金城出版社，2013。

② 代表成果有陈明远的《文化人的经济生活》(百花文艺出版社，2001，原书名为《文化人与钱——五四前后到解放前的文化人经济生活状况专题研究》；文汇出版社，2005年修订版，陕西人民出版社全新增修版，2010)、鲁湘元的《稿酬制度怎样搅动文坛》(红旗出版社，1998)等。

费收入，研究稿费在朱光潜先生生活和学习中的地位和价值，并检视报刊书局等大众传媒对学术研究的影响。

朱光潜先生的学术研究涵盖了美学、文学、哲学、心理学、教育学等领域。限于论题，这里主要讨论他的文论研究，从事文学批评理论的研究在很长一段时间里是朱光潜的主业。正如他在 1943 年声称的那样：我"在文艺批评中鬼混了一二十年"。① 当然有些时候也会涉及其他（比如他的《给青年的十二封信》就是一本涵盖了美学、哲学、文学等多个学科的著作，这里也算作宽泛意义的文论研究）。

1925—1933 年，朱光潜先后在英国的爱丁堡大学、法国的巴黎大学、斯特拉斯堡大学和德国的一些大学求学，最终获得了斯特拉斯堡大学博士学位，成为 1907—1961 年获得博士学位的 1920 名中国留欧学生中的一员。② 在回忆这段留学生涯时，朱光潜这样写道：

> 在英法留学八年之中，听课、预备考试只是我的一小部分的工作，大部分的时间都花在大英博物馆和学校的图书馆里，一边阅读，一边写作。原因是我一直在闹穷，官费经常不发，不得不靠写作来挣稿费吃饭。同时，我也发现边阅读、边写作是一个很好的学习方法。这样学习比较容易消化，容易深入些。我的大部分解放前的主要著作都是在学生时代写出的。一到英国，我就替开明书店的刊物《一般》和后来的《中学生》写稿，曾辑成《给青年的十二封信》出版。这部处女作现在看来不免有些幼稚可笑，但当时却成了一种最畅销的书，原因在我反映了当时一般青年小知识分子的心理状况。我和广大青年建立了友好关系，就从这本小册子开始。此后我写出文章不愁找不到出版处。③

这段话不长，但透露出的信息量很大：第一，民国时期的官费供给不

① 朱光潜：《写作练习》，《朱光潜全集》第 4 卷，194 页，合肥，安徽教育出版社，1988。
② 根据袁同礼的统计，1907—1961 年，中国留欧学生获得博士学位者共 1920 人。转引自王奇生：《中国留学生的历史轨迹》，90 页，武汉，湖北教育出版社，1992。
③ 朱光潜：《作者自传》，见《朱光潜全集》第 1 卷，4—5 页，合肥，安徽教育出版社，1987。

是很稳定，经费经常不到位；第二，朱光潜在欧洲留学期间经济很紧张，生活很困难，只能通过给报刊写稿获取稿费；第三，朱光潜的写作非常成功，作品成了畅销书，不仅自己声名远播，稿费满足了生活需要，而且出版社获取了不少利润；第四，朱光潜的写作和研究相得益彰，相互促进，也为自己以后的学术传播奠定了良好的基础。

这里，我首先关心的是朱光潜先生留学八年究竟需要花费多少钱？其次，如果官费供给及时，朱光潜的日常开支是否够用？最后，朱光潜从杂志社和出版社那里一共获得了多少稿费？我想，探究这些问题对于我们了解朱先生的学术历程、文论思想以及民国时期的学术出版、留学制度不无益处。

下面，我们就开始为朱光潜当年留学的费用算一笔流水账。

根据朱光潜自己的回忆，除了来回川资和治装费，朱光潜在英、法等国留学的生活费每年是 150～250 英镑，[1] 每年学费是 20 英镑，加起来每年共需要 170～270 英镑。根据专家考证，"银圆时代"（1912—1936 年）[2] 的中国银圆和英镑的汇率在 1∶16.6～1∶10，[3] 也就是说，朱光潜每年大概需要 1700～4482 圆。统计表明，1928—1930年上海五口人的贫苦劳动者的平均家庭年收入为 400 圆，如果把这视为国内普通家庭年收入的代表，我们可以发现，一个留学欧洲的学生一年的花费相当于国内一个普通家庭 4～11 年的收入。朱光潜当时读了 8 年，大概需要 1360～2160 英镑，这大致相当于当时国内一个普通家庭 32～88 年的总收入。这笔开支对于大多数留学生的家庭来说都是极其沉重的。

---

① 根据朱光潜回忆，当时留学生在英法等国的生活费开支约为每年150～250 英镑，他曾经列出了自己的一些具体开支：每礼拜宿膳费两镑，零用每月两三镑，等等。《朱光潜全集》第 8 卷，266—267 页，合肥，安徽教育出版社，1993。

② 陈明远认为，1912—1936 年，中国的物价是基本稳定的，升降平缓，浮动不算大，中国市场上流通的主要货币是银圆，而不是后来的纸币，这一时期被称为"银圆时代"，见陈明远：《文化人的经济生活》（全新增修版），303 页，西安，陕西人民出版社，2010。

③ 1925 年 1 英镑约等于 10 银圆，1936 年 1 英镑折合 16.6 银圆。参见蓝以琼：《揭开帝国主义在旧中国投资的黑幕》，205 页，上海，上海人民出版社，1962。转引自戴建兵：《白银与近代中国经济（1890—1935）》，382 页，上海，复旦大学出版社，2005。

那么，民国政府为朱光潜提供的官费有多少钱呢？是否够用呢？

所谓"官费"，是由国内各级政府部门定期提供经费补贴，作为资助留学生生活及学业的费用。由于民国时期政局动荡，地方割据，中央财政支绌，无力统管留学教育，往往靠不同的部门及各地方政府自行筹资补助留学生。官费几乎隔几年就会调整。在民国初期和北洋政府统治时期，中国的官费留学形式多样，有中央各部所派，有各省直接派出，以及清华学校遣派学生赴美。朱光潜是安徽省的官费留学生，当年全国去英国的名额只有 13 个，他就是其中的一个。[1] 1924 年，即朱光潜留学前一年，民国教育部新定留学欧美国家学生经费标准，英国学生每月学费 20 英镑，[2] 一年 240 英镑，但这笔费用是有年限的。1923 年 1 月，教育部认为有必要加强改革："以留学各国官费生，多有中途回国或转学不定，毕业无期，延稽时日，漫无限制"，虚耗学费，故对官费留学生肄业年限做出限制，规定"凡派补留学官费生，均以六年为限，期满即由各本省汇寄川资，停止学费"。[3] 这样，朱光潜最多只能领到 6 年的官费补贴即 1440 英镑。按照每年 175～275 英镑的花费，8 年大概需要 1360～2160 英镑，如果官费每年都可以及时领取，朱光潜再节俭一些，只花 1360 英镑，那么还有 80 英镑的结余；但如果按照上限 2160 英镑来看，朱光潜可能还有 720 英镑的生活费没有着落，这笔费用相当于当时的中国货币 7200～11952 圆。这笔"财政赤字"相当于今天的多少钱呢？根据陈明远先生的算法，参照 2009 年人民币的购买力，1926—1936 年 1 圆相当于 60 元，[4] 7200～11952 圆这笔财政赤字相当于 2009 年的 43.2 万～71.7 万元人民币。对于一个普通家庭而言，这个数字即使是现在听起来也是非常惊人的！

根据当时民国政府的财力和动荡的局势，即使不考虑朱先生自己的记录，前一种情况（官费及时到位）的可能性也基本可以排除。当时

① 舒新城：《近代中国留学史》，148 页，上海，上海书店出版社，2011。
② 《教育部令知重订留学欧美治装等费表》，《申报》1924 年 5 月 5 日。
③ 《教育部对官费留学生肄业年限等做出规定》，《申报》1923 年 1 月 23 日。
④ 陈明远：《文化人的经济生活》（全新增修版），313 页，西安，陕西人民出版社，2010。

各省的治装费、往返川资和每月学费经常积欠，1918 年第一次世界大战结束后，随着欧美国家经济危机导致物价飞涨，留学生的生活更加窘迫。据《学生》杂志刊载，1922 年，由于留学经费减少，各省兵灾匪祸不止，留美学生被"断绝供给"，237 名学生"将成饿殍"。① 《申报》也曾经报道："留德官费自费生约四五十之谱，或因官费数月不到，或因家中永不寄钱，至衣食住三者一无着落，现届冬季，德境天气四下逐客之令……该生等既无款去之他国，亦无法久留此地，使馆以经费久悬，更爱莫能助，此时已每日十数人来馆坐索数元以饱一日。"② 美国和德国如此，英国的留学生也类似。1925 年 8 月，包括安徽在内的江西、直隶、河南、山东、陕西等省积欠学费已十分严重，教育部甚至下令这些省份将本省官费生递解回国，而就在这时，朱光潜刚刚考取了安徽的官费留学生。可以说，留学生涯还没有开始，财政危机就毫不留情地出现在朱光潜的面前。

况且众所周知的是，英国的物价之高、花销之大在欧洲也是出了名的，朱光潜等学子即使节衣缩食也难以度日。最典型的例子是：1920 年周恩来申请到英国留学，计划入爱丁堡大学（这正是朱光潜后来选择的学校）学习社会学，然而"英国生活程度之高为各国冠，每年非中洋千元以上不易图存，其他消费尚不论也"。③ 周恩来原拟申请官费没有成功，而自费留英负担过重，只好赴法勤工俭学，幸亏有南开大学校长张伯苓慷慨相助才勉强渡过难关。刘半农和傅斯年（傅孟真）在英国的经历类似。当时刘半农以北京大学教授的身份于 1920 年起留学英法，傅斯年是 1919 年的山东省官费留英生，他们最感困窘的也是经济问题。刘半农在后来的《欧游回忆录》中谈到当时在欧洲的情形："在欧洲居住了近六年，在这近六年之中，几乎没一天不是穷得淋漓尽致的。那时与我同病相怜的，是我的朋友傅孟真先生。他有一次写信给我说：'中国自有留学生以来，从未遭此大劫！'不差，他这话是很对

---

① 《学生界消息：留美学生之呼吁》，《学生》1922 年 9 月 6 日。
② 《教部电催各省速汇留德学费》，《申报》1925 年 3 月 5 日。
③ 1921 年 1 月 30 日周恩来自伦敦致表哥陈式周函，参见张允侯、殷叙彝、李峻晨：《留法勤工俭学运动》第二册，242 页，上海，上海人民出版社，1986。

的。但他的责任，只须能顾得一己就是了，而我所要顾的，却不止一己。因此我的回信说：'可怜我，竟是自有生以来从未罹此奇穷大苦也！'"①堂堂北京大学教授留学期间艰苦至此，让人实在难以置信！

官费靠不住，物价那么贵，朱光潜因为专业关系而不得不离开英国去法国听课，交通和生活费用又要增加。当年横在朱光潜面前的最大障碍就是经济问题。巨大的赤字难免会压得年轻的朱光潜透不过气来。朱光潜不是富家子弟，他出生在安徽桐城乡下一个家境日渐破败的地主家里，父亲只是一个普通的私塾先生，家里无疑是指望不上了，否则的话，1916 年朱光潜在考大学时也不会舍弃心仪的北大，而选择免费的武昌高等师范学校了。此外，朱光潜本人在出国前已经有过一段婚姻经历，婚事由父母包办的，女子姓陈，后有一子（朱式粤），对于这段婚姻，朱光潜非常痛苦，他和陈氏没有多少感情，但孩子仍然需要抚养。朱光潜远在异国时嘱托友人将开明书店的部分稿费交给家人以抚养孩子。这又是一笔不小的开支。此外，朱光潜在留学期间又建立了新的家庭，他和小自己十岁的学生奚今吾（1927 年秋到巴黎留学）于 1932 年夏在伦敦成婚，蜜月后继续返回斯特拉斯堡读书。恋爱和新婚固然是甜蜜的，但由此带来的经济压力恐怕也不会小吧。

官费生即使能够得到规定的官费补贴，也未必就能满足朱光潜在英国的基本生活学业之需，使他能够无后顾之忧而安心学业，况且现在情况是如此复杂呢？

应对经济和生活上的这些难题，朱光潜的唯一办法就是写作，通过获得稿费改变窘境。既然在白马湖畔结识的朋友朱自清和夏丏尊认为他擅长写"说理文"，既然在出国之前朋友们已经在筹备开明书店和主办刊物《一般》（立达学园会刊），那么，写作，一边研究学术，一边传播成果，不正是最好的选择吗？

朱光潜在爱丁堡大学、伦敦大学、巴黎大学、斯特拉斯堡大学一共留学 8 年，8 年间他笔耕不辍，完成了 8 本著作和两本译作：

《给青年的十二封信》，该书曾以"给一个中学生的十二封信"

---

① 刘半农：《欧游回忆录》，《新文学史料》1991 年第 1 期。

为题，分期发表在 1926 年 11 月至 1928 年 3 月的《一般》杂志上，1929 年 3 月由开明书店出版。有附录两篇：《无言之美》曾在《民铎》杂志上发表，《悼夏孟刚》曾在《立达学园校刊》上发表。

《变态心理学派别》，写成于 1929 年，1930 年 4 月由开明书店出版。

《变态心理学》，写于 1933 年，由商务印书馆出版。

《谈美》，写于 1932 年，是继《给青年的十二封信》之后的"第十三封信"。《中学生》杂志曾选刊了其中的部分篇章，1932 年 11 月由开明书店出版。作者自称该书是"通俗叙述"《文艺心理学》的"缩写本"，效仿《给青年的十二封信》的文体，将《文艺心理学》改编成了《谈美》的通信集。

《文艺心理学》，在欧洲留学期间写成初稿，回国后在清华大学、北京大学、中央艺术学院任教时作为教材，并作了修改和增补，1936 年定稿，由开明书店出版。

《符号学逻辑派别》，交商务印书馆，在抗战中遭焚。

《诗论》初稿，完成于欧洲学习期间。

《悲剧心理学》（英文版，1988 年出版中文版）。

译作两本：法国柏地耶的《愁斯丹与绮瑟》（开明书店 1930 年 7 月出版），克罗齐的《美学原理》（1947 年 11 月由中正书局出版）。

民国时期的稿件来源主要有作者自投稿、关系推荐稿、书局征稿、书局约稿、编译所内部稿五种形式。[①] 朱光潜的这些著作，应该属于书局约稿。在这些著作中，朱光潜拿到稿酬最多的是《给青年的十二封信》，该书于 1929 年 3 月由开明书店出版，立即风行一时，印刷在 30 次以上，青年学生几乎人手一册，朱光潜由此赢得了"青年导师"的美誉。到 1948 年 1 月之前，这本书在朱光潜当时的 10 部著作中还是销路最好的，销数大概已在 20 万册以上。[②] 书中的 12 篇文章总字数不

---

① 吴永贵：《民国出版史》，322 页，福州，福建人民出版社，2011。

② 朱光潜：《答重庆〈大公报〉问》，《朱光潜全集》第 9 卷，312 页，合肥，安徽教育出版社，1993。

过 4.5 万字左右，当时在《一般》上发表之时，应该是按照千字支付稿酬，按照千字 3 圆的一般标准，稿费不过一两百圆。朱光潜的稿酬主要来自书的出版。

在民国出版史上，开明书店并不以财大气粗著称。1935 年 5 月，据上海市教育局调查的 260 家书店之中，资产在 10 万圆以上者有 34 家，开明书店（20 万圆）居第九位。开明书店资本最多的时候也不过 30 万圆，远比不上其他大出版社（当时商务印书馆以 400 万圆居资产排行首位，其次是中华书局，100 万圆），1949 年中华人民共和国成立前，按照资本的多少、店门的宽敞程度、发行规模的大小等条件，开明书店应该排在商务印书馆、中华书局、世界书局、大东书局后面，居第五位。但是，社会上的评价却不同，由于开明书店在文化界的地位及其对教育的贡献，所以"一般人都把它跟商务、中华看作鼎足而三的"。① 朱光潜当时极有可能和开明书店签订了版税合同，理由有三：

第一，开明书店的同人素有"开明人""开明风"之美誉，所谓"堂堂开明人，俯仰两无愧"，遵循"破除市侩之营利的方术，专谋著作界及读书界之特殊利益"的办店宗旨，一向厚待初出茅庐的新作者。② 开明书店的出版历史确实证明了他们不是普通的出版商，③ 他们也创造了"比钱更重要的意义"（张静庐语）。再加上朱光潜和开明书店有较深的

---

① 参见宋云彬：《开明旧事——我所知道的开明书店》，载中国人民政治协商会议全国委员会文史资料研究委员会编《文史资料选辑》第 31 辑，2 页，北京，文史资料出版社，1962；王知伊：《开明书店纪事》，《出版史料》第 4 辑，1985。

② 据《开明书店报告》，开明书店从 1928 年股份有限公司成立至 1949 年上海解放的二十多年间，共出版书刊 1500 种左右，平均月出新书五六种。文学艺术占 39%，约 585 种。在开明书店的出版物中，有很多是某位作家的第一本集子，或者是成名之作，比如，开明书店 1928 年出版了丁玲的第一部短篇小说集《在黑暗中》和朱自清的第一部散文集《背影》，1929 年出版了巴金的第一部长篇小说《灭亡》，1931 年出版了丰子恺的第一部散文集《缘缘堂随笔》等，1947 年出版了秦牧的第一本书《秦牧杂文》。参见王知伊：《开明书店纪事》，《出版史料》第 4 辑，1985。

③ 还有一个例子也可以证明"开明风"的与众不同：学者朱起凤编撰的《辞通》300 万字，因成本太高被商务印书馆、中华书局等多家出版社拒绝。1930 年，书稿辗转到开明书店时，老板章锡琛虽然估计会亏本，但仍然痛快地答应了下来，并付给作者 6000 元的高额稿酬。后来，该书顺利出版，并成为开明书店的著名品牌。

渊源，① 相信后者在稿酬上对朱光潜会格外照顾。

第二，开明书店的掌门人非常鼓励作者签订从长远看更有利于作者的版税合同。② 《给青年的十二封信》在《一般》上发表时非常受青年人的欢迎，被称作《一般》"最大的收获"（夏丏尊语），相信开明书店更会鼓励朱光潜签订版税合同。

第三，朱光潜本人对《给青年的十二封信》出版的次数和发行量了如指掌，也显示出了很强的自豪感和成就感，这应该是经常收到出版社的版税汇款通知的缘故。

根据民国时期的版税制度，出版社一般采取"图书定价×版税率×印数"的方式计算作者稿酬。民国时期版税率通常在 10％～20％。③ 开明书店一般给名家的版税是初版抽 15％，再版抽 20％。④ 朱光潜在出书时已经是《一般》的知名作者，而且是海外博士，根据开明书店的版税制度，再版时拿到 20％应该不成问题。根据笔者掌握的资料，该书1929 年的定价为大洋四角五分到国币一圆一角不等。即使按照最低的定价——大洋四角五分——计算，《给青年的十二封信》印刷 20 万册的版税也高达 18000 圆左右，相当于 2009 年的人民币 108 万元。1929—1947 年，平均每年朱光潜可以拿到 6 万元人民币。从 1929 年出书后到 1933 年朱光潜毕业回国，在这 5 年的海外求学生涯里，朱光潜仅仅以这一本书就可以拿到约 30 万元人民币的稿酬。由于开明书店在版税

---

① 开明书店的总编辑夏丏尊是朱光潜的老朋友，同属于白马湖作家群，后来他们共同的朋友叶圣陶也加入了开明书店。朱光潜在出国留学之前还参与了立达学园和开明书店、《一般》的创办和筹备工作。

② 在对作者的稿酬方面，开明书店向来不拖欠，不隐瞒，按时寄送，如实结算，有时还善意提醒作者注意维护利益。开明书店的工作人员曾这样回忆开明书店掌门人章锡琛："先生本性仁慈，乐于克己助人。如有作家得知稿子已付印，为等急用宁肯出卖版权一次性取款时，先生总劝他：卖掉可惜，这部书估计销路好的，便宜了我店里，你要多少钱，我借你……""有作家的稿子已付印，来预支版税的；也有纯粹借柴米之资。这号户头，基本是先生的救济对象。"参见章士敭：《章锡琛与开明书店》，《出版史料》2003 年第 3 期。

③ 吴永贵：《民国出版史》，323 页，福州，福建人民出版社，2011。

④ 陈明远：《文化人的经济生活》（全新增修版），103 页，西安，陕西人民出版社，2010。

合同上一向非常严谨，① 也非常守信用，② 朱光潜按时拿到版税是不成问题的。算起来，仅这一本书的稿费差不多可以抵得上留学期间的财政赤字（45.6 万～75.7 万元人民币）的一半了。难怪朱光潜在五十多年后谈起开明书店仍然满怀感激之情："就我个人来说，我应特别感谢开明书店对我的培育……所得到的稿费大大减轻了在官费经常扣发的情况下一个穷学生必然要面临的灾荒。所以想到立达学园和开明书店，我总是怀着感激的心情。"③

另外，朱光潜的其他著作也有不俗表现，如 1932 年的《谈美——给青年的第十三封信》，该书刚出版立即被评论界推崇为透彻、圆满、创造性地"介绍外国学说的一个好榜样"④而广为流传。而且，当时很快就出现了冒名之作，一位署名"朱光潜"的作者写作了《致青年——"给青年的十三封信"》，姓名也差不多，书名比《谈美》的副题只少一个"第"，书的装帧设计也与《谈美》几乎完全相同，让人分不出来。该作者冒用朱光潜名义固然损害了出版社和朱光潜的经济利益，但这也确实说明了《谈美》在当时很畅销，仿冒是有利可图的。此外，朱光潜在开明书店还出版了《文艺心理学》等著作，也可以获得一笔稿费。

凭借着一系列论文的发表和著作的出版，朱光潜不再被官费欠发的问题所困扰，1928 年 7 月在爱丁堡大学获文学硕士学位，1933 年在斯特拉斯堡大学获得博士学位，他的若干著作同时也奠定了朱光潜在

---

① 以吴祖光为例，他的《风雪夜归人》等七个剧本都是在上海的开明书店出版的，也都签订了《出版权授与契约》，契约上刊载着共计三十一条有关双方的权利与义务的条规，书店都是严格遵守的。见中国出版工作者协会：《我与开明》，80 页，北京，中国青年出版社，1985。

② 开明书店在发放版税方面非常守信用，冰心、巴金、夏衍、楼适夷均有过很深体会。比如，楼适夷翻译了高尔基的《人间》，在《中学生》上刊登，又在开明书店出版，连续印行，书店定期按时送版税给他的家属，使他在战时流浪中还能照顾一点家人。楼适夷一位做买卖的堂兄对他说："你倒好像买了几亩田，年年可以收租。"楼适夷强调：其实很多大小书店欠版税、赖版税的现象很普遍，照他的经历，主动给他送版税的似乎只有开明一家。见楼适夷：《难忘的鼓励和帮助》，中国出版工作者协会：《我与开明》，53 页，北京，中国青年出版社，1985。

③ 朱光潜：《回忆上海立达学园和开明书店》，《解放日报》1980 年 12 月 2 日，引自《出版史料》第四辑。

④ 知白：《谈美》，天津《大公报·文学副刊》第 292 期（1933 年 8 月 7 日）。

现代文学、美学、文艺理论等领域的地位。1933 年，朱光潜回到国内，凭借留学期间撰写的《诗论》初稿得到了当时执掌北大文学院的胡适的赏识，成为北京大学西语系教授，一举摆脱了经济上的困窘局面。自朱光潜领略到大众传媒的魅力并尝到了甜头之后，他先后主编或编辑了《文学杂志》《工作》《现代文录》《独立时论》《周论》《民国日报》副刊、《文艺》《华北日报》副刊等报纸杂志，论文和著作也在多家媒体发表和出版，从此他的学术研究再也没有离开过报社和书局。

朱光潜的文论创作极大地受益于稿酬制度。没有了稿酬制度的激励，朱光潜可能也会成为知名的美学家、批评家，但他的著作发表、出版的时间和方式可能会有很大的改变，我们看到的朱光潜也就不是现在看到的这个样子了。对于朱光潜等人来说，收取稿费不仅成为生存手段和经济来源之一，而且也促进了其观念的转变，成为其文论观念的物质基础，对学者的独立思考、学术自由的价值和传播的威力有了更多的自信。

3. 大众传媒直接参与了现代文论的构型

对文论生产来说，大众传媒既是外在的传播方式、现代文论的生产场域，也是现代文论的内在构成要素，促成了文学理论的语言、文体以及观念的转型。如果借用我国学者的观点，可以这样说：媒介本身就是文学及其理论的一个层面。[1]

先看现代文论的语言。正如前人所说的那样："自报章兴，吾国之文体，为之一变。"（《中国各报存佚表》）这是 1901 年发表在《清议报》第 100 册上的话，此话不虚。相比传统文论的小众传播方式，现代传播面对的是大众，梁启超说报纸"朝登一纸，夕布万邦"，[2] 这说出了现代传媒的影响力。当现代文论借助大众传媒面世之后，文学知识的消费不仅仅是士大夫们的专利了，作者撰写文论著作便不得不考虑大众的需求和趣味，考虑受过新式学堂教育的读者的接受心理，在语言的通俗性和知识的新颖性、逻辑性、科学性上都要根据不同的受众而调整。正如胡适在《中国新文学大系建设理论集》的导言中所说的那样：

---

① 参见王一川：《文学理论》，203 页，成都，四川人民出版社，2003。

② 梁启超：《论报馆有益于国事》，《时务报》1896 年第 1 册。

"时代变得太快了，新的事物太多了，新的知识太复杂了，新的思想太广博了，那种简单的古文体，无论怎样变化，终不能应付这个新时代的要求，终于失败了。"因此，他认为桐城派、严复的语言失败了，甚至梁启超的新语体也失败了，正是考虑到大众传媒已经介入"新时代"的需要，为了得到最大多数人的接受和支持，胡适主张必须推行白话文，"那种'引车卖浆之徒'的俗话是有文学价值的活语言，是能够产生有价值有生命的文学的，并且早已产生出无数人人爱读的文学杰作来了。""今日所需乃是一种可读，可听，可歌，可讲，可记的言语。"①

正是基于上述主张，胡适提出的"八事"，陈独秀提出的"三大主义"，都是不同于古代文论的白话文论，也是现代文论的经典话语：

> 吾以为今日而言文学改良，须从八事入手。八事者何？
> 一曰，须言之有物。
> 二曰，不摹仿古人。
> 三曰，须讲求文法。
> 四曰，不作无病之呻吟。
> 五曰，务去滥调套语。
> 六曰，不用典。
> 七曰，不讲对仗。
> 八曰，不避俗字俗语。
> ——胡适《文学改良刍议》②

> 余甘冒全国学究之敌，高张"文学革命军"大旗，以为吾友之声援。旗上大书特书吾革命军三大主义：曰，推倒雕琢的阿谀的贵族文学，建设平易的抒情的国民文学；曰，推倒陈腐的铺张的古典文学，建设新鲜的立诚的写实文学；曰，推倒迂晦的艰涩的

---

① 胡适：《中国新文学大系·建设理论集》（影印本），导言 3 页，14 页，18 页，上海，上海文艺出版社，2003。

② 胡适：《文学改良刍议》，《新青年》第 2 卷第 5 号（1917 年 1 月 1 日），见胡适：《中国新文学大系·建设理论集》（影印本），34 页，上海，上海文艺出版社，2003。

山林文学，建设明了的通俗的社会文学。（陈独秀《文学革命论》）①

胡适和陈独秀的文论语言，用胡适本人的话说，都是"引车卖浆之徒的俗话"，都是"有文学价值的活语言"，"是能够产生有价值有生命的文学"，"是一种可读，可听，可歌，可讲，可记的言语"。② 这种鲜活通俗的文论语言，离开大众传媒的需要和规律（尽可能达到受众最大化）是难以解释的。

　　再看文论的文体。我国古代文学理论的批评样式主要有序、跋、读法、凡例、缘起、眉批、夹批、回评、圈点等，③ 评论家的单篇文字数量较少，主要出现在文人笔记中。这些批评形式有一些至今依然有着顽强的生命力，如序、跋等，有的已开始衰落甚至趋于消失，如眉批、夹批、侧批等，新的批评样式如单篇论文和个人论著越来越成为理论批评的主要形式。这一趋势与传播媒介的转变大有关系。古代小说理论采用评点如眉批（天头处）、夹批（正文中）形式，是因为古代小说的刊印为其提供了便利条件：每一页的四周常有方框，上面留有天头，框内每页只有数行，每行十数字或二十来字，字体较大，所载文字较少，有利于批评者在天头处写下自己的看法、评价，或对具体情节发表评论，或对艺术技巧进行点评，或抒发评者的感慨。夹批也是如此，只不过是将批评文字移入正文之中，用小字双排或单排的形式进行评点，评点可以招徕买主，促销书籍。但近代以后，随着机械印刷书刊的出现和发展，报刊逐步成为双面印刷的对开形式，篇幅加大，文字紧密，栏目增多，所留空白无几，眉批、侧批、夹批也就很难派上用场，回批也逐渐减少。随着评点文体的式微，机械印刷和铅

---

　　① 陈独秀：《文学革命论》，《新青年》第 2 卷第 6 号，见胡适：《中国新文学大系·建设理论集》（影印本），44 页，上海，上海文艺出版社，2003。

　　② 胡适：《中国新文学大系·建设理论集》（影印本），导言 14 页，18 页，上海，上海文艺出版社，2003。

　　③ 回评是针对每一回或数回所做的评论，主要关注整回情节、人物形象等问题，眉批、侧批、夹批大都用来分析作品的局部情节和艺术特色，它们出现在每一回每一出小说、正文之中，简洁明快，常常是三言两语甚至是一字品评。此处分析主要参考了程华平：《中国小说戏曲理论的近代转型》，269 页，上海，华东师范大学出版社，2001。

印排版的方便和快捷，却使得洋洋万言的理论批评成为可能，单篇论文有了长足发展，文学理论也因此可以脱离文学文本而独立存在，《本馆附印说部缘起》《论小说与群治之关系》《红楼梦评论》等有影响的学术论文都是首先在报刊、杂志上发表的，这也说明了一个事实："只有传播媒介近代化了，批评形式才能近代化。"①

最后再看文学理论观念的形成和革新。现代报刊还和书局、文学社团一起，策划和组织了从小说界革命、白话文运动、文学革命到革命文学、国防文学、民族主义文学等现代文学史上的几乎每一次文学论争。有学者把中国现代文学期刊的生存与发展形态概括为对峙、传承、变异和组合四种形态，② 其中对峙是期刊发展的一种捷径，文学论争就是一种主要的对峙方式，这其中不乏争夺经济资本的原因。③紧张的对峙关系可以迫使刊物积极组织有说服力和战斗力的稿件，努力完善自我的观点和主张，这大大促进了刊物自身的理论水平与应对能力。以 1932 年到 1934 年的《申报·自由谈》为例，在编辑黎烈文等人的组织下，《申报·自由谈》引发了 30 多次大大小小连续不断的学术和文学论争，如大众语、小品文和方巾气、批评与谩骂、艺术论、讽刺与幽默、写实主义与第一人称、京派与海派等。《申报·自由谈》也

① 程华平：《中国小说戏曲理论的近代转型》，270 页，上海，华东师范大学出版社，2001。

② 刘增人等：《中国现代文学期刊史论》，16—17 页，北京，新华出版社，2006。

③ 根据邓集田的统计，在 1902—1949 年，中国作家可分享的稿酬总额约为 915 万元，平均每年仅供养活 529 位职业作家。而在 30 年代，仅上海一带的文化界知识分子人数就有 20 万人左右，如果将其他领域的知识分子包括在内，人数不会少于 40 万～50 万人。这 20 万文化界知识分子中，如果有 1‰的人从事文学写作，人数亦达 2000 人左右。由此可以想见这一时期文学出版资源和作家生计资源的紧张程度，同样也就可以理解，其时"意气之争"和文学社团何以如此密集，作家与社团的文学出版活动何以如此活跃了，何况那时候中国至少有 80％以上的文学出版资源还都集中在上海一地，而连年的战争又导致全国交通阻滞，上海出版的文学期刊和文学书籍销往外地的渠道不太畅通，文学出版业只好限在本地这狭小的文化市场空间里求生存，无形中更加剧了这期间上海文坛和文学出版界的激烈竞争程度。从这个意义上说，现代文学史上"意气之争"频发也好，文学社团林立也罢，某种意义上讲只不过是现代作家争夺出版资源和生计资源的一种手段与表现。现代文坛亦因此变得格外复杂，其中不仅潜藏着各种政治力量的激烈角斗，还隐含着现代作家对名与利的无声追逐。见邓集田：《中国现代文学出版平台：晚清民国时期文学出版情况统计与分析：1902—1949》，52—53 页，上海，上海文艺出版社，2012。

因此被唐弢赞誉为"'五四'以来编得相当热闹、相当活泼的一个"，在它的引导下，"作杂感的人多起来了……攻文艺理论的人多起来了……"①

在报刊和书局的影响下，现代文学流派、文艺思潮、文学风格不再是以时间和地域命名，如"建安风骨""魏晋风度""公安派""桐城派"，而是直接以刊物命名："创造社""新月派""学衡派""现代派""语丝体"等。有学者这样概括期刊的作用："期刊作为文学作品的载体，其办刊方针、编辑个性及运作规律，对创作队伍的组织、文学作品的生产、文学潮流的策动以及社团流派、创作风格的形成，乃至于对阅读时尚的培养、市场趣味的引导、文学传播的推进，几乎起着决定性的作用。"②这一判断对期刊的评价虽然有些过高，但确实道出了现代传媒在文学理论和思潮演变中的重要作用。另外，刊物也促成了一些文学流派和团体的形成，如京派就是靠着沈从文编的《大公报·文艺副刊》和朱光潜编的商务印书馆的《文学杂志》，"把北京的一些文人纠集在一起，占据了这两个文艺阵地"，因此博得了所谓"京派文人"的称呼。③

文学传播还直接促进了文学理论的革新。不妨以新小说派的《时务报》为例，1896 年 7 月 1 日，该报在上海正式出版，由梁启超任总主笔，到 1898 年 6 月，该报停刊。在两年时间内凭借遍布全国甚至东亚的 202 个发行网络，《时务报》"一时风靡海内，数月之间销行至万余份，为中国有报以来所未有，举国趋之，如饮狂泉"，④"《时务报》的直接读者约二十万人"，"《时务报》受众的总人数在一百万以上当是可能的"。⑤ 1902 年 11 月，梁启超在日本横滨创办《新小说》杂志，在他的倡导与带动下，许多小说刊物如《绣像小说》《新新小说》《月月小说》《小说林》《竞立社小说月报》《中外小说林》《广东戒烟新小说》《新小说

---

① 唐弢为《申报·自由谈》合订本（1932 年 12 月 1 日—1934 年 4 月 25 日）作的序，上海，上海图书馆，1981。

② 范伟：《返回文学史发生现场》，《中华读书报》2006 年 5 月 17 日。

③ 朱光潜：《从沈从文的人格看沈从文的文艺风格》，《花城》1980 年第 5 期。

④ 梁启超：《本馆第一百册祝辞并论报馆之责任及本馆之经历》，《清议报》第 100 期。

⑤ 闾小波：《中国早期现代化中的传播媒介》，89 页，180—181 页，上海，上海三联书店，1995。

丛《白话小说》《十日小说》《小说时报》《小说月报》等相继问世，有力地促进了近代小说创作的繁荣，"新小说"于是风起云涌，蔚为奇观。小说的繁荣直接影响了小说理论的发展，因为相关论文多刊登在《新小说》上，可将其称为"新小说派"小说理论。

"新小说派"的主要理论文章有梁启超的《译印政治小说序》（1898）和《论小说与群治之关系》（1902）、严复和夏曾佑合写的《本馆附印说部缘起》、楚卿（狄葆贤）的《论文学上小说之位置》、别士（夏曾佑）的《小说原理》、陶佑曾的《论小说之势力及其影响》（1907）等。以陶佑曾为例，他在《论小说之势力及其影响》中说：

> 咄！二十世纪之中心点，有一大怪物焉：不胫而走，不翼而飞，不叩而鸣；刺人脑球，惊人眼帘，畅人意界，增人智力；忽而庄，忽而谐，忽而歌，忽而哭，忽而激，忽而劝，忽而讽，忽而嘲；郁郁葱葱，兀兀砣砣；热度骤跻极点，电光万丈，魔力千钧，有无量不可议之大势力，于文学界中放一异彩，标一特色，此何物欤？则小说是。自小说之名词出现，而膨胀东西剧烈之风潮，握揽古今利害之界线者，唯此小说；影响世界普通之好尚，变迁民族运动之方针者，亦唯此小说。小说，小说，诚文学界中之占最上乘者也。其感人也易，其入人也深，其化人也神，其及人也广。是以列强进化，多赖稗官；大陆竞争，亦由说部。然则小说界之要点与趣意，可略睹一斑矣。西哲有恒言曰："小说者，实学术进步之导火线也，社会文明之发光线也，个人卫生之新空气也，国家发达之大基础也。"①

这篇论文把小说的功用抬到了无所不能、无以复加的地步，显然过于理想化了，属于知识分子的夸大叙事。这种小说理论的出台，与传统的文学工具论有关，与维新派的政治主张有关，但显然也是受到了小说市场繁荣、文人经济地位提高的巨大鼓舞，是文学传媒发展的结果。

---

① 陶佑曾：《论小说之势力及其影响》，原载《游戏世界》1907年第3期，见徐中玉：《中国近代文学大系》第1集第2卷《文学理论集二》，386页，上海，上海书店，1995。

当时的许多知识分子办报纸，编杂志，创作小说，翻译小说，从事理论研究，不少人已作为职业作家或批评家的形象出现在世人的面前，如李伯元就拒绝了他人的推举，"使余而欲仕，不及今日矣，辞不赴……自是肆力于小说，而以开智讽谏为宗旨"。① 林纾更是自豪地说："幸自少至老，不曾为官，自谓无益于民国，而亦未尝有害。屏居穷巷，日以卖文为生。"②这种企图以小说"开智讽谏"，以卖文谋生的理论主张和价值取向，离开传媒与市场也是完全不可想象的。

一门独立的学科和一个学术共同体要形成完整的知识系统和公认的话语，需要充分的学术交流和文献积累。新型的报馆、杂志、编译社、书局的兴起为学术研究和文学理论学科提供了广阔的知识生产、传播、普及和积累文献的空间，影响了现代文论知识的构型。朱光潜（1936 年 1 月 7 日）对此早有所发现："在现代中国，一个有势力的文学刊物比一个大学的影响还要更广大，更深长。这是否是一个好现象，我不敢断定。我所敢断定的你们编辑者实在负有一种极重大的责任。"③所谓文学刊物的"势力"，指的就是大众媒体在传播、引导学术研究时所具有的影响力和构型潜力。

晚清到民国时的文学出版成为文学理论构型的发生现场，不仅使学者的文论著述告别了小众传播的模式，而且通过引进大量西方的哲学、美学、心理学、逻辑学等对文学理论影响明显的著作，为文论家的理论观念和批评方法注入了新鲜的血液。同时，西方传媒发展中所坚持的出版自由、言论自由、思想自由等观念也通过现代传媒业的发展深入人心，这也对文学理论家和批评家思想观念的转变起到了巨大的推动作用。有学者说："所谓文学革命，实际上是一场文学理论的革命，正是先有理论的革命，才产生和创造了'新文学'。"④此言不虚，在现代性文学的历程中，正是书刊和书局让"理论革命"成为可能。

---

① 吴趼人：《李伯元传》，《月月小说》1906 年第 3 号。
② 林纾：《践卓翁小说自序》，1913 年北京都门印刷局版，第 1 辑。
③ 朱光潜：《论小品文（一封公开信）——给〈天地人〉编辑者徐先生》（1936 年 1 月 7 日），《朱光潜全集》第 3 卷，429 页，合肥，安徽教育出版社，1987。
④ 旷新年：《中国 20 世纪文艺学学术史》第二部下卷，74 页，上海，上海文艺出版社，2001。

不过，必须指出的是，随着大众传媒对文论生产的介入，学术研究成为一些人的名利场，有时也不得不对市场和权力妥协。梁实秋在编辑《新月》杂志时有过这样的体会，"办杂志是稀松平常的事。哪个喜欢摇摇笔杆的人不想办个杂志？起初是人办杂志，后来是杂志办人，其中的甘苦谁都晓得。"①郭沫若也说："办杂志的确不是什么干脆的事情，在起初的时候大家迫于一种内在的要求，虽然是人办杂志，但弄到后来大都是弄到杂志办人去了。"②两个人都谈到了所谓"杂志办人"，这实际上指的就是知识制度（这里主要是市场竞争和商业化）对学者的约束和遏制，以及大众传播过程中责权不明晰、编辑分工不清导致的经济冲突等，导致不擅长商战的学者身不由己、身心疲惫，最后不得不成为杂志的"奴隶"。

针对文学以及学术研究的商业化、市场化这一问题，陈独秀也曾有过这样的抨击：

> 你们提倡新文化反对《黑幕》，我就挂起新文化招牌来卖《黑幕》；你们提倡办平粜反对运米出洋，我就挂起平粜招牌来运米出洋；这种巧计，可比《三国演义》上的诸葛先生还要利害。因此推论，打着"毋忘国耻"的招牌卖日货，打着社会主义的招牌拥护军阀官僚，也是意中事。所以什么觉悟，爱国，群利，共和，解放，强国，卫生，改造，自由，新思潮，新文化等一切新流行的名词，一到上海便仅仅做了香烟公司、药房、书贾、彩票行底利器。呜呼！上海社会！③

这段话深刻地揭示了民国时期传媒业的复杂形态和浓厚的商业性，也

---

① 梁实秋：《梁实秋自传》，141 页，南京，江苏文艺出版社，1996。

② 郭沫若：《关于〈创造周报〉的消息》，《晨报副刊》1925 年 5 月 12 日。

③ （陈）独秀：《再论上海社会》，《新青年》第 8 卷第 2 号（1920 年 10 月 1 日）。

揭示了知识制度的两面性：保障性和制约性。[①]

朱光潜曾经用十字街头和象牙之塔比喻商业和学术的关系。他说：十字街头的叫嚣，十字街头的尘粪，十字街头的挤眉弄眼，都处处引诱学者和文艺家丧失自我，进而丧失学术和艺术品格。所以站在十字街头的人们"要时时戒备十字街头的危险，要时时回首瞻顾象牙之塔"。[②] 否则，学术知识就会如老庄思想一样，本来含有极深的人生智慧，但经过流俗化以后，结果乃为白云观以静坐骗铜子儿的道士的手段；周易之学本蕴有极深的辩证观念，经过流俗化后，结果成为街头摆摊卖卜的江湖客的"天机"。这样，也就成了学术的悲哀、文学理论的悲哀。朱光潜先生的这一观点至今仍然发人深省。

[①]　李长之在讨论1934年中国的文艺出版时也批评过文艺出版的质与量的不对称，他说："一九三四年，可说是定期的文艺出版物最盛的一年，然而这并不是好现象，除了经济背景大家为了赚钱以外，还有人们的懒惰、取巧的作用在了，在读者，读杂志是颇轻易的，在作者，作杂志上的文章也比成书省事，就出版人的立场，杂志还比那时间性少的出版物卖得快。可是内容呢，空虚！贫弱！执笔的人呢，还是张三李四，杂志的数目多，只使他们把力量分散起来，并没有使他们精粹、郑重、在质上好起来。"李长之：《一年来的中国文艺》，《民族杂志》第3卷第1期（1935年1月）。

[②]　朱光潜：《给青年的十二封信·谈十字街头》，《朱光潜全集》第1卷，23页，合肥，安徽教育出版社，1987。

第三章　学术的职业化与学科化：
现代大学与现代文论

> 十八岁的统帅约拿丹
>
> 有一天在远东的一个小岛上捉到一只鹈鹕。
>
> 清晨，鹈鹕生下一个白白的蛋，
>
> 蛋里出来的鹈鹕与它十分相似。
>
> 第二只鹈鹕也生下一个蛋，
>
> 里面出来的自然还是下白蛋的鹈鹕。
>
> 这种情形可以延续许久，
>
> 只要人们不去做煎蛋。
>
> ——罗贝尔·德诺斯[①]

很大程度上，大学是知识内在逻辑发挥作用的结果。没有人类对知识的无尽追问，没有学者强烈的研究愿望，大学的产生和发展都是难以想象的。大学是建构和实践知识制度的主体，它的出现改变了知识生产的业余性质，也孕育出了现代学科制度，正如学者纽曼所说的那样："大学其实就是把沉思冥想的追求落实为一种社会制度的地方。"[②]

当大学建立之后，知识制度焕发出了创造和传播知识的无穷活力，对于文学理论的生产来说也是如此，雅典的大学雏形吕克昂学园之于亚里士多德，德国的科尼斯堡大学之于康德，都是很好的佐证。现代

[①]　［法］罗贝尔·德诺斯：《弹词，花儿》，转引自［法］P.布尔迪约等：《再生产——一种教育系统理论的要点》，刑克超译，1页，北京，商务印书馆，2004。

[②]　［美］华勒斯坦等：《学科·知识·权力》，刘健芝等译，166页，北京，生活·读书·新知三联书店，1999。

大学制度在中国的逐步建立，促进了包括文学研究在内的学术研究的职业化，为学者自治和学术自由提供了最佳环境，也使得"教授批评"或"学者批评"这种职业化的文论研究得以出现。同时，现代大学制度也进一步促进了知识分工，推动了文学学科的独立和建设，赋予了文艺学学科独立的合法身份，从而改变了现代文论的生产方式和知识系统。

一、现代大学制度与中国文论生产

在中国古代，"大学"一词并非是指高等教育机构，而是专指"高深学问"，即所谓"大学之道，在明明德，在亲民，在止于至善。"（《大学》第一章）不过，中国古代确实存在着一些研讨和传播高深学问的场所，在功能上相当于现在所说的大学，除了前面提到的一些著名寺庙、道观以外，春秋战国时代齐国的稷下学宫、西汉时的太学、宋明以来的书院，都是中国大学的代表。尽管它们和西方中世纪时的大学在知识制度上有很大的不同，但也具有一定程度的学者自治和学术自由，在这一点上它们与西方大学是一致的。[①] 它们也是中国传统知识制度的重要构成。

中国传统知识制度的颠覆性变迁，最明显的表现之一就是大学制度的转型。这主要是因为：一种知识体系要取代另一种知识体系，关键在于形成知识替代的制度化场所，这样才能为之培养和储备充足的后备力量，保证知识的嬗传和发展。正如董仲舒在给汉武帝的对策中所说的：

---

① 有学者认为中国古代不存在大学，如加拿大的许美德认为："我们可以肯定地说，在中国传统中既没有自治权之说，也不存在学术自由的思想，同时也没有一处可以称得上是大学的高等教育机构。"见［加］许美德：《中国大学 1895—1995：一个世纪的文化冲突》，许洁英主译，26 页，北京，教育科学出版社，2000。许美德的这一说法无疑是有一些道理的，中国古代的书院等教育机构和西方大学，特别是严格意义上的现代大学确实存在着一些明显的差异，但这并不能抹杀稷下学宫、书院等教育机构追求学术自由的事实，也不能完全否定它们在一定程度上确实发挥着大学的作用。

　　夫不素养士而欲求贤，譬犹不琢玉而求文采也。故养士之大
者，莫大乎太学，太学者，贤士之所关也，教化之本原也。今以
一郡一国之众，对亡应书者，是王道往往而绝也。臣愿陛下兴太
学，置明师，以养天下之士，数考问以尽其材，则英俊宜可
得矣。①

董仲舒在这里强调"养士之大者，莫大乎太学"，呼吁建立制度化的知
识生产场所——"太学"，他强调有了"太学"和"明师"，才可以"养士"
和"求贤"，才能"尽其材"，得到"天下英俊"，才可以用以儒家思想为
核心的知识制度来替代以百家思想为代表的百家争鸣的知识制度。

　　同样，自19世纪中叶以来，当中国陷入西方列强的军事、经济和
文化侵略的境地之中，中华民族开始救亡图存、励治革新，思考并探
索各种救国方略，其中影响最为深远的就是"教育救国论"——用一种
知识制度代替另一种制度，特别是通过建立现代大学的方式来保证这
一颠覆性变迁的实现。晚清以来，在中体西用或西体中用等一系列变
革思想的引导下，一些清朝重臣纷纷提出要废除科举，大兴新式学堂，
引入西学，改良教育，移植西方的现代大学制度，他们认为建立现代
大学是改变中国落后面貌的当务之急：1862年，北京设立了京师同文
馆；1865年上海建立江南机器制造总局，内设翻译馆、机械学堂、操
炮学堂等新式学校。清末各种大学先后成立：1895年北洋大学堂（初
名"天津北洋西学学堂"即后来的天津大学）在天津创办，1896年南洋
公学在上海创办，1898年京师大学堂在北京诞生，1902年山西大学堂
在太原由中西合办。1903年，清廷颁布"癸卯学制"（《奏定学堂章
程》），这标志着中国的高等教育从本土体制向外来模式的演变。1904
年的会试成为中国科举制度史上最后一次会试，1905年科举制度完全
被废弃，这一年也意味着文人"从'士'变为知识分子"的开始："科举既
废，新式学校和东西洋游学成为教育的主流，所造就的便是现代知识
分子了。"②民国成立后，中国拥有一批国立大学和圣约翰大学等教会

---

① 董仲舒：《举贤良对策》，《汉书》卷五十六《董仲舒传》第二十六卷。
② 余英时：《论士衡史》，15页，上海，上海文艺出版社，1999。

大学，此外还涌现出一批著名的私立大学，如 1917 年成立的复旦大学，1919 年成立的南开大学等。

至此，主宰中国社会两千余年的以儒家知识为基础的、以科举考试为皈依的古代教育制度，在西方大学文化的冲击下渐渐被替代，被颠覆，身处新的知识制度中的学生也面临着巨大挑战。正如 1917 年 1 月 1 日蔡元培在北京大学就职演讲上说的那样：

> 今人肄业专门学校，学成任事，此固势所必然。而在大学则不然，大学者，研究高深学问者也。外人每指摘本校之腐败，以求学于此者，皆有做官发财思想，故毕业预科者，多入法科，入文科者甚少，入理科者尤少，盖以法科为干禄之终南捷径也。①

在这段话中，蔡元培明确指出了大学的使命就是"研究高深学问"，是研究学术；读书不再是入仕的终南捷径，而应该是多攻读"理科"（大多来自西方的科学知识）。这种教育理念只能产生于现代教育制度。

作为一种现代知识制度的核心机构，大学"已经变成了异常活跃的知识中心"。② 比如，民国的很多大学创办了许多学术刊物，如《国学季刊》《北京大学月刊》《清华学报》《燕京学报》等，《国学季刊》在 1932 年曾专门刊发《国立北京大学国学季刊编辑略例》，其中提到："本季刊为北京大学发行的学术季刊之一；主旨在发表国内及国外学者研究中国学的结果"，"本季刊虽以国学为范围，但与国学相关之各科科学，如东方古言语学，比较言语学，印度宗教及哲学……亦予以相当之地位"。③《北京大学月刊》也明确把"介绍西洋最新最精致学术思想"作为其宗旨，以发展中国学术为己任。这些专业的学术刊物不仅为文论研究在内的学术研究提供了传播的便利条件，而且不遗余力地介绍和引进了西方的学术体系与知识架构，这无疑对包括现代文论研究在内的中国学术研究产生了深远的影响。

---

① 蔡元培：《就任北京大学校长之演说》，《东方杂志》第 14 卷第 4 号（1917 年 4 月）。

② ［美］查尔斯·霍默·哈斯金斯：《大学的兴起》，王建妮译，11 页，上海，上海人民出版社，2007。

③ 《国学季刊》第 1 卷第 1 号（1923 年 1 月）。

中国现代大学制度的建立，使得中国教育的目的、学科制度、知识分工、知识形态、教学方法都发生了颠覆性的变化，它不是对汉朝以来的古代大学继承的结果或修复的产物，而是一种全新的制度，不再是官学体制的代名词，不再是科举制度的附庸，不再是儒学知识的一家绝唱，也不再以某种知识体系为圭臬，它打破了传统的学科分类，替换了以往的知识选择制度，为学术自由和职业化的学术研究奠定了坚实的基础。这一切，都直接影响了现代文论的构型与特征。

1. 中国现代大学与学术自由

中国现代大学制度的创立，在某种程度上是一种复归，是对中国在"轴心时代"（雅斯贝斯语）曾经拥有的知识制度传统的回归，但它更是一种移植式的制度变迁，它的目标制度是西方已经创设和运作并具有一定效率的大学制度，其核心就是知识制度的元规则：学者自治和学术自由。

在现代中国，由于特殊的政治与文化语境，无论是公立大学还是私立大学，始终都难以完全脱离政府的管控，难以得到真正的自治。李长之在20世纪中叶就曾经这样感慨：学术自由是人们许久所渴望的事。从前顾孟余（1941—1943年曾任国立中央大学校长——引者注）先生在中央大学标举八个大字"学术自由，财政公开"，还没怎样见诸实行就已经赢得数千学生的爱戴了，可见人们的盼切，那时真是空谷足音呵！①

不过，和古代大学相比，中国现代大学在很多方面确实拥有了相当的自治权，学者自治和学术自由这一知识制度的元规则也确实在有保障地逐步建立起来，大学在探讨知识和组织管理方面开始拥有自由选择的权力，"教授治校"制度的建立就是其中一个范例。这一制度在

---

① 李长之：《论大学教育之建设与改造——本文侧重文艺学院》，《进步日报》1949年3月17日，见《李长之文集》第1卷，442页，石家庄，河北教育出版社，2006。

中国的建立过程尽管比较曲折，[①] 毕竟在很多高校获得了落实，并在一些方面发挥了重要作用。

"教授治校"这一制度在中国的建立过程大致如下：1912 年 7 月 10 日，全国临时教育会议在北京开幕，会议通过了蔡元培起草的《大学令》，赋予了教授以下权力：授予学位、审议学科的设置及废止、开设讲座、制定大学内部规则、审查学生成绩、审查学位论文、开设课程等。[②] 这一规定是"教授治校"制度建立的开端。不过，它的真正落实是 1916 年年底蔡元培出任北京大学校长之后的事情。其后，其他高校也先后在不同的层次上建立、修订了教授治校制度。[③] 在民国时期，尽管各高校的教授在大学事务决策中掌握的权力大小不一，但不可否认的是，许多教授们在学术上的发言权还是相当大的，甚至有人说大学成了当时一股强大的势力，正如在 1926 年，北京教育界的元老陶孟和所说的那样：

> （"五四"以后的）中学教育界，特别是高等教育界，却大改其面目。教育变成了一种势力，一种不可侮的势力。谁有敢同他抗衡的，没有不颠覆的。政府要宽容他，军阀要逢迎他，政客要联络他，就是眼光最短的商人也何尝敢得罪他。所以从此以后，教育界由可忽略的分量，一跃而为政治、外交、军事、财政、政党，总之，一切活动的重要枢纽。[④]

陶孟和这里所说的"教育变成了一种势力"，各方都要宽容它、逢迎它、联络它，不敢得罪它，"教育界"成为"一切活动的重要枢纽"，这似乎

---

①　民国时期"教授治校"制度很不稳定，比如蔡元培的得意门生蒋梦麟曾经热情倡导过"教授治校"，但他在 1930 年年底担任北京大学校长后，很快就"改弦更张"，于 1931 年 1 月公开提出了另一套办学方针："校长治校、教授治学、职员治事、学生求学"，把"治校"的权力重新"归还"给校长。详见周川：《中国近代大学"教授治校"制度的演进及其评价》，《高等教育研究》2014 年第 3 期。

②　《教育部公布修正大学令》，载璩鑫圭、唐良炎：《中国近代教育史资料汇编：学制演变》，829 页，上海，上海教育出版社，2007。

③　张正峰：《权力的表达：中国近代大学教授权力制度研究》，40—52 页，福州，福建教育出版社，2007。

④　陶孟和：《现代教育的特色》，《现代评论》一周年纪念特刊，1926 年 1 月 1 日。

有些夸张了。不过，民国时期的大学教授和学生拥有了较大的权力和自由，这也是不争的事实。在民国时期，大学师生可以拒绝甚至赶走政府派来的校长，而且类似事情多次发生，如 1925 年女师大的"驱羊（杨）运动"，[①] 1931 年清华大学的"驱吴运动"[②]，朱光潜等人于 1938 年和 1940 年分别在四川大学和武汉大学发起的两次"拒程事件"[③]，1945 年北京大学的"倒蒋兴胡"事件[④]，都在当时产生了很大影响。大学教授也可以因反对教育部部长而宣布脱离教育部（如 1925 年北京大学脱离教育部事件），[⑤] 也可以质疑教育部的课程安排（如西南联大不遵从教育部统一设置课程的命令，坚持按照自己的传统办学）。[⑥] 这些

---

① 1924 年，教育部派杨荫榆为女子高师校长，学生当时就表示反对，1925 年 1 月 22 日，学生的反抗演变为"驱羊运动"。随着学生与当局矛盾的激化，女子高师被停办，被改组为女子大学。

② 1931 年，吴南轩被派到清华大学任校长，清华大学教授表示拒绝，学生也开始驱逐吴南轩，吴南轩被迫离开清华。见苏云峰：《从清华学堂到清华大学 1928—1937》，36—42 页，北京，生活·读书·新知三联书店，2001。

③ 1938 年 12 月 13 日，国民政府行政院会议决定，任命曾在浙江大学进行过"党化教育"的程天放担任四川大学校长，取代张颐，时任四川大学文学院院长的朱光潜等教授公开联名反对易长，采取了致电、会议、罢教等手段，失败后朱光潜等人愤然辞职，离开四川大学，到了乐山的武汉大学。1940 年冬，国民政府教育部部长陈立夫企图在武汉大学推行党化教育，决定调走主张学术自由的校长王星拱，让程天放来做校长，朱光潜、叶圣陶等教授一道发表声明，抵制程天放到武汉大学，此次抵制获得了成功。参见王东杰：《国家与学术的地方互动——四川大学国立化运动(1925—1939)》，258—259 页，277—279 页，北京，生活·读书·新知三联书店，2005；陈运旗：《朱光潜在乐山》，《乐山日报》2009 年 1 月 9 日；朱洪：《朱光潜大传》，133—149 页，北京，人民日报出版社，2012。

④ 1945 年，北京大学师生反对蒋梦麟继续担任校长，希望胡适取代蒋梦麟的位置，蒋梦麟被迫辞职。

⑤ 萧超然等：《北京大学校史(1898—1949)(增订本)》，175—178 页，北京，北京大学出版社，1988。

⑥ 1940 年 5 月，国民政府教育部下发训令，要求统一全国高校的课程设置和课程内容，西南联大的教授们随即以教务会议的名义递交了一个呈文，指出：大学课程表没有千篇一律的，课程设置也没有一成不变的，只有这样才能推陈出新、学术进步；教育部是最高的教育行政机关，大学是最高的教育学术机关，应该权能分职；大学百年树人政策设施宜常不宜变，朝令夕改，研究无法进行，学生也无所适从；教授的课程和内容都需由教育部指定、核准，教授无法施展才能，学生也会轻视教授。最后，教育部默许西南联大可以按照自己的传统和经验办学，不一定完全遵从统一的规定。参见李杰、丁蓉：《西南联大如何办教育》，《民主与科学》2005 年第 3 期。

都是教授治校制度赋予学者权力的集中体现。

在民国时期，学术自治和学术自由这一元规则体现最明显的，恐怕还是要属蔡元培治下的北京大学（1916—1927）。当时北京大学实行蔡元培所倡导的"思想自由""兼容并包"的原则，[1] 遴选大学教师的主要标准是学术成就，而不是学历、政治、道德等标准。因此，北京大学的教授既有学贯中西的海归，也有自学成才的本土学者；既收留保守派，也容纳激进派；既有新文化派所攻击的"桐城谬种，选学妖孽"，也有肩扛新文化运动大旗的急先锋。他们之所以能够在同一个大学、同一个院系工作并让人欣然接受，就是因为有了学术自由这一制度的保护。

关于这一点，我们不妨看看当年北京大学师生的回忆。1946 年 1 月，曾任北京大学教师的周鲠生（1889—1971）在给胡适的信中，曾忆及蔡元培时代的北京大学，他说："我们在北大的时候，尽管在军阀政府之肘腋之下，可是学校内部行政及教育工作完全是独立的，自由的；大学有学府的尊严，学术有不可以物质标准计度之价值，教授先生们在社会有不可侵犯之无形的权威，更有自尊心。"[2]老师如此，学生亦如此。在回忆起 1918 年北京大学的自由氛围时，当年的北大学生罗家伦也有过一段这样的描写：

> 我们不但在宿舍里早晚都进行激烈的争论，也聚在其他两个地方进行这种辩论：一个是中文系教员休息室——你可以经常在那里找到钱玄同，另一处是图书馆员办公室（即李大钊办公室）。在这两个地方，教师和学生之间没有任何等级之分，无论谁都可以加入讨论。任何人都可以发表见解，同时也将面临批驳。这两

---

① 1919 年 3 月 18 日，蔡元培在《致〈公言报〉函并答林琴南函》中，把这一大学理念表达得更明确："至于弟在大学，则有两种主张如下：（一）对于学说，仿世界大学通例，循'思想自由'原则，取兼容并包主义……无论为何种学派，苟其言之成理，持之有故，尚不达自然淘汰之命运者，虽彼此相反，而悉听其自然发展……（二）对于教员，以学诣为主。在校讲授，以无背于第一种之主张为界限。其在校外之言动，悉听自由，本校从不过问，亦不能代负责任。"见蔡元培：《致〈公言报〉函并答林琴南函》，《蔡元培全集》第 3 卷，高平叔编，271 页，北京，中华书局，1984。

② 《胡适来往书信选》下册，88 页，香港，中华书局香港分局，1983。

个地方每天下午三点以后都站满了人……这两个地方有一种真正学术自由的气氛。每一个加入讨论的人都带着一种亢奋的情绪，以致常常忘了时间的存在。有时，有人会离开一个地方而去另一个地方参加讨论，并且边走边讨论……文学革命以及对旧社会和旧思想的抨击即从这两个地方发生。①

在这里，罗家伦为我们描绘了蔡元培时代北京大学师生之间的平等交流和学术自由的场景，这也是后人为之津津乐道的北大氛围。如果把周鲠生和罗家伦的话结合起来，不难看出北京大学师生对北大精神的概括是高度一致的。

同样，北京大学学生的选课、听课制度和考核制度也以宽松著称，1920 年 5 月出版的《北大学生周刊》甚至出了一期"教育革命专号"，主张彻底废除考试，取消一切考核和纪律。后来蔡元培也居然同意了学生的要求，但将其修改为"如果不要证书的学生可以废止考试"。1923年 1 月，北京大学公布了声明自由听课不要文凭的 17 位学生的名单，这些学生被戏称为"自绝生"。②

钱理群先生在《学魂重铸》一书中对蔡元培的改革有过这样的论述：

> 蔡先生主持的北京大学，建立了中国现代知识分子的新范式：这是一批永远处于边缘地位（甚至体制外）的知识分子不仅摆脱了官的帮忙、帮闲的传统窠臼，而且也避免落入现代商业社会商的帮忙、帮闲与大众的帮忙、帮闲的陷阱，获得了真正的人格独立与个体精神自由。③

这段论述揭示了现代大学制度对学者的保护作用。正是大学为学者们提供了通过学术研究而获得独立和自由的条件和机遇，这也标志着知识精英从"皇宫转向北京大学""从高层政治转向民间道路"的活动空间及社会变革思路的位移，标志着知识分子角色的转变："由依附强权，

---

① 罗家伦：《蔡元培时代的北京大学与五四运动》，《传记文学》1978 年第 5 期。
② 萧超然等：《北京大学校史（1898—1949）（增订本）》，211 页，北京，北京大学出版社，1988。
③ 钱理群：《学魂重铸》，5—6 页，上海，文汇出版社，1999。

充当幕僚、'国师'，因而终不免为'官的帮忙与帮闲'，转而依靠自身，充当思想启蒙的主体，实现思想、学术、教育、文化、文学的独立。"①

公立大学如此，民国时的私立大学、教会大学由于掣肘较少更是如此。私立复旦大学直接把学术自由写到了校歌中："学术独立，思想自由，政罗教网无羁绊。"②作为教会大学的燕京大学校训是"因真理、得自由、以服务"，也沿袭了西方大学的传统。胡适在1934年7月的《独立评论》发表《从私立学校谈到教会大学》一文，对燕大由衷地褒奖："燕京大学成立虽然很晚，但它的地位无疑的是教会学校的新领袖的地位……近年中国的教会学校中渐渐造成了一种开明的、自由的风，我们当然要归功于燕大的领袖之功。"③

此外，民国时期的大学教员的流动性比较大，这是民国大学的一大特色，这一点在某种程度上让学者们摆脱了体制的约束。正如王瑶先生(1986)说的那样："什么是知识分子呢？他首先要有知识；其次，他是'分子'，有独立性。否则，分子不独立，知识也会变质。"④王瑶先生所说的知识分子的"独立性"，就是这里要讨论的学者自治和学术自由的重要体现。有学者统计：1902—1911年任职于京师大学堂并于民国成立前离职的131位教师中，任职时间在两年以内的教师有81人，占61.8%。⑤1949年前，在北大、清华、南开、北师大的100位教授中，"自由流动三次为一般规律，多的有流动四五次的。"⑥这其中当然有政局不稳、高层管理人员更迭频繁、专职教师较少的原因，但

　　① 钱理群：《现当代文学与大学教育关系的历史考察——"20世纪中国文学与大学文化"丛书序》，见程光炜《都市文化与中国现当代文学》，68页，北京，人民文学出版社，2005。
　　② 这首校歌作于20世纪20年代初，作者是五四时期著名的诗人刘大白。
　　③ 胡适：《从私立学校谈到燕京大学》，《独立评论》1934年7月8日第108号，载姜义华：《胡适学术文集·教育》，256页，北京，中华书局，1998。
　　④ 《王瑶先生纪念集》，17页，天津，天津人民出版社，1990。
　　⑤ 吴民祥：《流动与求索：中国近代大学教师流动研究》，13页，杭州，浙江教育出版社，2006。
　　⑥ 谢泳：《逝去的年代——中国自由知识分子的命运》，238页，北京，文化艺术出版社，1999。

也不能忽视以下原因：整个民国时期大学教师的身份基本上属于"自由人"，在择业过程中具有较大的自由度，较少受到制度性的束缚。"身份自由、择业自由"为大学教师的流动提供了活力，他们只要有某一方面的专业特长，具有一定的学术背景，一般都能主动选择自己的职业去向，或离开不满意的学校而另谋他就。①

学术自由在中国大学一定程度的实现，是知识制度元规则实现的前提，也是从事文论研究和理论批评的前提。只有学者自治和学术自由成为现实中的制度，学者们才有可能具备"独立之精神，自由之思想"，② 才有可能让他们根据学术的内在逻辑进行研究，积极地参与课程设置，促进学科的独立，正如李长之分析的那样："批评是反奴性的。凡是屈服于权威，屈服于时代，屈服于欲望（例如虚荣和金钱），屈服于舆论，屈服于传说，屈服于多数，屈服于偏见成见（不论是得自于他人或自己创造），这都是奴性，都是反批评的千篇一律的文章，其中决不能有批评精神。批评是从理性来的，理性高于一切。所以真正的批评家，大都无所顾忌，无所屈服，理性之是者是之，理性之非者非之。"③就是说，离开了知识制度的元规则，失去了学术自由，建立真正的批评就无从谈起了。

民国时期的大学对于文学运动和文学活动的影响之大，就连未考上大学、只在北京大学旁听过课程的沈从文看得也很清楚，他在谈论"文运"（文学运动势力）时这样说："文运支持者一离开了学校，便渐渐离开了真诚，离开了热情，变成为世故，为阿谀。""文运与大学一脱离，就与教育分离，萎靡、堕落、无生气，都是应有的结果。学校一与文运分离，也不免得保守、退化、无生气、无朝气。"④沈从文在这

① 吴民祥：《流动与求索：中国近代大学教师流动研究》，344 页，杭州，浙江教育出版社，2006。

② 陈寅恪：《清华大学王观堂先生纪念碑铭》，载《金明馆丛稿二编》，218 页，上海，上海古籍出版社，1980。

③ 李长之：《产生批评的条件》，原载于《苦雾集》（商务印书馆，1942），见《李长之文集》第 3 卷，155 页，石家庄，河北教育出版社，2006。

④ 沈从文：《文运的重建》，《沈从文全集》第 12 卷，第 81 页，第 82 页，太原，北岳文艺出版社，2002。

里主要表露的是对文学运动与政治、商业联姻的不满，他关于大学对文运的作用的描述也有些理想化，不过，他的论述对我们理解大学制度与文学运动、文学研究的相互促进仍然具有很大的启发意义，他多次重复的大学师生所特有的"天真""勇敢"，不正是学术自由最可贵的探索精神和科学研究态度吗？

2. 学术研究的职业化

学术史的发展往往离不开新的知识阶层的出现与形成，如艾尔曼指出的那样："学术史的重要进展往往和社会结构的变化、新的支持探求新知的阶层的出现联系在一起。"①对晚清以来，特别是对民国以来的知识生产而言，教授这一职业化的学术群体是最重要的"探求新知的阶层"。

在中国传统的知识制度里，"士农工商"仅仅是社会等级上的分别，而不是职业化意义上的社会角色界定，读书人和学者（如刘勰、叶燮等）并不将"学问"作为一种谋生职业，其著书立说也不是为了"稻粱谋"，而是走上仕途的捷径（"学而优则仕"），甚至是唯一途径。在中国古代的大学里，教师选拔其实和选官制度是一体的，官师不分，大学教师本就是官员，并非一种职业。在中国古代，学术的职业化出现在大学之外，17—18世纪清朝朴学的职业化就是一例。不过，朴学研究的职业化的规模和影响力都是有限的，在朴学这一学术共同体之外的学术还远远没有达到职业化的程度。在稿酬制度还未建立的情况下，在市场化还未普及的条件下，学术可能只是走向仕途、获得科举成功的敲门砖或者业余爱好，不能作为养家糊口的手段。甚至到1898年中国近代第一所新式大学——京师大学堂建立时，这一格局也没有发生根本的改变：京师大学堂的"校长"（官学大臣）就是政府官员，不仅管理学堂事务，还拥有全国教育行政的职权，相当于现在的教育部部长；《奏定学堂章程》《大学堂章程》和《聘任教员章程》虽然规定了教师职务等级制，但教师的招聘、任免和晋升都不属于学校内部管理。这只能说是对古代选官制度的一种继承。就连对朴学高度评价的艾尔曼也认

---

① ［美］艾尔曼：《从理学到朴学：中华帝国晚期思想与社会变化面面观》，赵刚译，61页，南京，江苏人民出版社，1995。

为：中国古代不可能实现向更为规范的各种职业化学者和角色的转换，清朝士大夫不会成为专业工程师、科学家、冶金专家以及诸如此类的角色。①

将学术研究作为一种社会职业，是 20 世纪中国建立现代大学以后才正式出现的事情。借助大学这个平台，教授们通过向他人（学生、作家、书商、公众、政府、政党等）提供专业性的服务和咨询，获得稳定的生活保障和学术支持，学者们不再是以"业余爱好者"的身份，而是以学术为业的"职业专家"，他们的学术角色和社会作用已实现职业化，能够自觉按照学科规范来开展教学活动，用有计划的、系统化的文论教学来取代随意、零乱的文论传承，用培养新人的目的来培养学生，现代大学成为文学知识的主要生产场域，如有些学者说的那样："科研和教学的结合，为知识生产提供了进入社会整体分配体系的通道，研究型大学为学术职业化提供了广阔的空间。"②

以北京大学为例，1917 年 11 月，蔡元培曾经对学校同僚这样表示：希望在未来 5 年，北京大学能取得在 25 周年大规模校庆（1922 年12 月 17 日）时值得师生们回顾和庆祝的成绩。校方希望届时可以出版三类不同系列的书：一类是教授个人的专著，一类是教材，一类是译著。③ 在蔡元培眼里，大学最大的成绩不是培养出了多少官员，而是教授们出版一系列有分量的学术著作。这个希望不仅仅是蔡元培的个人设想，恐怕也是当时许多高校管理者的共同心愿。如蔡元培在《〈北京大学月刊〉发刊词》中所说的那样："所谓大学者，非仅为多数学生按时授课，造成一毕业生之资格而已也，实以是共同研究学术之机关。"④这就是说，大学对教师来说不仅仅是教学机构，更是学术机构。为此，北京大学于 1923 年设立了研究所，各研究所之任务有"研究学术、审定译名、译述名著、介绍新书、征集通讯研究员、发行杂志、

---

① ［美］艾尔曼：《从理学到朴学：中华帝国晚期思想与社会变化面面观》，赵刚译，68—69 页，南京，江苏人民出版社，1995。
② 李正风：《科学知识生产方式及其演变》，223 页，北京，清华大学出版社，2006。
③ 《研究生通则》，《北京大学日刊》1917 年 11 月 16 日。
④ 蔡元培：《〈北京大学月刊〉发刊词》，《北京大学月刊》第 1 卷第 1 号。

悬赏征文"等，① 这推动了包括文论研究在内的学术发展，胡适在北京大学国学门成立后的第一份期刊《国学季刊》的"发刊宣言"中明确指出：我们理想中的国学研究至少要有思想学术史、文艺史。②

　　现代大学之所以能够成为职业化的学术研究的主体，从制度上说，是因为民国时期的大学受到了学术职称（academic ranks）制度的保障，特别是自 1912 年蔡元培出任教育部部长以后，现代大学的学术职称和教师评聘制度真正得以建立：1912 年 10 月教育部公布的《大学令》建立了教师职务制度，将大学教员分为教授、助教和讲师三级，大学设教授、助教授（第十三条）；大学遇必要时，得延聘讲师（第十四条）；大学各科设讲座，由教授担任之。教授不足时，得使助教授或讲师担任讲座（第十五条）。③ 1917 年教育部的《修正大学令》在 1912 年《大学令》的基础上再加正教授一级，规定：大学设正教授、教授、助教授；大学遇必要时，得延聘讲师。④ 1924 年教育部公布的《国立大学校条例》又将教员等级改为正教授、教授、讲师三种，其中第十二条规定：国立大学校设正教授、教授由校长聘任之。国立大学校得延聘讲师。⑤ 1927 年，南京国民政府根据广州时期所通过的办法，重新公布《大学教员资格审查条例》，将大学教员分成教授、副教授、讲师、助教四级。⑥ 1929 年 6 月 29 日立法院通过《大学组织法》，其中第十三条规定：大学各学院教员分教授、副教授、讲师、助教四种，由院长商请

---

　　① 《研究所通讯》，《北京大学日刊》1917 年 11 月 16 日。资料来源：王学珍等：《北京大学史料》第 2 卷（1912—1937），1334 页，北京，北京大学出版社，2000。

　　② 胡适：《发刊宣言》，《国学季刊》1923 年第 1 卷第 1 号。

　　③ 《大学令》（1912 年 10 月 24 日部令第 17 号），载潘懋元、刘海峰：《中国近代教育史资料汇编·高等教育》，367 页，上海，上海教育出版社，1993。

　　④ 《修正大学令》（1917 年 9 月 27 日部令第 64 号），载潘懋元、刘海峰：《中国近代教育史资料汇编·高等教育》，372 页，上海，上海教育出版社，1993。

　　⑤ 《国立大学校条例》（1924 年 2 月 23 日），载中国第二历史档案馆：《中华民国史档案资料汇编》第三辑（教育），174 页，南京，江苏古籍出版社，1991。

　　⑥ 《南京国民政府行政委员会公布〈大学教员资格审查条例〉》（1927 年 7 月 26 日），载中国第二历史档案馆《中华民国史档案资料汇编·第五辑·第一编》，教育（一），168 页，南京，江苏古籍出版社，1994。

校长聘任之。[1] 这样，南京国民政府通过各种立法的形式，正式建立了教授、副教授、讲师和助教的职务等级制度，并为每一等级规定了工资待遇，这为学术职业化提供了制度上的保障。学者们可以依靠学术成就谋得一定的职位，并获得较稳定的经济支持，有利于再生产出和这一职位相称的学术成果。

　　教师职务制度和评聘制度为学者提供了相对稳定的经济收入，使得包括文论研究在内的学术研究获得了再生产的保障和动力，请看下面两个图表。[2]

表 3-1　晚清、民国时期大学文科教师收入与实际购买力略表

教师（姓名）	时间	所在大学（及职位）	月收入（约合人民币数量）	实际购买力（以 2009 年人民币的购买力为参照）
华人教师	1898 年	北洋大学堂	100 两白银（约合 2 万元人民币）	白银 1 两折合 1.4 银圆，约合 200 元人民币
华人教员	1902 年前后	南阳公学	100 两白银（约合 2 万元人民币）	同上
国文正教员高超	20 世纪初	京师大学堂国文正教员	白银 80 两（约合 16000 元人民币）	同上
国文副教员蒋用嘉	20 世纪初	京师大学堂国文副教员	白银 60 两（约合 12000 元人民币）	同上
钱玄同、刘半农	1919 年	北京大学三级教授	200～300 圆（约合 16000～30000 元人民币）	1 圆大约折合 80～100 元人民币

---

① 《大学组织法》，见王学珍等：《北京大学史料》第 2 卷(1912—1937)，107 页，北京，北京大学出版社，2000。

② 表格里的教授一般指的是专任教授，银圆以 2009 年人民币的实际购买力为参照。资料来源陈明远：《文化人的经济生活》(全新增修版)，39 页，41 页，42 页，西安，陕西人民出版社，2010。吴民祥：《流动与求索：中国近代大学教师流动研究》，186 页，197 页，杭州，浙江教育出版社，2006。陈明远：《文化人的经济生活》(全新增修版)，312—313 页，西安，陕西人民出版社，2010。

续表

教师 （姓名）	时间	所在大学 （及职位）	月收入（约合人民币 数量）	实际购买力 （以 2009 年 人民币的购 买力为参照）
钱玄同、刘半农	1919 年	北京大学三级教授	200 ～ 300 圆（约合 16000～30000 元人民币）	1 圆约合 60 元人民币
周作人	1919 年	北京大学三级教授（兼国史编撰处主任）	240 圆（约合 19200～24000 元人民币）	
蔡元培	1919 年 3 月	北京大学教授（校长）	600 圆（约合 48000～60000 元人民币）	
陈独秀	1919 年 3 月	北京大学教授（文科学长）	300 圆（约合 24000～30000 元人民币）	
李大钊	1919—1920 年	北京大学图书馆主任，史学和经济学系教授	120 圆（约合 9600～12000 元人民币）	
胡适、朱希祖、辜鸿铭、刘师培、沈尹默、黄侃等	1919 年	北京大学一级教授（沈尹默为预科教授）	280 圆（约合 22400～28000 元人民币）	
梁漱溟	1919 年	北京大学讲师	100 圆（约合 8000～10000 元人民币）（注：不上课无薪水）	
周作人	1920 年	北京大学文科教授兼国史编撰处纂辑员	240 圆（约合 19200～24000 元人民币）	
鲁迅	1926—1927 年	厦门大学国学院、中山大学文学系主任兼教务主任	400 ～ 500 圆（约合 24000～30000 元人民币）	
吴宓	1928 年	清华大学教授	340 圆（约合 20400 元人民币）	
朱自清	1928 年	清华大学教授	320 圆（约合 19200 元人民币）	同上
胡适	1931 年	北京大学文学院院长兼中文系主任	600 圆（约合 36000 元人民币）	

续表

教师 （姓名）	时间	所在大学 （及职位）	月收入（约合人民币数量）	实际购买力 （以 2009 年 人民币的购买力为参照）
朱光潜、梁实秋	1934 年	北京大学外文系、国文系	500 圆（约合 36000 元人民币）	1 圆约合 60 元人民币
陈寅恪	1936 年	清华大学历史系、中国文学系	480 元（约合人民币 28800 元）	1 圆约合 60 元人民币

表 3-2　民国时期国立大学教师职称工资略表

教师职务	时间	所在大学	月收入（约合人民币数量）	实际购买力 （以 2009 年 人民币的购买力为参照）
教授	1928 年	中央大学	400～500 圆（约合 24000～30000 元人民币）	1 圆约合 60 元人民币
教授	1931 年	北京大学	450 圆（约合 27000 元人民币）	
教授	1931 年	清华大学	300～500 圆（约合 18000～30000 元人民币）	
讲师		清华大学	200～300 圆（约合 12000～18000 元人民币）	
教授一级	1934 年	全国大学（国民政府教育行政委员会规定）	600 圆（约合 36000 元人民币）	
副教授	1934 年	同上	400 圆（约合 24000 元人民币）	

　　从表 3-1 和表 3-2 可以看出，以 2009 年的人民币实际购买力为参照，晚清以来、特别是民国以来大学教授、副教授的收入少则一万多元人民币，多则三四万元，讲师最少也有一万多元，可以说大学教师的收入是相当丰厚的。不过，以上大学基本上都是国内的著名大学，所列教授多是知名教授，一般大学的普通教师收入无疑会低一些。不过，由于在南京政府期间，国民政府通过立法的形式对大学教授的收

入做出了明确的法律规定，这样一来，名牌大学和一般教授、著名教授和普通教授的收入差别相应也就小了许多。

有一点必须指出的是，民国时期的大学教师收入并不稳定。在北洋政府期间（1912—1928），除了清华大学的经费主要来自美国退还的庚子赔款，教师收入比较稳定以外，北洋政府拖欠教育经费的事情时有发生，有时竟然拖欠教师工资达两年之久，因此，北京各国立学校在 20 世纪 20 年代发起了至少 10 次规模较大的索薪运动。[①] 教师工资不能及时发放，这在很大程度上影响到了学者的学术研究和教学工作。不过，由于当时北京高校的教师多在外校兼职，1922 年前后北大教师甚至有一半在外校兼职，[②] 这多少能缓解一些教师的拮据情况。随着南京国民政府的建立，欠薪的问题也随之大为缓解。[③]

在大学里获得稳定的经济收入，这对渴望独立思考的知识生产者来说无疑是重要的。正如鲁迅先生在《娜拉走后怎样》的演讲中说的那样："梦是好的；否则，钱是要紧的。""……钱，——高雅的说罢，就是经济，是最要紧的了。自由固不是钱所能买到的，但能够为钱而卖掉。人类有一个大缺点，就是常常要饥饿。为补救这缺点起见，为准备不做傀儡起见，在目下的社会里，经济权就见得最要紧了。"[④]在民国时期，由于政局不稳定，国家财力有限，学术研究获得课题经费资助的机会要比现在少得多，拥有或掌握"经济权"就显得更为要紧。大学教师职称制度的建立和学术的职业化，在相当程度上解除了学者们的后顾之忧，有助于知识分子保持一种相对独立的人生态度、学术理想和行事方式，也使得身处大学之中的文论家的社会地位、经济收入、

① 关于北洋政府拖欠教师工资和教育经费以及索薪运动的材料，参见吴民祥：《流动与求索：中国近代大学教师流动研究：1899—1949》，210—212 页，杭州，浙江教育出版社，2006；吴惠龄：《北洋高等教育史料》第一集，383 页，392 页，397—399 页，北京，北京师范大学出版社，1992。

② 《北大教务长之重要谈话，经费所以重要之三大理由》，见王学珍等《北京大学史料》第 2 卷（1912—1937），2851 页，北京，北京大学出版社，2000。

③ 1928 年后，中山大学、中央大学、武汉大学等高校不但和清华大学一样基本不欠薪，而且待遇还增加了，均在清华大学之上。见吴民祥：《流动与求索——中国近代大学教师流动研究：1899—1949》，186 页，杭州，浙江教育出版社，2006。

④ 《鲁迅全集》第 1 卷，167、168 页，北京，人民文学出版社，2005。

角色认同等都发生了重大变化。

那么，在中国现代大学建立之后，有多少位教师教授过文学理论课程，获得了大学制度的保障呢？由于资料有限，这个数字要准确统计出来难度很大，我们只能初步计算一下与这门课相关、相近的专业教师的数量。根据民国政府教育部的《第一次中国教育年鉴》，我们可以算出 1931 年前中国的公私立大学的文学院的教员数量，虽然当时的文学院除了中文系，还包括外语、历史、哲学等系，① 但由于外语系经常开设"文学批评"课程，历史和哲学等系的教师也经常参与中文系学生的培养，中文系的学生也要兼修历史等专业的课程，② 因此这个数据也可以作为一个大致的参考，参见表 3-3。③

表 3-3 1931 年前中国大学的文学院教员人数统计

大学	文学院教员人数（人）	大学	文学院教员人数（人）
国立北平师范大学	88	燕京大学	79
国立北京大学	84	岭南大学	57
国立清华大学	63	复旦大学	47
国立北平大学	147④	武昌中华大学	46
国立四川大学	58	金陵大学	42
国立浙江大学	52	东北大学	37

① 比如，金陵大学原设文理、农林两科，为符合大学至少三院的国家规定，后扩充成为文学院、理学院和农学院，文学院设立历史、政治、经济、国文、英语、哲学、社会及社会福利行政 8 个系。

② 以王瑶先生为例，1946 年王瑶在西南联大完成了硕士研究生学业，他的毕业初试范围不仅包括中国文学史，还包括中国哲学史和中国通史；参加他的硕士论文《魏晋文学思潮与文人生活》（导师闻一多）答辩的学者除了中国文学系 11 位教授（罗庸、罗常培、朱自清、闻一多、王力、杨振声、浦江清、唐兰、游国恩、许维遹、陈梦家）外，还聘请了哲学系主任汤锡予教授、师范学院国文教授彭仲铎、文学院院长兼哲学系教授冯芝生、历史系教授吴晗，专业涵盖了文学、史学、语言学、哲学等。这种学术汇通的培养模式在民国时期应该不属于个案。详见陈平原：《大学有精神》，99—100 页，北京，北京大学出版社，2009。

③ 数据截至 1931 年。资料来源：《第一次中国教育年鉴》，册二，上海，开明书店，1934。

④ 含理学院，称为女子文理学院。

续表

大学	文学院教员人数 （人）	大学	文学院教员人数 （人）
国立中央大学	49	大夏大学	37
国立中山大学	47	安徽大学	36
国立暨南大学	39	中法大学	34
国立武汉大学	29	东吴大学	31
国立山东大学	23	光华大学	29
广东国民大学	24	齐鲁大学	29
厦门大学	20	湖南大学	25
沪江大学	20	河南省立河南大学	24
南开大学	15	私立大同大学	15
武昌华中大学	11	总计	1337

从上面表格得以看出：1931 年之前，中国主要大学的文学院（含一理学院）的教员一共是 1337 人，其中纯粹的文学教师的数量会更少，肯定不会超过千人。不过，正是这些有稳定教职、有职称保障的文学教员，在各种公立大学、教会大学、私立大学里奠定了文学理论课程的基础，出版了各种类型的教科书来满足学生的需求，这才有了后来的文艺学学科的发展和成熟。

3. 教授批评的出现和兴盛

在中国现代大学里，职业化的教授群体构成了一个聚焦于学术的共同体，成为文学社团和专业学术机构的摇篮。教授群体参与了现代出版与传播，组织了各种文学社团，出版了大量文学期刊，聚拢在某个出版社周围，从各个层面上推动了现代文论的发展，促成了职业化的批评形态——"教授批评"的出现。正如布迪厄说过的那样："批评传统上属于大学教授，是智力劳动分工结构的深刻转变的必不可少的衍生物。"①

---

① ［法］皮埃尔·布迪厄：《艺术的法则：文学场的生成和结构》，刘晖译，258 页，北京，中央编译出版社，2001。

教授批评在中国的出现与西方有些相似。在近代西方，最有分量的职业化文学研究几乎都出现在大学里。法国学者蒂博代在《六说文学批评》一书中把批评分为三种：口头批评、大师的批评（艺术家的批评）和职业批评，其中职业批评主要是指大学里的"教授批评"，"一种讲坛上的批评"，"它更为轻灵，更为精细，更为自由，更为无私"，蒂博代高度评价了"教授批评"这一职业批评的主体构成，认为它"在19世纪的文学史里组成了一条延续最长的山脉和最为坚实的高原"。① 这种评价对现代中国也完全适用。回顾中国现代文论发展史，有影响、有建树的理论家和批评家绝大多数都依托于大学，也堪称"延续最长的山脉和最为坚实的高原"。我们可以开出一大串列入"教授批评"名单的文论家：鲁迅、周作人、朱光潜、李长之、李广田、朱自清、老舍、姜亮夫、郁达夫、梅光迪、沈从文、梁实秋、李健吾、程千帆等。这些学者都将创作文论、撰写批评、教授理论作为自己得以安身立命的学术根本，也造就了中国现代文论史中职业化的教授批评，在中国现代文论史上留下了浓墨重彩的篇章。

4. 留学制度与文论家群体

自晚清以来，随着学术研究的对外交流和沟通日益增强，越来越多的学者认识到，在中国传统知识制度之外，还有另一种知识制度和另一个广阔的学术天地的存在。蔡元培曾经这样强调国际视野对文学研究的重要性，他说："治文学者，恒蔑视科学，而不知近世文学，全以科学为基础；治一国文学者，恒不肯兼涉他国，不知文学之进步，亦有资于比较。""研究也者，非徒输入欧化，而必于欧化之中为更进之发明；非徒保存国粹，而必以科学方法，揭国粹之真相。"②蔡元培在这里认为，文学研究者只有"兼涉他国"，增强比较意识，在"输入欧化"和引进科学方法的基础上才会取得更为进步的创造成果。而要增强国际视野，学习西方的科学方法，最好的途径就是留学，到国外的大学中直接接触、领略和体验现代知识制度。

---

① ［法］阿尔贝·蒂博代：《六说文学批评》，赵坚译，78页，84页，北京，生活·读书·新知三联书店，1989。

② 高平叔：《蔡元培教育论集》，212页，213页，长沙，湖南教育出版社，1987。

中国近代史上的留学教育始于 1872 年的中国 30 名幼童赴美留学，此后留学渐成潮流，尤其以留学日本和欧美为主。留学专业也日益丰富多样，早期限于制造、驾驶、电气、矿冶等实用之术，旨在输入西方发达国家的技术，后来开始关注西方国家的社会、政治、文学、教育。留学生渐渐成为传播西方文化的主体，也构成了中国现代作家、现代文论家的主要群体。刘永济在《文学论》(1922)中曾经对比了唐代和民国时期的留学特点，高度评论了"统系分明、方法完备"的西方学术对中国学术的"更新"作用："今日西学东来，其学术皆统系分明、方法完备，而交通之便利、印刷之简易，又远胜于唐代。唐玄奘以一僧侣，私奔印度，归来遂令我国文化因而更新。今日留学西方之人数与方便，亦远胜于彼时，然则更新之机，自当不远。"①

在大学视野中考察留学制度，是探讨中国现代文化的重要论题，大学制度研究和留学研究密不可分，很多留学生正是在完成或准备完成中国的大学教育的过程中得到了留学机会，前者如钱钟书，后者如朱光潜。大批留学生回国后，大多首选进入大学任教。研究者对归国留学生在中国文化的现代转型中的作用给予了高度评价，王富仁先生甚至将 20 世纪中国文化概括为"留学生文化"："就总体而言，中国二十世纪文化就是留学生文化。中国最早派出的国外留学生在中国二十世纪文化的发展中起了关键性的作用，后来的发展是在最初的留学生文化的基础上展开的，并且他们在整个二十世纪中国文化中都扮演了一个重要角色。"②这种评价是有根据的，有学者曾经考察了中国现代文学史上较为重要的 300 余位现代作家，发现有留学背景的竟超过了 150 位，约占总数的 50%。其中最多的是留学日本，有 66 人，后面依次为：法国 32 人，美国 30 人，英国 19 人，德国 10 人，苏联 7 人，其中约有一半以上的留学生在国外的居留时间有三年至六年。③

晚清以来，中国现代文论家中的领军人物基本上是由具有留学或

① 刘永济：《文学论》，133 页，上海，上海太平洋印刷公司，1924。
② 王富仁：《影响 21 世纪中国文化的几个现实因素》，《王富仁自选集》，63 页，桂林，广西师范大学出版社，1999。
③ 郑春：《留学背景与中国现代文学》，32—33 页，济南，山东教育出版社，2002。

游学背景①的知识分子组成，大致如下：

留学欧美的学者有：胡适（1910—1917 赴美留学），梁实秋（1923—1926 赴美留学），闻一多（1922—1924 赴美留学），林语堂（1919—1923 赴美留学），吴宓（1917—1926 赴美留学），梅光迪（1911—1920 赴美留学），梁宗岱（1924—1931 赴法留学），朱光潜（1925—1933 赴英、法、德留学），宗白华（1920—1925 赴法、德留学）。

留学日本的学者有：鲁迅（1902—1909），周作人（1906—1911），郭沫若（1914—1923），成仿吾（1910—1921），李初梨（1915—1927），等等。

留学对文论研究的影响是直接的、深刻的。长期异域文化的熏染无疑会影响传播主体的文艺思想与创作方式，清季"文界革命"与"小说界革命"的开启就是一个明显的例子。我们不妨以朱光潜先生为例来分析留学对文论研究的意义。

朱光潜曾经这样回忆他的留学经历：

　　到欧洲后见到西方"研究文学"者所做的工作以及他们所有的准备，才懂庄子海若望洋而叹的比喻，才知道"研究文学"这个玩儿艺并不象我原来所想象的那样简单，尤其不象我原来所想象的那样有趣。文学并不是一条直路通天边，由你埋头一直向前走，就可以走到极境的。"研究文学"也要绕许多弯路，也要做许多干燥辛苦的工作。学了英文还要学法文，学了法文还要学德文、希腊文、意大利文、印度文等，时代的背景常把你拉到历史哲学和宗教的范围里去；文艺原理又逼你去问津图画、音乐、美学、心理学等学问。这一场官司简直没有方法打得清！学科学的朋友们往往羡慕学文学者天天可以消闲自在地哼诗看小说是幸福，不象

　　① 留学既指那些专门去国外求学者，也指那些"出洋者"，包括长期在海外居住、游历、考察、工作与留学生一样目睹西方近代文明，在思想上、学识上深受影响的人，梁启超等即属此例。详见周棉：《留学生与近代以来的中国文学》，《徐州师范学院学报》1990 年第 1—2 期。娄晓凯：《中国现代文学史上留欧美与留日学生文学观研究（1900—1930）》，复旦大学 2009 年博士论文。

他们自己天天要埋头记干燥的公式，搜罗干燥的事实。其实我心里有苦说不出，早知道"研究文学"原来要这样东奔西窜，悔不如学得一件手艺，备将来自食其力。我现在还时时存着学做小儿玩具或编藤器的念头。学会做小儿玩具或编藤器，我还是可以照旧哼诗念文章，但是遇到一般人对于"研究文学"者"专门哪一方面？"式的问题就可以名正言顺地置之不理了。那是多么痛快的一大解脱！①

朱光潜先生这里首先回顾了自己接受西方大学的文学教育后望洋兴叹的感受，接下来又描述了自己学习"研究文学"过程中的苦涩体验和"东奔西窜"的狼狈经历。这些体验是中国传统的文学研究者囿于国内难以体会的，这也正是海外留学生在留学经历中的最大收获。后来，当朱光潜学成归来，为学生开设了《诗论》和《文艺心理学》等多门文学理论课程，也不出意料地获得了学子们的推崇和热爱。②

在中西方的文化冲撞中，朱光潜形成了跨文化和比较诗学的研究视野。在完成《文艺心理学》的写作之后，他对中国文论进行了深入的思考（1942）：

中国向来只有诗话而无诗学，刘彦和的《文心雕龙》条理虽缜密，所谈的不限于诗。诗话大半是偶感随笔，信手拈来，片言中

---

① 朱光潜：《我与文学》，《朱光潜全集》第 3 卷，338 页，合肥，安徽教育出版社，1987。

② 朱光潜回国后，在北京大学教授《诗论》和《文艺心理学》，反响热烈，又被朱自清邀请在清华大学中文系研究班讲了一年。后来老友徐悲鸿又约朱光潜在中央艺术学院讲了一年的《文艺心理学》。据当时在清华听课的学生季羡林回忆："孟实先生是北京大学的教授，在清华大学兼课，年龄大概三十四五岁吧，他只教一门文艺心理学，实际上就是美学，这是一门选修课。我选了这一门课，认真地听了一年。当时我就感觉到，这一门课非同凡响，是我最满意的，比那些英、美、法、德等国来的外籍教授所开的课好到不能比的程度。朱先生不是那种口若悬河的人，他的口才并不好，讲一口带安徽味的蓝青官话，听起来并不美。看来他不是一个演说家，讲课从来不看学生，两只眼向上翻，看的好像是天花板上或者窗户上的某一块地方。然而却没有废话，每一句话都清清楚楚。他介绍西方各国流行的文艺理论，有时候举一些中国旧诗词作例子，并不牵强附会，我们一听就懂……因此，在开课以后不久，我就爱上了这一门课，每周盼望上课成为我的乐趣了。"见季羡林：《朱光潜先生》，《文史知识》1998 年第 5 期。

肯，简炼亲切，是其所长，但是它的短处在零乱琐碎，不成系统，有时偏重主观，有时过信传统，缺乏科学的精神和方法。

诗学在中国不甚发达的原因大概不外两种。一般诗人与读诗人常存一种偏见，以为诗的精微奥妙可意会而不可言传，如经科学分析，则如七宝楼台，拆碎不成片段。其次，中国人的心理偏向重综合而不喜分析，长于直觉而短于逻辑的思考。谨严的分析与逻辑的归纳恰是治诗学者所需要的方法。

诗学的忽略总是一种不幸。从史实看，艺术创造与理论常互为因果。例如亚里士多德的《诗学》是归纳希腊文学作品所得的结论，后来许多诗人都受了它的影响，这影响固然不全是好的，也不全是坏的。……诗学的任务就在替关于诗的事实寻出理由。次说欣赏，我们对于艺术作品的爱憎不应该是盲目的，只是觉得好或觉得不好还不够，必须进一步追究它何以好或何以不好。①

在朱光潜先生的这段话中，我们不难发现他归纳的中西方不同文论取向和研究思维的差异，比如中国古代文论的"重主观、信传统""重综合而不喜分析""长于直觉而短于逻辑的思考"等。朱光潜对"中国诗学不发达""忽略诗学"的"不幸"的感慨和遗憾，也成为他后来从事文学研究的持久动力和主要研究方向，这正是留学制度在中国文论建设中所产生的深远影响的体现。

二、学术分工与文学学科的独立

学术分工是社会分工的一种特殊形式，是人类制度文明最重要的成果之一，它直接影响着知识生产与再生产的内容、形式和价值取向。学术分工既反映了知识的内在逻辑，具有内在知识制度的性格，又代

---

① 朱光潜：《诗论抗战版序》，《朱光潜全集》第 3 卷，3 页，合肥，安徽教育出版社，1987。

表着社会集团的利益，表现出外在知识制度的特征。① 在现代大学里，学术的职业化不仅意味着教职制度的保障，还代表着学者掌握了某种专业知识，确认了专业的合法性，从而把自己和外行区分开来，这就促成了学术的分工和细化，进而推动了学科制度的形成。正如利奥塔所言："科学没有找到自己的合法性，就不是真正的科学。"②

现代学科制度的确立，对大学的知识生产与再生产的影响是深刻的，美国学者克拉克说得好："主宰学者生活的力量是学科而不是所在院校。"③对于文学理论学科来说也同样如此。

1942 年，批评家李长之先生在讨论"中国文学理论不发达"的原因时归纳出了三点：第一，中国的文学观念不正确，如不承认文学的独立价值，缺少"为文学而文学"的精神；第二，中国的其他科学或学科如心理学、社会学、艺术学、美学、哲学、语言学、文法学、神话学等不发达；第三，中国的著述体例不完备，中国文学理论多是诗话、札记、批点校正、指南等，缺少有课题、有结构、有系统、有普遍妥当的原理原则。④ 李长之在这里虽然没有明显拎出"制度"一词，但他说的这三点都与制度，特别是学术分工有关：第一点关乎文学知识的选择、管理和控制制度，第二点关乎知识分工与现代学科的划分以及对文论的影响，第三点关乎文论的文体以及传播形态。如果从知识制度的角度看，李长之先生的意思可以做如下理解：

第一，中国文学缺乏独立意识。这与统治者的文学政策和文化观念直接相关，如曹丕等人对文学功能的拔高（"经国之大事，不朽之功业"），如隋唐以后科举制度以文学才华和写作才能作为考取功名的标准等，都使文学与审美、娱乐之外的政治联系过密，导致文学失去了独立价值。

---

① 朴雪涛：《知识制度视野中的大学发展》，131 页，北京，人民出版社，2007。

② ［法］利奥塔：《后现代状态——关于知识的报告》，车槿山译，8 页，北京，生活·读书·新知三联书店，1997。

③ ［美］伯顿·克拉克：《高等教育系统——学术组织的跨国研究》，王承绪译，35 页，杭州，杭州大学出版社，1994。

④ 李长之：《中国文学理论不发达之故》，《李长之文集》第 3 卷，151—153 页，石家庄，河北教育出版社，2006。

第二，中国传统学术分类以人（如诸子百家）而不是以研究对象来划分学术门类，重学派而不重学科。相比之下，古希腊很早就出现了逻辑学、政治学和物理学等学科的雏形，后来又早于中国建立了现代学科体系；而中国的文学类图书长期散落在经史子集各部中，混沌一片，其他与文学有关的学科如心理学、社会学、艺术学等到了 20 世纪初才进入本土学校的课程标准中，这也阻碍了文学理论的再生产。

第三，中国的文学理论与批评虽然也有一些独立著述，但总体上以诗文评为主，往往依附于文学文本，不能以单行本的形式出现和传播，这也导致了中国古代文论难以出现更多的体系化和逻辑性较强的学术性著作。

李长之先生的归纳，为我们理解中国传统学术分类和文学学科提供了重要线索。下面我们分三个方面来分析中国的学术分工变迁与文学学科的独立。

1. 中国传统学术分类与文学学科的位置

人们经常批评中国文学理论体系性不强，学科界限模糊，研究对象笼统，这与中国的传统学术分类有着直接的关系。在晚清之前，中国的传统学术分类与西方不同，它的特点主要表现在两个方面：第一，以研究者主体（人）和地域为准，而不是以研究客体（对象）为准；第二，各学术门类之间是互通的，学者治学追求"会通"和"博通"。① 下面分别论述。

中国学术自先秦时起就习惯于"以人统学"，以诸子之名称命名学问，将不同的学者归并到一家，如"六家之学"（司马谈）、"九流十家之学"等，② 而不是如近代西方那样将不同的学者归并到一个学科中来。与古希腊亚里士多德将学术分为物理学、形而上学、政治学、诗学、逻辑学等各类不同，从先秦时起，中国学术虽有各家各派之学，虽然

① 左玉河：《从四部之学到七科之学》，19 页，90 页，上海，上海书店出版社，2004。
② 傅斯年曾指出："中国学术，以学为单位者至少，以人为单位者转多，前者谓之科学，后者谓之家学。家学者，所以学人，非所以学学也。历来号称学派者，无虑数百，其名其实，皆以人为本，绝少以学科之别而分宗派者。纵有以学科不同而立宗派，犹是以人为本，以学隶之，未尝以学为本，以人隶之。"见傅斯年：《中国学术思想的根本谬误》，《傅斯年全集》第 4 册，167 页，台北，台北联经出版事业公司，1980。

学术门类日益细化，学问被分为经学、小学、史学、算学、天文历法、舆地学及所谓"儒家四学"（义理之学、考据之学、辞章之学、经世之学），但在整体上文、史、哲是不分家的，"文学"缺乏独立的学科位置，文学理论更是如此。①

这一点，在中国古代的图书分类中可以看得很清楚。从中国传统知识体系和图书分类上看，文学似乎属于"经、史、子、集"四大类②中的"集"部，但实际上"集"部也包括了很多非文学的图书，而且文学书籍在前三类中也经常出现。关于传统文学知识在图书分类中的秩序，郑振铎在《整理中国文学的提议》（1922）一文中曾有过这样的评论：

> 中国的书目，极为纷乱。有人以为集部都是文学书，其实不然。《离骚草木疏》也附在集部，所谓"诗话"之类，尤为芜杂，即在"别集"及"总集"中，如果严格的讲起来，所谓"奏疏"，所谓"论说"之类够得上称为文学的，实在也很少。还有二程（程颢、程颐）集中多讲性理之文，及卢文弨、段玉裁、桂馥、钱大昕诸人文集中，多言汉学考证之文。这种文字也是很难叫他做文学的。最奇怪的是子部中的小说家。真正的小说，如《水浒传》、《西游记》等倒没有列进去。他里边所列的却反是那些惟中国特有的"丛谭"，"杂记"，"杂识"之类的笔记。③

郑振铎对中国书目的不满，实际上表达了人们对文学缺乏学科独立性以及文学知识不清晰的批评。他在这里连续两次提到"中国"："中国书目"和"中国特有"，显然是以西方的学科制度和学术分类作为了参照对

---

① 春秋时的"孔门四科"中有"文学"一科（其他三科是德行、政事、言语），但曾国藩认为它相当于考据，德行相当于义理，政事相当于经济，言语相当于辞章。见曾国藩：《劝学篇示直隶士子》，《曾国藩全集·诗文》，442页，长沙，岳麓书社，1986。

② 中国古代除了"经史子集"图书分类法之外，还出现了刘向的汉朝的《七略》（六艺略、诸子略、诗赋略、兵书略、数术略、方技略）和南北朝时的《七录》（经典录、纪传录、子兵录、文集录、术技录、佛法录、仙道录），南宋郑樵《艺文略》的12大类（经、礼、乐、小学、史、诸子、天文、五行、算术、医方、类书、文）等，但影响最大的还是隋唐时创立的经部、史部、子部、集部（附道经和佛经）等"四部之学"。详见左玉河：《从四部之学到七科之学》，44—58页，上海，上海书店出版社，2004。

③ 郑振铎：《整理中国文学的提议》，《文学旬刊》1922年第51期。

象。这种对中西学科制度进行比较的研究思路，在著名的文学社团"文学研究会"的第一号会员、北京大学教授朱希祖的阐释中更加清晰。朱希祖在《文学论》一文中曾从学科的角度比较了文学在中西方不同的学科地位，他认为：

> 自欧学东渐，群惊其分析之繁赜……政治，法律，哲学，文学，皆有专著……故建设学校，分立专科，不得不取材于欧美或取其治学之术以整理吾国之学……在吾国，则以一切学术皆为文学；在欧美则以文学离一切学科而独立。
>
> 吾国之论文学者，往往以文字为准，骈散有争，文辞有争，皆不离乎此域；而文学之所以与其他学科并立，具有独立之资格，极深之基础，与其巨大之作用，美妙之精神，则置而不论。故文学之观念，往往浑而不析，偏而不全。①

在这段话里，朱希祖大概表达了这样几个意思：其一，欧美的学术分类和学科体系细致而完备，中国要建立大学、推行学科制度，一定要学习西方；其二，中西方文学研究的地位大相径庭，在中国，文学研究与其他学术是融为一体的，而在欧美，文学研究有着独立的学科地位；其三，中国的文学研究过多拘泥于修辞，而忽略了对文学的独立品格、文学的文化根基、文学的作用、文学精神的探讨，因此文学理论也是含混的、缺乏辨析的、片面的。朱希祖的论述除了第三个说法有些笼统之外，其余两点基本揭示出了包括文学研究在内的中国传统学术分科的特点，也表现出了中国学者渴望引进西方学术分类和学科制度的焦虑心态。

2. 文学学科的独立

学科制度是内在知识制度的产物，学科制度的形成和发展都离不开知识内在逻辑的发展。如果没有知识内在规则和信念的变化，没有知识类型和知识存量的增多，则不会有学科制度的蓬勃发展，但学科制度同时也是外在知识制度的结果，没有政府和教育行政部门有关课

---

① 朱希祖：《文学论》，《北京大学月刊》第 1 卷第 1 号（1919 年 1 月）。

程的设置，没有考试制度的推动，它也是不可能建立的，它的发展也要迟缓得多。

19世纪中期以后，外国传教士在中国创办的教会学堂中最早引入西方学术分类和学科制度，随后，中国人创办的新式学堂也逐步采纳了分科立学的做法，中国传统知识制度在西方知识的挤压下，影响力日渐式微。在晚清和民国政府的推动下，西方现代学科制度开始逐渐取代中国传统学术分类。

1898年12月京师大学堂成立时，它的课程还是传统的书、礼、易、春秋等。从20世纪初开始，晚清政府引进西方学科制度，从两方面进行知识的重新分类与整合：一是对传统的"文史哲"重新进行分工；二是引进西方的新学科。1902年，清朝官学大臣张百熙负责制定了《钦定京师大学堂章程》和《钦定高等学堂章程》，提出了"七科分学"方案，即"壬寅学制"，明确规定了分科大学共设文学科等七科，[1] 其中文学科包括经学、史学、理学、诸子学、掌故学、词章学、外国语言文字学七目。很显然，这里的"文学科"依然是"文史哲"的一个大杂烩。1904年，清政府颁布《奏定学堂章程》（即"癸卯学制"），设立了"文学门"，其中包括"文学研究法"等课程，"文学研究法"成为后来的文艺学学科的核心课程——"文学概论"——的雏形。在"癸卯学制"中，"文学研究法"位居主课科目之首，三年下来，在主课里它的课时量是最多的：第一年每星期2个钟点，第二年每星期2个钟点，第三年每星期3个钟点，钟点数在16门主课中与"周秦至今文章名家"课程并列第一。[2] "癸卯学制"不仅结束了中国几千年来办教育无章程、学校无体系的状态，标志着中国的现代教育制度开始确立，同时也标志着文学学科开始走向独立，文艺学学科的雏形开始显现。

1912年10月，以蔡元培为总长的中华民国教育部颁布了《大学令》，其中规定：大学分文、理、法等七科。1913年1月，教育部公布了《大学规程》，将大学文科分为文学、哲学、历史学、地理学四门，

---

① 舒新城：《近代中国教育史料》中册，551—552页，北京，人民教育出版社，1961。

② 璩鑫圭、唐良炎：《中国近代教育史资料汇编：学制演变》，363—364页，上海，上海教育出版社，2007。

将文学与历史学、哲学等学科正式分开。其中"文学"门下分 8 类：国文学类、梵文学类、英文学类、法文学类、德文学类、俄文学类、意大利文学类、言语学类。1916 年蔡元培出任北大校长后，"废门设系"，北大设立了"中国文学系"等 14 个系。自此，文学学科真正获得了独立地位。

随着现代大学和学科制度在中国的建立，文艺学学科①也从零散的、缺乏独立性的一个研究领域转变为一门独立的学科，这对文学理论构成了深远的影响，如有研究者指出的那样，"审美话语在大学建构内成为新兴学科（文艺学和美学），审美才有可能由个体言说而成为一种'主义'话语。"②

关于文学学科的独立和民国时期的学术分工，朱光潜先生（1943）有过这样的论述：

> 在现代社会制度和学问状况之下，百科全书式的学者已经没有存在的可能，一个人总得在许多同样有趣的路径之中选择一条出来走。这已经成为学术界中不成文的宪法，所以读书人初见面，都有一番寒暄套语，"您学哪一科？""文科。""哪一门？""文学。"假如发问者也是学文学的，于是"哪一国文学？哪一方面？哪一时代？哪一个作者？"等问题就接着来了。我也屡次被人这样一层紧逼一层地盘问过，虽然也照例回答，心中总不免有几分羞意，我何尝专门研究文学？何况是哪一方面和哪一时代的文学呢？③

朱光潜在这里提到的"现代社会制度和学问状况"，"学术界中不成文的宪法"，指的就是学术分工和学科独立，他屡次遭人盘问的经历，也说

---

① 文艺学这个术语一般都认为译自苏联，不过，它的类似使用应该要更早一些，比如在 1914 年出版的姚永朴的《文学研究法》中就出现了"艺学"："其发凡起例，仿之《文心雕龙》，自上古有书契以来，论文要旨，略备于是，后有作者，蔑有尚之矣。今或谓西文艺学可质言之，无取于文，一切品藻义法之谈，有相与厌弃而不屑道者，吾不知其于西文果有心得否耶？"见姚永朴：《文学研究法》，序言（署名张玮），合肥，黄山书社，1989。

② 叶世祥：《中国现代审美主义思想的起源语境》，《文艺研究》2006 年第 2 期。

③ 朱光潜：《我与文学》，《朱光潜全集》第 3 卷，337 页，合肥，安徽教育出版社，1987。

明了民国时期的学者已经有了清晰而强烈的专业分工意识，这对文论的快速发展无疑是有利的。正如有学者所说：知识的专门化可以提高知识生产与积累的速度，有助于知识的汇聚，为知识的系统化与规范化发展提供保障。①

三、文艺学学科的制度化与文论生产

随着文学学科的独立，作为进一步知识分工的结果，文学理论学科也随之获得了制度的保障，可以据此进行知识的生产和再创造。朱自清先生在负责清华大学国文系时，就将"中国文学批评研究"列为清华国文系以后发展的方向之一，理由是："中国文学批评"也"没有得着充分的发展"，"不能成为专业而与创作分途并进"，"那批评和创作分业的现象，还要继续存在，因为这是一个分业的世界"。② 制度的保障和学者的自觉推动，成为文学理论课程和文学批评发展的前提和动力。

按照知识社会学和教育学的观点，学科制度化是以某些外在物质条件的存在为前提的。文艺学要成为一门学科，其实现的标志是：(1)在大学里设立一些教学职位和研究机构的职位，以保证学科教学、研究的权威性；(2)在大学里建立文学系并开设文艺学学科课程，以保证学科知识的传承；(3)大学颁发各种学位证书，尤其是博士学位证书，以保证学科教学和研究的质量标准；(4)按学科建立各种学会，以保证学科的群体知识消费性；(5)编辑学术期刊，以保证学科知识生产的前沿性和成果的交流；(6)建立按学科分类的图书收藏制度。③

以上六个标准，前两个可以简化为"文学课程的设置"，后面三个分别是文学学位与研究生教育、学会和期刊。这里我们主要分析文学

---

① 陈洪澜：《知识分类与知识资源认识论》，162—164 页，北京，人民出版社，2008。

② 朱自清：《诗文评的发展》，《朱自清全集》第 3 卷，第 2 版，27 页，南京，江苏教育出版社，1996。

③ 主要参见朴雪涛的观点，参见朴雪涛：《知识制度视野中的大学发展》，136—137 页，北京，人民出版社，2007。

理论的课程设置和文学学位与研究生教育等标志。①

1. 文学理论相关课程的设置

在民国大学里，比较有代表性的公立大学是北京大学、清华大学以及抗战期间的西南联大，私立大学里比较有代表性的是南开大学、复旦大学和金陵大学。下面，我们主要以晚清到20世纪40年代这一时段的北京大学（表3-4）、清华大学（表3-5）和西南联大（表3-6）以及其他国立大学和私立大学（表3-7）为例，回顾和总结"文学概论"等相关课程（含文学概论、文学批评、中国文学批评史②等课程）的设置情况。

根据表格中所列的文学理论相关课程情况，我们可以发现：

第一，北大虽然很早就设置了文学理论相关课程（"文学研究法"等），但在很长一段时间里，文学理论课程在北大中文系的课程体系中的地位不太稳定。

比如在1917年12月的一个月里，它的学分由2分改为1分，后来又改为3分，这也说明了开设这门课时，有开风气之先之称的北大似乎处在犹豫不决之中。值得注意的是，这门课程的学分最终是在陈独秀的建议下改为3个单位（学分），当时（1917年12月29日），陈独秀主编的《新青年》已经成为新文化运动的开路先锋，胡适的《文学改良

---

① 关于学会、期刊等标志，简要说明如下：民国时期，中国虽然没有文学理论研究会等机构，但也出现了一些侧重文学理论的社团如文学研究会和创造社等，他们组织翻译了大量文学理论著作，吸引了许多文学爱好者的兴趣，左联等社团的成立也极大地促进了左翼思潮的传播。民国时期虽然还没有纯粹的类似当代中国的《文学评论》《文艺研究》《文艺理论研究》《文艺报》《文学报》等文论研究报刊，但也出现了许多影响较大的文学期刊与学术期刊，如《新青年》《小说月报》《创造》《文学杂志》等。在图书的学科分类方面，宣统二年正月二十九日，《湖南提督使为解送书籍并请书籍垫款事呈大学堂文》所列举的书目还是以经史子集的顺序，然而到了光绪三十一年（1905年）1月18日《大学堂为购办书籍事呈学务大臣文》，所列举书单的分类方法是：教育、数学、动物、物理、历史等书籍185部，223本，这说明当时已经引进了西方的图书分类制度。资料来源：北京大学校史研究室：《北京大学史料》第1卷（1898—1911），482—485页，491—496页，北京，北京大学出版社，1993。

② 中国文学批评史属于文艺学和古代文学的交叉学科，从20世纪80年代初开始，复旦大学、南开大学、四川大学、华东师大陆续设立了中国文学批评史的博士学位授权点，中国文学批评史从一门课程升格为一门二级学科，后来古代文论虽然最后被并入古代文学学科，但它仍然属于古代文学与文艺学的交叉研究领域，北京师范大学、北京大学、南京大学、华中师范大学、首都师范大学等具有文艺学博士学位授予权的高校在实际操作中仍将之放入文艺学学科进行招生和学科建设。

表 3-4　北京大学开设文学理论及相关课程略表(1917—1925)①

《北京大学日刊》刊载时间	课程名称	课程性质及学分(单位)、上课时间	资料来源	教师开课情况
1902 年（光绪二十八年）	文学研究法	中国文学门科目，一年级每星期 2 个钟点，二年级每学期 3 个钟点	《奏定学堂章程大学章程》	未开课
1903—1912 年	课程设置不详			
1913 年	文学研究法		《北京大学史料》第 2 卷（1898—1911）	教师姚永朴，讲义于 1914 年由上海商务印书馆出版
1917 年 12 月 2 日	文学概论	必修课，2 个单位	《改订文科课程会议决案纪事》	
1917 年 12 月 9 日、11 日	文学概论	必修课，1 个单位	《文科改订课程会议议决案修正》	
1917 年 12 月 29 日	文学概论	必修课，3 个单位	《文科大学现行科目修正案》	提议者：陈独秀

---

① 北京大学校史研究室：《北京大学史料》第 1 卷（1898—1911），北京，北京大学出版社，1993；王学珍等：《北京大学史料》第 2 卷（1912—1937），北京，北京大学出版社，2000；李良佑、张日升、刘犁：《中国英语教学史》，268—270 页，上海，上海外语教育出版社，1988；《国文学系课程指导书（十四年度至十五年度）》，1925 年 10 月 13 日《北京大学日刊》；《国文学系课程指导书》（十九年九月至二十年六月），1930 年 10 月 14 日《北京大学日刊》；《国文学系课程指导书》（十九年九月至二十年六月），1930 年 10 月 14 日《北京大学日刊》，北京大学档案，案卷号 BD1932009。《国立北京大学中国文学系课程指导书》北京大学档案，案卷号 BD1932012。部分数据参考了季剑青的考证，见季剑青：《北平的大学教育与文学生产：1928—1937》，59—66 页，北京，北京大学出版社，2011。

续表

《北京大学日刊》刊载时间	课程名称	课程性质及学分（单位）、上课时间	资料来源	教师开课情况
1920 年	文学概论			周作人
	文学理论（厨川白村《苦闷的象征》）			鲁迅
1922 年 5 月 26 日	文学概论		《中国文学系教授会启事》	教师：张黄（张凤举），开课情况不详
1923—1925 年 10 月前	课程设置不详			
1925 年 10 月 13 日	文学概论	共同必修课，3 个单位	《北京大学国文系学科组织大纲》	教师：张凤举①
1925 年 10 月 13 日	文学评衡	三四年级选修，2 个单位	《国立北京大学英文学系课程指导书》	要求：读英美各家评衡文字，研究文学评衡之原理及方法
	文学概论	一年级，3 个单位	《国立北京大学德文学系课程指导书》	教师：张凤举
1925 年	中国文学批评	上学期和下学期各两个学分，共 4 个学分	《文学院中国文学课程一览》	教师：郑奠（本年停）
	诗论	同上	同上	朱光潜
	文学批评	三四年级，6 学分	《外国语言文学系课程》	朱光潜
1929 年	文学批评		北大英文系正式设立	

---

① 原文是"张风举"，疑是"张凤举"的误写。

表 3-5 清华大学(清华学校)开设文学理论及相关课程(1927—1947)①

时间	院系、年级	课程名称	学分及性质	教师
1927 年	西洋文学系三年级	专集研究四"文学批评"	4 分	楼光来
	西洋文学系	文学批评论文	4 分	
1929—1930 年	中文系	中国文学批评史	4 分，任选课	郭绍虞
1930 年 9 月—1931 年 9 月	国文系	文学概论		徐祖正 浦江清
1929—1931 年	外文系三年级	文学批评	学分不详，必修课	瑞恰兹(I. A. Richards)
1934—1935 年	中文系三、四年级及研究部	中国文学批评史	4 分	
		文艺心理学	4 分	朱光潜
		宋人诗论	3 分	朱自清
	外国语文学系三年级	文学批评	4 分	吴可读(A. L. Pollard Urquhart)
	研究部	文学批评之标准问题		陈铨
1936—1937 年	中文系	中国文学批评史	4 分，选修	
		中国文学批评	4 分，选修	朱自清
		宋人诗论	3 分，选修	
		文艺心理学	4 分，选修	

① 清华大学资料参见《清华大学史料选编》第一卷，302 页，北京，清华大学出版社，1991；齐家莹：《清华人文学科年谱》，第 51 页，第 89 页，第 146 页，第 148 页，第 336—337 页，北京，清华大学出版社，1999。复旦大学资料见复旦大学档案馆：《抗战时期复旦大学校史史料选编》，40 页，上海，复旦大学出版社，2008；《注册部通告第五十一号》，《国立清华大学校刊》，1931 年第 314 期。

续表

时间	院系、年级	课程名称	学分及性质	教师
1947 年	中文系二年级文学组	文学概论	4 分，必修	
	文学组三、四年级文学组、研究所	中国文学批评研究	4 分，选修	
	语言文字组三、四年级	文学概论		
	外文系	文学批评		

表 3-6　西南联大文学理论及相关课程设置（1937—1945）①

时间	课程名称	课程性质及学分（单位）、上课时间	开课院系	教师
1937—1938 年	文学批评	必修	文学院外国语文学系	叶公超
1937—1938年下学期	文学批评	必修	文学院外国语文学系	叶公超
1938—1939 年	中国文学批评研究	四年级，4 分	文学院中文系	朱自清
	文学批评	三年级和四年级选修课	文学院外国语文学系	叶公超
1939—1940 年	无设置			
1940—1941 年	中国文学批评	四年级，4 分	文学院中文系	刘文典
	文学批评	选修，4 分	文学院外国语文学系	陈铨
1941—1942 年	文学批评	四年级必修，4 分	文学院外国语文学系	陈铨
	法国近代文艺思潮史	三年级、四年级必修，4 分	同上	林文铮

① 北京大学等：《国立西南联合大学史料》第 3 卷，117—366 页，昆明，云南教育出版社，1998。

续表

时间	课程名称	课程性质及学分（单位）、上课时间	开课院系	教师
1942—1943 年	文学批评	三年级、四年级，选修，上学期，4 分	文学院中文系	朱自清
			师范学院国文系初级部国文科	
	文学概论	三年级、四年级，选修，下学期，3 分	文学院中文系	杨振声
			师范学院国文系初级部国文科	
	法国近代文艺思想史	三年级、四年级，选修，4 分	外文系	林文铮
1943—1944 年	文学批评	三年级、四年级，选修，4 学	文学院中文系	朱自清
	文学概论	初 三，下学期，3 分	师范学院国文系初级部国文科	李广田
		必修，3 分	初级部国文科目	
1944—1945 年	文学批评	二年级、三年级、四 年 级，选 修，4 分	文学院外文系	钱学熙
	文学概论	三年级下学期，必修，2 分	师范学院专修科文史地组	李广田
1945—1946 年	文学概论	三年级、四年级下 学 期，选 修，2 分	文学院中文系	李广田
			师范学院文史地组	
	文学批评	三 年 级，必 修，4 分	文学院外文系	杨业治
	文学理论	四 年 级，选 修，4 分	文学院外文系	钱学熙

表 3-7　民国时期部分中等学校、高等学校文学理论及相关课程设置①

时间	大学及院系、年级	课程	学分及课程性质	备注（教师、教材）
1920 年	南京师范学校	文学概论		梅光迪，油印教材，后正式出版②
1921 年	东南大学西洋文学系	文学概论		梅光迪，教材采用温彻斯特的《文学评论之原理》
1921 年	长沙明德中学			刘永济，"文学概论"课程讲义后以《文学论》为书名出版
1925 年以前	洛阳四师	文学概论		刘贯三，教材为《文学要略》，河南教育厅公报处出版发行，1925 年 10 月版
1925—1926 年	南开大学国文系二年级	文论名著（《文心雕龙》等）		范文澜，指定课本《文心雕龙讲疏》
20 世纪 30 年代	北平师范学校	文学概论、欧洲文艺思潮		谭丕模，讲义后来整理为《新兴文学概论》③
1930—1933 年	齐鲁大学和青岛大学	文学概论和文艺批评		老舍，《文学概论讲义》，齐鲁大学铅印本，1984 年北京出版社出版发行

---

① 张宪文：《金陵大学史》，115 页，南京，南京大学出版社，2002；复旦大学档案馆：《抗战时期复旦大学校史史料选编》，40 页，上海，复旦大学出版社，2008。

② 梅光迪：《文学演讲录》，北京，海豚出版社，2011。

③ 谭得俅、谭得伶：《先父谭丕模传略》，载谭得伶编著《文学史家谭丕模》，46 页，北京，北京师范大学出版社，1999。

续表

时间	大学及院系、年级	课程	学分及课程性质	备注（教师、教材）
1933 年	北平大学女子文理学院国文系	文艺批评和文学方法论		曹靖华①
1934—1935 年	中央艺术学院	文艺心理学		朱光潜
1936 年	南开大学英文系三四年级	文学批评	3 分，选修	柳无忌
1936—1937 年	私立金陵大学中文系二年级	文学概论文艺批评		
1936—1937 年	中山大学中文系一年级	文学概论	2 分，必修	
	中文系四年级	中国文学批评史	2 分，必修	方孝岳
	英文系四年级	文学批评	3 分，必修	
	中文系	《诗论》		朱光潜
1938 年	（重庆）复旦大学外文系	现代文艺思潮		伍蠡甫
		西汉文学批评		
	中国大学国学系	文学概论和近代文艺思潮		孙席珍②
1942 年 2 月—1943 年 6 月	燕京大学			张长弓，教材原名为《文学导言》，出版后更名为《文学新论》，世界书局，1946 年

---

① 全荃：《他是我们的普罗米修斯——忆靖华师》，《新文学史料》1988 年第 2 期。

② 余修：《遗教风范，长留人间——追念吴承仕同志》，《吴承仕同志诞辰百年纪念文集》，20 页，北京，北京师范大学出版社，1984。

续表

时间	大学及院系、年级	课程	学分及课程性质	备注（教师、教材）
民国三十年之前	贵州赤水大夏大学			林焕平，教材为《文学理论教程》，弘华文化事业公司印行，1945年11月初版

刍议》和周作人的《论人的文学》都已经发表，文学革命的号角已经吹响，陈独秀此时应该注意到了文学理论的革新对新文化运动和文学革命的重要意义，因此，他对这门课程的重视是在情理之中的。但是让人费解的是，在这以后，虽然文学理论课程已经设立，但实际开课情况却不理想，在接下来的四年时间（1918—1922），这门课从北大中文系的课程表上消失了，是因为师资不到位，还是受到其他课程的挤压？具体原因不得而知。1922—1925年，我们可以看到这门课程有了指定教师——张黄。张黄即张定璜，原名张黄，字凤举，早年留学日本京都帝国大学，攻读文学专业，1921年参与早期创造社活动，回国后在北大任教。这表明，从国外留学回来的学者开始成为这门课的生力军。随后，文学概论的相关课程不仅在中文系开设，而且在英语系、德语系都被列入必修课程，从德国留学回来的朱光潜也开始登上北大讲堂讲授相关课程。

不过，随着研究的加深与标准的提高，北大的文学理论及西方文学类的课程却意外地被取消了，北大国文系只剩下中国语言文学类的课程，向着专业化、学术化方向发展。① 当时的北大学生冯至谈到北大国文系课程的变化时，认为"国文系在研究上加深了，标准提高了，尤其是语言学方面，有长足的进展"，于是"这些可能被人视为'不三不四'的文学概论以及译读一类的课程也就从国文系的课程表上被刷了下来"。究其原因，冯至认为，"文学概论"的内容多来自西方，在以古典

① 冯至：《关于调整大学中文外文二系机构的一点意见》，《冯至全集》第4卷，117页，石家庄，河北教育出版社，1999。

文学课程为主体的国文系，"文学概论"等课程被取消，是由于一种人认为在中文系讲授西洋文学课程是多余的，不必要的，另一种人则以为虽然需要，但国文系须加深研究的门类还多得很，这些一知半解的关于西洋文学的零星知识实在没有多大意义。① 对于北大的这种"复古"倾向，一些学者当时就表示了不满。如 1931 年 12 月，胡适在北大国文系演讲时，就对当时"中国的文学多半偏于考据，对于新文学殊少研究"的现状进行了批评，他认为，"文学有三方面：一是历史的，二是创造的，三是鉴赏的。历史的研究固其重要，但创造方面更是要紧，而鉴赏与批判也是不可偏废的。"②

第二，根据清华大学的文学理论相关设置情况看，外文系比中文系要更重视文论课程的建设。

在西南联大成立之前，清华大学由于有郭绍虞、朱自清等古代文论大家，有朱光潜这样的海归教授（兼职），也由于学生多有深厚的外语基础，再加上 1929—1931 年，英国剑桥大学英国文学系主任、新批评派大师瑞恰兹在清华大学外语系任教，所以在中国文学批评史和西方文学批评等课程的开设上，清华大学有得天独厚的条件。另外，清华还开设了朱光潜等开设的文艺心理学等新兴学科。不过，文学理论在总体上并不是最受关注的课程。1934 年，清华大学中文系主任朱自清在《中国文学系概况》一文中承认：研究中国文学分为考据、鉴赏及批评，以前做考据的人认为文学为词章，不大愿意过问。近年来风气变了，渐渐有了做文学考据的人，但在鉴赏及批评方面下工夫的还少。③ 新文化运动以来，伴随着现代大学教育体制的日益完善与成熟，以及整理国故运动的兴起，清华大学的中国文学课程总体上来说趋向于考据训诂与历史梳理。比如，1928 年，杨振声出任清华大学国文系主任，在谈到办国文系的方针时就承认了国文系面临的困境："现在讲

---

① 冯至：《关于调整大学中文外文二系机构的一点意见》，《冯至全集》第 4 卷，117 页，石家庄，河北教育出版社，1999。

② 胡适：《中国文学过去与来路》，《胡适文集》第 12 册，28 页，北京，北京大学出版社，1998。

③ 《清华周刊》第 41 卷向导专号（1934 年 6 月 1 日）。见朱自清：《中国文学系概况》，《朱自清全集》第 8 卷，第 2 版 413 页，南京，江苏教育出版社，1996。

起办大学，国文学系是要算最难了。第一是宗旨的不易定，第二是教员人选的困难。"他同时也批评了当时国文系课程的种种"非文学性"现象："我们参考国内各大学的国文系，然后再来定我们的宗旨与课程，那自然是最逻辑的步调了。不过，难说得很，譬如，有的注重于考订古籍，分别真赝，校核年月，搜求目录，这是校雠目录之学，非文学也。有的注重于文字的训诂，方言的诠释，音韵的转变，文法的结构，这是语言文字之学，非文学也。有的注重于年谱传状之核博，文章体裁之轫演，派别门户之分划，文章风气之流衍，这是文学史，非文学也。"①这段话也揭示出了文学理论课程在当时国文系里处于边缘位置的现象。

第三，西南联大时期文学理论课程的开设比较稳定。在西南联大成立的前五年(1937—1941)，虽然中文系只有两年开设了"中国文学批评史"课程，但外文系开课的热情很高，文学批评等西方文论课程基本没有中断。后来，文学理论课程的开设越来越稳定，新文学作家杨振声、李广田在联大后期基本每学期都在开这门课，而且开课院系从文学院扩展到了师范学院，文学理论课程在师范教育中也得到了普及。

此外，国内其他高校的文学理论开课情况如下：国内较早开设文学概论课程的学者是被视为保守的与新文学派对立的学衡派的梅光迪。1918年，梅光迪从哈佛大学毕业，获得文学硕士学位，回国后，1920年南京高等师范学校暑期学校的课程安排了梅光迪的"文学概论"。在20世纪30年代中期，"文学概论"是中山大学的必修课程，在其他高校里，文学概论课程多以古代文论、文学批评等形式出现。

从上述情况看，"文学概论"等课程在20世纪20年代已经在国内各高校以各种名称出现在课程表中，其中西方文论的课程也越开越多，到了20世纪30年代末和40年代中期，文学概论课程已经基本稳定下来，这也是文艺学学科在中国的发展简史：在现代中国，文艺学学科发轫于20世纪第一个10年，发展于20年代和30年代，基本构型于40年代。

① 《清华中国文学会有史之第一页》，《国立清华大学校刊》1928年第22期。

2. 文学学位与研究生教育

学位是衡量学者研究水平的重要依据，它标志着研究者经过了严格的学术训练，达到了一定的学术水准。《中国大百科全书·教育卷》这样界定"学位"："学位是评价学术水平的一种尺度。学位的授予建立在严格的科学训练和考核的基础之上。获得学位，不仅是国家给予获得者的一种荣誉和鼓励，而且是获得者学习成绩和学术水平的客观标志。"①如果拎出其中的关键词就是尺度、训练、荣誉、标志，它们基本勾勒出了学位在学术研究中的主要功能与价值。

中国古代没有建立学位制度，传统的科举制度实际上是一种选官制度，所以长期以来，古代学者苦读多年后，除了科考成功、顺利入仕，其他路径很难证明自己的学术水准。中国大学的学位与研究生制度均源自西方，于民国初年开始建立，教会大学圣约翰大学于1907年迎来了6名中国第一批本科毕业生，其中4人获得文学士学位。1912年10月民国政府颁布《大学令》，其中明确规定：国立大学毕业生除了授予毕业证书外，"得称学士"，由于当时的国立大学仅北大1所，因此北京大学成为国立大学中最早授予本科学士学位的学校。

中国的研究生教育起步于20世纪初，最早授予硕士学位的是一些教会大学，不过，当时除了圣约翰大学授予过博士学位、震旦大学授予过硕士学位以外，大多数教会大学只能授予学士学位，而且须立案国相应大学出具文凭及学位证书。②

中国国立大学中最早开始招收硕士生的是北大。《北京大学日刊》第一期就发表了一则通知，这是一组旨在培养中国第一流研究生的计划。这些研究生将来自中国文学、英国文学、哲学、数学、物理学、化学、法学、政治学、经济学等学科。这组计划侧重学术研究及其成果的发表，并对这所大学所有的本科毕业生公开。③ 1918年秋，北大开始设立文科等三科研究所，招收了硕士生148人，1920年1月，北

---

① 《中国大百科全书·教育卷》，440页，北京，中国大百科全书出版社，1985。

② 谢桂华：《20世纪的中国高等教育：学位制度与研究生教育卷》，15页，北京，高等教育出版社，2003。

③ 《研究所通册》，《北京大学日刊》1917年11月16日。

京大学评议会通过《研究所简章》，规定研究所分为国学研究所、外国文学研究所等四门。1922 年，北京大学研究所国学门正式挂牌成立，这标志着中国规范的研究生教育的正式起步。1922 年北大国学门招收了第一批研究生。1925 年，清华大学决定成立研究院国学门（国学研究院），招收研究生，研究方向包括文学、语言学、哲学等。教学方法采用中国旧式书院与英国研究院培养模式相结合的导师制，自修读书为主，导师随时指导，研究期限为 1～3 年，首任主任是吴宓，招收了30 余名硕士生。出版《文学概论讲述》（上海北新书店，1930）的姜亮夫和以研究中国文学批评史著称的学者罗根泽分别于 1926 年和 1927 年考入清华国学研究院。①

民国政府 1927 年 6 月公布了《大学教员资格条例》，其中明确规定，大学助教需要有国内外大学学士学位文凭，讲师资格需要有国内外大学硕士学位文凭，副教授要有国外大学博士学位。② 这个规定既肯定了西方的学位制度，方便留学生直接进入高等教育界，也推动了学位制度在中国的建立。

随着北大和清华在研究生教育上的探索，民国政府也开始重视研究生教育。1929 年，《教育部改进高等教育计划》规定：国内各大学得设立研究机关，设有 3 个学部以上称研究所，2 个学部以上称研究院。1929 年的《大学组织法》规定：大学得设研究所，到 1935 年，全国有12 所高校设立了 26 个研究所，45 个学部。③ 1935 年 4 月 22 日，国民政府颁布了《学位授予法》，将学位分为学士、硕士、博士三级，硕士和博士学位候选人，均需提出研究论文。同年教育部颁布《学位分级细

---

① 清华国学研究院在四年历程中（1925—1928），前后招考新生 74 人，其中 60 多人顺利毕业，成为文学、文字等专业的专家，除姜亮夫、罗根泽外，还有陆侃如、王力、王静如等。详见孙敦恒：《清华国学研究院史话》，174—176 页，北京，清华大学出版社，2002。

② 中国第二历史档案馆：《中华民国史档案资料汇编·第五辑·第一编》，教育（一），168—169 页，南京，江苏古籍出版社，1994。

③ 教育部教育年鉴编撰委员会：《第二次中国教育年鉴》，574 页，上海，商务印书馆，1948。

则》，将文科学位分为文学学士、文学硕士、文学博士三级。① 1939 年 7 月，国民政府发出第 16119 号训令：各高校务须遵照《硕士学位考试细则》第九条规定，硕士学位候选人考试成绩须由主持委员拟具考试及格报告书，经各委员盖章，并遵照第十条规定，于考试完毕后一个月，将合格论文（附提要）、试卷及研究期满成绩表一并送教育部复核。凡学位论文特别优异者得由教育部刊印。② 该训令对硕士学位论文评定报告书和硕士学位考试委员会报告书，都做了严格要求和明确规定。同时教育部还公布了硕士学位证书式样。

资料表明：可以授予中国文学硕士学位的高校，截至 1935 年全国只有北京大学、清华大学和中山大学三所；到 1941 年，除了西南联大和中山大学，多了一所四川大学；截至 1947 年，除了清华大学、北京大学、中山大学、四川大学以外，中央大学、武汉大学、贵州大学也可以招收文学硕士，也就是说，当时国内有七所高校可以招收文学硕士。③

中国开始授予硕士学位，这对文学生产和职业化批评来说意义深远。硕士（master）一词原意即"师傅、熟练者"，获得硕士证书者表示他和其他同业者一样具有开业、从教的资格。在西方，硕士学位最初是进入教师行会的标志。在中世纪欧洲，大学教师为了保障行业水平和声誉，仿效商人和手工业者同业工会、行会，将成员分为艺徒、会员和师傅三级形式，并规定其标准。④ 在 1949 年之前获得中国公立大学硕士学位的研究生读的都是中国文学专业。中国大学开始招收文艺学专业方向的硕士生，是文艺学作为中国语言文学的二级学科设立之后的事情。

不过，文学博士学位在中国大陆的授予颇为不顺，虽然 1935 年 4

---

① 顾明远：《中国教育大系·历代教育制度考》（下），2329—2330 页，武汉，湖北教育出版社，1994。

② 张晴初：《中国研究生教育史略》，46—47 页，长沙，湖南师范大学出版社，1994。

③ 教育部教育年鉴编撰委员会：《第二次中国教育年鉴》，574 页，上海，商务印书馆，1948。

④ James Bowen, *A History of Western Education* Vol. 2. London: Methuen & Co. LTD, 1975, pp. 118-119.

月国民政府的《学位授予法》就有了设置博士学位的计划，但由于当时国内大学的条件和抗战的爆发，到1948之前，博士学位的法规都没有得以审定和颁布，博士的培养和学位的授予也受到了阻碍。[①] 1956年，北大杨晦开始招收文艺学副博士学位，但副博士学位很快就被当作修正主义废除了。[②] 直到1984年，体现了中国高等教育标志性水平的文学博士生培养制度才开始逐步建立，到1987年年底1988年年初，中国大陆培养出第一批文艺学博士。[③]

文学学位的培养和授予使文论知识的生产与再生产获得了制度上的保证，这对文学专业的人才培养和文论研究产生了深刻的影响。通过学位论文的写作训练，知识制度另外一个重要的建构主体——本科生和研究生——开始介入文学知识的再生产过程。学生不再是知识的消费者，而是和教师一样成为生产者。这对文学和文论知识的嬗传和创造至关重要。比如，当年瑞恰慈（当时也译为"吕恰慈"）在燕大任客座教授，吴世昌在燕大英文系的本科毕业论文为《吕恰慈的文艺批评学说》。[④]

下面，我们以西南联大中国文学专业本科学生的毕业论文和部分国立大学的硕士生论文为例，来分析学位制度对文学生产的影响，见表3-8和表3-9。

[①] 关于博士教育难以实施的原因，国民政府行政院认为："抗战以前各校因设备及师资之限制，学术研究，窒凝良多，致使博士学位之授予迄今未实施，近年各校困难加赠，培植尤艰，该项博士学位之授予应予缓办。"可见《审议实施博士学位草案》，载教育部教育年鉴编撰委员会编《第二次中国教育年鉴》，873页，上海，商务印书馆，1948。还可参见谢桂华：《20世纪的中国高等教育：学位制度与研究生教育卷》，574—576页，北京，高等教育出版社，2003。

[②] 胡经之：《我看文艺学教材》，《胡经之文丛》，93—94页，北京，作家出版社，2001。

[③] 1982年，中科大、复旦大学等国内几所高校首次举行理工科博士论文答辩会，马中骐等人先后获得中国第一批博士学位。1984年，北京师范大学、南京大学等高校培养出了新中国第一批文学博士，1983年北京师范大学文艺学学科成为中国大陆第一个文艺学博士点，并于1987年年底、1988年年初培养出了中国第一批文艺学博士。

[④] 吴世昌：《"一二九"运动的前奏》，见吴令华编《文史杂谈》，360—361页，北京，北京出版社，2000。

表 3-8　西南联大中国文学系历届本科毕业论文题目（文学理论部分）①

年份	姓名	性别	题目	导师
1939	王克勤	男	《刘勰的文体论》《中古文体论研究》②	朱自清
1939	傅懋勉	男	《唐代文体研究》	罗庸
1939	向长清	男	《论中国诗中的情韵象征与字句》	罗庸、魏建功
1939	董庶	男	《声病论在中国文学史上的实际影响》	刘文典
1939	刘泮溪	男	《从诗界革命到新诗》	朱自清、杨振声
1939	金应元	男	《两晋南北朝文学理论研究》	朱自清
1941	林伦元	男	《抗战后文艺发展情形》	朱自清、杨振声
1942	黄中民	男	《赋的源流》	罗庸、彭仲铎
1942	王瑶	男	《魏晋文论的发展》	朱自清、闻一多
1944	胡人龙	男	《文学与夸饰》	游国恩、朱自清
1944	唐同	不详	《唐诗中的文艺思潮》	闻一多、杨振声
1944	常教	男	《汉魏六朝文中的模拟》	游国恩、罗庸

表 3-9　民国时期部分高校文学专业的硕士毕业论文题目③

年份	姓名	授予学位单位	论文题目
1933	萧涤非	清华大学中文系	《汉魏乐府变迁史》
1933	霍世休	清华大学中文系	《唐代传奇文与印度故事》
1933	何恩格	清华大学中文系	《曲江集考证》

---

①　1940年，西南联大因轰炸甚烈，图书疏散下乡，停作论文一年。资料来源：《国立西南联合大学学生毕业论文调查表（中国文学系）》《西南联大中国文学系历届毕业学生论文题目及导师》，载北京大学等：《国立西南联合大学史料》第3卷，103—111页，昆明，云南教育出版社，1998。

②　王克勤的《刘勰的文体论》题目出现在《国立西南联合大学学生毕业论文调查表（中国文学系）》中，此外，同名作者的《中古文体论研究》也出现在《西南联大中国文学系历届毕业学生论文题目及导师》中，二者疑是同一个人，论文题目可能有过修改。

③　《清华大学史料选编》第1卷，103—108页，北京，清华大学出版社，1991；中山大学、武汉大学资料来源：教育部教育年鉴编撰委员会编《第二次中国教育年鉴》，874—875页，上海，商务印书馆，1948。

续表

年份	姓名	授予学位单位	论文题目
1946	王瑶	清华大学中文系	《魏晋文学思潮与文人生活》
1946	施子愉	清华大学中文系	《唐代科举制度及其对于文学之影响》
1946	徐中玉	中山大学文科中国语言文史部	《宋诗话研究》
1946	王庆菽	中山大学文科中国语言文史部	《唐代小说中的所表现的妇女问题》
1946	赵君诒	武汉大学文学研究所	《春秋赋试考》

先看表 3-8，表中所列的 12 篇文学专业论文是比较纯粹的文学理论方向的论文，是从 55 篇文学研究论文中选取出来的，约占文学论文总数的 22％，其中以传统文论研究居多，主要集中在两晋南北朝和唐朝，也有关心当下的现代文论的题目，如《从诗界革命到新诗》《抗战后文艺发展情形》，有气势磅礴的宏观研究，如《论中国诗中的情韵象征与字句》《两晋南北朝文学理论研究》《魏晋文论的发展》，也有精巧入微的小题目，如《文学与夸饰》《汉魏六朝文中的模拟》《赋的源流》。

再看表 3-9，表中的 8 个硕士论文题目，最纯粹的文论题目要属徐中玉的《宋诗话研究》，同时，王瑶的《魏晋文学思潮与文人生活》的硕士论文显然和本科论文《魏晋文论的发展》有直接的延续性，施子愉的《唐代科举制度及其对于文学之影响》、王庆菽的《唐代小说中的所表现的妇女问题》颇有些文学社会学或文化研究的味道，这三篇要算是文论研究未尝不可，萧涤非的《汉魏乐府变迁史》也离不开文体研究，霍世休的《唐代传奇文与印度故事》有些接近于比较诗学，只有剩下的《曲江集考证》和《春秋赋试考》是考据论文，基本上和文论不沾边。8 个题目，一大半和文论研究有直接或间接的关系。

值得一提的是，当学生们撰写学位论文的时候，他们是在按照现代知识体系和规范进行学术创造的，这与晚清以前的文论家明显不同。如《国立清华大学学生毕业论文细则》(1937)对学位论文的要求就非常细致，① 不但规定了论文的交稿日期、写作格式、封面、装订格式，还规定论文中引用句出处须注明著者、书名、版本、出版处及页数，论文之末须表列出所用参考书，列明著者、书名、版本、出版处等。这对现代学术规范制度的建立和普及无疑是非常重要的。

由于资料和时间的限制，虽然目前还很难查阅到这些学位论文的所有原文，② 可以想见，与传统的诗文评相比，这些学位论文的撰写和答辩体现出另外一种知识制度的特征：逻辑分析和理论辨析代替了传统的感悟式评点，可以量化和操作的现代知识教育取代了传统的耳提面命式的心传教育。当王瑶先生等前辈学者在构思、写作这些学位论文的时候，他们在传承，更在创造；在消费，更在生产。学位制度的建立为文学知识的生产提供了合法空间，推动着现代文学研究和文论生产发生了转型。

法国诗人罗贝尔·德诺斯在《弹词，花儿》中写道：十八岁的统帅约拿丹/有一天在远东的一个小岛上捉到一只鹈鹕。/清晨，鹈鹕生下一个白白的蛋，/蛋里出来的鹈鹕与它十分相似。/第二只鹈鹕也生下一个蛋，/里面出来的自然还是下白蛋的鹈鹕。/这种情形可以延续许久，/只要人们不去做煎蛋。③

这首俏皮的诗，或许可以看作知识再生产的一种描述：那一篇篇学位论文，或许就是在同样的游戏规则和知识制度下哺育和生长出来的一个个"鹈鹕"。当然，与"鹈鹕"不同的是，它们形似而神不似。除非出现了制度被完全破坏的情形——鹈鹕蛋被做成了"煎蛋"。

3. 教科书：体系化的文论生产

随着文艺学学科的独立，现代知识制度的特征越来越多地表现出来，教科书就是其中最明显的例证。

文论教科书与学科教育有着密切的关系。法国学者蒂博代曾经这

---

① 《清华大学史料选编》第 2 卷，（上）194 页，北京，清华大学出版社，1991。

② 葛兆光先生曾经选编过清华大学民国时期部分毕业生的论文，参见葛兆光：《学术薪火——三十年代清华大学人文社会学科毕业论文选》，长沙，湖南教育出版社，1998。

③ 转引自[法]P. 布尔迪约等：《再生产——一种教育系统理论的要点》，刑克超译，1 页，北京，商务印书馆，2004。

样比较"职业化的教授批评"与"自发批评"和"作家批评"所产生的结果，他认为："自发的批评流于沙龙谈话，职业批评很快成为文学史的组成部分，艺术家的批评迅速变为普通美学。"①职业批评之所以能够进入文学史，原因很明显：职业化的教授批评占据了讲坛和大学这个有利地位，最容易将知识成果以教科书的形式生产出来。

随着现代大学在中国的建立，文学教学和文论教学也日益得到人们的重视和发展。文学理论的学科化导致了大中学校对知识化、系统化的文学理论教材的需求。为了满足教学需要，一些学者开始译介西方和日本的文艺学教科书，一些学者则根据自己对西方、日本文艺学教科书的理解与自己的文艺观编写文学理论教科书，20世纪中国教科书文论的建设从此开启。西方文学概论教材被积极翻译引进，大中小学教师也纷纷加入撰写教材的队伍，各具传统文论与西方文论特色或者二者杂糅的文学理论教材本身就是教师的讲义。从程正民、程凯两位先生统计的书目来看，从1914年到1949年，大陆和港台出版的文学概论著作一共83本（含译作），②择要列举如下表：

表 3-10　民国时期部分文学理论教材略览③

作者	书名	出版社和出版时间	任教学校及时间	备注
姚永朴	《文学研究法》	上海商务印书馆，1914年	京师大学堂，1913年开始，停课时间不详	
范文澜	《文心雕龙讲疏》	天津新懋印书馆，1925年	南开大学，1914年	1927—1931年北平文化学社重印出版，更名为《文心雕龙注》

---

① ［法］阿尔贝·蒂博代：《六说文学批评》，赵坚译，99页，北京，生活·读书·新知三联书店，1989。

② 程正民、程凯：《中国现代文学理论知识体系的建构：文学理论教材与教学的历史沿革》，附录，北京，北京大学出版社，2005。

③ 程正民、程凯：《中国现代文学理论知识体系的建构：文学理论教材与教学的历史沿革》，北京，北京大学出版社，2005；杜书瀛、钱竞：《中国20世纪文艺学学术史》，上海，上海文艺出版社，2001。

续表

作者	书名	出版社和出版时间	任教学校及时间	备注
潘梓年	《文学概论》	上海北新书局，1926 年	1925 年应保定育德中学文学研究会之邀演讲	
黄侃	《文心雕龙札记》	北平文化学社，1927 年	北京大学 1914—1919 年，武昌高等师范学校，1919—1926 年	
余鸣銮	《文学原理》	广州共和书局，1929 年，后交民智书局出版	1925 年广州知用中学，1924 年广东省立第一中学，1927 年广东省党部青年夏令营讲学班、广东省立女师高中部	
刘永济	《文学论》	1922 年在长沙湘鄂印刷公司出版，1924 年由太平洋印刷公司再次印行，1934 年由上海商务印书馆重印	湖南长沙明德中学	
朱东润	《中国文学批评史讲义》初稿	1932 年完成，1937 年排印，1944 年开明书店出版	国立武汉大学，1931 年	
罗根泽	《中国文学批评史》		清华大学，1932 年春	代讲"中国文学批评史"课程时所编
程千帆	《文论要诠》	上海开明，1948 年	武汉大学和金陵大学	
老舍（舒舍予）	《文学概论讲义》	齐鲁大学铅印本，北京出版社，1984 年	齐鲁大学，1930—1934 年	
张长弓	《文学新论》	1942—1943 年	燕京大学、河南大学	
郭绍虞	《中国文学批评史》	商务印书馆 1935 年出版上卷，1947 年出版下卷	协和大学、燕京大学	

续表

作者	书名	出版社和出版时间	任教学校及时间	备注
姜亮夫	《文学概论论说》	上海北新书局，1929 年	上海某大学区立中学	
张长弓	《文学新论》	1946 年	燕京大学 1932 年，河南大学	原名为《文学导言》

以上诸多文学概论教材，并非是在自足的语境中以纯学院派的方式进行自我生产，而是知识制度和学科制度转型的产物，如果没有文学概论相关课程的设置，如果没有广大学生的参与建构，恐怕它们是难以问世的。

教科书是新兴西方文论和传统中国文论话语的交汇场所，进一步推动了西方文论在中国的传播，促进了中国现代文论的转型。

艾尔曼在谈论考证学的时候曾经这样说过：考证学的兴起不仅是一个学术事件（就其对学术和职业选择而言），也是一个社会事件（因为支持和鼓励学者选择从事这项研究）。① 同理，文艺学学科的独立既是一个学术事件，它让文学理论成为一门正式课程，促成了文论研究的发展，它也是一个社会事件，让有志于此的学者依托其组成学术共同体，研究相同的问题，阅读共同的文献，经常进行必要的学术交流。

随着文学理论课程的出现及学科的发展，学者开始将之作为一门独立的学问进行研究：刘永济的《文学论》(1922)的附录"古今论文名著选"堪称初具规模的《中国历代文论选》；陈钟凡的《中国文学批评史》(1927)由中华书局出版，大体建立了中国文学批评史的初步框架。其后，学术界也开始对古代的文学批评文献进行整理辑佚的工作，如李华卿选编了《中国历代文学理论》(1934 年由神州国光社出版)，收入先秦至近代文论 75 篇。1936 年，正中书局出版了王焕镳的《中国文学批评论文集》。二者不同的是在体例上李华卿的选编本仅为文选，无作者介绍和解题；王焕镳的编选本则有作者小传、解题及简单的注。

① ［美］艾尔曼：《从理学到朴学——中华帝国晚期思想与社会变化面面观》，赵刚译，67 页，南京，江苏人民出版社，1995。

随着现代大学制度和学科制度在中国的建立，文学理论在课程设置、学科定位、课程目标、评价体系、学术规范等方面都发生了体制化的转变。如陈平原先生所说："对于现代中国学术而言，大学制度的建立至关重要。废除科举，只是切断了读书致仕之路；推广新学，方才是转变学术范式的关键。""学科设置、课程讲授、论文写作、学位评定等，一环扣一环，已使天下英雄不知不觉中转换了门庭。"[1]"风云激荡的思潮，必须落实为平淡无奇的体制，方能真正'开花'、'结果'——学术思想的演进以及文学艺术的承传，其实与教育体制密不可分。"[2]这段话准确地解释了大学制度和学科制度对知识生产的巨大作用。

30年代初，国联教育考察团考察中国教育后指出："许多著名学者，系在中国大学，受其高等教育之一部或全部，又转而授教于此等大学；即中央与地方机关之办事人，以及中等学校之教师——二者均为主要职业——大半亦系此等大学出身。大学对于促进知识之贡献，在数种学问上，实已可观。故谓近代之中国，大都为其大学之产物，其趋势且日益增加，实非过言。"[3]国联教育考察团的判断很有意思：不说近代大学是中国的产物，而是说近代中国是大学的产物，中国大学对包括文论研究在内的现代知识系统的贡献以及影响，由此也可见一斑。

---

① 陈平原：《中国现代学术之建立——以章太炎、胡适之为中心》，14页，北京，北京大学出版社，1998。
② 陈平原：《中国大学十讲》，1页，上海，复旦大学出版社，2002。
③ 国联教育考察团：《中国教育之改进》，158页，南京，国立编译馆，1932。

第四章　学术共同体的引领和催生：
文学社团与现代文论

按照诺思的观点，组织（organization）及其企业家（entrepreneurs）是制度变迁的主角（agent），他们型塑了制度变迁的方向。① 在文学制度中，最有影响力的"组织"和"企业家"之一就是学术共同体，即文学社团。

学术共同体是指由分享着相同或相近的知识体系的成员所组成的群体。就中国现代文论而言，最典型的学术共同体就是文学社团。中国现代性文学的最初格局是以文学社团或文人集团为单位建构的，现代中国文学史在一定程度上就是一部文学社团发展史，因此，从民国开始，一些新文学史或现代文学史不约而同地把文学社团作为基本的叙事线索，② 一些总结性的大型出版物如"中国新文学大系"（1917—

---

① 制度经济学所说的"组织"包括政治团体（政党、参议院、市议会、行政机构）、经济团体（厂商、工会、家庭农场、合作社）、社会团体（教堂、俱乐部、体育协会），以及教育团体（学校、职业培训中心）。参见［美］道格拉斯・C. 诺思：《制度、制度变迁与经济绩效》，杭行译，5 页，上海，格致出版社、上海人民出版社，2008。

② 如李一鸣的《中国新文学史话》中"新文学演进的轨迹"一章就以"社团的分散到整合"为叙述单位进行论述，该章分为文学研究会、创造社、左联的成立、文学界的统一阵线四节。朱寿桐先生设计的"文学史专著"的学术结构由社团文学史——文学流派文学史——文艺阵地文学史——一统文学史等学术结构组成。分别见李一鸣：《中国新文学史讲话》，1 页，上海，世界书局，1943。朱寿桐：《中国现代社团文学史》，250 页，北京，人民文学出版社，2004。

1927)也是以文学社团作为基本单位结集问世。① 更为重要的是，现代中国的文学社团往往与大学和传媒结盟，一起形成了更具包容性和更具创造力的学术共同体，在与其他的文学社团进行交流、沟通、论争的同时，也催化、引导和控制着现代文论的生产。研究文学制度，就不能忽略文学社团对文学理论的价值概念、学术理念的生成和催化作用。

一、作为学术共同体的现代中国文学社团

这里所使用的"学术共同体"，大体上接近于西方学者所使用的"科学共同体"概念。据朴雪涛先生的考证，"科学共同体"这一概念在西方出现的时间是 20 世纪 40 年代。②

学术自治、学术自主始终是科学共同体或学术共同体成员在探索知识奥秘过程中最重要的学科文化。20 世纪 60 年代，托马斯·库恩（Thomas S. Kuhn）对"科学共同体"的特点做出了比较深入的解释，库恩认为：

> 科学共同体是由一些学有专长的实际工作者所组成的。他们由他们所受教育和训练中的共同因素结合在一起，他们自认为也

---

① 比如，1935—1936 年出版的《中国新文学大系（1917—1927）》的总体策划、各集导言都以文人团体、文学社团为基本的考察对象："小说一集"收录的是以文学研究会为核心的作品，由沈雁冰编辑并作导言，"小说三集"则是以创造社为核心，由郑伯奇编辑并写导言，"小说二集"则研究和收录这两个大社团以外的作家作品，由鲁迅编辑并撰写导言。《中国新文学大系（1917—1927）》的诗集（朱自清编）和戏剧集（洪深编）也是以社团为基本单位编排的，《史料·索引集》（阿英编）的主体资料部分也是"会社史料"，涉及新青年社、新潮社、文学研究会、创造社、语丝社、努力社、《晨报副刊》的诗刊社和剧刊社、北京实验剧社、民众戏剧社、新中华戏剧协社、南国社、学衡派、甲寅派、星期评论社、狂飙社、沉钟社等。

② 波兰尼（M. Polanyi）在与科学社会学家贝尔纳（J. D. Bernal）在当时的论战中，抨击了计划科学的观点，力主学术自由、科学自由，在此基础上提出了科学共同体的概念。他认为："今天的科学家不能孤立地实践他的使命……每一个人都属于专门化了的科学家的一个特定集团。科学家的这些不同的集团共同形成了科学共同体。"转引自朴雪涛：《知识制度视野中的大学发展》，33 页，北京，人民出版社，2007。

被认为专门探索一些共同的目标，也包括培养自己的接班人。这种科学共同体具有这样一些特点：内部交流比较充分，专业的看法也比较一致。共同体成员很大程度上吸收同样的文献，引出类似的教训。不同的共同体总是注意不同的问题，所以超出集团范围进行业务交流就很困难，常常引起误会，勉强进行还会造成严重分歧。[①]

在库恩的论述中，我们可以发现"科学共同体"有这样几个特点：其一，科学共同体的成员都学有专长，他们的专业知识、研究领域、研究方法和所持立场颇为接近；其二，这一群体经常举办活动，内部交流比较频繁；其三，不同的群体由于关注的问题不同，在开展学术交流时经常会各执己见，发生论争。

除了这三个特点，库恩认为科学共同体还有一个重要特点是其成员具有自律性，他们信奉如下准则：有关科学方面的问题并不依靠国家和政治统治者或者普通公民的常识来判断，承认作为专业研究业绩的唯一评判者是具有独立能力的专家集团的存在，并承认它的作用。[②]这一特点实际上就是前面所说的内在知识制度的元规则：学者自治和学术自由。

如果按照库恩的以上标准，作为一种学术共同体，中国现代文学社团拥有以下主要特点：

其一，现代文学社团的成员都学有所长，或创作，或评论，对文学和文学活动都有着炽烈的热情，有着相同或相近的学术观点。

其二，现代文学社团内部及其与外部的主要交流途径是文学报刊

---

① ［美］库恩：《必要的张力》，纪树生译，192页，福州，福建人民出版社，1981。

② 转引自［日］野家启一：《库恩——范式》，毕小辉译，161页，石家庄，河北教育出版社，2002。

和图书的出版。①

　　其三，文学社团尊奉的是知识权威，遵循的是文学和学术自由的标准。

　　其四，文学社团之间经常因在文学问题和公共话题上意见不统一或争夺文化资源而发生论争（用创造社成员成仿吾的话就是"打架"）。

　　以上四个特点，构成了现代文学社团的基本面貌。以五四时期的著名社团新潮社为例，新潮社的成员主体是北京大学的青年学生以及部分教师，如傅斯年、罗家伦、周作人、俞平伯、冯友兰、朱自清等，都有杰出的文学才华，他们编辑出版了《新潮》及"新潮丛书"，把发展学术、追求学术自由作为己任。在《新潮》的发刊词中，他们把"唤起国人对于本国学术之自觉心"作为杂志的"第一责任"。② 傅斯年曾经对新潮社有过这样的评价："我们是由于觉悟而结合的……这可谓知识上的同一趋向。""我以为最纯粹、最精密、最能长久的感情，是在知识上建立的感情，比着宗族或戚属的感情纯粹得多。""我敢大胆地说，新潮社是最纯洁的结合：因为感情基于知识，同道由于觉悟；既不以私交为第一层，更没有相共同的个身利害关系。"③在傅斯年看来，基于知识的感情而不是利益关系的结合是社团建立的首位，可见知识权威在现代文学社团中的核心地位。类似的表述还有语丝社的"不说别人的话，不用别人的钱"，弥洒社的"我们一切作为只是顺着我们的 Inspira-

---

　　① 相当多的社团的名称，如新月社、湖畔诗社、语丝社、弥洒社、狂飙社、浅草社、沉钟社、莽原社、未名社、太阳社等，都来自同名刊物。它们的组织程序并不严格，其结社主要通过出书、办刊物等方式来实现的。这里不妨以现代中国文学史中仅次于文研会、创造社的新月社为例，这个社团的成立和发展与出版业都有着密切的联系：1923 年前后，一批文人由最初只是组织聚餐会，渐渐扩展成"沙龙"性质的新月俱乐部。1927 年，徐志摩等人创办新月书店；1928 年 3 月，徐志摩、闻一多等人创办《新月》杂志，1933 年 12 月，新月书店正式关闭。其后现代文学史把与这批和书店、杂志有密切联系的作家称为"新月派"。新月派在《新月》的发刊词中也表明：他们参与"社团"更多的是与出版事业有关："我们这月刊题名新月，便是因为曾经有过什么'新月社'，那早已撤销，也便是因为有'新月书店'，那是单独一种营业……我们几个朋友，没有什么组织，除了这月刊本身，没有什么结合，除了在文艺和学术上的努力，没有什么一致，除了几个共同的理想。"《〈新月〉的态度》，《新月》第 1 卷第 1 号（1928 年 3 月 10 日）。

　　② 《新潮发刊旨趣书》，《新潮》1919 年 1 月 1 日。

　　③ 傅斯年：《新潮社之回顾与前瞻》，《新潮》第 2 卷第 1 期附录（1919 年 10 月 30 日）。

tion"，等等。一旦这种对知识权威的追求不能实现或受到阻碍，社团也就走到了尽头，或自生自灭，或被迫解散。因此，有学者认为，"在现代中国文学社团的运作中，知识权威是最根本的支撑。""是在尊重文学自身的理念基础上进行。"①这一判断基本符合中国现代文学社团的事实。

二、现代中国文学社团的特点和态势

自清末开放党禁(1904)、颁布结社法令(1908)以来，传统士绅结构解体，新兴知识阶层兴起，创建社团组织成了现代知识分子参与社会、体现自身价值的重要途径，各种社团大兴。② 五四前后，中国的文学社团在数量上和规模上都超过了以往任何一个时期。据茅盾在20世纪30年代中期统计，从1922到1925年，"先后成立的文学社团及刊物，不下一百余家"。③ 五四时期的新青年社、新潮社、文学研究社、创造社、语丝社、湖畔诗社、浅草—沉钟社、弥洒社、狂飙社、新月社、莽原社、未名社、学衡派、甲寅派等，20世纪20年代中期至30年代中期的现代评论派、太阳社、中国左翼作家联盟、中国诗歌会、中华全国文艺界抗敌协会等，都是有影响力的现代文学社团和作家组织。

1. 现代中国文学社团的特点

文人社团在中国存在已久，但与中国古代文人社团(集团)相比，现代中国文学社团有很多不同以往的特点：

---

① 朱寿桐：《中国现代社团文学史》，29页，31页，北京，人民文学出版社，2004。

② 鉴于明末党争的教训，顺治九年以来清政府厉行党禁，文化社团的发展受到了极大的阻碍，直到1904年才开放党禁，1908年颁布了《结社集会律》，为文化社团的合法存在提供了法律保障。参见耿向东、顾新荣：《新政时期清政府文化社团政策的调整》，《社会科学辑刊》2007年第5期。

③ 茅盾：《中国新文学大系·小说一集》(影印本)，导言，上海，上海文艺出版社，2003。

第一，现代文人社团不具备家族宗法特征，[①] 他们多是具有相同或相似的兴趣、信仰、地位、知识体系等的人群组成，在英文中对应的群体词汇大概是"group""school""party"等。在现代文学社团中，组织构架比较健全的、作家自己当时也很认可的文学群体并不多。现代文学史上，结社意识比较明确，能够做到组织筹划，拟定章程，建构阵地，发表宣言，再到发展会（社）员，甚至建立分会等较为严密的社团群体，大概只有文学研究会（以下简称"文研会"）、创造社、左联、文协等少数几个社团。

第二，和传统会社相比，现代文学社团尽管也有发起者、灵魂人物或把关人，[②] 但它的运作归根到底不是以核心人物为中心，不是以文人雅集或诗文汇集为基本运行方式，而是以出版物为中心，以现代传播为基本运作载体。[③] 统计数据表明，在晚清民国时期出版的4194种文学期刊中，目前已知办刊主体的有3076种，其中由文学社团创办的有1297种（另有172种是由社团和出版机构、报社等合作创办的），占42%，由大学或大学里的文学社团独立或参与创办的有296种，占9.6%，社团所参与的期刊份额占据了全部期刊的一半以上。[④] 比如，

───────────────

① 根据郭英德先生的看法，中国古代文人集团以家族为基本模式，最能表现出其集团宗法特性的是门户角立、党同伐异。文人集团相互之间往往不只是主张对立和角立。尽管社会团体可以有血缘关系、地缘关系或业缘关系等类型的区别，但是在中国，各种类型的社会团体都不由自主地向宗法类型的家族看齐，都自然而然地以家族结构作为集团构成的外部规范和内在凝聚力，表现出一种同家、同宗的观念意识。见郭英德：《中国古代文人集团与文学风貌》，215页，北京，北京师范大学出版社，1998。

② 如鲁迅先生就是多家文学社团的灵魂人物，他把自己在社团中的角色界定为"梯子"："梯子之论，是极确的，对于此一节，我也曾熟虑，倘使后起诸公，真能由此爬得较高，则我之被踏，又何足惜。中国之可作梯子者，其实除我以外，也无几了。所以我十年以来，帮未名社，帮狂飙社，帮朝花社，而无不或失败，或受欺，但愿有英俊出于中国之心，终于未死，所以此次又应青年之请，除自由同盟外，又加入左翼作家联盟，于会场中，一览了荟萃于上海的革命作家，然而以我看来，皆茄花色（绍兴方言，表示不怎么样——引者注），于是不佞势又不得不有作梯子之险，但还怕他们尚未必能爬梯子也。哀哉！"参见鲁迅1930年3月27日给章廷谦的信，《鲁迅全集》第12卷，226—227页，北京，人民文学出版社，2005。

③ 朱寿桐：《中国现代社团文学史》，30—32页，北京，人民文学出版社，2004。

④ 邓集田：《中国现代文学出版平台：晚清民国时期文学出版情况统计与分析：1902—1949》，99页，上海，上海文艺出版社，2012。

新潮社公开承认，他们成立社团的目的就是为了出版杂志："同人等集合同趣组成一月刊杂志，定名曰《新潮》。专以介绍西洋近代思潮，批评中国现代学术上、社会上各问题为职司。不取庸言，不为无主义之文辞。"①

可以这样说，作为学术共同体的现代中国文学社团的结合和重组是以相应的同人杂志为中心展开的，而且在性质、组织方式、活动方式以及在文学运动中的作用方面都表现出自己的特色。比如，文研会除了掌握《小说月报》外，还联系着 20 年代初全国著名的报纸"四大副刊"，即《京报副刊》《晨报副镌》《民国日报》的《觉悟》《时事新报》的《学灯》，四大副刊中有两个副刊曾先后被文研会充实改刊：1921 年文研会的郑振铎在上海主编《学灯》，并创办《文学周报》，从 1923 年 6 月 1 日到 1925 年 9 月 25 日，王统照主编文研会在京刊物《文学旬刊》，也附在《晨报副刊》②上出版，它们与《小说月报》并驾齐驱，形成了较强大的新文学的声势。商务印书馆以及之后的开明书店都为文研会的活动提供了强大支持，文研会先后编印出版过"文学研究会丛书""文学研究会创作丛书""文学研究会世界文学名著丛书""文学研究会通俗戏剧丛书""小说月报丛刊""文学周报社丛书"，共计六类二百五十余种，时间跨度长达二十余年，这也使得文研会成为五四众多文学社团中支撑时间最长的社团。

2. 现代中国文学社团的发展态势

关于现代文学社团的发展态势，国内社团研究专家曾经这样判断："中国现代文学社团的发展呈现出的是负增长态势，文学社团在文学史上不是越来越活跃，越来越多，也不是所占的地位越来越高，相反，越来越弱，越来越小，越来越低。"判断依据是："现代历史上文学社团涌现最多的是 20 年代前半期"，"中国现代文学社团的发展呈现出的是负增长态势"，"中国文学社团现象到了 30 年代就不怎么突出了，不仅数量少了，密度大为降低。尽管有的还比较活跃，但这些有限的文学

---

①　《新潮杂志社启事》，《北京大学日刊》1918 年 12 月 3 日。

②　孙伏园接替李大钊编辑《晨报》副刊，最初叫《晨报附镌》（《晨报副镌》）。后来徐志摩接替孙伏园，改名为《晨报副刊》。

社团活动对于文学史不再像 20 年代那样形成结构性的影响。""后来就越来越少了，虽然上海文艺出版社在编辑《中国新文学大系（1927—1937）》的史料索引集时，仍收录了 30 年代有过活动的 240 个文学社团的情况，但绝大多数都没有产生什么影响，而且绝对数比起 20 年代来少了很多。到了 40 年代有影响的文学社团更加稀少。"[1]

相似地，有学者认为，中国现代文学社团的总体局势是：20 世纪 20 年代文学社团流派"雨后春笋般"地生成，30 年代后文学社团开始逐渐弱化，40 年代文学社团基本淡出，50 年代后期全部纳入社会体制下统一的行政管理。[2]

这些观点有两个相同点：第一，现代文学社团的数量以 20 年代为最多，然后依次减少，40 年代基本淡出；第二，现代文学社团的影响力在 20 年代最大，然后越来越小。不过，遗憾的是，这些学者都没有举出具体的数据来展开他们的观点。

事实果真如此吗？

根据笔者对现代文学社团（1916—1949）的统计，[3] 中国现代文学社团约有 263 个，其中 1929 年（含）之前成立的大约是 49 个，1930—1939 年（含）成立的有 124 个，1940—1949 年（含）成立的有 90 个。这说明，从总量上看，文学社团的数量并非是越来越少，而是自 20 年代以来先呈现上升趋势，30 年代达到顶峰，然后稍有回落，但仍然比 20 年代的要多，具体可参看表 4-1。

---

① 朱寿桐：《中国现代社团文学史》，15 页，247—248 页，北京，人民文学出版社，2004。

② 杨洪承：《超越自我的群体幻象——意识形态与 20 世纪上半叶中国文学社团的研究》，《南京师大学报》（社会科学版）2004 年第 4 期。

③ 资料主要依据章绍嗣主编的《中国现代社团辞典 1919—1949》（武汉，湖北人民出版社，1994），此外还参考了以下工具书：董兴泉等主编的《中国文学艺术社团流派辞典》（长春，吉林人民出版社，1992），范泉主编的《中国现代文学社团流派辞典》（上海，上海书店出版社，1993）。在这几本工具书中，范泉主编的《中国现代文学社团流派辞典》所列社团数量最多：1035 个，但其中有一些是表演性的社团，有些只有刊物，并无社团，有些属于流派，表 4—1 都没有收入，以表演为主的"剧社"、美术等艺术社团、文学流派也没有列入，各地的左联分社没有列入。因此这里的统计数字要远远小于其他工具书。

表 4-1 中国现代文学社团基本情况统计(1916—1949)

排序	社团名称	成立时间	解散和停止活动时间	主要活动地点
1	中华学艺社（原名：丙辰学社）	1916	1949 年以后	东京、上海
2	新潮社	1918.11.19	1927.8	北京
3	北大歌谣社	1920	1937	北京
4	清华文学社	1920	1922	北京
5	文学研究会	1921.1.4	1932.1	北京
6	创造社	1921.7	1929.2	东京
7	台湾文化协会	1921.10.17	1931 年初	台北
8	晨光文学社	1921.10	1923	杭州
9	中国新诗会	1922	1923.5	上海
10	艺文社	1922	1922.6	江苏浦镇
11	湖畔诗社	1922.4.4	1925	杭州
12	明天社	1922	1924	北京等
13	星社	1922	1937	苏州
14	弥洒社	1922	1927.11	上海
15	浅草社	1922	1925	上海
16	兰社	1922	1923.12	杭州
17	青社	1922	不详	上海
18	绿波社	1923.3	1928	天津
19	广州文学研究会	1923	1925	广州
20	白杨社	1923.9	《白杨文坛》出版7 期后	长春
21	新月社	1923	1932	北京
22	语丝社	1924	1930	北京
23	艺林社	1924	1925.11	武昌

续表

排序	社团名称	成立时间	解散和停止活动时间	主要活动地点
24	狂飙社	1924	1929	山西、北京、上海等
25	劳动文艺研究会	1924	不详	北京
26	春雷社	1924	1925	上海
27	狮吼社	1924	1930	上海
28	悟悟社	1924	不详	杭州
29	文学会	1924	1925. 12	天津
30	云波社	1924	1927	昆明
31	艺林社	1924	1925.11	武昌
32	人人社	1925	不详	台北
33	莽原社	1925.4	1927.12	北京
34	未名社	1925.8	1931	北京
35	沉钟社	1925	1934.2	北京
36	水沫社	1926	1932	上海
37	心群文艺社	1926	1926	上海
38	无须社	1926.10.15	1927	北京
39	火坑社	1926.3	1932.2	绥远省归绥市
40	上游社	1927.1	1927.4	武汉
41	太阳社	1928	1930	上海
42	中国著作者协会	1928.12.30	1929	上海
43	云社	1928	不详	上海
44	谷风社	1928	《谷风》4 期后	北平
45	红黑社	1929. 1	1929.8	上海
46	引擎社	1929.5	不详	上海
47	鹭华文艺社	1929	1934.9	厦门
48	夜莺社	1929	1929	北平

续表

排序	社团名称	成立时间	解散和停止活动时间	主要活动地点
49	未央社	1929	1948	武汉
50	草野社	1929.5.1	1931.8	上海
51	中国左翼作家联盟	1930.3.2	1936.3	上海
52	兴化青年艺术社（后改名为莆田民众艺术社）	1930.12	1949	莆田
53	前锋社（六一社）	1930.6.1	1931	上海
54	开展社	1930.8	1931	南京
55	中国文艺社	1930	1945	南京
56	读物编刊社	1930.9.18	1945年后	北平
57	普罗诗社	1930	不详	上海
58	台湾艺术研究会	1931.3	1934	东京
59	艺锋社	1931	1931.12	广州
60	南音社	1931	1932.11	台中
61	文艺茶话	1931	1936	上海
62	一般艺术社	1932	1932	广州
63	天王星文艺社	1932	1933.2	广州
64	广州普罗作家同盟	1932	1933	广州
65	中山大学文艺研究会	1932	1932	广州
66	青年文艺社	1932	不详	上海
67	文友社	1932.6	1935	上海
68	中国诗歌会	1932.9	1937.5	上海
69	黄钟文艺社	1932.10.31	1937.2.15	杭州
70	广州作者俱乐部	1932.10.21	1933	广州
71	榴花社	1933	1933	太原
72	无名文艺社	1933	1934	上海
73	冷雾社	1933.3	1934	沈阳

续表

排序	社团名称	成立时间	解散和停止活动时间	主要活动地点
74	满洲笔会（曾用名：望洋社、野狗社、响涛社、开拓文艺研究社）	1933	1937	大连
75	飘零社	1933	《飘零》第7期后	抚顺、沈阳等地
76	汽笛文艺社	1933	1933	青岛
77	新社	1933	不详	沈阳
78	白光社	1933	1934	大连、沈阳
79	中国文学会	1933	不详	杭州
80	二堡无因社	1933	1934	哈尔滨
81	力社	1933.12	1933.12	广州
82	台湾文艺联盟	1934.5.6	1938.8	台北
83	中州文艺社	1934	1937	开封
84	土星笔会	1934	1937	南京
85	文艺茶话会	1934.6	1934年底	香港
86	东流社	1934	1936.	东京
87	浪花社（泡沫社）	1935	1936.3	北平
88	天竹文艺社	1935	不详	厦门
89	熔炉社	1935	1935	北平
90	黄沙诗歌会	1935	1936	北平
91	武汉文艺社	1935	1948	武汉
92	太原青年文学研究会	1935	1937	太原
93	风车诗社	1935	1936	台南
94	人生与文学社	1935	1937	天津
95	北平文艺青年救国会	1936.1	1936	北平
96	读诗会	1936	1937.7	北平
97	小雅诗社	1936.6	1037.7	北平

续表

排序	社团名称	成立时间	解散和停止活动时间	主要活动地点
98	满洲文话会	1936.6	1941	大连、长春
99	中国诗歌作者协会	1936.10	1937.5	北平
100	北平作家协会	1936.11.22	1937	北平
101	新诗社	1936	1937.7.10	上海
102	中国文艺协会	1936.11.22	1937.11	延安
103	中国文艺家协会	1936.6.7	不详	上海
104	广州艺术工作者协会	1936	1937	广州
105	海风社	1936	1937	天津
106	日曜会	1936	不详	上海
107	菜花诗社	1936	1937	苏州
108	华西文艺社	1936	1940	成都
109	L.S文学研究会	1936	1944	营口
110	令丁文艺社	1936	1936.5.1	北平
111	广州诗坛社	1936	1948	广州
112	文地社	1936	1937.4	北平
113	中国诗人协会	1937.4.25	1937	上海
114	燕然社	1936.4	1937	归绥
115	文学丛报社	1936	不详	上海
116	文学生活社	1936.6.10	1936	上海
117	北平作家协会	1936	1937	北平
118	马克思主义文艺学习小组	1937	1941	哈尔滨
119	艺术座	1937	1937	福州
120	诗场社	1937	1937.8.15	广州
121	中国诗坛社	1936	1949	广州
122	新西北社	1937	1937	北平
124	金箭文艺社	1937	1938	成都
125	明明社	1937.3	1939	长春

续表

排序	社团名称	成立时间	解散和停止活动时间	主要活动地点
126	中国诗人协会	1937.4.25	1937.10	上海
127	厦门诗歌会	1937.6.6	1938.5	厦门
128	天津诗歌作者协会	1937.6	不详	天津
129	七月社	1937.9	1941.9	武汉
130	风雨	1937.9	1938.5	开封
131	哨岗社	1937.10	1937	武汉
132	上海战时文艺协会	1937.10.6	1937.11	上海
133	时调社	1937.11	1938	武汉
134	老百姓编刊社	1937.11	不详	西安
135	战歌社	1937.12	1940	延安
136	陕甘宁边区文化界抗日救亡协会	1937.11.24	1949	延安
137	陕甘宁边区文艺界抗战联合会	1938.9.11	1949	延安
138	文艺研究会	1937	1949	成都
139	战歌社	1937	1940	延安
140	抗到底社	1938.1	1939.11	武汉
141	成都文艺青年抗战工作团	1938.2	1939	成都
142	诗歌战线社	1938	1938.7.31	长沙
143	文艺小组	1938	不详	延安
144	弹花文艺社	1938.3	1940.8	武汉
145	工作社	1938.3.16	1938.7.1	成都
146	中华全国文艺界抗战协会（文协）	1938.3.27	1946	汉口
147	抗战文艺工作团	1938.5	1939	延安
148	文协云南分会	1938.5	1946年后	昆明

续表

排序	社团名称	成立时间	解散和停止活动时间	主要活动地点
149	中国诗艺社①	1938.6	1941	长沙
150	东亚文化协议会	1938.8	不详	北平
151	救亡诗歌会	1938.8	1941②	昆明
152	路社	1938.5	1940	延安鲁艺
153	文艺社	1938	1939.6.10	上海
154	边区诗歌总会	1938.9	1939	延安
155	山脉诗歌会	1938.10	1940	延安
156	海燕诗歌社	1938	1940	温州
157	流火社	1938.10	1941	四川荣县
158	奔流社	1938	1941	上海
159	铁流社	1938.12	1943	晋察冀边区平山县
160	文协成都分会	1939.1.14	1945 年后	成都
161	野火文艺社	1939	1940.1	上海
162	西线社	1939	1940.1	山西吉县
163	诗社	1939	1943	广西桂平
164	鲁艺文艺工作团	1939.3	1941.9	延安
165	文协香港分会	1939.3.26	1941.12	香港
166	文协延安分会	1939.5.14	1945	延安
167	太行文联	1939.5.4	不详	山西沁县
168	艺文志事务会	1939	1941.3	长春
169	文丛刊行会	1939	1941	长春

① 另外两种说法是：中国诗艺社成立于1937年和1939年。见董兴泉等：《中国文学艺术社团流派辞典》，348页，长春，吉林人民出版社，1992。范泉：《中国现代文学社团流派辞典》，98页，上海，上海书店出版社，1993。

② 另一种说法是：救亡诗歌会于1943年停止活动，见董兴泉等：《中国文学艺术社团流派辞典》，371页，长春，吉林人民出版社，1992。

续表

排序	社团名称	成立时间	解散和停止活动时间	主要活动地点
170	大北风社	1939.9	1940	哈尔滨
171	中国文化协进会	1939.9	1940	香港
172	台湾文艺家协会	1939.12.4	1943	台湾
173	文选刊行社	1939.12	1941	沈阳
174	行列社	1939	1945	上海
175	海燕社	1939	1941	上海
176	刀与笔社	1939	1940	浙江金华
177	大众读物社	1940.3.12	1942.3.5	延安
178	大众化问题研究会	1940.4.2	1942.2	延安
179	中国文艺协会	1940.1.6	1941	南京
180	挥戈文艺社	1940.7.1	1942	成都
181	武汉文艺协会	1940.7	1945	武汉
182	文艺月会	1940.10.19	1942.9	延安
183	延安新诗歌会	1940.12.8	1942	延安
184	突兀文艺社	1940	1948	重庆
185	北社	1940	1942	上海
186	作风刊行会	1940	1941	沈阳
187	诗与散文社	1940.8	1946	昆明
188	鲁迅研究会	1941	1942	延安
189	华北文艺协会	1941.1	1942.9	北平
190	启文社	1941	1943.12	台北
191	太行诗歌社	1941.4	1942	晋东南
192	星期文艺学园	1941.6.1	1942.6	延安
193	诗季社	1941.6①	1942	长春
194	满洲文艺家协会	1941.7	1945	长春

---

① 另一说法是 1940 年 5 月成立，见董兴泉等：《中国文学艺术社团流派辞典》，400 页，长春，吉林人民出版社，1992。

续表

排序	社团名称	成立时间	解散和停止活动时间	主要活动地点
195	怀安诗社	1941.9.5	1945	延安
196	文艺生活社	1941.9	1949 年后	桂林、香港
197	诗垦地社	1941	1945	重庆
198	文聚社	1941①	1945	昆明
199	文联社	1941	1946	香港
200	新诗潮社	1941	1948.12	柳州
201	诗创作社	1941	1943.5	桂林
202	草叶社	1941.11	1942	延安
203	小说研究会	1941.12	1942.7	延安
204	延安诗会	1941.12.10	1942	延安
205	拓荒文艺社	1941	1942.11	成都
206	鹰社	1941	1942	延安
207	华北作家协会	1942.9.13	1945	北平
208	人世间社	1942	1948	不详
209	平原诗社	1942	1945	成都
210	大别山诗歌社	1942.1	1942.7	安徽立煌
211	厦门大学诗木刻社	1941	1945	福建长汀
212	东北文艺协会	1942.10.19	1948	沈阳
213	诗焦点社	1942	1947	重庆
214	湖海诗文社	1942	不详	江苏阜宁
215	未明社	1942	1943	福建暨南大学
216	拓荒文艺社	1942.3	1942.11	成都
217	塞外诗社	1942	不详	定边
218	燕赵诗社	1943.1	不详	阜平

---

① 范泉：《中国现代文学社团流派辞典》，67 页，上海，上海书店出版社，1993。

续表

排序	社团名称	成立时间	解散和停止活动时间	主要活动地点
219	文艺生活社	1943	1944.1	武汉
220	天下文章社	1943	1945	重庆
221	艺文社	1943.4	1945	北平
222	太白文艺社	1943	1945	福建暨南大学
223	音社	1943	1944	洛阳
224	田园文艺社	1943	1944.5	唐山
225	黑土地社	1943	1945	重庆
226	台湾文学奉公会	1943.3	1945	台湾
227	上海文学研究会	1943	不详	上海
228	百合诗社	1944	1945	昆明
229	火之源	1944	1947	重庆
230	春草诗社	1944	1945	重庆
231	诗文学社	1944	1945	重庆
232	文学笔会	1944	不详	成都
233	文艺者社	1944	1945	南京
234	新诗社	1944.4	1945	昆明，西南联大
235	山谷诗社	1944	1948	四川三台
236	文艺世纪社	1944.9	不详	上海
237	文艺垦殖团	1944	1945	贵阳
238	革命诗社	1945	1946	重庆
239	艺文研究会	1945.1	1945	迪化
240	西南联大文艺社	1945	1946	昆明
241	火星社	1945	1948	昆明
242	哈尔滨文化青年会	1945	不详	哈尔滨
243	银铃会	1945	1964	台湾
244	文学同志社	1945.8.15	不详	台北

续表

排序	社团名称	成立时间	解散和停止活动时间	主要活动地点
245	青年呼声社	1946.3	1949	秦皇岛
246	上海文艺青年联谊会	1946	1947	上海
247	文苗笔会	1946.4	1948.3	徐州
248	活路社	1946.5	1948.8	重庆
249	上海儿童文学工作者联谊会	1946.5.24	1949	上海
250	鬼社	1946	1947.5	成都
251	铁兵营社	1946	1948	南京
252	民歌社	1946	1948	上海
253	中原艺社	1946	1947	徐州
254	十月诗叶社	1946	1948	昆明
255	诗战线社	1946.10	1947	沈阳
256	新诗歌社	1947	1948	上海
257	诗创造社	1947	1948.10	上海
258	牧野文学社	1947	1947	江西上饶
259	华北诗联	1947.5	1948	北平
260	上海文艺作家协会	1947.5.4	1947	上海
261	摹仿社	1947.11	1948	重庆
262	中国新诗社	1948	1948.11	上海
263	火种诗社	1948.4	1948	重庆
264	荆棘文艺社	1948.5	1948	南昌
265	诗号角社	1948	1949	北平

另外，30 年代中国社团总量不是下降而是增加：1929 年中国的社团总量为两万多个，1936 年则增加到了将近 6 万个。① 这与文学社团

---

① 参见陈志波：《南京国民政府社团立法研究(1927—1937)》，广西师范大学 2005 年硕士论文。

的总量发展趋势是一致的。

现代文学社团的影响力是否在逐渐减少？这恐怕也不能一言以蔽之。我们知道，在20年代，文研会和创造社是叱咤风云的两大文学社团，影响极大，但30年代也有"左联"和"文协"，无论是从人数上，还是从影响力上，后者也并非太逊色。

那么，为什么一些学者会产生文学社团"一代不如一代"的印象呢？原因可能有以下几个：

第一，与20年代的社团相比，三四十年代的文学社团存在时间更短，更为脆弱，韧性不足。这个时期的文学社团存在的时间少则几个月，可谓"昙花一现"，多的也就几年光景，像文研会那样坚持活动十多年的社团非常少，这显然和当时动荡的时局和南京政府日益增强的管控有关。

第二，30年代以后的文学社团生态更为复杂，更让人难以琢磨和把握。30年代的文学社团成员不再像五四时期那样以集中在北京、上海等城市的学校师生、归国留学生等进步知识分子为主，而是更加庞杂，其中既有文学青年和爱国学生，也有汉奸文人、党棍流氓，可谓形形色色，泥沙俱下。文学社团背后不再像以前仅仅是大学和出版社作为后援和支撑，活动较为单纯，其政治和文化背景变得日趋复杂。这一时期文学社团活动的地域既有国统区、根据地和解放区，也有沦陷区、敌占区的台湾、满洲、北平、香港，还有日伪的武汉等地。既有文学青年和出版社成员的自发组织，有得到延安党政机关支持的文学组织，也有国民党、日本侵略者、日伪政府等势力扶持的文学集团，文学社团的背后隐约显现出当时中国的各种力量。

第三，30年代以后的文学社团与政党的关系更为密切，社团的文学活动首先要配合政党的文艺政策，这也使得文学社团在某种程度上失去了原有的个性和独立性。左翼的左联和右翼的前锋社就是其中的代表。

第四，三四十年代的很多社团并没有出现五四时期那样的文化领袖或灵魂人物，很少存在着如周氏兄弟之于语丝社，郭沫若之于创造社，茅盾之于文研会，巴金之于孤吟社，夏衍之于狮吼社，梁实秋之于新月社那样的核心人物与社团的特殊关系，总体上缺乏具有号召力、凝聚力的核心人物。

概括起来，中国现代文学社团的发展态势和格局应该是这样的：中国现代文学社团在五四运动前夕出现，之后快速发展，从 1930 年到 1940 年在数量上保持稳定，但社团的构成、政治背景和文化背景却发生了巨大变化，社团的存在环境更加复杂，生命力日趋脆弱。这可能是现代中国文学社团这一学术共同体的基本面貌。

三、现代中国文学社团格局与文学话语建构

现代文学社团的活动派生出了创造各种知识的需求，促进了有组织的文学活动、文学知识与制度框架之间的持续互动，从各种途径型塑了知识制度的变迁。

1935 年，现代中国文学的亲历者和评论者茅盾在为《中国新文学大系·小说一集》写的《导言》中，曾经高度评价了现代文学社团的活动和出版物的意义：

> 他们的团体和刊物也许产生了以后旋即消灭，然而他们对于新文学发展的意义却是很大的。这几年的杂乱而且也好像有点浪费的团体活动和小型刊物的出版，就好比是尼罗河的大泛滥，跟着来的是大群的有希望的青年作家，他们在那狂猛的文学大活动的洪水中已经练得一副好身手，他们的出现使得新文学史上第一个"十年"的后半期顿然有声有色。①

这些在茅盾眼里数量繁多，甚至"有些浪费"、有些"大泛滥"的文学社团及其社团活动，尽管存在的时间并不长，但对现代中国文学来说，它们却具有着不可替代的价值，除了对文学创作本身有着重要的贡献，

---

① 茅盾：《中国新文学大系·小说一集》（影印本），导言，上海，上海文艺出版社，2003。

还发挥了一种重要的引领作用，号召了大批文学青年参与文学活动，参与了包括文学理论研究在内的各种文学生产。现代中国文学社团所拥有的集团意识和集团心理率先开启了一代文学风貌，影响了当时的文学创作和文学批评，深刻影响了现代文论的构型。朱寿桐先生把现代文学社团分成三类：创作本体、学术本体和批评本体，其中学术本体和批评本体都与文学理论的创作有关。①

中国现代文学社团参与文学话语建构的途径和表现如下：

其一，文学社团直接参与了文学理论的建构。

文论家往往是文学社团的核心成员。鲁迅先生在《我们要批评家》（1930）一文中这样概括批评家的作用：我们所需要的就是"坚实的，明白的，真懂得社会科学及其文艺理论的批评家。""每一个文学团体中，大抵总有一套文学的人物。至少，是一个诗人，一个小说家，还有一个尽职于宣传本团体的光荣和功绩的批评家。"②这就是说，社团中必不可少的一个角色是坚持理论探索的文论家，如同乐队的词曲作者、主唱或影视作品的编剧、监制。文学研究会的理论家、活动家——同时也是《小说月报》的两任主编——茅盾和郑振铎，创造社的成仿吾，都充当过这一角色，都把文学批评作为了当时的主要职业。茅盾等人在《小说月报》上大力推介西方文论，通过发表论文、通信答疑、讨论，将散落的作者与读者结合起来，很快就把新文学从"知识"转化成为"权力"。成仿吾也通过《创造季刊》组织出版了"文学原理研究号"和"文艺批评研究号"，出版《文学概论》和《文艺批评论》等著作，③ 努力通过理论来指引和推动社团的文学创作。

最能集中体现出现代文学社团在理论上的创造冲动的，是文学社团的社刊发刊词。比如文研会的《文学研究会宣言》这样写道："将文艺当作高兴时的游戏或失意时的消遣的时候，现在已经过去了。我们相

---

① 参见朱寿桐：《中国现代社团文学史》，148—149 页，北京，人民文学出版社，2004。

② 鲁迅：《我们要批评家》，《鲁迅全集》第 4 卷，245 页，北京，人民文学出版社，2005。

③ 成仿吾：《编辑纵谈》，《创造季刊》第 1 卷第 44 期（1923 年 2 月）。

信文学是一种工作，而且又是于人生很切要的一种工作；治文学的人
当以这事为他终身的事业，正同劳农一样。"①该宣言将文学和文学研
究只当成一种"工作"，一种和做工、务农一样的职业，充分展现了一
种崭新的学术职业化意识，这种理念无疑更新了文学的工具论观念。
尊崇文学独立的"浅草—沉钟社""弥洒社"等团体，在各自的发刊词中，
虽然声称"不敢高谈文学上的任何主义"，"希望文上的各种主义，像雨
后春笋般的萌苗：统一的痴梦，我们不敢做而不愿做的！"②甚至亮出
了"无目的、无艺术观、不讨论、不批评"的旗帜，③ 实际上也是在建
构着另外一种文学理论：唯美的艺术论。

其二，文学社团组织和发起了多次文学论争，这些文学论争的频
率和激烈程度可能超过了历史上大多数时期。

文学社团兴起后，通过组织和活动，将分散的文论家编织进了或
紧密或松散的群体，文论生产也因此具有了被计划、被组织的规范性
和群体性特征。文学社团所构成的学术共同体——文化圈和学术
圈——在组织、引导和控制了各种文学话语的生产方面发挥了重要的
作用，其中尤以文学论争最为突出。《大公报》(1947)的一篇社评《中国
文艺往那里走》曾经高度赞扬过去三十年中，文学社团发起的文学论争
的价值：

> 过去卅年来，中国文坛可说是一连串的论战：有的是派与派
> 争，如"语丝"与"现代"，有的是针对着问题，如"艺术为艺术"还
> 是"艺术为人生"。那些论战，看来似是浪费，然而却一面代表当
> 时作家对事的不苟，一面由派别主张之不同，也可以表征中国文
> 坛盛极一时的民主。④

《大公报》的这篇社评，可谓道出了"一连串"的文学论争对现代中国文
学的建设意义：促进对话，推动创作，繁荣理论，彰显自由。

---

① 《文学研究会宣言》，《小说月报》第 12 卷第 1 号(1921 年 1 月 10 日)。
② 《编辑缀话》，《浅草季刊》1923 年第 1 期。
③ 《弥洒·宣言》，《弥洒》1922 年第 1 期。
④ 1947 年 5 月 5 日上海《大公报》。

据统计，自五四时期到 40 年代末，中国新文学在三十多年的时间里发生了大大小小的文学论争达七十余次，① 其中大多数都是由文学社团所发起的，甚至很多社团成立的直接目的就是为了发起论争。② 在 20 年代，著名的文学论争有新青年社与学衡派、甲寅派之争，有文研会与鸳鸯蝴蝶派之争，有文研会与创造社之争，有创造社与鲁迅之争，在 30 年代则有"左联""文协"与新月派、民族主义文艺、"自由人"和"第三种人"的论争，"两个口号"之争，延安时期"文抗""鲁艺"、陕甘宁边区文协等不同文艺团体的"歌颂光明"与"暴露黑暗"之争，"普及"与"提高"之争，有"文艺的出发点"之争，等等。

文学论争之所以会发生，可能是文学社团对知识场域中关键的、优越的"位置"的争夺和占领——这一点以往经常被研究者忽略。"位置"决定了很多直接的现实资源，涉及人事上和经济上的因素。布迪厄说过："在生产层次上，作家和艺术家的实践，从他们的作品开始，就是两种历史相遇的产物：被占据位置的生产历史和占据者配置的生产历史。""没什么场比文学场和艺术场中的位置和配置之间的交锋更经常和更不确定的了。"③ 不过，从根本上看，文学社团之间的论争主要是出于审美理论和学术评判标准的不同。1934 年，鲁迅先生曾在《批评家的批评家》一文中讨论过学术批判的标准，也涉及文学批评的"圈子"和学术共同体之间发生论争的问题和缘由，他这样说：

> 但是，我们曾经在文艺批评史上见过没有一定圈子的批评家吗？都有的，或者是美的圈，或者是真实的圈，或者是前进的圈。没有一定的圈子的批评家，那才是怪汉子呢。办杂志可以号称没有一定的圈子，而其实这正是圈子，是便于遮眼的变戏法的手巾。

---

① 详见刘炎生：《中国现代文学论争史》，广州，广东人民出版社，1999。

② 如孙伏园、李小峰等创办的"语丝社"就是不满于"现代评论社"另辟一个周刊而得名；"南国社"的创建也是"因着与成仿吾个人的关系"而导致田汉退出了创造社，最初由其夫妇单独经营，创办刊物，后来发展成立了"南国社"；"狂飙社"是因为"莽原社"内部矛盾而分化产生。

③ ［法］皮埃尔·布迪厄：《艺术的法则：文学场的生成和结构》，刘晖译，305 页，306 页，北京，中央编译出版社，2001。

譬如一个编辑者是唯美主义者罢，他尽可以自说并无定见，单在书籍评论上，就足够玩把戏。倘是一种所谓"为艺术的艺术"的作品，合于自己的私意的，他就选登一篇赞成这种主义的批评，或读后感，捧着它上天；要不然，就用一篇假急进的好像非常革命的批评家的文章，捺它到地里去。读者这就被迷了眼。但在个人，如果还有一点记性，却不能这么两端的，他须有一定的圈子。我们不能责备他有圈子，我们只能批评他这圈子对不对。①

在鲁迅先生看来，文学论争之所以会发生，就是因为所有的批评家、编辑都有各自的"圈子"，所谓"圈子"，指的就是文学社团各自的批评标准、知识体系和生产秩序。前文所说的沈约拒绝钟嵘的求见，刘勰之所以在街头摆书摊，大概也都是因为"圈子"的存在。鲁迅认为，有"圈子"是正常的，无可厚非的，学者只能批评这个"圈子"的标准是否公允、是否符合学术规则。鲁迅的说法符合知识社会学对学术共同体的描述："圈子"内的成员对不符合自己这个"圈子"的作品和文学知识，会自觉不自觉地加以无情的打击，然后就会激发起更为激烈的论争，或"捧着它上天"，或"捺它到地里去"。这也说明了在知识制度中，不同的"圈子"所拥有的话语权力和等级地位是不同的，某种知识或话语会在某个时期占据上风或主流地位，但其他从属或边缘话语，会采取各种策略（如论争）来寻找同盟，试图扩大自己的势力范围，从而最终夺取和占据文学场域中的优势地位。如前人所言，文学论争不但是为了争夺正统和注册权，也是为了"新文学的规范的问题"。②

由于"圈子"的不同，不同社团之间的文学论争常演变成为"势力"与"中心"之争。通过文学论争，文学社团试图吸引社会注意力，获取话语主导权，重新分配新文学资源，划定最大"势力范围"。当然，也

---

① 鲁迅：《批评家的批评家》，《鲁迅全集》第 5 卷，449 页，北京，人民文学出版社，2005。

② 林淙：《现阶段的文学论战》，2—3 页，上海，光明书局，1936。

会有一些少数脱俗的学者，试图超越这种论争或圈子。①

应该说，在中国现代文学史中，众声喧哗、吵吵闹闹其实是一种常态，文坛平静如水、死气沉沉反而是不正常的。当文学社团和文论家发表了学术观点之后，如果有机会与其他社团进行深入交流，在辩论中明晰自己的观点，批驳他人的谬误，这是有利于学术的进步，是有利于可持续性发展的。鲁迅先生曾在《呐喊》自序中描述过争鸣的价值和冷场的后果："凡有一人的主张，得了赞和，是促其前进的，得了反对，是促其奋斗的，独有叫喊于生人中，而生人并无反应，既非赞同，也无反对，如置身毫无边际的荒原，无可措手的了，这是怎样的悲哀呵，我于是以我所感到者为寂寞。"②应该说，鲁迅先生所说的这种孤独和悲哀，在文学社团所发起和参与的文学论争（赞同或反对）中得到了很大程度的化解。同样是鲁迅先生，在谈到为什么要花费大量时间从事杂文写作时，他曾说："现在是多么切迫的时候，作者的任务，是在对于有害的事物，立刻给以反响或抗争，是感应的神经，是攻守的手足。潜心于他的鸿篇巨制，为未来的文化设想，固然是很好的，但为现在抗争，却也正是为现在和未来的战斗的作者，因为失掉了现在，也就没有了未来。"③鲁迅在这里说的是杂文写作，但同样适用于文学论争。作为一种"反响"和"抗争"，作为"感应的神经"和"攻守的手足"，文学论争无疑满足了回应现实文学问题的迫切需要。

现代文学社团之间的论争，有些可能是出于意气之争，有些在情急之中不免咄咄逼人，可能缺乏理论的系统性和完整性，但是它们也推动了文学理论的发展和繁荣。在各种自觉不自觉的论争和论战中，

---

①　如五四时期的北京师范大学学生王志之，他在回忆和同学合办左翼文学刊物时说："我们这些衣食无着的穷学生，总是重是非，轻利害，明知投稿有捷径，文坛可登龙，只要拉上一伙，结成一帮，捧起周作人、胡适之流，互相标榜，看风使舵，就能一帆风顺，名利双收；我们却不计得失，不避艰险，节衣缩食，自筹印费，自办刊物。"参见王志之：《和谷万川相处的日子》，载北京市党史研究室、天津市委党史资料征集委员会《北方左翼文化运动资料汇编》，336 页，北京，北京出版社，1991。

②　鲁迅：《呐喊自序》，《鲁迅全集》第 1 卷，439 页，北京，人民文学出版社，2005。

③　鲁迅：《且介亭杂文序言》，《鲁迅全集》第 6 卷，3 页，北京，人民文学出版社，2005。

文研会、创造社、太阳社、新月社、语丝社等文学社团的文学活动对传播各种西方文论，如批判现实主义、无产阶级文学观念、浪漫主义、象征主义等文学理论起到了明显的推动和催化作用，推进了文学理论建设。比如，1930 年，以创造社、太阳社成员和鲁迅麾下的作家群为基础，"中国左翼作家联盟"成立，建立了马克思主义文艺理论研究会等机构，对推动"唯物主义文学史观"和马克思主义文论在中国的迅速传播和生成做出了巨大贡献。因此，有学者称：如果没有创造社、太阳社的运作，中国现代文学史的方向转换和革命文学倡导也必然会是另外一副局面。倘若没有形成社团，创造社和太阳社的任何作家都不可能从文学出发然后走出文学而进入革命的语境。① 此言不虚。

文学理论的浪潮其实是一种文学价值观对另一种价值观的挑战。从这个意义上说，文学理论思潮的涌动多是文学社团或文人团体的运作和引领的结果。没有得到社团支持的个人，既难以倡导、展示和坚持某一种文学观念，也无力抵御和克服另一种文学观念。下面我们不妨以创造社为例，来分析文学论争对文学理论生产的构型作用。

【个案分析】

创造社与文学话语建构

在中国现代文学社团史上，创造社是一个很特别的社团，说它特别，不单纯是说其成员变动较为复杂，而是他们发起和参与论争的次数之多、频率之高，堪称现代文学社团之最。作为创造社重要成员的郁达夫曾经这样批评过文学论争："中国自从新文化运动开始以后，各人都炭炭于自己的地位与利益，只知党同伐异，不知开诚布公，到了目下终至演出甲派与乙派争辩，A 团与 B 团谩骂的一种怪现象来。"② 郁达夫的话可以说概括出了中国文人集团的一大"传统"。不过，有意思的是，即便有这样清醒的认识，郁达夫本人却也不能超然度外，他也身不由己地和创造社同人一道，卷入了一场又一场的文学论争。

1921 年 1 月，正在筹备创造社的郭沫若在《学灯》发表书信。6 月，郑振铎在《文学旬刊》上发表《处女与媒婆》，因文学翻译的问题与郭沫

---

① 朱寿桐：《论中国现代文学社团的研究方法》，《文艺理论研究》2005 年第 3 期。
② 郁达夫：《〈女神〉之生日》，《时事新报·学灯》1922 年 8 月 2 日。

若等人展开了论战。1921 年 9 月 29 日、30 日两天的上海《时事新报》上，出现了一份措辞激烈、锋芒毕露的《纯文学季刊〈创造〉出版预告》，批评和讽刺了"垄断"新文艺的文研会。1922 年郭沫若和郁达夫在《创造社》的创刊号上发表《海外飞鸿》和《艺文私见》，10 天后茅盾在《文学旬刊》(1922 年 5 月 11 日出版)发表《〈创造〉给我的印象》，从此正式拉开了创造社和文研会之间的一场旷日持久的文学论争，一直到 1925 年才平息，差不多延续了五年之久。在现代文学论争史上，当时国内恐怕再也找不到有哪一场文学论争的规模、影响可以与文研会和创造社之间的论争相比拟。这场论战涉及新文学发展方方面面的问题，如文学翻译、垄断文坛、文艺的功利与非功利性、文学是"为人生"还是"为艺术"等，吸引了国内差不多所有新文学人士的注意，胡适、钱玄同、鲁迅、周作人、张东荪、吴稚晖、徐志摩等人都不同程度地参与其中。

创造社屡屡在新文坛挑起"打架"，几乎"打"遍了新文坛，多以文坛名人为对手，而且"架"愈打愈大，愈打牵扯的名人愈多。①

1925 年，郭沫若等与打出国家主义旗号的醒狮派和孤军派论战。

1926 年，郭沫若等与信仰无政府主义的巴金就马克思主义和列宁主义论战。

1928 年，创造社与太阳社进行笔战。

……

创造社发起和参与的这些论争无论是出于学术观点的分歧，出于

---

① 对创造社引起的论争，郭沫若自己的描述是这样的："由达夫的《夕阳楼》惹起了胡适的骂人，由胡适的骂人惹起了仿吾和我的回敬，以后便愈扯愈远了。张东荪来参加过这场官司，接着是惹出了仿吾的《形而上学序论》的指摘，张东荪的'手势戏'宣传了一时，成仿吾的黑旋风也因而名满天下。吴稚晖也来参加过这场官司，接着是惹出了陈西滢对于《茵梦湖》的指摘。还有是'诗哲'徐志摩在《努力周报》上骂了我的'泪浪滔滔'。这场事件的因果文字，如有人肯好事地把它收集起来，尽可以成为一部《夕阳楼外传》。"见郭沫若：《创造十年》，《学生时代》，148 页，北京，人民文学出版社，1979。

"挑衅领袖""打出招牌",① 出于学术共同体和社团的"行帮意识",② 还是出于扩大发行的策略,③ 这些论争都扩大了文学理论生产的场域,打破了文学社团一家独大的局面,使得文研会也未能如愿实现"结成一个文学中心的团体"的宏愿,从另一个角度看这增强了其他的相关文学社团及其文学话语的影响力。

文学论争("打架")成为创造社同人争取话语空间、展现自身文学存在的最佳方式。从社团生存的角度而言,"打架"也确实产生了良好的效果,创造社很快就"异军苍头突起",有人这样评价 20 世纪 30 年代的文学社团:"在青年的读书界中发生着最大的影响的,是创造社。这一个集团,以一致活泼的青春的力量,从事着文学的活动。"④时人承认:创造社的声势已经"凌驾同时的各种文学团体之上"。⑤

文学论争也促进、催化了各自社团的理论建设。如学者刘纳所说:在文研会和创造社这两个社团"关于功利和主义的论争中,沈雁冰、郑振铎等和郭沫若、成仿吾、郁达夫等对新文学的理论建设都有所贡献。沈雁冰等搭起的理论框架给我国文学理论带来了从未有过的历史感和总体感,郭沫若等则以更开放更积极的姿态为新文学提示了多项选择的可能性。"⑥对创造社而言,他们对文学论争的热衷与激情投入,也为郭沫若等后来提倡革命文学和阶级分析理论做好了足够的准备。海外学者夏志清甚至认为:"中国新文学之能树立共产主义的正统思想,

---

① 这是闻一多 1925 年给梁实秋的信中的话,也可以看作是对创造社向文研会发起挑战的策略的概括。见《闻一多书信选辑(四)》,《新文学史料》1984 年第 2 期。

② 郭沫若自己后来承认:"所谓人生派与艺术派都只是斗争上使用的幌子","文学研究会的几位作家,如像鲁迅、冰心、落华生、叶圣陶、王统照,似乎也不见得是一个葫芦里面的药……所以在我们现在看来,那时候的无聊的对立只是在封建社会中培养成的旧式的文人相轻,更具体地说,便是行帮意识的表现而已。"见郭沫若:《创造十年》,《学生时代》,127 页,北京,人民文学出版社,1979。

③ 成仿吾在一次谈话中承认,《创造月刊》炮轰太阳社的文章,其措辞是为便利发行而不得已为之。参见杨邨人:《太阳社与蒋光慈》,《现代》第 3 卷第 4 期(1933 年 8 月 1 日)。

④ 韩侍桁:《写实主义文学的发生》,见《文学评论集》,69—70 页,145 页,上海,现代书局,1934。

⑤ 史蟫:《记创造社》,载饶鸿竞等编《创造社资料》下册,992 页,福州,福建人民出版社,1985。

⑥ 刘纳:《创造社与泰东图书局》,155 页,南宁,广西教育出版社,1999。

大部分是由创造社造成的。"①

特别值得一提的，也是其中规模最大的一次论争，是 1928 年冯乃超、郭沫若等在《文学批判》上就"革命文学"与鲁迅发生的论战。这场革命文学论争可分为联合—破裂—论战—重组四个阶段，论争始于 1927 年冬天，1928 年形成高潮，1929 年底基本结束。大致过程如下：

1927 年 7 月中国大革命失败后，上海成为革命文学家云集之地。鲁迅于 10 月 3 日从广州到达上海，度过了他最后的也是最伟大的十年。创造社诸君亦翩然而至，重整旗鼓提倡无产阶级革命文学。郑伯奇、王独清等人早于广州"四·一五"反革命大屠杀后便离穗赴沪，准备开展新兴文学运动。成仿吾从黄埔军校弄到一笔活动经费，也于 7 月 30 日来到上海，不久于 10 月上旬赴日本邀约五位"新锐的斗士"回国重振创造社雄风。接着，10 月下旬冯乃超、朱镜我回上海，11 月上旬李初梨、彭康、李铁声回上海。郭沫若也于 11 月上旬从香港秘密回到上海，并按周恩来的指示发展华汉（阳翰笙）、李民治（一氓）参加创造社以加强党的领导。与此同时，蒋光慈、钱杏邨、孟超、杨邨人等从武汉赴沪组织太阳社，洪灵菲、戴平万、林伯修（杜国庠）、柯伯年（李春蕃）从海外回沪组织"我们社"，也提倡革命文学。于是，在国际、国内"左"的思潮高涨的大背景下，引发了一场鲁迅与创造社等关于"革命文学"的论争。

这次论争的是非曲直，有学者已经有了详细的回顾。② 这里，我们主要关注的是这场由文学社团发起的论争对于文学理论的推进和建构作用。这次论争的最大作用可能就是推动了马克思主义文论在中国的引入和中国化过程，对现代文论的走向也发生了深刻的影响。正是创造社、太阳社和鲁迅的论战，逼迫鲁迅翻译和阅读了大量马克思主义文艺理论著作。鲁迅曾经这样描述这次论争对他的影响：

> 前年创造社和太阳社向我进攻的时候，那力量实在单薄，到后来连我都觉得有点无聊，没有意思反攻了，因为我后来看出了

---

① 夏志清：《中国现代小说史》，81 页，香港，香港友联出版社，1979。

② 卫公：《鲁迅与创造社关于"革命文学"论争始末》，《鲁迅研究月刊》2000 年第 2 期。

敌军在演"空城计"。那时候我的敌军是专事于吹擂，不务于招兵练将的；攻击我的文章当然很多，然而一看就知道都是化名，骂来骂去都是同样的几句话。我那时就等待有一个能操马克思主义批评的枪法的人来狙击我的。然而他终于没有出现。①

解剖刀既不中腠理，子弹所击之处，也不是致命伤。……我于是想，可供参考的这样的理论，是太少了，所以大家有些糊涂。②

我只希望有切实的人，肯译几部世界上已有定评的关于唯物史观的书——至少，是一部简单浅显的，两部精密的——还要一两本反对的著作。那么，论争起来，可以省说许多话。③

我有一件事要感谢创造社的，是他们"挤"我看了几种科学底文艺论，明白了先前的文学史家们说了一大堆，还是纠缠不清的疑问。并且因此译了一本蒲力汗诺夫的《艺术论》，以救正我——还因我而及于别人——的只信进化论的偏颇。④

从鲁迅的上述表态可以看出，鲁迅后来以极大的热情参与了马克思主义文论的译著活动，其主要原因可以归结到与创造社、太阳社的论争。

据统计，在这场论争前后鲁迅参与出版的单本革命文艺译著有：⑤

（1）卢那察尔斯基《艺术论》，内收论文六篇：《艺术与社会主义》《艺术与产业》《艺术与阶级》《美及其种类》《艺术与生活》和《美学是什么》（大江书铺，1929）。

（2）卢那察尔斯基《文艺与批评》，内收论文六篇：《艺术是怎样地

---

① 鲁迅：《关于左翼作家联盟的意见》，《鲁迅全集》第4卷，241页，北京，人民文学出版社，2005。
② 鲁迅：《"硬译"与"文学的阶级性"》，《鲁迅全集》第4卷，213页，北京，人民文学出版社，2005。
③ 鲁迅：《文学的阶级性》，《鲁迅全集》第4卷，128页，北京，人民文学出版社，2005。
④ 鲁迅：《三闲集·序言》，《鲁迅全集》第4卷，6页，北京，人民文学出版社，2005。
⑤ 李今：《三四十年代苏俄汉译文学论》，35—63页，北京，人民文学出版社，2006。刘少勤：《盗火者的足迹与心迹——论鲁迅与翻译》，114—116页，南昌，百花洲文艺出版社，2004。

发生的》《托尔斯泰之死与少年欧罗巴》《托尔斯泰与马克思》《今日的艺术与明日的艺术》《苏维埃国家与艺术》和《关于马克思主义文艺批评之任务的提要》（水沫书店，1929）。

（3）普列汉诺夫《艺术论》，内收论文四篇：《论艺术》《原始民族的艺术》《再论原始民族的艺术》和《论文集（二十年间）第三版序》（光华书局，1930）。

（4）《文艺政策》（原名"苏俄的文艺政策"），收录 1924 年至 1925 年俄共中央《关于对文艺的党的政策》和《关于文艺领域上的党的政策》两个文件，还有全俄无产阶级作家协会第一次大会决议《观念形态战线和文学》。卷首有日本马克思主义文论家藏原惟人的序言，卷末附上了冯雪峰所译日本另一文论家冈泽秀虎的论文《以理论为中心的俄国无产阶级文学发达史》（水沫书店，1929）。

此外，单篇论文有：苏联布哈林的《苏维埃联邦从 Maxim Gorky 期待着什么》、托洛斯基的《勃洛克论》、普列汉诺夫的《车尔尼雪夫斯基的文学观》、卢那察尔斯基的《被解放了的堂吉诃德》、用剧本的形式探讨人道主义问题的罗加切夫斯基的《托尔斯泰》，以及德国毗哈的《海纳与革命》、贝林的《梅令格的（关于文学史）》、匈牙利阿德·盖伯的《无产阶级革命文学论》、日本片上伸的《阶级艺术的问题》《"否定"的文学》《现代新兴文学（原文为"无产阶级文学"）的诸问题》、青野季吉的《艺术的革命与革命的艺术》《关于知识阶级》；升曙梦的《最近的戈理基》、上田进的《苏联文学理论及文学批评的现状》、岩崎·昶的《现代电影与有产阶级》（原题"作为宣传和煽动手段的电影"）等。

不仅如此，鲁迅还带动了一些青年学者参与马克思主义文论的翻译，如：

托洛斯基单本论著《文学与革命》，李霁野、韦素园译，由鲁迅编入"未名丛刊"出版。

单本论文集《苏俄的文艺论战》，任国桢译，内收苏联文艺理论界不同派别激烈的论争文字，由鲁迅作序，编入"未名丛刊"出版。

卢那察尔斯基长篇理论剧《浮士德与城》，探讨革命者如何对待文化遗产，柔石译，由鲁迅写后记，编入"现代文艺丛书"出版。

　　鲁迅把诸多革命文艺理论译介到中国来，起因固然和他试图准确、深入、细致地理解革命文艺有关，但如果不是创造社和太阳社的论争和逼迫，恐怕鲁迅也不会以这样大规模地、有组织地参与翻译马克思主义文论的事业中来，那样，马克思主义文论在中国的落地和发展，可能就会是另外一个样子了。

　　中国发生在现代文学中的众多文学论争，并不完全是出于观念差异，也不完全是理论家本人的问题，而更多的是文学社团催生和传媒运作的结果。有了社团这样一系列的文学组织，文论书写再也不可能只是"纯粹"的个人言语，不只是文学和作者本身的事情，而是社团组织化和社团之间论争的结果和产物。

四、文学社团：集体认同和整体管控

　　讨论文学社团与文论生产时，需要特别关注两个相关的问题，那就是学术共同体的集体认同、从众心理以及政府管控对文学社团的影响。

　　先看学术共同体的集体认同对文学社团的影响。

　　在现代文学社团中，除了极少数有着比较健全的组织机构、比较具体的规章制度，绝大多数社团的组织是以自发的同仁聚合而结社，在组织上是比较松散的，也缺乏成文的章程、规范，这在某种程度上或许是文学社团的幸运，这样可以更有利于保护文学的自觉和创作个体的自由。比如，新月社在办《新月》时就强调：我们办月刊的几个人的思想是并不完全一致的。① 新潮社在《新潮》的发刊词甚至把刊物中出现"分歧"和"自相矛盾"作为一种荣幸："本志主张，以为群众不宜消灭个性；故同人意旨尽不必一致，但挟同一希望，遵差近之经途，小节出入，所不能免者。若读者以'自相矛盾'见责，则同人不特不讳言之，且将引为荣幸。又本志以批评为精神，不取乎'庸德之行，庸言之

---

① 《新月》月刊第 2 卷第 6、7 期合刊《敬告读者》。

谨'。若读者以'不能持平'腾诮，则同人更所乐闻。"①

文学社团需要鲜明的个性，各个不同的文学社团在不同的边缘发出富有个性的声音，才可能构成文学史和文论史上生动活泼、丰富多彩的景象。

不过，在社团的发展过程中，一旦文学社团制定了某种规范，一旦进入制度化的轨道，文学社团就会通过"集体的文化形式"覆盖或遮蔽单个成员的文学理念和个性。比如文学社团经常会存在的从众（conformity）现象，这是中国文学史上一种屡见不鲜的文化现象，现代文学社团也不例外。

社会心理学所说的从众现象是指人们自觉不自觉地以某种集团规范或多数人的意见为准则，做出社会判断，改变思想态度，在思想上和行为上追随众人。从众现象的特点是人们对集团压力的服从性和服从的盲目性。集团文学所造成的从众现象，可以分两个方面来看，即集团内部的从众现象和集团外部的从众现象。前者促进了集团规范的强化和集团的凝聚力，后者则常常促成一个时代的社会风气。②

文学社团内部的从众心理带来的负面效果不容小觑。比如，创造社在创建之初曾经骄傲地宣布："最厌恶团体之组织，但是我们这个小社，并没有固定的组织，我们没有章程，没有机关，也没有划一的主义。"③但是随着社团的发展，创造社对会员的要求也逐渐严格起来，在卷入大大小小的文学论争时，创造社要求成员无论原来观点如何，都要枪口一致对外，这也导致了创造社的主要创始人之一郁达夫后来公开宣告脱离创造社。鲁迅先生曾经说："文学团体不是豆荚，包含在里面的，始终都是豆。大约集成时本已各个不同，后来更有种种的变化。"④他的意思是说：学术共同体的建立原本是要建立在相近的知识体系之上的，但如果要求过于统一，集体认同淹没了个性，就会对社

---

①　《新潮发刊旨趣书》，《新潮》第 1 卷第 1 期（1919 年 1 月 1 日）。

②　郭英德：《中国古代文人集团与文学风貌》，229—230 页，北京，北京师范大学出版社，1998。

③　鲁迅：《编辑余谈》，《创造》季刊第 1 卷第 2 期（1922 年 8 月）。

④　鲁迅：《中国新文学大系·小说二集》（影印本），导言，上海，上海文艺出版社，2003。

团的文学生产带来程度不一的集体约束，如郭沫若体验到的那样："一种团体无论是怎样自由的集合，多少总是有点立场的。一个人无论是怎样超脱的性格，入了一个团体也自会带着那个团体的意识。"①这一点，即使洒脱如新月社的翩翩绅士，也是如此。②

更为重要的是，过于强烈的集团意识，可能会带来和增加文学社团之间的内讧、内耗，不利于文学理论的健康发展。以 1928 年的"革命文学论争"为例，据不完全统计，从 1928 年初到 1929 年底，发表的论战文章约 270 篇，而直接与鲁迅既"论"且"战"者超过百篇之多。③"好像不先把鲁迅打倒，革命文学就提倡不起来似的！"④对于文学社团的集团意识所引发的文学论争的负面影响，鲁迅先生曾经说：

> 批评家的发生，在中国已经好久了。每一个文学团体中，大抵总有一套文学的人物。至少，是一个诗人，一个小说家，还有一个尽职于宣传本团体的光荣和功绩的批评家。这些团体，都说是志在改革，向旧的堡垒取攻势的，然而还在中途，就在旧的堡垒之下纷纷自己扭打起来，扭得大家乏力了，这才放开了手，因为不过是"扭"而已矣，所以大创是没有的，仅仅喘着气。一面喘着气一面各自以为胜利，唱着凯歌。旧堡垒上简直无须守兵，只

---

①　鲁迅：《创造十年》，149 页，北京，人民文学出版社，1979。

②　新月派在文学理论方面，几乎完全是由梁实秋主导。他是美国人文主义者白璧德（Irving Babbitt）的学生，白璧德倡导古典主义，讲求理性、秩序，批判浪漫主义情感的泛滥。梁实秋通过《文学的纪律》《浪漫的与古典的》等著述，将白璧德的学说挪来作为新月派的理论旗帜，公开反对浪漫，反对唯美。问题是新月派作家中倾向于浪漫和唯美的大有人在，徐志摩便是浪漫派和唯美派的大诗人。但当徐志摩进入到新月派的"集体的文化形式"之中以后，居然能毅然放弃浪漫的立场和唯美的情调，否定自己先前所恭行的文学套路，几乎完全向梁实秋的古典主义理论缴械了。他代新月派所写的《新月的态度》，声言"不敢附和唯美与颓废"，"不敢赞许伤感与狂热"（《新月的态度》，《新月月刊》第 1 卷第 1 期），这表明他在进入到新月派的理论话语当中以后，就似乎只有鬼使神差般地跟着走。但他并非真地放弃了自己原来的想法，他在创作上依然如故，仍然是那么浪漫、唯美。这样的背离现象无碍于他的真诚，这是他在"集体的文化形式"内外的一种必然性的运作。详见朱寿桐：《中国现代社团文学史》，199—219 页，北京，人民文学出版社，2004。

③　但卫公：《鲁迅与创造社关于"革命文学"论争始末》，《鲁迅研究月刊》2000 年第 2 期。

④　李何林：《近二十年中国文艺思潮论》，121 页，上海，生活书店，1938。

要袖手俯首，看这些新的敌人自己所唱的喜剧就够。①

文坛上的"扭打"（论争）以及文学社团的集体从众心理所引发的宗派主义与关门主义，虽然没有对文学生态造成致命的伤害，但毕竟影响了文学创作和文艺理论的进程和面貌，也内在地影响了文学生态，尤其是社团中的从众心理对文学理论带来了难以估量的影响。有学者曾经分析过文研会等社团的活动和五四文学传统之间的关系，揭示了身处文学社团之中的文学生产者身不由己地"心口不一"的深层原因。他发现：自30年代中期开始，中国文学发生了一个非常大的变化，五四那种崇尚个性的风气日趋减弱，而由当时的社会现实（例如抗日战争）和党派政治观念（例如文艺为抗战或文艺为工农兵服务）铸造成形的一系列新的文学风尚，逐渐取而代之，将文学引上了一条与五四方向明显不同的历史道路。而造成这一结果的，正是文研会等五四社团。比如文研会建构了一系列无形的文学规范，如轻视文学自身特点和价值的观念，文学应该有主流、有中心的观念，文学进程是可以设计和制造的观念，集体的文学目标高于个人的文学梦想的观念，这构成了五四文学传统非常重要的组成部分，造成了30年代中期以后文学大转变的内在原因：

> 五四以后各种社团纷纷成立，本来极有可能形成许多文学流派齐头并进的繁荣局面，可是，文学研究会这样自居为中心的团体的出现，以及由此引起的争夺中心的斗争，却在文学界造成了一种强烈的印象，似乎文学应该有一个中心，应该有一种文学理论来充当主流。创造社所以要打出他们自己并不十分信仰的为艺术而艺术的旗帜，就是为了向文学研究会争夺理论的主导权……不仅如此，文学研究会的许多成员，本来都各有自己的文学见解，就是那批文学研究会的中坚作家，像郑振铎、朱自清、王统照、叶圣陶，甚至沈雁冰，其实都并不真信奉那套写实主义的理论，

---

① 鲁迅：《我们要批评家》，《鲁迅全集》第4卷，245—246页，北京，人民文学出版社，2005。

在例如《〈文学研究会丛书〉缘起》和八人诗歌合集《雪朝》的序言当中，就有好几位明白表示了各不相同的文学见解。可是，出于那种"中国现在需要写实主义"、"我们文学研究会应该倡导写实主义"的信念，他们当中又有许多人都有意无意地朝着写实的路上走……自己心里明明有一套，下笔的时候却偏要照着另一套，这似乎成了文学研究会许多作家的普遍做法。也许应该赞扬他们的自我牺牲精神，但从另一面来看，这种做法的害处也实在不小。二十年代以后，那么多作家都程度不同地放弃个人的文学立场，去实践某一种据说是应该成为主流的文学观念：什么"革命文学"、"普罗文学"，什么"国防文学"、"抗战文学"，一直到五十年代的"社会主义现实主义文学"，七十年代末的"伤痕文学"，八十年代中期的"寻根文学"，旗号虽然不同，目的更不一样，但那种轻视个人立场，皈依流行观念的心态，却是大体相通的。这就总要使我回想起文学研究会，回想起那一代自觉选择"心口不一"的写作方式的作家。①

这位学者对文学社团从众心理所带来的弊病的分析，对社团成员自觉选择"心口不一"的文学创作方式的揭示，令人深思。

再看执政者的整体管控对文学社团及其文学理论建设的影响。

随着南京政府社团法律的出台，现代文学社团也受到了越来越多的控制。② 随着国民党的书报检查制度的逐步建立（见本卷第五章），国民党对异见思想、文化的制约越来越严，社团自由的环境遭到了破坏，创造社、太阳社、左联等社团受到了严重的限制，甚至付出了生命的代价（如左联五烈士），政治的高压极不利于文学社团的发展和文

---

① 王晓明：《一份杂志和一个"社团"——重识"五四"文学传统》，《上海文学》1993 年第 4 期。

② 对于文化学术社团，国民党政府明确规定："文化团体不得于三民主义及法律规定之范围以外为政治运动。"在监管上，尽管国民党政府不直接派人进行指导，但其监督并没有缺位，这些团体"在举行会员大会或代表大会时，须呈请当地高级党部核准，并呈报主管官署备案；须呈请当地高级党部派员指导，主管官署派员监督"，"须于每半年将会务呈报当地高级党部及主管官署一次"。参见《文化团体组织大纲》，载中国第二历史档案馆《中华民国史档案资料汇编·第五辑·第一编》，文化（二），726—728 页，南京，江苏古籍出版社，1991。

论的生产。

同时，由于20世纪三四十年代的民族战争空前激烈，进步文坛由原来社团林立的局面开始走向左翼文学的一统，左联、文协明确提出革命"领导机关""统一战线"等具有鲜明政治性的"组织纪律"要求，也导致文学社团不能再出现五四时期那样各自为战了，而是要统一思想集体作战。30年代后思想文化领域中高度政治化情形的出现，使得20年代思想文化比较自由的局面发生了重大变化，左翼思想的一统局面有利于团结广大革命作家、进步作家和左翼学者，但对文学社团的产生、壮大、丰富和发展，却难以起到鼓励和推动作用。在解放区出现的各种"协会"等文学社团的建立都明显纳入了一体化的体制之下。各种风格的文学社团多元共生的制衡状态①失去了，文学社团的文论生产也自然受到了直接的影响。有学者这样评论：

> 虽然这种政治话语权力来自于左翼文坛，它的积极性和进步性不言而喻，但它一开始就在一定程度上显露出政治话语霸权的专断，不仅对所谓"宠犬派"的文人予以猛烈批判，对于可怜巴巴地说要做"第三种人"和"自由人"的人也勒令喝止……整个文坛由原来社团林立的局面开始走向左翼文学的大一统。这种在左翼文坛上的大一统局面有利于团结广大革命文学家和进步作家，对国民党的统治进行有力和有效的斗争，但在文学社团的产生、壮大和发展，则不会起实际的鼓励作用……文学社团的产生和发展不仅需要自由的空气，还要有相当的情致。但是这种情致在外敌入侵或者内战中自然而然就没有了存在的空间。
>
> 这种情况下，文人结成团体的气候没有了，中国现代文化的历史格局就是这样一步一步地促使文学社团走向退隐状态。②

这一论述对我们思考中国现代文学理论的演变轨迹有直接的启发意义。中国现代文学理论的建构，发端于王国维、梁启超、黄遵宪等知识分

---

① 朱寿桐：《中国现代社团文学史》，94页，北京，人民文学出版社，2004。

② 朱寿桐：《中国现代社团文学史》，19页，北京，人民文学出版社，2004。

子的个人创造，迅猛发展于以文学社团为中心的文学争鸣，然而却统
一与静默于政治力量对文学社团的管控之中。这一结果也体现了现代
知识制度在建立过程中的曲折演变和复杂功能。

第五章　知识立法和权力控制：
政党文艺政策与现代文论

> 高等教育越卷入社会的事务中就越有必要用政治观点来看待它。就像战争的意义太重大，不能完全交给将军们决定一样，高等教育也相当重要，不能完全交给教授们决定。

——布鲁贝克①

在相同的知识制度中，由于知识本身的丰富性以及知识的使用者、消费者的立场、地位及其价值观的差异，人们对同一知识的判断是不尽相同的。在大学课堂上，在各种出版物中，在学术共同体内部，也并不是所有知识都占据着平等的地位，总有某些知识是占据着确定的、合法的、权威的、中心的位置，而另外一些知识被界定为可疑的、非法的、从属的、边缘的。知识的判定和命名总伴随着权力的介入和建构，知识的生产者和使用者也只有参照权力场才能得到清楚的解释。正如布迪厄在《艺术的法则》中指出的那样："文学（等）的中心焦点是文学合法性的垄断"，"尤其是权威话语权利的垄断，包括说谁被允许自称'作家'等，甚或说谁是作家和谁有权利说谁是作家"，也就是"生产者或产品的许可权的垄断。""艺术家和作家的许多行为和表现（比如他们对'老百姓'和'资产者'的矛盾态度）只有参照权力场才能得到解释，在权力场内部文学场（等等）自身占据了被统治地位。"②华勒斯坦等人在《学科·知识·权力》中也认为：学科知识生产不仅是知识论层面上

---

① ［美］约翰·S. 布鲁贝克：《高等教育哲学》，王承绪等译，32页，杭州，浙江教育出版社，2001。

② ［法］皮埃尔·布迪厄：《艺术的法则：文学场的生成和结构》，刘晖译，271页，272页，263页，北京，中央编译出版社，2001。

的事情，它更是一种社会控制和调节的一部分，它的背后"隐藏着知识霸权的制度"。①

布迪厄和华勒斯坦在这里讨论的正是知识与权力控制的密切关系。在知识制度中，知识合法性的界定、知识生产与权力之间有着密不可分的联系，知识选择上的标准不完全是知识本身的内在逻辑，也要取决于外在逻辑和权力机构的意志，受到"产品许可权"的权力机构的垄断限制，也就是说，要取决于外在知识制度。归根到底，在知识制度中，学术自治不是没有限度的。用诺思的话说就是：制度包括人类设计出来的、用以型塑人们相互交往的所有约束，禁止或允许人们在某种条件下从事某种活动。② 也就是说，（知识）制度本身就是一种约束和界定，它决定着知识的合法性。

政党，就是这样一种重要的立法者。作为外在知识制度的建构主体和重要组织，政党支配了现代社会的政治生活。就现代社会而言，"国家犹如一部政治机器，政党就是这部机器的发动机，民为邦本，国无民不立；党为民魂，民无党不活。"③20 世纪前半期，当政党登上历史舞台后，中国政治体制发生了一个最显著的变化：从帝治（传统王朝政治体制）开始向党治（现代党治体制）转型。④ 作为党治的代表，中国现代两大政党——中国国民党和中国共产党——分别在国统区和苏区（解放区）以各种组织形式，以自上而下的方式制定了各自的文艺政策，实现了对文论知识的管理与控制，影响、制约了现代文艺思潮、文学社团、文学论争的发生和演变，推动和参与了现代文论的生产，影响了中国现代文论的构型。

---

① ［美］华勒斯坦：《学科·知识·权力》，刘健芝等译，224 页，北京，生活·读书·新知三联书店，1999。

② ［美］道格拉斯·C. 诺思：《制度、制度变迁与经济绩效》，杭行译，4 页，上海，格致出版社、上海人民出版社，2008。

③ 周淑真：《政党和政党制度比较》，2 页，北京，人民出版社，2001。

④ 王奇生：《党员、党权与党争——1924—1949 年中国国民党的组织形态》（修订增补本），自序第 1 页，北京，华文出版社，2010。

一、外在知识制度与中国现代政党文艺政策

从历史上看，中国任何一个历史时期的学术研究，都与外在的政治制度、权力运行有着千丝万缕的关系，春秋战国之前的"学在官府"、秦朝以来的"独尊儒术"、隋唐以来的"科举取士"，等等，都是如此。脱离每个特定时期的外在知识制度而只谈单纯的学术研究，固然能够勾勒出学术发展的若干脉络，但如果旨在总结学术发展规律的研究，则难免不够深入。

外在知识制度的建构主体是知识的"消费者"和"顾客"。布迪厄所说的"主管艺术的政治和行政机构"，[①] 就是最有权力的"知识消费者"，它们决定着文学和文学理论的合法性，垄断着权威话语的确立。与大学、学术共同体内部的学术人员不同，政治和行政机构等外在知识制度的主体把学者、大学、传媒和社团看成"知识的供应商"和"社会的服务站"，倾向从知识的外在价值出发来规范学者的知识活动，从自己的主观需要出发来建构知识活动的规则，它的理论依据是一种政治论哲学，即把知识活动看成社会政治、经济活动的组成部分，从工具主义的角度理解知识活动的使命。[②] 按照这种理论，文学的问题不可能只在文学的框架中解决，文学话语的产生全过程都经过和受到了政治制度的筛选、组织和控制。朱光潜先生在回忆自己年轻时的学术道路时说，他自认为是"心向进步青年"，但"却不热心于党派斗争，以为不问政治，就高人一等"。[③] 不过，政治却从来没有远离过试图潜心学术的朱光潜。从介入"京派""海派"之争，到卷入沈从文引发的"反差不多运动"，到抗日战争击碎了朱光潜的文学梦，到身在重庆的朱光潜为周作人的附逆辩护引起争议，再到任职于武汉大学期间担任武汉大学教务

---

① ［法］皮埃尔·布迪厄：《艺术的法则：文学场的生成和结构》，刘晖译，276—277页，北京，中央编译出版社，2001。

② 朴雪涛：《知识制度视野中的大学发展》，45页，北京，人民出版社，2007。

③ 朱光潜：《作者自传》，《朱光潜全集》第1卷，2页，合肥，安徽教育出版社，1987。

长，身不由己地加入国民党，再到怒不可遏地痛斥国民党的伪民主，再到新中国成立之前被郭沫若斥为"蓝色文人"，被列入不受欢迎的理论家，政党政治哪有一天离开过他呢？政治又有哪一天不曾影响过他的学术研究呢？

作为外在知识制度的建构主体，政党在中国现代学术的建构过程中发挥了重要的作用。自 20 年代末期之后，虽然中国政坛出现了数以百计的政党组织，始终有国共两党之外的第三种力量在政坛上活动，[①]但就整体而言，中国现代政治基本上是在两种不同区域，按两种不同模式和意向来进行现实操作的，这就是"国统区"的政治模式和"苏区"或"解放区"的政治模式，分别由中国国民党和中国共产党这两大政党来领导操控，并建构出两种主导意识形态。两大执政党分别制定了自己的文艺政策，通过控制文学语言、学术书刊、社团活动、大学职能、人才选拔、知识发展方向等建构起一套政治色彩强烈的知识制度，在很多方面影响和制约了中国现代文论的构型或促进，或刺激，或抑制，或破坏的复杂作用。

国共两党的文艺政策虽然有很大不同，但在具体实施过程中，其策略和途径有很多相似之处，比如都非常重视文艺的宣传功能，都借助党员代表大会发布宣言，其政策都通过中央宣传部等意识形态管理部门来倡导和落实等。究其原因，主要是"国民党和共产党是一根藤上结的两个瓜"，具有"同源性"和"同构性"：国共两党党员大致来自同一个社会阶层和社会群体，其主体均是五四知识分子；两党均"以俄为师"，其组织形态和政治文化具有许多相通和相似之处，都借鉴了俄共布尔什维克的组织模式，把"以党建国""以党治国"的"党治"理论作为定制等。[②]

现代政党的文艺政策对中国文艺或中国学术的影响，时人很快就察觉到了。1933 年，同时攻击左翼作家和右翼文艺的《新垒》杂志曾经

---

① 关于中国现代历史中的第三种力量，详见闻黎明《第三种力量与抗战时期的中国政治》，上海，上海书店出版社，2004。

② 王奇生：《党员、党权与党争——1924—1949 年中国国民党的组织形态》（修订增补本），序一，29 页，51 页，华文出版社，2010。

这样描述过现代政党介入中国文艺发展的情形：

> 以某党某派的政治意识和政治策略，来支配着文艺的批评和创作，换句话说，就是实行以文艺为党派政争的工具：这是这五六年来的中国文艺界中的一个显著的现象，也是一个最惹人争论的问题……
>
> 国民党人为要对抗共产党的文艺运动，于是，又提倡其民族主义的文艺，或三民主义的文艺，介于国共两党中间的第三党人，也曾提倡过其党派文艺，即所谓平民文艺。①

文章所概括的中国共产党、中国国民党和第三党人的"党派文艺"运动，就是本章要讨论的政党文艺政策的具体体现。

所谓政党文艺政策，就是通过行政命令等权威方式运行的具有指令功能的文艺制度。经过了党派及其政府的倡导和确认，文艺政策会产生强大的规制力和约束力，成为官方意识形态与文化领导权的一部分，这在中国是有着悠久历史的。② 文艺政策把文学艺术生产设定在超越文艺自身的实际境况之中，这样，文艺问题已不仅仅是文艺问题或学术问题，更是政治问题；不仅仅是文学话语，更是权力话语，事关政治合法性的确立和文化领导权的争夺。在文艺政策的执行过程中，文论话语不再是文艺工作者个人的随性话语，而是具有强制力、执行力的纲领，没有太大的阐释和驰骋空间，没有多大的选择余地，往往是非此即彼，非黑即白，要么遵守，要么违抗。

---

① 持大：《文艺与党派》，《新垒》第 1 卷第 5 期（1933 年 5 月 15 日）。

② 梁实秋认为："文艺而有政策，从前大概是没有的，有之盖始于苏联。"这种观点显然不符合事实，多半是梁实秋出于对左翼学者（如鲁迅）对俄苏文论的大力译介的不满。不过，梁实秋对"文艺政策"和"文学主张"（各种主义）的区别倒是比较准确，他认为：各种主义也不过是几个私人（且时常是无意的）的倡导，是一种风气的提倡，既无明确的条文，更没有具体的执行机构与办法。而所谓"文艺政策"则不然。文艺政策必然是配合着一种政治主张、经济主张而建立的，必然要有明确条文，必然要有缜密的步骤，以求其实现……现在我所了解的文艺政策，乃是站在文艺范围以外而谋如何利用管理文艺的一种企图。文学上的各种主义可以同时出现于同一个时代，可以杂然并陈于同一个国家，任人采纳，而文艺政策则在某一国家某一时代仅能有一种存在，而且多少总应该带有一些强迫性。参见梁实秋：《关于"文艺政策"》，《文化先锋》第 1 卷第 8 期（1942 年 10 月 20 日）。

有学者曾经针对"革命话语"和民国时期政党制度下的文化政治有过这样的论述：

> 国共两党精英的革命话语内涵虽有出入，其内在逻辑理路却有着惊人的一致："革命"与"反革命"，非白即黑，非圣即魔，二者之间不允许存留任何灰色地带和妥协空间。"中立派"、"中间派"、"骑墙派"、"第三种人"或难于自存，或备受谴责和排斥，甚至认为"不革命"比"反革命"更可恶，更危险，因为"不革命则真意未可知，尚有反复余地，至反革命斯无复能反复矣"。当时北方的《大公报》对此发表社评曰："国人喜言革命，而不革命者实居多数……乃今之言曰：'不革命即是反革命'，令人已无回翔余地。"①

这段话虽然主要说的是民国时期的文化政治，但对当时的文艺政策及其实施结果也有适用之处。比如，在 20 世纪 30 年代中期的文艺论争中，苏汶、胡秋原所代表的"第三种人"自 30 年代初开始遭到了来自左翼学者的持续批评，尽管毛泽东后来在公开讲话(1938 年)中主张不要排斥"第三种人"，维护统一战线，② 但在很长一段时间内，在现代文论史和现代文学史的教科书中，"第三种人"仍然难以摆脱"反动文人"的标签，这显然是政党文艺政策和革命话语的威力、特性、延续性或惯性使然。

接下来，我们分别以定都南京后的中国国民党和建立中央苏区后的中国共产党的文艺政策为例，来讨论知识立法制度和权力控制因素对文学理论生产的构型作用。

---

① 王奇生：《革命与反革命》，113 页，北京，社会科学文献出版社，2010。
② 毛泽东：《在鲁迅艺术学院的讲话》，《毛泽东文艺论集》，16 页，北京，中央文献出版社，2002。

二、中国国民党的文艺政策与文论生产

1905 年，孙中山在日本东京创立中国同盟会。中国同盟会有政纲，有组织，有入会条件和手续，初步具有了现代意义上的政党特征。由中国同盟会发展而来的国民党政权是中国历史上出现的第一个党治政权，1928 年国民党定都南京后，中华民国开始进入"以党治国"的训政时期，① 南京政府开始推行一系列意在加强中央集权的举措，在思想文化领域推行"一个主义"（三民主义）、"一个政党"（中国国民党）的意识形态政策。

1928 年后，蓬勃兴起的左翼文学运动让国民党感受到了巨大压力，国民党的一些青年党员也对国民党宣传工作的不利产生了不满，② 国民党担心左翼文学所宣传的阶级论会激化国内阶级矛盾，在根本上动摇其统治的理论根基，于是被迫制定了国民党的文艺政策。国民党的文学团体"前锋社"的领导朱应鹏在答记者问时就曾经这样说过：中国文艺社提倡三民主义文艺，"是由党的文艺政策所决定的，而所谓党的文艺政策，又是由于共产党有文艺政策而来的；假如共产党没有文

---

① "训政"是孙中山制定的"军政—训政—宪政"三阶段的建国方略的第二个阶段，是由专制向民主过渡的中间步骤。参见荣孟源：《中国国民党历次代表大会及中央全会资料》，19 页，北京，光明日报出版社，1981。

② 国共合作后，中共在意识形态宣传方面不仅保持自己的独立性，而且形成了自己独特的优势，比如，"打倒帝国主义""打倒军阀"这两个响亮的口号是由中共最早提出的，且为国民党人采用。"国民革命"这个名词也是到了 1922 年陈独秀重新赋予它新的内涵后才广为人知的。到 1926 年 7 月北伐前夕，中共中央机关报《向导》销量已经达 5 万份之多。而国民党在意识形态宣传方面相形见绌，1924 年国民党改组虽拥有《广州民国日报》和上海《民国日报》等大型党报，但两报均侧重新闻报道，不似《向导》《新青年》和《中国青年》那样专门致力于意识形态理论宣传。当时一些国民党青年党员埋怨国民党除了三民主义教条和偶发的中枢言论机关，亦缺少面向青年的政治理论读物。一位国民党青年党员致信《现代青年》说："我们这几年所看见的刊物是些什么？我们谁都不能否认是《向导》周报、《中国青年》、《人民周刊》、《少年先锋》……然而这些刊物只是为共产主义宣传而宣传。"连西山会议派亦慨叹"本党宣传工夫不如共产派，很可鄙的。"详见王奇生：《党员、党权与党争——1924—1949 年中国国民党的组织形态》（修订增补本），72—73 页，北京，华文出版社，2010。

艺政策，国民党也许没有文艺政策。"①

自 20 年代末开始，中国国民党开始有意识、有目的地全面介入文艺领域，制定了国民党的"文艺政策"，以扼制左翼文学力量的蓬勃发展，以争夺中国革命进程中的文化领导权。

国民党的文艺政策主要由国民党中央宣传部来制定和操作，其工作主要包括两个方面：一是所谓"积极的建设"，二是所谓"消极的控制"。② 前者即文艺建设，主要措施有：制定文艺政策，以少数国民党作家为核心，努力培植自己的文学力量，先后提出了"三民主义文艺"和"民族主义文学运动"等口号，拉拢中间派作家，与左翼文学作家进行正面交战，在学校推行"党化教育"，试图实现其与一党专政相适应的文化专制主义。后者即加强对文化艺术领域的控制，国民党设立了中央、教育部、内政部等不同层级的"电影检查委员会"和"图书杂志审查委员会"等机构，通过书报检查、查封书店以及对左翼作家的捕杀，来打击、封杀异己的文学力量。这两方面对现代文论生产都产生了明显的作用，直接影响了现代文论的传播与再生产。

1. 国民党的文艺建设

国民党的文艺建设主要是发起了两次文学（文艺）运动：三民主义文学运动和民族主义文艺运动。

1929 年 6 月，国民党中央宣传部召开第一次"全国宣传会议"，蒋介石亲临大会训话，大会由宣传部部长叶楚伧主持，这次会议做出多项决议案，其中两项决议的出台意味着三民主义文学运动的开始，同时也基本奠定了国民党文艺政策的基础，这两个决议分别是《确立适应本党主义之文艺政策案》和《规定艺术宣传方法案》。前者的具体内容有：一是"创造三民主义之文学"（如发扬民族精神、阐发民治思想、促进民生建设之文艺作品）；二是"取缔违反三民主义之一切文艺作品"（如斲丧民族生命、反映封建思想、鼓吹阶级斗争等文艺作品）。后者的主要内容有：其一，各省市县党部宣传部应遴选有艺术素养之同志若干人组织艺术宣传设计委员会；其二，省市党部宣传部在可能范围

---

① 见《朱应鹏氏的民族主义文学谈》，《文艺新闻》1931 年 3 月 23 日第 2 号。

② "积极的建设""消极的控制"是陈立夫在 1934 年国民党文艺宣传会议上的发言。

内应根据本党之文艺政策举办文艺刊物、画报、音乐会、绘画及摄影展览会、戏剧、电影、幻灯、化装、讲演及仿制民间流行之俗谣、鼓词、滩簧、通俗故事等；其三，中央对于三民主义之艺术作品应加以奖励；其四，中央应制定剧本电影审查条例、颁发省及特别党部宣传部遵行；其五，一切诲淫、萎靡、神仙、怪诞及反动作品，应由当地高级党部宣传部予以严厉取缔。[1]

这两个议案所制定的文艺政策，后来大多得到了落实，比如，在制定三民主义文艺政策一年后的 1930 年，叶楚伧等人在南京成立了中国文艺社，国民党中宣部每月给中国文艺社 1200 元津贴，支持刊行《文艺月刊》。[2] 国民党还利用上海《民国日报》的《文艺周刊》与《觉悟》副刊等杂志，公开宣布打倒"革命文学"和"无产阶级文学"，"建设三民主义的新文学"。同时，国民党还制定了严格的书报审查制度，对"违反三民主义"的左翼文艺进行围剿；后来还进行了关于三民主义的有奖征文比赛，[3] 希望"重奖之下，必有勇夫"，等等。

不过，从整体上看，国民党的三民主义文艺是失败的：国民党既没有建立三民主义文艺的理论体系和创作纲领，也没有筹设三民主义文艺创作的机构，连国民党文艺运动的主要倡导者和执行者——中国文艺社等社团——也曾经一度"各方面之进展其消沉"，[4] "悠闲地存在着"，"不能给国内文艺界有何影响，连在南京的文化人亦有尚不知其为什么团体的"。[5] 中国文艺社既没有留下具有代表性的成果，也没有

---

[1]　这两个政策的具体内容，参见 1929 年 6 月 6—7 日的南京《京报》。还可以参见国民党中执委宣传部编印的《全国宣传会议录》，31 页，1929 年 6 月。

[2]　辛予：《一九三一年南京文坛总结算（上）》，《矛盾月刊》1932 年 5 月 25 日第 2 期。

[3]　1943 年，国民党中执委会议通过并颁布了《三民主义文艺奖金办法》，奖励"阐明三民主义底理论及文艺之优良者"，奖金暂定为每年 50 万元，其中理论和文艺作品各占一半份额。其中理论设一等奖一名，奖金 5 万元，二等奖两名，奖金各 3 万元，三等奖 12 名，各奖励 1 万元。另外，国民党中央组织部于 1943 年 7 月进行了"全国高中以上学校三民主义文艺竞赛"，评出了《忏悔与咒诅》等 5 篇作品并分别给与奖金。参见《中央宣传部三民主义文艺奖金审议委员会通告》，《文艺先锋》3 卷 2 期（1943 年 8 月 20 日）；牟泽雄：《民族主义与国家文艺体制的形成》，60 页，昆明，云南人民出版社，2013。

[4]　《文艺新闻 每日笔记》，1931 年 8 月 24 日。

[5]　陈天：《忆中国文艺社》，《光化》1945 年第 5 期。

出版影响较大的宣传三民主义文艺的专门刊物，其成员在其同人刊物《文艺月刊》上很少发表作品，这也遭到了时人的严厉批评，① 《文艺月刊》杂志成了国内左翼、右翼、自由知识分子都参与其中的一个杂志。② 三民主义文学运动从发动之日起很快开始衰落，后来也一直不温不火，在文学史上没有留下深刻的印记。虽然直到 20 世纪 40 年代中期，仍然有国民党人不断在出版相关著作，③ 但国民党对这一运动的颓势无可奈何，不得不承认："实际上去努力三民主义的文艺，可以说是绝无仅有。"④

三民主义文学运动的失败并非是由制度的保障不力所导致的，相反，包括对宣传与三民主义不兼容主义的文艺作品的审查和压制在内，国民党的宣传部门对三民主义运动的支持比以往要大得多。它的失败，归根结底是"三民主义文学"不是文学界、学术界、理论界本身理论探索的产物，基本上是外在知识制度（政党）的强迫供给和"硬性消费"，学者自治和学术自由几乎没有实现的条件和可能，它的失败是外在知识制度和内在知识制度发生强烈冲突后的自然后果。

从三民主义文学的发展过程来看，在国民党的文艺政策中，"三民主义文学"这一提法只是一个含糊的提法，中央宣传部始终没有建立起一个清晰而坚实的理论体系，也拿不出具有说服力的文学主张。如

---

① 有人这样批评《文艺月刊》的"失职"："试翻遍十多期的《文艺月刊》，几乎找不出几篇是他们社员的作品，这现象，若非编辑者之过分崇拜偶像，则一定是刊物本身之侧重于商业化。然而，以一本同人杂志而如果染上了这两种倾向之一，也已经是很可怕的病态了。"见辛予：《一九三一年南京文坛总结算（上）》，《矛盾月刊》第 2 期（1932 年 5 月 25 日）。

② 《文艺月刊》自 1930 年 8 月 15 日创刊，至 1941 年 11 月终刊，生存了 12 年，出版了 11 卷 51 期，其内容非常复杂，作者队伍约有五六百人。由于这个刊物稿费优厚，刊物上名家的作品相当多。沈从文、老舍、巴金、戴望舒、臧克家、周而复、刘白羽、卞之琳、陈梦家、靳以、何其芳、李金发、鲁彦、洪深、施蛰存、李长之、马彦祥、袁牧之、林徽因、袁昌英、凌淑华、季羡林、傅雷、何其芳、梁实秋等人都给这个刊物写过稿子。详见张大明：《主潮的那一面——三民主义文艺与民族主义文艺》，64—101 页，北京，中国社会科学出版社，2010。

③ 如王集丛编的《三民主义文学论文选》（江西泰和，时代思潮社 1，942）、赵友培的《三民主义文艺创作论》（重庆，正中书局，1944）。

④ 金平欧：《文艺与三民主义》，载吴原编《民族文艺论文集》，226 页，杭州，正中书局，1934。

1930 年 1 月 1 日，叶楚伧在《民国日报》元旦特刊上发表《三民主义的文艺底创造》，对于如何建设三民主义，只给出了一个非常含混的答案："要以三民主义之思想为思想，思想统一以后，三民主义的文艺自然会产生了。"①叶楚伧对三民主义文艺的定义有些像绕口令，几乎是无意义的循环论证："我们所以要提倡三民主义文艺的原因，就是：（一）为三民主义而提倡。（二）为文艺需要三民主义而提倡。""三民主义就是三民主义文艺。三民主义文艺，就是三民主义。"②陶愚川甚至直言不讳地承认："文艺本来是不分派别的，加上'三民主义'四个字，不过是一种标榜罢了。"③这种理论贫困局面的出现，主要是由于三民主义文学本身不是文学发展的自然结果，相应的文艺政策也缺乏文学界、学术界的积极参与，完全成为国民党少数党员的"强买强卖"和自弹自唱的表演，缺乏足够的自洽和活力。

从三民主义本身来看，它本身的理论缺陷是其文艺政策无法有效推行、推行之后也响应寥寥的深层原因。根据目前学术界很多学者的看法，"三民主义"作为一种意识形态，是一种比较脆弱的意识形态，缺乏强大的符号生产力，接近于纲领、信条，是英美民主主义、中国传统道德文化和苏联革命专政思想的混合体，缺乏鲜明而严密的理论体系。受制于国民党复杂的政治生态环境，在孙中山去世后国民党很快就裂变为众多的派系和集团，都宣称拥有思想上的正统地位，三民主义主张也四分五裂：有胡汉民之"纯正的"三民主义，有戴季陶、蒋介石之"儒化的"和保守主义的三民主义，也有汪精卫之"卖国的"三民主义。三民主义是一种脆弱的意识形态结构，与现实日益脱节，犹如建立在沙滩上的虚幻的大厦，最终无法发挥整合社会的作用。④

三民主义文学政策缺乏学术界的主动参与，政策的倡导者和执行

---

① 叶楚伧：《三民主义的文艺底创造》，上海《民国日报》1930 年 1 月 1 日元旦特刊。

② 叶楚伧：《三民主义文艺观》，上海《民国日报》1930 年 12 月 2 日。

③ 陶愚川：《我们走那条路》，上海《民国日报·觉悟》1930 年 8 月 13 日。

④ 相关论述参见倪伟：《"民族"想象和国家统制》，22—35 页，上海，上海教育出版社，2003；张军民：《对接与冲突——三民主义在孙中山身后的流变》，287 页，天津，天津古籍出版社，2005；许纪霖、陈达凯：《中国现代化史》第一卷（1800—1949），361—366 页，上海，学林出版社，2006。

者的思路非常模糊，其理论本身又有着难以避免的局限性和脆弱性，这些都决定了三民主义文学运动的衰落命运。国民党人中，只有叶楚伧、张道藩等少数国民党文人参与了三民主义文学运动，这一文化政策对文论的影响是非常有限的。

在国民党发起的"文艺运动"中，真正对三四十年代的文论生产具有一定影响的是国民党倡导的"民族主义文艺"。1930 年 3 月，中国左翼作家联盟成立，左翼文艺迅猛发展，这引起了国民党文人的恐慌。同年，在提出"三民主义文艺"的口号一年后，潘公展、范争波、朱应鹏、黄震遐、王平凌、傅彦长①等人创办了《前锋周报》与《前锋月报》等刊物，发起了"民族主义文艺运动"。在《民族主义文艺运动宣言》一文里，他们首先批评了两种"极端"的文学思想：一种是"保持着残余的封建思想"的文学，另一种是"左翼的所谓无产阶级的文艺运动"。他们攻击无产阶级文艺使文坛"深深地陷入了畸形的病态的发展进程中"，"把艺术拘囚在阶级上"，"是陷民族于灭亡的陷阱"，左翼文学将"陷入必然的倾灭"。② 很明显，民族主义文艺运动的发起者主要攻击的是无产阶级文艺即左翼文学。左翼文学的蓬勃发展让国民党文人非常焦虑，他们急于要为文坛重新树立一个中心：

> 我们还可以看见许多形形式式的局面。每一个小组织，各拥有一个主观的见解。因之，今日中国的新文坛艺坛上满呈着零碎的残局。在这样的局面下，对文艺的中心意识遂致不能形成，所以自有新文艺运动以至今日，我们在新文艺上甚少成就。假如这种多型的文艺意识，各就其所意识到的去路而进展，则这种文艺上纷扰的残局永不会消失，其结果将致我们的新文艺运动永无发挥之日，而陷于必然的倾圯。当前的现象正是我们新文艺的危机。在前，我们认为现下中国文艺的危机是由于多型的对于文艺底见

---

① 潘公展是上海市政府委员、教育局局长，范争波是《前锋周报》主编之一、上海市党部常务委员，淞沪警备司令部侦缉队长兼军法处处长，朱应鹏是《前锋月刊》主编、上海市区党部委员、上海市政府委员，黄震遐是中央军校教导团军官，王平陵是国民党宣传部官员、南京《中央日报》副刊编辑。

② 《民族主义文艺运动宣言》，《前锋月刊》第 1 卷第 1 期（1930 年 10 月 10 日）。

解，而在整个新文艺发展底进程中缺乏中心的意识。①

那么，在国民党文人眼里，什么样的中心意识才是最重要的呢？答案是：民族主义。他们强调民族超越于阶级、地域的至高存在，民族的利益高于一切，"文艺的最高意义，就是民族主义。"因此，要铲除"多型的文艺意识"：

> 因此突破这个当前的危机底唯一方法，是在努力于新文艺演进进程中底中心意识底形成。是文艺底最高的使命，是发挥它所属的民族精神和意识。换一句说：文艺的最高意义，就是民族主义。现今我们中国文坛艺坛底当前的危机是对于文艺缺乏中心意识。那从历史的教训，我们须集中我们此后的努力于民族主义的文学与艺术底创造。我们此后的文艺活动，应以我们的唤起民族意识为中心；同时，为促进我们民族的繁荣，我们须促进民族的向上发展的意志，创造民族的新生命。我们现在所负的，正是建立我们的民族主义文学与艺术重要伟大的使命。②

这个宣言也成为三四十年代国民党的文艺政策和文学运动最主要的理论基础，此后"民族主义派"的论文都是这篇宣言的"注脚和引申"。③

在国民党政府的扶持和倡导下，中国文艺社、前锋社、黄钟社等一批接受国民党官方津贴的文学社团先后成立，④ 一些报刊发表了许多倡导民族主义文艺的作品和文章，如表5-1：

---

① 《民族主义文艺运动宣言》，《前锋月刊》第 1 卷第 1 期(1930 年 10 月 10 日)。

② 《前锋月刊》第 1 卷第 1 期(1930 年 10 月 10 日)。

③ 石萌(茅盾)：《"民族主义文艺"现形》，1931 年 9 月 13 日《前哨》(《文学导报》)，载北京大学等编《文学运动史料选》第三册，95 页，上海，上海教育出版社，1979。

④ 中国文艺社成立于 1930 年 7 月，由国民党中宣部直接领导，叶楚伧亲任社长。国民党中央每月给中国文艺社 1200 元，南京市党部每月给开展文艺社 120 元，给线路社 60元。参见《首都文坛新指掌》，《文艺新闻》1931 年 3 月 23 日第 2 号。

表 5-1　国民党扶持的部分倡导民族主义文艺的刊物①

刊物名称	创办机构、时间	编辑者	编辑者
《中央日报》副刊《大道》	国民党中宣部，1929年2月	王平陵	国民党中央宣传部官员、南京《中央日报》副刊编辑
《中央日报》副刊《青白》	国民党中宣部，1929年2月	王平陵	同上
《民国日报》副刊《觉悟》	上海市执委会		上海市党部宣传部官员
《民国日报》副刊《青白之园》	青白社，1928年12月9日	许性初	上海及散布于江浙各地的国民党宣传部干事、编辑等
《前锋周报》	前锋社，1930年6月22日	李锦轩	后台为范争波，是国民党上海市党部执行委员会委员、上海警备司令部的侦缉处处长、新生活运动总会第一股股长
《现代文学评论》	前锋社，1931年4月10日	李赞华	先后任江西《民国日报》《新闻日报》、通讯社总编等职
《前锋月刊》	前锋社，1930年1月10日	朱应鹏傅彦长	朱应鹏为上海市党部监察委员会委员，傅彦长为同济大学教授
《南风月刊》	国民党中宣部，1931年4月1日	蔡步白	上海市党部宣传部官员

① 张静庐辑注：《中国近现代出版史料》，上海，上海书店出版社，2003；倪伟：《"民族"想象和国家统制》，上海，上海教育出版社，2003；毕艳：《三十年代右翼文艺期刊研究》，湖南师范大学2007年博士论文。

续表

刊物名称	创办机构、时间	编辑者	编辑者
《文艺月刊》①	中国文艺社，1930 年 8 月 15 日	王平陵等	国民党中央宣传部官员
《文艺周刊》	中国文艺社，1930 年 9 月	王平陵、缪崇群	
《新民报·文艺俱乐部》	中国文艺社，1935 年 12 月 19 日		
《开展月刊》	开展文艺社，1930 年 8 月 8 日	曹剑萍、潘子农	曹剑萍是南京市党部秘书处秘书，潘子农是中央组织部调查员
《青年文艺》	开展文艺社，1931 年 4 月 28 日，依附于《中央日报》副刊《青白》	曹剑萍	国民党南京市党部秘书
《开展周刊》	开展文艺社，依附于南京《新京日报》	卜少夫	南京《新民报》等报刊编辑和采访主任
《黄钟》	浙江省党部，1932 年 10 月 31 日	胡蘅子、冯白桦、陈大慈	胡蘅子是国民党浙江省党部委员、浙江省党部文艺运动指导委员会委员，陈大慈是浙江省党部文艺运动指委员会委员

　　从表 5-1 所列报刊可知，提倡民族主义文艺运动的报刊在当时多获得了国民党组织部、中宣部、各地党部的鼎力支持，这些刊物的号

---

　　① 有学者指出：中国文艺社、线路社、流露社、《活跃周报》等右翼社团所办的报刊不一定是民族主义文艺派的报刊。如《文艺月刊》的编辑方针实际上也是为了与左翼作家争夺文坛，民族主义文学色彩不够鲜明，前锋社只是把它视为"同路人"。这一点与前锋社的两个报刊有着明显区别。参见钱振纲：《民族主义文艺运动社团与报刊考辨》，《新文学史料》2003 年第 2 期。

召力不容小觑，前锋社出版的《现代文学评论》甚至吸引了周扬、郁达夫、叶灵凤、周毓英、陈子展等左翼作家、学者为之撰稿，[①]《黄钟》也刊登过郁达夫、钟敬文等人的作品。民族主义文艺运动在创作上和理论上一度掀起热潮。李长之在总结 1934 年的文艺状况时，把民族（主义）文艺、左翼文艺、"第三种人"和幽默文学并列为四种文学主潮，[②] 可见这一运动在当时的影响之大。

国民党对民族主义文艺倾注了很大的心血，对它的发展和推广也进行了不遗余力的宣传。在国民党中宣部 1930 年的《审查全国报纸杂志刊物的总报告》中，他们将 1930 年 7—9 月所审查的 107 种文艺刊物区分为良好的、谬误的、反动的、平常的与欠妥的四类，其中特别"表扬"了三本"良好的"期刊：《文艺月刊》《开展月刊》《前锋周报》，这三本杂志全部都是倡导民族主义文艺的刊物，或是民族主义文艺的同道，"表扬"原文如下：[③]

一、文艺月刊，中国文艺社编辑，发行所南京成贤街八号。

该刊是中国文艺社所主编的。他们的宗旨是站在革命的立场，发扬民族精神介绍世界思潮，创造新中国的文艺。它的内容，分为散文、近代文艺思潮、小说、戏剧、诗歌、书报介绍及批评等项。在第一期里，达赖满的《声音》一文是表示他们对于中国文艺运动的方针和主张，洪为法所著的《文艺新论》是根据民生史观的立场，以阐明文艺的理论，其余所选材料，尚属精彩。

二、开展月刊，开展文艺社，南京开展书店。

这是民族主义文艺运动旗帜之下的一个产物，由开展文艺社同人所编。他们认定了民族主义的文学已成支配中国文艺的一种新势力，所以，决意在这革命文学勃兴的时候，努力开展一条新途径，帮同建设民族主义的文艺。创刊号里，载有一篇重要的论文——《民族与文学》，说明民族与生活的关系及演进，然后再转

---

① 叶灵凤和周毓英甚至为此而被左联开除，见《文学导报》1931 年 8 月 5 日。
② 李长之：《一年来的中国文艺》，《民族》第 3 卷第 1 期(1935 年 1 月 1 日)。
③ 国民党中宣部：《审查全国报纸杂志刊物的总报告》(1930)，转引自倪墨炎：《现代文坛灾祸录》，184—185 页，上海，上海书店出版社，1996。

到民族文学上来。它的主要论点与该刊附载的一篇《中国民族主义文艺运动宣言》互相参证，且于彼此间的意义更加格外的阐明。他们最后的归宿，都是主张文学应该是唤醒民族意识，变革民族性，表现民族主义的。其他的几篇散文和诗歌，均尚平妥。

三、前锋周报，光明社，上海西门外方斜路一百十号。

这个刊物，每周虽仅出版两小张，但是它那勇猛向前的精神，在上海方面首先揭出了民族主义文艺运动的旗帜，冲破一切障碍，努力宣传民族主义文艺运动的主张，却是引起了一般左翼作家非常的注意。他们认为文艺上的民族主义运动的使命就是：（1）在形成文艺上民族意识的独立。（2）在促进民族向上发展的思想。（3）在排除一切阻碍民族进展的思想。（4）在表现民族一切奋斗的历史。在他们的宣言里对于这些使命已有严密的规定，并愿积极的照着这个方向去努力。

在上述"表扬稿"中，国民党中宣部念念不忘的就是这三份期刊在宣传"民族精神"、倡导民族主义文艺上的"卓越"贡献和"勇猛"精神，溢美之词滔滔不绝，可谓用心良苦。

1935年，中国文艺社理事，曾任国民党中央组织部副部长（1932）和中宣部部长（1942）的张道藩在一篇《首都文艺界近况》的报告中，也对包括"中国文艺社"等团体在倡导民族主义文艺时取得的成绩进行了赞誉，他说："自从国民政府建都南京以来，南京不但成了全国政治的中心，同时也慢慢变成全国文艺的中心"，"在过去四年多当中，中国文艺社对文艺上已经有了很惊人的贡献。"他同时也把这些"惊人贡献"归功于国民党中央的大力支持："我们只要拿过去两三年以来南京的各种文艺活动来看，如像各种文艺刊物的增加，各种美术展览会的增加，文艺组织的增加，以及戏剧活动的活跃，就可以知道南京文艺运动的发展已经是大有可观了。这一方面自然是文艺界努力的成绩，而一方面也是中央党政机关近年来极力提倡和扶助的结果。"①

对于民族主义文艺的发展，民族主义文艺运动的倡导人之一范争

———————
① 张道藩：《首都文艺界近况》，连载于《中央日报》1935年9月18日、19日、20日。

波也曾经不无得意地说：民族主义文艺运动占领了"整个的中国文坛"，"在整个的中国文艺史上，也是可以大书特书的"，其理论纲领《民族主义文艺运动宣言》是"中国文艺史上的一个重要的文献"，它如一颗"巨大的炮弹"，在充满"危机"的文坛"打开了一条出路"；《前锋周报》的创刊是"轰动中国"文坛的大事，于"中国文坛千钧一发的危机"中挽救了文艺，民族主义文艺运动"成为中国文坛的主潮"。① 这些话显然有自吹自擂的成分，但也可以看出这一运动在当时确实激起了相当的反响。

民族主义文艺的根本目的是要借助文艺促进民族国家的建立，在文艺上压制和抵消左翼文艺的发展和影响，从而为南京政府奠定合法性基础。它的兴起有一定的历史合理性。

首先，它符合国民党政府的官方意识形态——三民主义——的宗旨。三民主义虽然强调民族、民权、民生具有同等的重要性，不可偏废，但从孙中山的论述方式上看，民族主义显然被放在了一个更为重要的位置上：民族的生存权和民族的自由高于公民个人的生存权和自由，民族主义是挽救中国危亡、使中国复兴的最好药方。

其次，它有相当的历史进步性。在中国尚未完成现代民族国家建设的任务，国家主权和领土完整不能得到充分保证的情况下，民族主义作为一个具有强大号召力的口号，颇能获得相当多的知识分子的认同，特别是当 1931 年"九一八"事变爆发后，中国国内民族主义情绪空前高涨，民族主义一时间成了压倒一切的主潮。比如，有学者指出：在 1930 年 6 月"民族主义文艺运动"的旗帜竖立之前，国民党的党报《中央日报》的副刊已经充满了民族主义的情绪，民族话语与中央意识的结合也已经得到灵活运用，在纪念五四、纪念五卅、要求收回租界、废除各种不平等条约、取消各国的领事裁判权、痛斥唆使朝鲜排华之日人等相关主题上，《中央日报》的社论已经反映出高涨的民族主义情绪。② 中国共产党领导下的左联后来提出的两个口号之一的"民族革命战争的大众文学"，一定程度上也是对这一思潮的响应。就连中共党

---

①　范争波：《民国十九年中国文坛之回顾》，《现代文学评论》1931 年 4 月 10 日创刊号。
②　赵丽华：《民国官营体制与话语空间——〈中央日报〉副刊研究（1928—1949）》，114—115 页，北京，中国传媒大学出版社，2011。

员、诗人、左联驻国际革命作家联盟的代表萧三也曾经认为"民族主义文学"这一口号有其可利用之处：我们对付敌人应用以毒攻毒及利用其招牌的方法，比方他们提倡"民族主义文学"，我们不必空口反对他们这一招牌，而应把它夺过来占为己有，即充实它的内容。多写民族救国英雄，如东北义勇军事实，复活岳飞、文天祥、史可法……痛骂秦桧、吴三桂、袁世凯……成为革命民族战争时代的革命民族文学，揭穿"国本文化"之本质与"中国本位文化可以同化夷狄故日帝侵略亦不危险"之理论同为亡国奴理论。[①]

　　不过，国民党的民族主义文艺由于存在着理论贫乏等严重问题，注定不能获得文艺界大多数人的支持和认同。以《民族主义文艺运动宣言》为例，它的理论体系是零散的、混乱的，也充满了荒谬之处。比如，它虽然宣称"文艺底最高的使命，是发挥它所属的民族精神和意识。文艺的最高意义，就是民族主义"。但究竟什么样的民族精神和意识才是民族主义文艺表现的对象，国民党人始终是语焉不详。《民族主义文艺运动宣言》给出的作品及其创作范例几乎都是欧洲的，包括"现代德意志的表现主义""俄罗斯的原始主义""法兰西的纯粹主义""意大利的未来主义""巨哥斯拉夫的现代艺术""未来主义的中心意识"，[②] 这仅仅是一个欧洲现代艺术发展史的简单罗列。宣言的作者并没有耐心地对这些作品与民族意识有何关联进行细致地分析。在另外一篇理论文章《以民族意识为中心的文艺运动》中，傅彦长也几乎是在重复《宣言》的逻辑，同时还反反复复地批评"个人主义"是非民族主义的："我们文艺作品应该是集团之下的生活表现，决不是个人有福独享的单独行动。中国人的文艺作品，应该为全体中国人所利用，决不容许众人皆浊而唯我独清的自由思想。""中国文坛上正充满了反民族主义的，传统思想的，以个人为中心思想的文艺作品，受了宣传的中国民众，因此还是一盘散沙，还是一堆堆不可利用的垃圾。起来，宣传，我们从

---

　　① 萧三：《给左联的信》(1935 年 8 月 11 日)，据北京鲁迅博物馆藏萧三原信复制件抄录，载北京大学等《文学运动史料选》第二册，332 页，上海，上海教育出版社，1979。

　　② 《前锋月刊》第 1 卷第 1 期(1930 年 10 月 10 日)。

事文艺作品的人，诸以民族意识为中心思想而上前去努力吧。"①虽然文章充满了激情，但究竟为何非个人主义的就是民族主义，究竟何为民族意识，何为民族主义文艺运动的中心任务，作者对这些关键问题并没有进行合理的解释，让人即使反复研读仍然感到一头雾水。

早在1931年，茅盾就已经看出了民族主义文艺的理论体系问题：认为其内容"支离破碎，东抄西袭，捉襟见肘的窘状，却也正和整个国民党的统治权相仿佛！"②鲁迅先生在指出了这一运动的失败时，也把其宣言评价为一篇"胡乱凑成的杂碎"：

> 自从发出宣言以来，看不见一点鲜明的作品，宣言是一小群杂碎胡乱凑成的杂碎，不足为据的。艺术至上主义呀，国粹主义呀，民族主义呀，为人类的艺术呀，但这仅如巡警手里拿着前膛枪或后膛枪，来福枪，毛瑟枪的不同，那终极的目的却只一个：就是打死反帝国主义即反政府，亦即"反革命"，或仅有些不平的人民。那些宠犬派文学之中，锣鼓敲得最起劲的，是所谓"民族主义文学"。中国的"民族主义文学家"根本上只同外国主子休戚相关。"民族主义文学"的目标；就是现在无产者专政的第一个国度，以消灭无产阶级的模范。③

既无出色的作品，也无理论性很强的学术作品。这就是鲁迅对民族主义文学运动的评价，可谓道出了这一运动的实质。实际上，更为可悲的是，在国民党内部，到底什么是民族主义文学，国民党的文人始终争论不休，对"民族主义文学"的阐释也是五花八门：潘公展等人从"三

---

① 《前锋月刊》第1卷第2期(1930年11月10日)。
② 石萌(茅盾)：《"民族主义文艺"现形》，1931年9月13日《前哨》(《文学导报》)，引自北京大学等编《文学运动史料选》第三册，95页，上海，上海教育出版社，1979。
③ 鲁迅先生曾经这样评价《民族主义文艺运动宣言》："所以自从发出宣言以来，看不见一点鲜明的作品，宣言是一小群杂碎胡乱凑成的杂碎，不足为据的。"参见鲁迅(晏敖)《"民族主义文学"的任务和运命》，原载《文学导报》1931年第1卷第6、7期合刊，《鲁迅全集》第4卷，321页，北京，人民文学出版社，2005。

民主义"定义出发来解释民族主义,① 王平陵认为"民族文艺的惟一的内涵"便是民族气节,② 张道藩却认为"忠孝仁爱信义和平"等观念就是"我们的民族意识",③ 甚至还有人从"法西斯主义"中发现"民族主义"精髓的。④ 理论上的混乱也导致了它后来逐渐失去了号召力。当代学者也认为：这一运动中的文论"几乎都是些空洞的谰言,在理论上毫无建树,对创作也起不到什么积极的作用"。⑤

　　"民族主义文艺"这一主张的根本目的是用民族主义来对抗左翼的阶级论,试图将民族主义国家意识形态化,进而确定其政权的合法性。正如茅盾当年所指出的那样："民族主义文学就往往变成了统治阶级欺骗工农的手段,什么革命意义都没有了……民族主义文学的口号完完全全是反动的口号。"⑥在国民党政府高调地发起和推动这一运动之后,民族主义作为一种笼罩性的思潮,在被有意识地逐步强化、拔高,如《开展月刊》在发刊词中声称的那样："民族主义文学,以水到渠成之势,无疑的成为支配中国文坛的一种新的势力了。"⑦当国民党文人试图以一种话语"支配中国文坛"时,它就压制了其他思想话语的自由生长。对这一点,胡秋原看得非常清楚："用一种中心意识,独裁文坛,结果,只有奴才奉命执笔而已。"⑧因此,这一文化运动也遭到了包括

----

　　① 参见潘公展的《从三民主义的立场观察民族主义文艺运动》、朱大心的《民族主义文艺运动的使命》、叶秋原的《民族主义文艺之理论的基础》(《前锋周刊》1930 年第 8、9、10 期)等。

　　② 平陵：《民族文艺的内涵》,《中央副刊》1944 年 3 月 4 日。

　　③ 张道藩：《我们所需要的文艺政策》,《文艺先锋》1942 年 9 月 1 日创刊号。

　　④ 参见徐渊的《法西斯蒂与三民主义》(《社会主义月刊》第 1 卷第 8 期)、陈鲁仲的《法西斯蒂运动与民族运动之发扬》(《前途杂志》第 2 卷第 7 号)。

　　⑤ 倪伟：《"民族"想象和国家统制》,237 页,上海,上海教育出版社,2003。

　　⑥ 石萌(茅盾)：《"民族主义文艺"现形》,1931 年 9 月 13 日《前哨》(《文学导报》),载北京大学等编《文学运动史料选》第三册,95 页,上海,上海教育出版社,1979。

　　⑦ 《开端》1930 年 8 月 8 日创刊号。

　　⑧ 胡秋原：《阿狗文艺论——民族文艺理论之谬误》,1931 年 12 月 25 日《文化评论》创刊号。

自由知识分子沈从文①、梁实秋等人，左翼文论家茅盾、鲁迅等人，"第三种人"的共同批判，这也在某种程度上证明了国民党的文化统制的失败。

2. 国民党的党化教育

国民党"党化教育"的基本内容是将"一个党"（国民党）、"一个主义"（三民主义）的政策贯彻到学校教育领域。早在 1927 年 4 月，蒋介石在"四一二政变"后，国民党上海市党部就拟定了《党化教育委员会章程》，规定该委员会有权监督各校推行"党化教育"，审查违反党义的课本，取缔违反党义的学校。1927 年 8 月，国民党政府教育行政委员会制定了《学校施行党化教育办法草案》，要求学校的教育方针"要建立在国民党的根本政策之上"，要"把学校的课程重新改组，使与党义不违背"，"并能发扬党义和实施党的政策"。② 很多地方政府颁布了《党化教育大纲》，将"党化教育"办法具体化，甚至要求以国民党训练党员的方法训练学生，以国民党的思想为学生的思想，以"三民主义"为学生的人生观，以国民党的纪律为学校纪律，使学生一切听从国民党的指挥。由于"党化教育"引起很多进步人士的不满，国民党后来又将"党化教育"更名为"三民主义教育"。1928 年 5 月国民党政府大学院在南京举行第一次全国教育会议，其宣言提出："此后中华民国的教育宗旨，就是三民主义教育"。③ 1931 年 9 月 3 日第三届中央执行委员会通过的《三民主义教育实施原则》也规定，教育目标是"确定青年三民主义之信仰，并切实陶冶其忠孝、仁爱、信义、和平之国民改造"，"全部课程的编制应以三民主义为中心"，并将三民主义教育列为必修科目。④

"党化教育"将国民党的各种文艺政策渗透到了学校教育和学生群

---

① 上官碧（沈从文）：《"文艺政策"探讨》，《文艺先锋》第 2 卷第 1 期（1943 年 1 月 20 日），收入全集时题目改为《"文艺政策"检讨》，载《沈从文全集》第 17 卷，273—288 页，太原，北岳文艺出版社，2002。

② 《教育界消息》，《教育杂志》1927 年 8 月第 19 卷第 8 号。

③ 教育部教育年鉴编撰委员会：《第二次中国教育年鉴》，37 页，上海，商务印书馆，1948。

④ 教育部教育年鉴编撰委员会：《第二次中国教育年鉴》，5 页，6 页，301 页，上海，商务印书馆，1948。

体中，如倡导民族主义文艺的《黄钟》被国民党浙江省党部指定为在校学生的课余补充读物，1934年上半年《黄钟》还在国民党浙江省党部宣传部门的组织下，和杭州《民国日报》联合举行了浙江省中学生文艺竞赛，在获奖征文中，有五篇文章是以"民族文艺"为题。① 通过种种途径，"党化教育"培养了一批支持国民党政府的知识青年，鲁迅先生所讽刺的"民族主义"旗下"愤激和绝望的小勇士们"，② 正是党化教育所培养下的青年人。

　　3. 国民党的书报审查制度与文论生产

　　国民党倡言实行文化统制，不过，除了宣传三民主义文学和民族主义文学，以及扶持右翼刊物进行"文化剿匪"③外，他们做得最多的、也最"出色的"是"消极的控制"，比如审查书报，查封社团、出版社，甚至逮捕、杀害左翼作家等，这一点在很大程度上影响了现代文论的发展与走向。

　　书报检查制度（censorship）是国家政府通过官方行政手段实施的审查制度。《简明不列颠百科全书》对此的定义是："进行书报检查，就是

---

　　① 五篇获奖征文分别是：高中组两篇：王祝春（杭州师范）《论民族文艺》、朱鼎成（杭州蕙兰中学）《论民族主义文学》；初中组三篇：寿萧郎（诸暨农业职校）《民族主义文艺论》、方缉熙（淳安县立初中）《谈民族文艺》、王启镠（宁波效实中学）《文学和时代与民族性的关系》。见《黄钟》（半月刊）4卷6号"征文竞赛专号"（1934年5月15日）。详见倪伟：《"民族"想象和国家统制》，86页，上海，上海教育出版社，2003。

　　② 鲁迅先生在《"民族主义文学"的任务和运命》一文中这样写道："我们现在所看见的是'民族主义'旗下的报章上所载的小勇士们的愤激和绝望。这也是势所必至，无足诧异的。理想和现实本来易于冲突，理想时已经含了悲哀，现实起来当然就会绝望。于是小勇士们要打仗了……"见鲁迅：《"民族主义文学"的任务和运命》，《鲁迅全集》第4卷，324页，北京，人民文学出版社，2005。

　　③ 《前途》等杂志在1933年8月推出了"文化统制专号"，要求铲除一切他们认为反动、颓废、萎靡的文化，创刊于1933年4月的《汗血月刊》创刊号就是"剿匪问题专号"，创刊于1933年7月1日的《汗血周刊》在同年11月6日刊出与《汗血月刊》联合发起的《征求"文化剿匪研究专号"稿文启事》，提出了"文化剿匪"的口号。该启事要求撰稿范围是（1）暴露共产党的文艺政策；（2）指出普罗作者的作品与生活的矛盾；（3）普罗文艺麻醉青年的现状与影响；（4）文化剿匪之方案研究；（5）怎样创立复兴民族的新文化；（6）文化统制政策之设计。这个启事成为后来整个"文化剿匪"宣传的纲领。详见王锡荣：《〈汗血〉与"文化围剿"——文化"围剿"口号探源》，《鲁迅研究月刊》1990年第5期。

进行判断和批评，做出评价和估计，以及实行禁止和压制。"①书报检查制度在西方由来已久，可以追溯到古希腊对智者派哲学家和苏格拉底的迫害。这一制度在 16 世纪中叶达到极盛期，以 1559 年教皇保罗四世的《禁书目录》为代表。②

书报审查制度都是执政者文艺政策的重要组成部分，中国的书报检查制度正式始于战国时的秦国，商鞅变法时期的"燔《诗》《书》"是第一次大规模的禁书事件，③ 秦始皇的"焚书坑儒"事件是禁书史中的第一次浩劫，其后历代文字狱层出不穷。从晚清到民国，尽管要求出版自由的呼声不绝于耳，但书报检查制度依然愈演愈烈。④ 1914 年，袁世凯政府制定并颁布了《出版法》，此后禁止过《胡适文存》《独秀文存》和周作人的《自己的园地》《甲寅》等多家书刊。⑤ 南京政府建立以后，国民党的书报审查制度更为严密：从一开始时向大学院呈缴图书备查，到后来由内政部登记注册，再到中宣部审查图书内容，最后发展到原稿审查。通过图书杂志审查制度的演变，国民党一步步地建立起了文

①　《简明不列颠百科全书》第 7 卷，342 页，北京，中国大百科全书出版社，1986。
②　关于西方书报检查制度的历史，参见沈固朝：《欧洲书报检查制度的兴衰》，3—7 页，南京，南京大学出版社，1999。
③　陈正宏、谈蓓芳：《中国禁书简史》，6 页，上海，学林出版社，2004。
④　其中比较典型的事件就是晚清"报禁"事件：1898 年 9 月 21 日慈禧太后发动政变，维新运动失败。其后，慈禧对新闻舆论界颁布了更严格的禁令："莠言乱政最为生民之害。前经降旨将官报、时务报一律停止。近闻天津、上海、汉口各处，仍复报馆林立，肆口逞说，捏造谣言，惑世诬民，罔知顾忌。亟应设法禁止。著各该督抚认真查禁。其馆中主笔之人，皆斯文败类，不顾廉耻，即由地方官严行访拿，从重惩治，以息邪说而靖人心。"（上谕档，光绪二十四年八月二十四日，中国第一历史档案馆藏）。禁令一出，除几家寄居租界和改挂洋商招牌的报纸（如《国闻报》）外，各地报刊大多被封或停刊。
⑤　除了禁书，袁世凯还以法律手段限制出版。他上台后，颁布了《戒严法》《治安警察法》《报纸条例》《出版法》，对报刊的登记、出版、发行和编辑采访活动，或横加干涉，或设置重重障碍，从政治和经济两个方面限制新闻出版业的发展。其中，许多法律条款与《大清报律》的相关内容大同小异，并建立起了非常严格的新闻检查制度。1915 年章士钊在《甲寅》发表了一篇叫《拒绝帝制》的文章，挖苦袁世凯复辟意图，虽然批评袁世凯的不只《甲寅》一家杂志，但它的影响最大，因此审查机构老来找麻烦。章士钊发表这篇文章不久，袁世凯即下令通缉他，并要求以后所有《甲寅》杂志不得在邮局发行。参见汪原放：《回忆亚东图书局》，29 页，上海，学林出版社，1983；阮无名：《新文学初期的禁书》，载张静庐辑注：《中国近现代出版史料》甲编，50—54 页，北京，中华书局，2003。

化专制。①

书报审查一般包括出版前审查(预防性审查)和出版后审查(惩罚性审查或抑制性审查),② 与北洋政府的"抑制性审查"不同的是,国民党南京政府在"反动"书籍屡禁不止后,便逐步采取了"预防性审查"的方式,试图从源头上阻止"反动"书籍的出版。国民政府的审查方式分为两个阶段:1928—1934年是出版后审查,1934—1949年是出版前审查。未通过审查的结果一般有两种:被禁,被毁或被烧;或是经过删节修改后发行。

(1)国民党中央宣传部与书报审查。

在国民党的书报审查制度中,国民党中宣部是最为核心的机构。③ 1929年以后,国民党中宣部在南京政府意识形态领域中的作用得到了空前的加强,在文艺审查制度的制定和执行上更是如此。

1929年1月10日,国民党中宣部公布《宣传品审查条例》。这个条例规定凡与党政有关的各种宣传品均须呈送中宣部审查,凡宣传共产主义及阶级斗争者、宣传国家主义、无政府主义及其他主义,而攻击本党主义、政纲、政策及决议案均为反动宣传品,应予查禁、查封或究办之。④ 4月18日,国民党中央执行委员会秘书处制定"查禁伪装封面的书刊令";6月4日,国民党政府公布《查禁反动刊物令》;6月22日公布《取缔销售共产书籍办法令》。同年6月召开的全国宣传会议通过了"确定本党之文艺政策案",决定创造三民主义的文学,取缔违

---

① 倪墨炎:《现代文坛灾祸录》,166页,上海,上海书店出版社,1996。

② 抑制性审查要求出版商自行遵守既定规则,不允许出版违法的书籍,预防性审查要求书籍在出版之前接受审核。参见[法]弗雷德里克·巴比耶:《书籍的历史》,刘阳等译,157页,桂林,广西师范大学出版社,2005。

③ 国民党中宣部成立于1924年1月,除设部长、副部长、主任秘书和秘书外,还下设普通宣传处、特种宣传处、国际宣传处、电影事业处、广播管理处、新闻事业处、出版事业处、艺术处、总务处和编审室、研究室、人事处、H会计室及三民主义研究会等机构。主要职能是制定宣传方针及大纲,指导全国新闻、文化艺术、出版事业和国际宣传工作,指导国民党各级宣传机关及党营宣传事业。戴季陶、毛泽东(代理)、汪精卫、叶楚伧、张道藩、黄少谷等人担任过国民党中宣部部长。

④ 张静庐辑注:《中国近现代出版史料》乙编,523—524页,北京,中华书局,2003。

犯三民主义之一切文艺作品。① 7月，颁发《检查电影片规则》；8月，在上海设立"电影检查委员会"。8月，国民党在南京、上海、北平、天津、汉口、广州等重要城市设立了邮件检查所，对违反《宣传品审查条例》的邮件立即扣押，并送当地宣传部依例处理，当年国民党中宣部所查禁的各类刊物达270多种，包括《创造月刊》《幻洲》《无轨列车》等。②

　　1930年12月，南京政府颁布《出版法》，共44条；次年又公布《出版法施行细则》，对报纸、杂志、书籍的出版发行加以种种限制，加强了对文化出版的登记、审查和限制，并规定了严厉的处罚措施，如行政"处分"、经济"罚款"和"拘役"等。③ 1932年，国民党中央执行委员会把1929年国民党中宣部制定的《宣传品审查条例》增订为《宣传品审查标准》，把宣传分为"适当的宣传""谬误的宣传"和"反动的宣传"，规定：批评国民党的不抵抗政策，要求抗日者为"危害中华民国"，指凡对国民党政府有些许不满者为"替共产党张目"。1933年1月19日，国民党政府又公布了《新闻检查标准》。1933年10月，国民党行政院下达《查禁普罗文艺密令》，要求各省市党部，以"更严密"的手段查禁进步书刊，"毋使漏网"，要求除了查禁"其旗帜鲜明，立场显著，最易辨识"的普罗书刊外，还要特别关注那些"煽动力甚强，危险性甚大，而另一方面又是闪避政府之注意"的普罗文艺书刊："盖此辈普罗作家，能本无产阶级情绪，运用新写实派之技术，虽煽动无产阶级斗争，非难现在经济制度，攻击本党主义，含意深刻，笔致轻纤，绝不以露骨之名词，嵌入文句；且注重题材的积极性，不仅描写阶级斗争，尤为渗入无产阶级胜利之暗示。"④

　　1934年，国民党当局还成立了专门的"中央宣传委员会图书杂志

---

① 《全国宣传会议第三日》，《中央日报》1929年6月6日。

② 《国民党中央宣传部民国十八年查禁书刊情况报告》，《中华民国史档案资料汇编·第五辑·第一编》，"文化"（一），241—217页，南京，江苏古籍出版社，1994。

③ 《宣传品审查条例》，载张静庐辑注：《中国近现代出版史料》乙编，514页，北京，中华书局，2003。

④ 《国民党反动政府查禁普罗文艺密令》，载张静庐辑注：《中国近现代出版史料》乙编，171—172页，北京，中华书局，2003。

审查委员会"（以下简称为"图审会"），这个部门是中宣部的下属机构，在上海一地实施。1934 年 4 月 5 日，国民党第四届中央执行委员会通过《中央宣传委员会图书杂志审查委员会组织规程》。通过一系列法规，不断强化对革命出版工作的控制。例如在《宣传品审查标准》中规定，凡是"宣传共产主义及鼓吹阶级斗争"的言论均为"反动的宣传"。在《图书杂志审查办法》中，规定实行出版前的原稿审查。这一系列举措都确立了中宣部在思想和精神建构中独一无二的权威性。

　　1935 年 8 月，臭名远扬的"图审会"因"新生事件"被迫全体下台，[①]但审查工作仍在进行，只是由党部机关转到政府部门而已。三年后，"图审会"又死灰复燃：1938 年 7 月 21 日国民党第五届中央常委会第八次会议通过了《战时图书杂志原稿审查办法》及《修正抗战时期图书杂志审查标准》，并于同年 10 月 1 日再次成立了"中央图书杂志审查委员会"，同时，在国统区 15 个省市建立了地方图审会。这次与 1934 年的图审会的制度不同的是：原来只有中宣部设立图审会，在上海一地实施，其后各省市县都有图书杂志审查处，权力下放到各地，各地有权力审查、删改图书。这样也出现了一本图书如果在不同地方出版会出现好几个审查处的审查证编号。

　　中央"图审会"的属性和功能颇为芜杂，后来虽然隶属行政院，但在业务上受国民党中宣部直接指导，各省市图书杂志审查会（后改称各省市图书杂志审查处）受各省市党部之指导，"图审会"成为当时最重要的出版物检查机构之一。[②]　主任委员为潘公展，副主任委员为印维廉，

---

　　① 1935 年 5 月 4 日，《新生》主笔（主编）杜重远发表了《闲话皇帝》，其中涉及日本天皇，日本驻上海领事以"侮辱天皇，妨害邦交"为由向国民党政府提出严正抗议，杜重远被逮捕并判刑，原本气焰嚣张的"图书杂志审查委员会"7 名委员也遭到集体撤职查办，"图书杂志审查委员会"被暂停工作，寿终正寝，不过，三年后该机构又"借尸还魂"，重新成立。具体参见倪墨炎：《现代文坛灾祸录》，230—233 页，上海，上海书店出版社，1996。

　　② 与"中央图审会"并存的国民党出版物检查机构有：（1）中央宣传部国际宣传处，负责西文电讯、西文杂志审查。（2）军令部战讯发布组，负责战讯审查。（3）行政院非常时期电影检查所，负责电影审查。（4）内政部地图审查委员会，负责地图审查。（5）教育部国立编译馆，负责教科书审查。（6）军委会战时新闻检查局，负责一般新闻和报纸评述的审查。（7）各地警察机关，负责传单、标语及其他出版物审查。参见万灵、贡献：《国民党中央图书杂志审查委员会》，《江苏出版史志》1991 年第 7 期。

委员有邓裕坤、宓贤弼、徐准起、鲁觉吾、简贯三、李焕之，主任秘书为朱子爽。各地审查处负责人也由过去各地最高党政军警机关自行推派代表充任改为由中宣部推荐任命。中央图审会一直延续至抗战结束。1946年10月1日，国民党当局被迫宣布，除收复区、军事戒严区外，全国各地废止战时书刊审查规则、战时出版物检查办法、禁载标准以及"修正战时图书杂志原稿审查办法"，行政院中央图审会也随之寿终正寝。

国民党中宣部书报检查的主要环节有：查（出版许可）、审（中宣部图审会、各地党部）、禁（发布禁书目录）、罚（封社、抓捕、判刑、杀害等）。从维护政府合法性的角度看，图审会的成立不无合理性，如为了防范敌占区的反动汉奸书刊流入国统区，中央图审会特别拟定了"防范沦陷区及敌国反动书刊流入内地办法"，在国外及沦陷区入口处特设检查处，予以检查。另外在战区由军事委员会政治部通令各战区军师政治部指定人员专负书刊审查处理之责。但是，图审会的根本目的先是所谓"防止庞杂言论，齐一国民意志"，并在此旗号下对中国共产党的一切可能危及其统治的出版物进行查禁和文化"围剿"。

在一系列条例、禁令、规定之下，国民党当局通过各种渠道或公开或秘密地对进步书刊进行了查禁，其中也包括大量文论书刊。其中图审会主要有两种方式对文论书刊进行干预：第一种是各级党部宣传部门定期或不定期向中宣部或中执委报告本地和外地的书刊情况，以便中央进行查禁或直接查禁报告中宣部备案；第二种是通过邮局对不便于公开查禁的书刊进行审查，对有关书刊予以扣留。

（2）书报检查个案分析。

我们不妨以1931年湖南和1934年上海的书刊的实际查禁数量为例，对中宣部与书报审查制度的特点及其对文论的影响进行分析。在这两次查禁中，1931年湖南一共查禁了书刊228种，1934年上海查禁了书刊 149 种,① 其中与文论有关的著作分别是 10 种和 25 种，参看表 5-2。表 5-2 中列举的 35 本文论著作的查禁理由和名目繁多，多集中在传播马克思主义文论的"罪名"上。

表 5-2　国民党图审会查禁的部分文学理论图书②

书名	书店	作者	查禁详情	年份
文艺与社会倾向	华兴	不详	普罗文艺论文	1931
作品论	上海沪滨书店	钱杏邨	言论谬误	1931
文艺新论	现代书局	张资平	普罗文艺理论书籍	1931
新兴文艺论集	胜利书局	周毓英	内容系马克思主义之文学论文	1931
唯物史观的文学论	水沫	戴望舒	普罗文学论文	1931
社会的作家论	光华	伏洛夫斯基	普罗文学论文	1931
新兴文艺短论	明日书店	许杰	普罗文艺论文	1931

---

① 1934 年 2 月底，国民党上海市党部宣布，奉国民党中央宣传部令，查禁"反动书籍" 149 种，鲁迅等 28 名作家的著作一律禁止印刷、出版和销售，由潘公展、吴醒亚、童行白签署的中国国民党上海特别执行委员会的批文下令声称："查上海各书局出版共产党及左倾作家之作品，为数仍多。兹令调查，其内容鼓吹阶级斗争者，计一百四十九种。为此特印送该项反动刊物目录一份，即希严行查禁，并勒令缴毁各刊物底版，以绝根据。"国民党宣传部这种"格杀勿论"式的查禁同时危及了国民党集团内部某些人的利益，由国民党元老邵力子任董事长的开明书店领衔，联合上海 26 家书店先后两次向上海市党部"请愿"，上海市党部看在邵力子的面子上，放宽了对书刊的查禁标准，把这 149 种书分五档处理：先后查禁有案之书目（按：以前曾经被查禁过）、应禁止发售之书目（按：查禁）、暂缓发售之书目（按：以后有发售的可能）、暂缓执行查禁之书目（按：解除查禁）、应删改之书目（按：删改后可以发售），实际上重新可以发售的只有 37 种属于"内容均无碍者，暂缓执行"。参见倪墨炎：《现代文坛灾祸录》，202—213 页，上海，上海书店出版社，1996。

② 其中 1931 年的查禁书目参看《国民党反动政府查禁二百二十八种书刊目录》，原载《一九三一年九月国民党湖南长沙市党务治理委员会所编的工作报告书》，见张静庐辑注：《中国近现代出版史料》乙编，173—189 页，北京，中华书局，1955。1934 年的查禁书目参见鲁迅：《且介亭杂文二集·后记》，《鲁迅全集》第 6 卷，467—473 页，北京，人民文学出版社，2005。

续表

书名	书店	作者	查禁详情	年份
文学方法论者普列汉诺夫	春秋书店	何畏译	普罗文艺论文	1931
新兴文学概论	光华	顾凤城	普罗文艺论文	1931
革命文学论文集	生路社	不详	普罗文学论文	1931
文艺批评集	神州	钱杏邨	查禁。站在马克思主义文艺匹配的立场，批评一切文艺作品，为纯粹宣传普罗文学之作品	1934
文艺论集	光华	郭沫若	第298页有"马克思与列宁终竟是我辈青年所当钦崇的杰士"一语，应删去	1934
文艺论续集	光华	郭沫若	先后查禁有案	1934
新文艺辞典	光华	顾凤城	暂缓执行查禁	1934
新兴文学概论	光华	顾凤城	先后查禁有案	1934
独清文艺论集	光华	王独清	查禁。内容各有论文18篇，皆有极明显而愚笨之反动语句，其处处自炫为革命作家，尤为可笑	1934
怎样研究新兴文学	南强	钱杏邨	先后查禁有案	1934
新兴文学论	南强	沈端先	查禁。内容全系对新俄普罗文艺名著之批评及介绍，此为宣传无产阶级文学最有力量之文艺论文	1934
现代新兴文学的诸问题	大江	鲁迅	暂缓发售	1934
二心集	合众	鲁迅	查禁。内容有对于左翼作家联盟的意见，中国无产阶级革命文学和前驱的血，"民族主义文学"的任务和运命等篇，均为宣传无产阶级文艺之反动文字	1934

续表

书名	书店	作者	查禁详情	年份
艺术论	大江	鲁迅	暂缓发售	1934
文学及艺术之技术的革命	大江	陈望道	暂缓发售	1934
安特列夫评传	文艺	钱杏邨	以马克思主义文艺批评论者之态度，批评旧俄安特列夫之思想及其作品，竟直骂为苏维埃国家最恶的敌人	1934
艺术简论	大江	陈望道译	暂缓发售	1934
艺术社会学底任务及问题	大江	冯雪峰	暂缓发售	1934
文艺与批评	水沫	鲁迅	暂缓发售	1934
文艺政策	水沫	鲁迅	暂缓发售	1934
文学评论	水沫	冯雪峰	查禁。内容皆为鼓吹无产阶级文艺理论之文字	1934
艺术之社会的基础	水沫	冯雪峰	暂缓发售	1934
艺术与社会生活	水沫	冯雪峰	暂缓发售	1934
枳花集	泰东	冯雪峰	查禁。内论文 12 篇，多为无产阶级文艺及无产阶级文艺作家之文字	1934
文学概论	北新	潘梓年	暂缓执行查禁	1934
现代中国文学作家	泰东	钱杏邨	先后查禁有案	1934
苏俄文学理论	开明	陈望道译	关于苏俄之无产阶级文艺批评及文艺政策，均搜罗完备，该书原在大江出版，已查禁有案	1934
中学生文艺辞典	中学生	顾凤城	暂缓执行查禁	1934

这两次"大案""要案"，只是国民党书报审查制度对文学理论生产

带来的严重后果的冰山一角。① 除了以上两次规模较大的查禁，国民党平时对大量刊发文论的文艺报刊也丝毫不手软。以中宣部向中执委提交的报告为例，② 这份报告是中宣部对 1930 年 7—9 月全国出版物的总报告，4 万余字，包括国内报纸审查报告、海外报纸审查报告、审查杂志报告、审查社会科学书籍报告、审查文艺刊物报告、查禁反动刊物报告。其中把文艺刊物分为四类：良好的（如鼓吹民族主义文艺和三民主义文学的《文艺月刊》《开展月刊》《前锋周报》等），谬误的（如《杜鹃啼倦柳花飞》），反动的（如左联期刊《文化斗争》《沙仑》《新地》等刊物）和平常的。③ 很明显，国民党试图通过审查制度的褒扬和封杀，对文论的走向进行明确引导。在国民党中宣部的审查制度下，左联期刊的出版、发行、传播基本是地下状态，④ 在这样的局势下，一些左联期刊的创刊号往往就是其终刊号。比如，左联的《文学》半月刊只出了一期就被禁了，不得已，左联又于 1932 年 6 月 10 日出版了《文学月报》创刊号，据学者统计：在左联的 46 种期刊中，仅出版了 1 期的达到 16 种，约占左联期刊总数的 34.8%。出版 2 期以上 10 期以下的达 25 种之多，约占左联期刊总数的 53.2%。出版 10 期以上 15 期以下的

---

　　① 更多的书目参见张克明辑录：《第二次国内革命战争时期国民党政府查禁书刊编目（1927·8—1937·6）》，《出版史料》第 3 辑、第 4 辑，上海，学林出版社，1984。该目录是悉照 1927—1937 年国民党宣传部等有关部门根据查禁有案之书目编纂的秘密文件，按年度先后顺序编成，共收录了自 1927 年至 1937 年国民党政府查禁书目两千余条，其中文艺类书刊几近半数。

　　② 原为国民党中宣部给中执委的报告，现存档案是抄送给中央检定党义教师委员会的抄件，转引自倪墨炎：《现代文坛灾祸录》，170—194 页，上海，上海书店出版社，1996。

　　③ 1930 年，光华政治系教授罗隆基在《新月》杂志上发表文章，主张维护人权，批评国民专制。当时教育部竟饬令光华大学把罗隆基撤职。为此，光华校长张寿镛先生于 1931 年 1 月 19 日呈文国民政府，拒绝了这一要求，文中说："今旬奉部电遵照公布后，教员群起恐慌，以为学术自由从此打破，议论稍有不合，必将陷此覆辙，人人自危！"

　　④ 以《前哨》创刊号即为左联五烈士出的"纪念战死者专号"的诞生过程为例，就可以看出国民党书报检查制度的威权所在。当时上海白克路一家小印刷所的老板在高额利润的诱惑下愿意接受印刷任务，但是提出了一系列苛刻条件：印刷费要翻好几倍；不准印刊头和照片，以免在印刷过程中万一被人看见；从排版到印刷必须在一个晚上完成；在印刷过程中必须有左联的人留在印刷所，以便发生状况时有人出头去顶；印好之后必须把成品（其实是半成品）立即搬走，不能在印刷所停留片刻。见楼适夷：《记左联的两个刊物》，《左联回忆录》（上），172 页，北京，中国社会科学出版社，1982。

仅 2 种，只有一种期刊出版达到了 60 期。①

在这种政治气候下，创造社、太阳社等进步文学团体和左联这样的革命文学团体的活动受到了严重限制，它们的刊物常常是出了一两期就改头换面。杂志的终刊大概有三种原因：政治的、经济的、人事的，在 20 世纪三四十年代停刊的刊物中，由于政治原因被当局查禁的占很大比例，文学刊物首当其冲。

国民党的书报审查制度甚至殃及左翼文化之外的刊物，创刊于 1928 年 3 月的自由主义色彩较重的《新月》也遭到了压制：1929 年六七月，《新月》就遭到了查禁；1930 年 2 月 5 日，在国民党中宣部的密令下，国民党上海特别市执委会宣传部给新月书店发下公函，欲"没收焚毁"《新月》第 2 卷第 6、7 期（合刊），"要求书店勿为代售，致干禁令"。同年 5 月，国民党上海特别市第四区执委会再次发出训令，称"奉中央宣传部密令"，查禁新月书店所出《人权论集》一书，胡适于本月也被迫辞去中国公学校长之职，《新月》主编罗隆基亦曾经被当局拘捕。后来还先后发生了新月书店北京分店遭当局干预（7 月），上海 400 本《新月》在邮寄中被扣留（9 月）等事。直到胡适等直接联系了蒋介石最高当局之后才有所好转。自由主义色彩很重的《大公报》也有过类似遭遇。②

（3）国民党书报审查制度与文论生产。

国民党的书报审查制度对现代文论生产的影响是多方面的，最直接的影响是它严重阻碍了新书的出版。据当时的著名出版人张静庐回忆：在公共租界里干着文化事业，随时有触犯"奴隶法律"的可能，"吃官司"变成书店经理们的家常便饭了：

> 在短短的六个月中，我们被控诉的刑事案件，竟多到七次：每一次又不能当堂了结，常常要拖到好几庭，每一庭的距离又要

---

① 左文、毕艳：《论左联期刊的非常态表征》，《文学评论》2006 年第 8 期。

② 主编张季鸾坦承："中国报人本来以英美式的自由主义为理想，是自由职业者的一门。其信仰是言论自由，而职业独立。对政治，贵敢言；对新闻，贵争快。从消极的说，是反统制，反干涉。""我们这班人，本来自由主义色彩很浓厚。人不隶党，报不求人，独立经营，久成习性。所以在天津、在上海之时，往往与检查机关小有纠纷。"见《抗战与报人》，《大公报》香港版社评，1939 年 5 月 5 日。

隔一星期。这样，七次刑诉案件，从开审到判决，差不多平均每
一个星期要上一回"公堂"（会审公廨）。

　　判决都是处罚金的……麻烦会使你工作停滞，患着所谓"歇斯
底里"症的。"公理"在这里是找寻不到的了，手腕还得施用一下。
为避免不必要的麻烦，为想增进你的工作，或者要做些比"妨碍风
化"还要严重些的营业的话，在施用之后（当然要办到最低限度的
满意），也就可以"百无禁忌"了。

　　我记得有一次为郭沫若先生的一本《水平线下》后部里有一篇
《盲肠炎》的论文，我曾经"自愿"一次孝敬过三百元大洋。平均计
算起来，差不多每千字要花上八十多元钱，好贵的稿费呀！①

　　到了民国十九年（1930 年）的秋季，仅仅我们联合书店一家，
就收到了有十七种社会科学书查禁的训令。

　　只有一年历史的小书店，总共出版不到三十几种新书，内中
还有一部分是新闻学一类的冷门货。一次就查禁十七种，变成了
好销的书没有了，剩下来的都是不能销出去的冷门货……这样，
无论如何不能维持下去的。②

书刊被查禁，正常的传播被中断，出版社的效益归零，出版被迫走向
秘密传播渠道，这不仅终止了文论的再生产，而且使得文论创造的主
体的学术自由受到了巨大威胁，文论家的精神压力倍增。在鲁迅先生
所说的"几条杂感，就可以送命"③的时代，文论家的安全尚且得不到
保障，何谈学术自治和创造的自由呢？这不能不影响现代文论的存在
形态。鲁迅曾注意到国民党的书报审查制度对文学研究造成的影响，
他在 20 世纪 30 年代的书信和文章多次写到相关内容：

　　一些前进的青年，似乎谁都没有注意到现在的对于言论的迫
压，也很是令人觉得诧异的。我以为要论作家的作品，必须兼想

---

①　张静庐：《在出版界二十年》，82 页，南京，江苏教育出版社，2005。

②　张静庐：《在出版界二十年》，95 页，南京，江苏教育出版社，2005。

③　鲁迅：《而已集·答有恒先生》，《鲁迅全集》第 3 卷，477 页，北京，人民文学出版
社，2005。

到周围的情形。①

　　上海靠笔墨很难生活，近日禁书至百九十余种之多……书局已因此不敢印书，一是怕出后被禁，二是虽不禁而无人要看，所以买卖就停顿起来了。杂志编辑也非常小心，轻易不收稿。②

　　当三〇年的时候，期刊已渐渐的少见，有些是不能按期出版了，大约是受了逐日加紧的压迫。《语丝》和《奔流》，则常遭邮局的扣留，地方的禁止，到底也还是敷延不下去。那时我能投稿的，就只剩了一个《萌芽》，而出到五期，也被禁止了，接着是出了一本《新地》。③

鲁迅所说的这种顾虑重重和欲说无言的状况，其背后的罪魁祸首就是国民党的书报审查制度。

　　为了规避这一制度，一些书局如"现代书局"为了生存不得不走中间路线，不冒政治风险，施蛰存于1932年5月创办于上海的《现代》就是这样一本杂志，《现代》的创刊宣言中说："因为不是同人杂志，故本志并不预备造成任何一种文学上的思潮、主义和党派。"④尽管施蛰存小心翼翼地把"党派"放在了最后，但显然"党派"给他心里造成的压力是最大的。但是，走中间路线也并不能超然高蹈，中间路线仍然是一种路线，《现代》在第1卷第3期上发布了《关于〈文新〉与胡秋原的文艺论辩》，引发了后来产生巨大反响的关于"第三种人"的论争，后来鲁迅等人也参与进来。要是认真算起来，这次论争也是国民党书报审查制度的后果之一。

　　国民党的书报审查制度对出版界最严重、最深远的影响，也许不是文论家放弃出版，而是在写作和出版中趋利避害，自我审查，自我净化。如拉尼尔所说的那样："图书馆员、教育工作者以及出版商为排

---

　　① 鲁迅：《且介亭杂文二集·后记》，《鲁迅全集》第6卷，451—452页，北京，人民文学出版社，2005。

　　② 鲁迅：《书信·340224 致曹靖华》，《鲁迅全集》第13卷，30页，北京，人民文学出版社，2005。

　　③ 鲁迅：《二心集序言》，《鲁迅全集》第4卷，193页，北京，人民文学出版社，2005。

　　④ 施蛰存：《创刊宣言》，《现代》第1卷第1期。

除威胁而主动对审查做出配合。"①这对文学理论、文学批评的健康发展无疑是致命的。比如，鲁迅曾经这样评论《语丝》在后期发生的变化："但《语丝》本身，确实也在消沉下去。一是对于社会现实的批评几乎绝无，连这一类的投稿也少有……前者的原因，我以为是在无话可说，或有话不敢言，警告和禁止，就是一个实证。""最明显的是几乎不提时事，且多登中篇作品了，这是因为容易充满页数而又免于遭殃。"②《语丝》所发生的变化，恐怕也是其他报刊所经历的共同命运吧。

抗日战争爆发后，在共同抗日、挽救民族存亡的大局面前，国共两党实行了第二次合作，抗日民族统一战线形成，中国共产党随即向国民党政府提出取消《危害民国紧急治罪法》和《新闻检查条例》的要求，主张言论出版自由，在南京创办自己的报刊。而国民党政府也改变了过去在新闻出版方面一味采取"文化围剿"的强硬态度，暂时松缓了书刊审查政策。国民党在《抗战建国纲领》中明确规定：抗战期间于不违反三民主义最高原则及法律内，对于言论、出版、集会、结社予以合法之充分保障。1937年国民政府颁布的《修正出版法》中，也增设了地方主管官署，并下放出版查禁权。这就使得抗战初期国统区人民的言论出版开始获得了一些自由，在上海、武汉、西安等地出现一些进步书刊。不过，国民党的书报审查制度并没有本质上的松动。

沈从文(1943)对中国国民党的文艺政策有过这样的批评：

> 文艺政策原是个空洞名辞，历来就不大认真。采用的方法居多是消极的，防御的。或消耗他们的能力，使用之于无意义方面去，使有能力的亦无从好好使用。负责人对这件事尽管好像有个理想，在培养作家来实现它，事实上就只有一句话，"请莫捣乱"。③

---

① 〔美〕洁恩·D.拉尼尔：《审查制度——敌人是我们自己》，〔美〕埃弗里特、E.丹尼斯编《图书出版面面观》，张志强译，83页，石家庄，河北教育出版社，2005。

② 鲁迅：《我和〈语丝〉的始终》，《鲁迅全集》第4卷，174页，176页，北京，人民文学出版社，2005。

③ 上官碧(沈从文)：《"文艺政策"探讨》，原载《文艺先锋》1943年1月20日第2卷第1期。后来题目改为《"文艺政策"检讨》，载《沈从文全集》第17卷，276页，太原，北岳文艺出版社，2002。

沈从文的这段话，可谓道出了国民党的文艺政策的属性或特点：消极、扼杀、压制。

中国国民党所制定的各项文艺政策，无论出发点是什么，最终都指向了一个目标，那就是建立和维护国民党的一党专政，用蒋介石在《中国之命运》一书中的话，就是要维护"一个主义""一个政党"："惟有三民主义为汇萃我整个民族意识的思想，更可以证明中国国民党为代表我全体国民的要求，和各阶级国民的利益而组织，为革命的惟一政党。任何思想离开了三民主义，即不能长存于民族意识之中。""没有中国国民党就没有革命。即任何党派，任何力量，离开了三民主义与中国国民党，决不能有助于抗战，有利于民族的复兴事业。"①但是，让国民党深感沮丧和困惑的是，无论是三民主义文学运动还是民族主义文艺运动，无论是预防性检查还是惩罚性检查，其文艺政策基本上都失败了。毛泽东曾经在《新民主主义论》（1940）中这样评论国民党在文化战线上的溃败：1927—1937 年中国国民党发动了两种反革命的围剿，一种是军事"围剿"，另一种是文化"围剿"，结果是两种"围剿"都惨败了，而后者尤其让人迷惑："其中最奇怪的，是共产党在国民党统治区域内的一切文化机关中处于毫无抵抗力的地位，为什么文化'围剿'也一败涂地了？这还不可以深长思之么？而共产主义者的鲁迅，却正在这一'围剿'中成了中国文化革命的伟人。"②

对这一问题，有人说是由于国民党不重视文艺宣传，其文艺政策缺少制度保障和措施，这显然不符合事实：国民党掌握着当时中国最为强大的国家机器，拥有最齐备的文化机关，无论是人力还是物力，都不缺少，比如国民党对中国文艺社、对《前锋》等杂志的支持，对民族主义文学的支持和褒奖，对青年人实行的党化教育等。也有人说是由于文艺政策本身（如三民主义、民族主义）所存在的矛盾，作为一种

---

① 蒋中正：《中国之命运》，106 页，重庆，正中书局，1943。

② 毛泽东：《新民主主义的文化》，《毛泽东文艺论集》，36 页，北京，中央文献出版社，2002。

意识形态自身的虚伪性和脆弱性，① 这一说法也不乏道理，国民党在争夺文化领导权遭遇的失败比军事、政治上的失败要早得多。② 不过，如果我们从外在知识制度的角度"深长思之"，或许可以得出以下结论：

国民党以俄为师，强调党的主义定于一尊，高度重视意识形态特别是三民主义理论体系，把三民主义看作政治合法性的来源，并进一步强化它的"独占性、排他性、统一性、支配性"，形成了一党独尊的政治文化。南京国民党政府的文艺政策实际上是近代以来一直占据主导地位的文艺工具论的发展和应用，真正体现了国家政权将文艺和文论知识纳入制度化控制和管理的企图，它的最大弊病就是过分强调外在知识制度，过于压制内在知识制度，学者自治和学术自由遭到压制和扼杀。南京政府奉行的党国一体的训政模式导致国家权力无限膨胀，禁止书报，通缉作家，封闭书店，使得文学公共空间遭到极度挤压，丧失了良性发展的必要活力。国民党实施这种文艺政策，不但动摇了其政权的合法性根基，也严重制约了文学的发展，对于文论生产来说不啻于一种灾难。国民党同时经历了两种围剿的大溃败也是情理之中的事情。

在历史上，国民党的文艺政策不断引发左翼学者和自由主义文人

---

　　① 牟泽雄：《民族主义与国家文艺体制的形成》，320—324 页，昆明，云南人民出版社，2013。

　　② 王奇生指出：蒋介石清共反俄，被视为违背总理遗教。全党意识形态因此陷入混乱。党的继承人之争与党的路线之争相互纠缠不清。为了与共产党划清界限，国民党从政纲、政策到组织路线，均改弦易辙，将三民主义意识形态中原有的"左"的和一切稍带激进和社会改革色彩的东西，统统当作"共党"余毒抛弃掉。三民主义意识形态的社会魅力荡然无存，党民关系由动员体制转变为控制体制。与此同时，对执政以后政治权力带来的腐蚀，又未能加以有效防范和抑制。在裂变与蜕变交相作用下，执政未久的国民党即迅速演变为一个被国民厌弃的党，国民党的信仰危机在其执掌全国政权不久即已展露无遗。国民党仿照俄共实行一党专政，而在实际运作中，其组织散漫性又像西方议会政党。国民党并非不想独裁，而是独裁之心有余，独裁之力不足，因此只能是一个弱势独裁政党。国民党始终未能建立一个具有严密渗透性和强大内聚力的政党组织体系，国民党政权的支撑力量不是党员和党机器，而是军人和武力。参见王奇生：《党员、党权与党争——1924—1949 年中国国民党的组织形态》（修订增补本），141 页，405 页，409 页，北京，华文出版社，2010。

的激烈批评。① 直到 1943 年，在抗战快要结束的时候，沈从文仍然在讨论这个话题。在失望之余，沈从文对国家的文艺政策有过这样的一种期待：

> 国家的文艺政策，就必然要有那么一种远大的设计，方可望使国内最优秀作家，一代继续一代，将生命耗费到这个工作理想上，产生大作品。国家也方能希望运用这种作品，把这个民族潜伏的智慧和能力，热情与勇气，一一发掘出来，而向一个未来的理想推进。②

何为远大的设计？什么样的文艺政策才能最大限度地促进伟大作品的产生？沈从文当年没有给出一个清晰的答案。显然，这绝不是一个可以轻松回答的问题。在执行政党政策与保护学者自治之间，在维护制度权威与坚持文学自由之间，如何保持一种"必要的张力"，也许是每个时代都要面对和解决的难题。

三、中国共产党的文艺政策与现代文论

在新民主主义革命时期，中国共产党高度重视文艺在革命事业中的重要作用。在与中国共产党同时诞生的第一个会议决议中，年轻的中国共产党人在谈到"宣传"时曾有过这样的规定："一切杂志、日报、百科全书和小册子，均必须在中央执行委员会或临时中央执行委员会的管理之下。每一地区，均可视其需要而发行一份工会杂志、一份日报或一份周报，以及小册子、临时传单等。出版物，无论属于中央或

---

① 关于国民党的文艺政策所引发的批评以及国民党的自辩，可参见张道藩等：《文艺论战》，重庆，中央文化运动委员会发行，1944。该书选收了 1942 年 9 月《文化先锋》创刊号发表张道藩的《我们所需要的文艺政策》一文后引起的论争的部分文章，共 18 篇，包括《关于〈文艺政策〉》(梁实秋)，《从建国的理论说到文艺政策》(丁伯骝)，《评〈我们所需要的文艺政策〉》(王平陵)，《三民主义文艺政策的提出和其意义》(王集丛)，《我之文艺谈》(罗正纬)等。

② 上官碧(沈从文)：《"文艺政策"探讨》，原载《文艺先锋》1943 年 1 月 20 日第 2 卷第 1 期，载《沈从文全集》第 17 卷，286 页，太原，北岳文艺出版社，2002。

地方，均应由我党同志直接管理与编辑。不论中央或地方任何出版物，不得登载任何违反我党主义、政策及决议的文章。"①这段话显示出共产党人对包括文艺作品在内的出版物的高度重视。

1924 年，中国共产党的早期理论刊物《中国青年》②和其他报刊就开始倡导革命文学。③ 1926 年，列宁的《党的组织和党的出版物》在《中国青年》上得以部分译介，④ 1929 年 9 月，中国共产党中央委员会的理论性机关刊物《布尔塞维克》⑤第二卷第 10 期刊载《布尔塞维克党的组织路线——列宁论"党的组织"》的文章，阐述了列宁《怎么办》一书中的报刊思想，引用了列宁的如下观点："报纸不仅是集体的宣传员和集体的鼓动员，而且是集体的组织者。"这一表述很快被普遍接受，并成为中国共产党制定文化政策、建立文化制度的重要依据。

中国共产党领导下的文化事业的发展和文化建设是与中国共产党

---

① 《中国共产党关于（奋斗）目标的第一个决议》，中国社会科学院现代史研究室、中国革命博物馆党史研究室选编：《"一大"前后——中国共产党第一次代表大会前后资料选编》（一），80 页，北京，人民出版社，1980。

② 《中国青年》本是中国社会主义青年团（1925 年改为共产主义青年团）的团中央刊物。《中国青年》于 1924 年就开始倡导"革命文学"，比一般的文学史所认为的 1928 年创造社（如成仿吾的《从文学革命到革命文学》，刊于 1928 年 2 月 1 日《创造月刊》第 1 卷第九期）和太阳社要早：1924 年 5 月 17 日，（恽）代英在与（王）秋心的通信《文学与革命》中就提出了"革命文学""革命的文学"的概念，认为："要先有革命的感情，才会有革命文学的"，"我相信最要紧是先要一般青年能够做脚踏实地的革命家；在这些革命家中，有些感情丰富的青年，自然能写出革命的文学。'诗人是生的，不是做的'。""倘若你希望做一个革命文学家，你第一件事是要投身于革命事业，培养你的革命感情。"见代英：《文学与革命》，《中国青年》1924 年第31 期。

③ （沈）泽民在 1924 年就明确提出了"革命的文学"这个概念："一个革命的文学者，实是民众生活情绪的组织者。这就是革命的文学家在这革命的时代中所能成就的事业！""诗人若不是一个革命家，他决不能凭空创造出革命的文学来。诗人若单是一个有革命思想的人，他亦不能创造革命的文学。""真真的革命者，决不是空谈革命的，所以真真的革命文学也决不是把一些革命的字眼放在纸上就算数。"见（沈）泽民：《文学与革命的文学》，《民国日报》副刊《觉悟》，1924 年 11 月 6 日。

④ 最早的中译名是《论党的出版物与文学》，刊载于 1926 年 12 月出版的中国共产主义青年团机关刊物《中国青年》。可参见徐改平：《早期共产党人对革命文学的倡导与实践——以〈中国青年〉为核心》，《文学评论》2008 年第 1 期。

⑤ 《布尔塞维克》创刊于 1927 年 10 月 24 日，最后一期是在 1932 年 7 月 1 日出版的。1933 年初，中央机关迁往中央革命根据地，《布尔塞维克》正式停刊。《布尔塞维克》前后共出版 52 期。

同步前进的。据不完全统计，从中国共产党创建到中华人民共和国成立的近 30 年里，由中国共产党各级党组织及其领导下的各机关、部队、团体及个人所创办的各种报刊，总计不下 4500 余种，其中党组织和人民政府报刊约 2470 种，人民军队报刊约 1020 种，群众团体报刊约 1030 种。这些党报、党刊是新民主主义革命时期包括文学、文论等发展变迁的重要文献资料来源。[①]

从中央苏区到国统区，再到解放区，中国共产党逐渐确立了文艺在整个宣传工作中的地位，通过政策制定和机构设立加强了对文艺的组织和领导，将体现其政党意识的文艺思想推进到出版、社团、传媒和文学论争等层面，从而影响了现代文论的面貌和传播。

1. 中央苏区的文艺政策与文论建构

土地革命战争时期（1927—1937），中国共产党于 1931 年 11 月建立了以瑞金为中心的苏维埃政权——苏维埃临时中央政府，使赣南根据地与闽西根据地连成一片，史称中央苏区。[②] 1933 年初，中共中央从上海迁往中央苏区。中央苏区是第二次国内革命战争时期全国最大的革命根据地，是全国苏维埃运动的中心区域，也是中华苏维埃共和国党、政、军首脑机关所在地。到第五次反"围剿"前夕，中央苏区在江西达到极盛，除占据赣南一半以上地域外，向北延到南城、黎川地区，面积在 4 万平方公里左右。整个中央苏区总人口约 300 万，中共党员最多时不少于 15 万人，党员在人群中的比例占到 5%。贯穿中央苏区之始终，苏维埃政权和军队、党的关系大体处于这样的框架中：军队是基础，政党是灵魂，政权是手足。[③]

中央苏区时期的文艺事业发展迅速，创办了许多报刊，如 1931 年 7 月共青团中央创办的《青年实话》，1931 年 7 月苏区中央创办的《斗争》，1931 年 12 月创办的《红色中华》等。这些杂志多设有副刊，以供

---

① 　钱承军：《建国前中国共产党报刊研究》，前言 3 页，北京，中国文联出版社，2009。

② 　其他苏区还有鄂豫皖、闽浙赣、湘鄂赣、湘赣、湘鄂西、鄂豫陕、川陕等。

③ 　关于中央苏区的资料，可参见黄道炫：《张力与限界：中央苏区的革命（1933—1934）》，6—14 页，90—93 页，111 页，北京，社会科学文献出版社，2011。

发表文艺作品和文学批评。《红色中华》从 1933 年 4 月 23 日起特别开辟文艺副刊《赤焰》，《青年实话》辟有《工农大众文艺》副刊，《红星报》有《山歌》《俱乐副刊》等，为苏区文艺工作者和工农兵群众提供重要的创作园地。这些刊物得到了苏区军民的认可，发行量多达几万份。其中《红色中华》发行量从创刊初期的 3 千份增加到 4 万余份，① 超过了当时被称为"中国最好的报纸"②——《大公报》——在全国 3.5 万份的最高销量。

中央苏区的文艺事业的发展与中国共产党的文艺政策密切相关。中央苏区时期中国共产党的文艺政策有以下特点：

其一，为加强中国共产党的执政能力，中央苏区使用了行政资源来推进中央苏区文艺运动，使文艺起到了革命动员的作用。中央苏区要求文学艺术直接服务现实，重视艺术的社会效应，要求艺术直接为社会的、政治的、军事的、文化的需要服务。

由于当时特殊的政治环境，中央苏区时刻面临着生死存亡的威胁。为了挫败国民党发起的一次次围剿，满足革命斗争的需要，在有限的人力、物力、财力的条件下最大限度地扩大力量，发展自己，红军和中国共产党非常重视宣传工作。当红军进入赣西南地区后毛泽东甚至提出过"要三天发展十万党员"的几乎不可能实现的任务，③ 他高度重视红军的宣传工作："红军宣传工作的任务，就是扩大政治影响争取广大群众。所以红军的宣传工作，是红军第一个重大工作。若忽视了这

---

① 毛泽东在 1934 年 1 月 24—25 日所作的《中华苏维埃共和国中央执行委员会与人民委员会对第二次全国苏维埃代表大会报告》中说："苏区群众文艺运动的迅速发展，我们看报纸的发行就可以知道。中央苏区现在已有大小报纸 34 种，其中《红色中华》，从三千份增至四万份，《青年实话》发行二万八千份，《斗争》二万七千一百份，《红星》一万七千三百份，证明群众的文化水平是迅速的提高了。"见江西省档案馆、中共江西省委党校党史教研室编《中央革命根据地史料选编》下册，330 页，南昌，江西人民出版社，1982。

② 胡适：《后生可畏》，引自《胡适日记全编》第 6 卷，曹伯言整理，120 页，合肥，安徽教育出版社，2001。

③ 建构强大的党组织是中共强化自身的必要举措，据中共报告称："党的组织的发展，是红军打来之后才发展的，毛泽东起草计划，要三天发展十万党员。"见《赣西南会议记录（1930 年 10 月 13 日）》，江西省档案馆、中共江西省委党校党史教研室编《中央革命根据地史料选编》（中），628 页，南昌，江西人民出版社，1982。

个工作，就是放弃了红军的主要任务，就等于帮助统治阶级剥削红军的势力。"①

　　苏维埃政府和红军、中国共产党的文艺政策是一致的。1933年4月，中华苏维埃共和国中央教育人民委员部发布一号训令《目前的教育任务》指出："苏区当前文化教育的任务，是要用教育与学习的方法，启发群众的阶级觉悟，以深入思想斗争，使能更有力的动员起来加入战争，深入阶级斗争和参加苏维埃各方面的建设。"第四号训令《文化教育工作在查田运动中的任务》也提出："苏区文化教育不应是和平的建设事业，应成为战争动员中一个不可少的力量。"②两个政府令都把文化教育和阶级斗争、战争动员紧密地结合在一起。

　　在这样的文艺政策的指引下，中央苏区群众文艺活动如红色歌谣、工农剧社和蓝衫团（苏维埃剧团）以及俱乐部运动的主题大多是适应阶级斗争的需要，支持土地革命的政策，以便发挥强大的宣传鼓动作用，壮大人民武装（"扩红"），保住胜利果实。只有满足这样的宣传鼓动效果的作品才是真正的好作品。如当时的山歌唱到的那样：

唱歌要唱革命歌

　　　　山歌不是考声音，总爱革命意义深；
　　　　革命不是取人貌，总爱勇猛打敌人。

这里的"声音"和"意义"大致和人们常说的符号（山歌）的能指和所指相对应。出于当时革命任务与形势的需要，"山歌不是考声音"，外在的艺术形式不是最重要的取向，能承载革命内涵才是最重要的目的，能够鼓励人们上前线杀敌才是山歌最大的价值。由于扩大红军力量是中央苏区较长时期的任务，山歌等文艺活动也承担起了"扩红"的宣传与鼓动功能，如"唱歌爱唱当红军"，"歌子就叫当红军"等。在当时的中央苏区，"无论男女老幼，都能明白《国际歌》、《少先歌》、《十骂反革

---

　　①　毛泽东：《中国共产党红军第四军第九次代表大会决议案》，载汪木兰、邓家琪编《苏区文艺运动资料》，3页，上海，上海文艺出版社出版，1985。
　　②　江西省教育学会：《苏区教育资料选编》，6页，12页，南昌，江西人民出版社，1981。

命》、《十骂国民党》、《十骂蒋介石》、《红军歌》及各种革命歌曲。"①红军文艺宣传活动的步调之一致，② 效果之显著，③ 给当时的国民党官员留下了深刻的印象。

第二，苏区建立健全了各级传播机构。

中央苏区先后建立了大量的新闻报刊的出版机构和相关的编审出版机构。主要有：中央出版局，中共中央党报委员会，中革军委出版局，中革军委编译委员会，中央教育人民委员部编审委员会，中央教育人民委员部编审局、艺术局，工农剧社编审委员会，工农美术社，马克思主义研究总会编译部、文化研究组，马克思共产主义学校编审处，中华苏维埃中央军事政治学校编审出版科，中国工农红军学校出版科，中国工农红军卫生学校编审出版科，红军大学出版科等。1931年春，中国共产党在长汀县城创办中央革命根据地第一家出版发行机构——闽西列宁书局，同年，中国共产党还在保定成立了一个地下出版机构——北方人民出版社。这些出版机构推动了包括各种马列文论著作在内的出版。除此之外，中央苏区还建立了对文艺作品特别是剧本的审查制度。当时在中央苏维埃临时政府人民教育委员会下设立了艺术局来领导文艺工作，"新剧本须经区以上之政府审查方得演出"。④

在上述文艺政策和传播机构组成的场域下，中央苏区形成了关于文学本质和功能的政治化、革命化认知的理论话语。中央苏区所建构

---

① 语出 1930 年 10 月赣西特委书记刘士奇在写给中共中央报告中的说明，载江西省文化厅《江西文艺史料》第十一辑，26 页，1991 年 12 月。

② 曾任粤军香翰屏部参谋的李一之(后加入中国共产党)深入观察中共宣传活动后发现："全部红军有整个的宣传计划，各部队红军皆能取一致之步调，同一之意思，划一之口号标语以为宣传。"见李一之：《剿共随军日记》，102 页，第二军政治训练处 1932 年印行。转引自黄道炫：《张力与限界：中央苏区的革命(1933—1934)》，127 页，北京，社会科学文献出版社，2011。

③ 1934 年 6 月，贺龙率部攻克贵州沿河县，沿河县邮政局局长戴德初这样描述贺龙红军队伍的宣传威力："其于宣传工作尤为注意，标语之多满街满衢，门窗户壁，书无隙地，人心归附，如水下倾。"见《沿河县邮政局长戴德初给贵州省邮务长的报告》(1934 年 6 月 4日)，载湘鄂川黔苏区革命文化史料汇编编辑小组《湘鄂川黔苏区革命文化史料汇编》，71页，北京，中国书籍出版社，1995。

④ 《闽西第一次工农兵代表大会宣言及决议案》，载汪木兰、邓家琪编《苏区文艺运动资料》，14—15 页，上海，上海文艺出版社，1985。

和倡导的观念是：文艺的根本目标就是为了更好地服务于革命的现实斗争。如《红色中华》文艺副刊《赤焰》的发刊词《写在前面》(1933 年五一节)这样写道：

> 为着抓紧艺术这一阶级斗争武器，在工农劳苦大众的手里，来粉碎一切反革命对我们的进攻，我们是应该来为着创造工农大众艺术发展苏维埃文化而斗争的。因此，我们号召红军中的通讯员与读者努力的去把苏区工农群众的苏维埃生活的实际，为苏维埃政权而英勇的斗争的光荣历史事迹[绩]，以正确的政治观点的立场在文艺副刊可以有充实内容来经常发刊，而且对于创造中国工农大众艺术上也有极大的帮助。①

在这里，《赤焰》明确地亮出了"艺术是阶级斗争的武器"这一观点，并且回答了文艺为什么人服务的问题：文艺为工农大众服务。毛泽东后来曾经用"文武双全"来说明文艺组织、文艺研究、工农大众的文艺创作在抗日抗战和内战中的重要作用。② 这些观念与后来毛泽东的《在延安文艺座谈会上的讲话》(简称《讲话》)的主旨是一致的，后者强调文学的社会政治效用(功能)，主张"要使文艺很好地成为整个革命机器的一个组成部分，作为团结人民、教育人民、打击敌人、消灭敌人的有力武器，帮助人民同心同德地和敌人作斗争。"③这些不同时代的理论主张在本质上是没有区别的，也体现了中国共产党从中央苏区到解放区的文艺政策的一贯性和延续性。

中国共产党在完成自身政党建设的过程中逐渐确立了文艺在整个宣传工作中的地位。1929 年 6 月，在上海召开的中共六届二中全会通过了《宣传工作决议案》，全会还决定成立一个专职管理领导文化的机

---

① 《赤焰》第 1 期(《红色中华》1933 年 4 月 23 日)，载江西省文化厅革命文化史料征集工作委员会、福建省文化厅革命文化史料征集工作委员会编《中央苏区革命文化史料汇编》，381 页，南昌，江西人民出版社，1994。

② 毛泽东：《在中国文艺协会成立大会上的讲话》(1936 年 11 月 22 日)，《毛泽东文艺论集》，3 页，北京，中央文献出版社，2002。

③ 毛泽东：《在延安文艺座谈会上的讲话》，《毛泽东文艺论丛》，49 页，北京，中央文献出版社，2002。

构：由党中央宣传部直属领导的"文化工作委员会"（简称"文委"），旨在"指导全国高级的社会科学的团体，编辑公开发行的各种刊物书籍"。① 中央文委的第一任负责人是潘汉年，统一领导文化建设工作。中国共产党通过政策制定和文委②等机构的设立，加强了对文艺的组织和控制，而且将体现政党意识的文艺思想有效地推进到文学教育、社团、出版和文学论争等现实层面。1939 年，时为苏区鲁迅艺术学院（简称"鲁艺"）首任副院长的沙可夫在鲁艺创立一周年的讲话中指出："鲁艺是一个国防教育机关，所以它的主要任务是训练大批适合于今天抗战急迫需要的艺术干部。同时我没有忘了一面抗战一面建国，所以鲁艺除了上面的主要任务以外，认为以马列主义的理论与立场，建立中华民族新时代的文艺理论与实践，团结和培养新时代的艺术人才，这对于鲁艺是同样重要的任务。"③沙可夫的这段论述强调了鲁艺作为艺术院校的国防教育功能，强调了文艺理论与实践的实用性和政治性，这与中央苏区文艺政策和文化建设的指导精神是高度一致的。

中央苏区的文艺政策和文论取向突出强调文艺的政治化功能和革命化认知特征，这不仅极大影响了中央苏区文艺创作和文论建设，也深远影响了后来的解放区文艺的发展以及解放区文学理论的建构，因此有学者说，"从创作实践方面来说，文艺做到了为人民大众服务、首先为工农兵服务并与工农兵相结合，中国现代文学史则始于苏区文艺运动。"④这个评价是中肯的。

2. 政党视野下的左联与现代文论生产

中国共产党的文艺政策主要实施的地域是中央苏区和后来的解放区。在国统区，中国共产党主要通过各级地下党组织和社团活动来贯

---

① 中共上海市委党史资料征集委员会：《中共上海党史大事记》，219 页，北京，知识出版社，1988。

② 从一定意义上说，文艺的组织建制和领导机构设置应该是整个文艺制度成熟的一个重要标志。参见何平、朱晓进：《论中国共产党文艺制度的起源》，《南京师大学报》（社会科学版）2006 年第 4 期。

③ 沙可夫：《鲁迅艺术学院创立一周年》，《新中华报》1939 年 5 月 10 日。

④ 江西师范大学中文系苏区文学研究室：《江西苏区文学史》，31 页，南昌，江西人民出版社，1984。

彻其文艺政策，推动左翼文化的发展，以期争夺革命文化战线的领导权。中国共产党领导下的中国左翼作家联盟（简称"左联"）就是一个典型案例。

左联的成立是中国共产党领导下的左翼文化的产物。在左联成立之前，沈端先、鲁迅等 12 人在一次预备会议论中就认为，目前文学运动最重要的一个任务就是"新文艺理论底建立"，并认为应该把这一任务和国内左翼作家的团结及共同运动结合起来。① 鉴于"中国著作者协会"等社团的失败教训，② 中国共产党开始考虑用另一种形式团结广大的革命文艺界，开始酝酿筹备成立左联。1929 年秋末冬初，文委领导人潘汉年受中国共产党的委派，召集太阳社、创造社部分党员开会，讨论党中央关于解散太阳社、创造社，另行组织左翼文化界的统一组织，并正式商谈筹组左联。1930 年 3 月 2 日，经过党的建议和筹划，有党内外作家参加的中国左翼作家联盟在上海正式成立。随后，中国社会科学家、戏剧家、美术家、教育家联盟（分别简称"社联、剧联、美联、教联"）以及电影、音乐小组等左翼文化团体也相继成立。10月，各左翼文化团体又共同组成中国左翼文化总同盟（简称"文总"）。这支左翼文化新军在党的领导下，积极从事马克思主义宣传和革命文艺创作等活动，兴起了一个很有声势和实力的左翼文化运动，直到1936 年 5 月，左联宣告解散。

左联不是一个纯粹的文学社团（尽管它的前身是创造社、太阳社、我们社等文学社团，成员包括鲁迅等作家），也不是一个纯粹的政治组织，它是在中国共产党领导下的文学团体和文学组织。左联的成立被看成"是我国现代文学史上的一件大事，标志了革命文学跨入一个新的发展阶段，也标志了中国无产阶级先锋队——中国共产党对于革命文艺事业领导的加强"。③

---

① 《上海新文学运动者底讨论》，载《萌芽月刊》第 1 卷第 3 期（1930 年 3 月 1 日）。

② 1928 年 7 月，中国共产党在莫斯科召开第六次代表大会，在"六大"通过的《宣传工作的目前任务》中，党中央指出要加强对革命文学运动和文化科学团体的领导，1928 年 12 月底在中国国产党的组织下，成立了"中国著作者协会"，发起人包括郑振铎、叶圣陶等人，但协会成立后，基本没有开展实际活动便自行解散了。

③ 唐弢：《中国现代文学史》（二），16 页，17 页，北京，人民文学出版社，1979。

从左联的领导成员名单中，我们可以看出左联与中国共产党之间的密切关系。在"左联"的七名常务委员中，夏衍、冯乃超、钱杏邨、洪灵菲四人均在 1927 年前后加入中国共产党，田汉于 1932 年入党，非党员只有鲁迅、郑伯奇两人。左联的重要构成部分"太阳社"不仅由清一色的党员作家组成，而且在组织上直接隶属上海闸北区第三街道支部。在左联的成立会上，瞿秋白等党员干部也应邀出席亲加指导。左联成立后，中国共产党建立起了担负领导责任的中国共产党党团组织，以保证党对左翼文化运动的正确领导。中央文委书记潘汉年担任第一任党团书记。左联党团的职权是：党的方针、政策和决定经过文委下达到左联，党团讨论执行，一直到左联 1936 年解散，中国共产党在其中始终保持着完整的组织领导体系。① 在此期间，中央文委书记和左联的党团书记的人员基本重合。② 因此，左联当时有了"第二党"的称呼。曾经担任左联党团书记的阳翰笙在回忆时说："那个时候，参

---

① 俄共党章中专门列有"党团"一章，规定在一切党外机关和组织中，凡有党员三人以上者，即成立党团；党团的任务是在各方面加强党的影响，在非党群众中实现党的政策，以及对上述一切机关和组织的工作实行党的监督；党团完全服从党；党团所在的党外组织必须解决的问题，都应预先在党团内讨论，作出决定；所作决定，党团的全体成员必须遵守，并在该党外组织的大会上表示一致意见。这是俄共体制中一个独具特色的组织机制。它既保证了党与非党群众的密切联系，加强党对非党群众的影响，更保证了党对党外组织团体的严密控制。这一独特的机制也为国民党所吸收，并正式列入其党章。中共在借鉴俄共组织体制的过程中，充分吸收了俄共组织严密性的一面。对照俄共、中共和国民党三党的党章中有关"纪律"的条文，即可发现国民党党章基本上是照抄俄共党章，而中共党章却比俄共党章规定得更细密，更严厉。根据中国共产党的党章，"党团"是中国共产党在党的群众组织中设立的党组织，虽然"党团"并非"党委"，不是一个权力机构，对于左联内部的党员也仅具有"监督"权，并无处罚权，党团自身也不具备直接指挥左联的权力，但党团仍然可以影响组织及组织内的党外成员。详见王奇生：《党员、党权与党争——1924—1949 年中国国民党的组织形态》（修订增补本），11—17 页，北京，华文出版社，2010。汪纪明：《文学与政治之间：文学社团视野中的左联及其成员》，126—131 页，北京，中国社会科学出版社，2012。

② 先后担任过左联党团书记的有：潘汉年（1930 年 3 月开始，后调到中宣部工作）；冯乃超（1930 年 6 月—1931 年 2 月）；冯雪峰（1931 年 2 月—1932 年上半年）；阳翰笙（1932—1933 年底）；周扬（1934—1936 年）。先后担任过中央文委书记的大致情况如下：潘汉年（1929 年 6 月—1930 年 6 月）；朱镜我（1930 年 6 月—1931 年 2 月）；冯乃超（1931 年上半年）；祝伯英（1931 年下半年）；冯雪峰（1932—1933 年初）；阳翰笙（1933—1934 年底）；周扬（1935—1936 年）。转引自陶柏康、谭力：《中国共产党与左翼文化运动》，41—42 页，上海，上海人民出版社，2011。

加了左联等左翼文化组织，无异于参加了党。除极少数人外，绝大多数同志都是完全自觉地、满腔热情地接受党的领导，尊重党的领导，坚决执行党的任务，组织性纪律性很强。"① 夏衍也说："左联是党与非党作家联合组织的群众性团体，但实质上还是一个没有掩护的，第二党式的，所谓赤色群众团体。"②

中国共产党领导下的左联的组织结构具体如下图：③

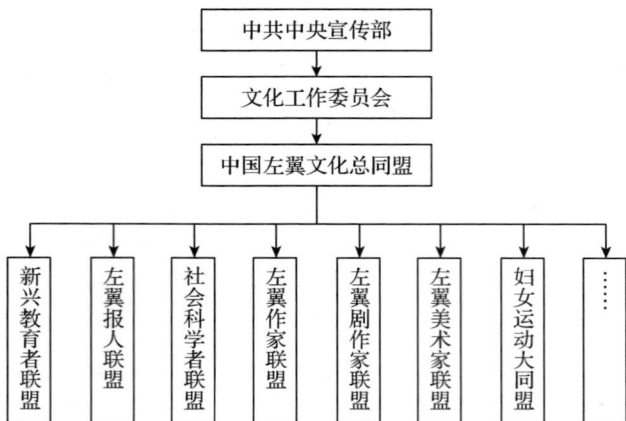

```
        ┌──────────────────┐
        │  中共中央宣传部   │
        └──────────────────┘
                 │
        ┌──────────────────┐
        │  文化工作委员会   │
        └──────────────────┘
                 │
        ┌──────────────────┐
        │ 中国左翼文化总同盟 │
        └──────────────────┘
    ┌────┬────┬────┬────┬────┬────┬────┬────┐
 新兴  左翼  社会  左翼  左翼  左翼  妇女  ……
 教育  报人  科学  作家  剧作  美术  运动
 者联  联盟  学者  联盟  家联  家联  大同
 盟          联盟        盟    盟    盟
```

图 5-1　左联在中共中央宣传系统中所处的位置

在图 5-1 中，中共中央宣传部是左联的最高领导机构，中央文化工作委员会（文委）是中宣部的直接下设机构，是执行机构，而中国左翼文化总同盟（文总）从其产生的过程来看带有明显的"统战性质"，和前者人员重叠。在图 5-2 中，左联党团是左联的三个"领导部门"中的一个，党团是"党"的唯一合法化代表，左联社团的执行机构则是执委会、常委会和秘书处。

---

① 阳翰笙：《在纪念左联成立五十周年大会上的发言》，《左联回忆录》（上），23 页，北京，中国社会科学出版社，1982。

② 夏衍：《左联成立前后》，《左联回忆录》（上），49 页，北京，中国社会科学出版社，1982。

③ 详见张大伟：《"左联"组织结构的构成、缺陷与解体———"左联"的组织传播研究》，《文史哲》2007 年第 4 期；王宏志：《鲁迅与"左联"》，110 页，北京，新星出版社，2006。

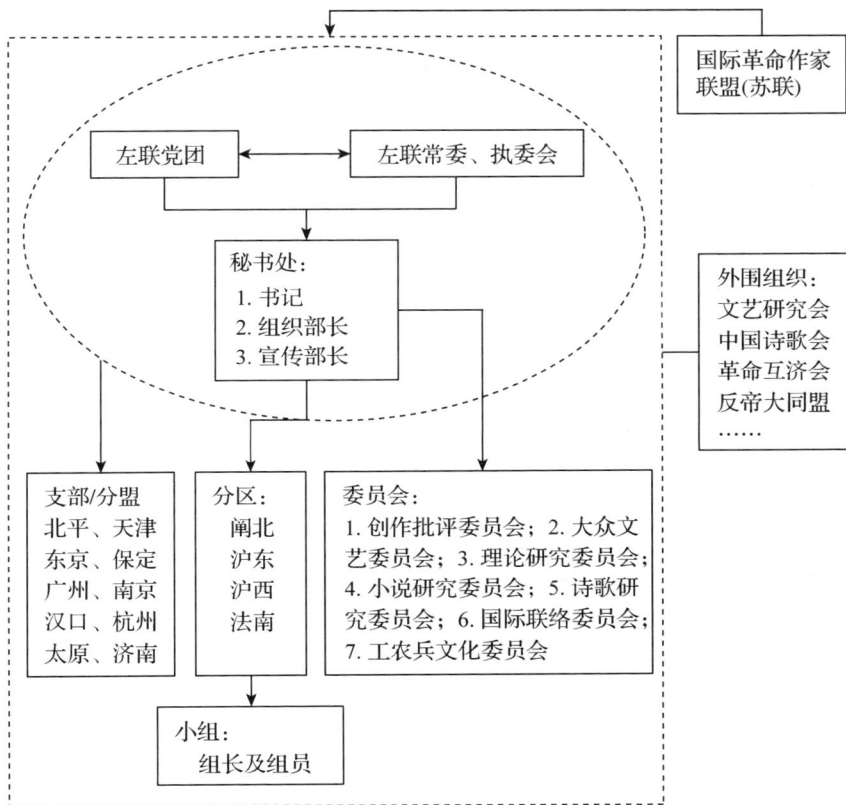

图 5-2　左联组织系统图

中国共产党与左联的密切关系直接决定和影响了左联的活动及其文论生产。左联在成立时，确定了这个组织的行动总纲领之一就是"确立马克思主义的艺术理论及批评理论""确立中国无产阶级的文学运动理论的指导""发展大众化的理论与实际"，都与文学理论密切相关。并且提出：我们的理论要指出运动之正确的方向，并使之发展。常常提出中心的问题而加以解决，加紧具体的作品批评，同时不要忘记学术的研究，加强对过去艺术的批判工作，介绍国际无产阶级艺术的成果，而建设艺术理论。[①] 在中共中央宣传部的领导下，左联在成立后的两三年(1930—1933)间，不断以各种"宣言""通告""行动纲领""文化组织书""执行委员会决议""抗议书""致电信"等形式，向全世界、全中国的各界鲜明地表达自己的使命：即"中国左翼作家联盟在目前不独是中国无产阶级革命文学的基本队伍，且又负起了中国无产阶级革命文学总的领导任务"。[②] 左联的"决议""报告""宣言"都有共同的文体特征，即开篇先介绍世界革命运动的形势和国际革命文艺的背景，然后再说中国左翼文艺运动的形势和任务。如此坚定地强调文艺团体的战斗性任务，这在五四以后的文学团体中从未有过，这也是在社会革命的急剧变化中，随着中国共产党的文艺政策的制度化过程而出现的重大变化。

左联的活动直接影响了 20 世纪 30 年代的一系列文学论争和文论生产，左联和其他左翼文化团体先后创办《萌芽月刊》《拓荒者》《文化月报》《北斗》《文学》等几十种刊物，创作和发表了包括文论作品在内的大量作品。左联介绍马克思主义文艺理论，提倡"社会主义现实主义"，推动文艺大众化运动，对民族主义文艺、自由主义文艺观展开了激烈的批评等，为马克思主义文艺理论做出了重要贡献。属于马克思主义文论和知识体系的术语，如阶级性、政治性、大众化、经济基础、上层建筑、认识论、反映论、唯物主义、唯心主义等大量进入了文学话语。

不过，受到了当时中国共产党的"左"倾教条主义、冒险主义和关门主义的影响，左联通过的理论纲领中，鲜明地提出了要"站在无产阶级的解放斗争的战线上"的口号，不顾文艺组织的特点，号召作家要像工农兵那样参加实际的革命斗争，特别是在发展的前期，左联利用各种纪念日频繁地举行游行示威、集会、张贴标语、散发传单。这也使得左联的文学活动的政治色彩过浓，过分强调文艺在阶级斗争中的作用，使其与一般的文学社团或作家组织有了很大的差异。对于这一点，茅盾看得非常清楚：在写作于 1935 年的《关于"左联"》中，茅盾不无批

---

① 《中国左翼作家联盟的成立》，《拓荒者》第 1 卷第 3 期(1930 年 3 月 10 日)。
② 见《中国无产阶级革命文学的新任务》，《文学导报》第 1 卷第 8 期(1931 年 11 月 15日)。

评地写道："左联的工作应该是文学工作，但中国左联自始就有一个毛病，即把左联作为'政党'似的办，因此它不能成为广泛的反帝反封建的文学团体。"①这也造就了左联特殊的宣传功能和政治功能及其对文论发展的特殊作用。

随着左联的成立，中国共产党在尝试中完成了从文艺思想构想、文艺政策制定到文艺政策实施的过程。也正因为这样，从 1928 年到 1937 年被称为"左联十年"，王瑶在《中国新文学史稿》指出：现代文学"第二个时期"的十年中，"左联的组织形式虽然从成立到解散只有六年，但这十年期间整个可以说是由左联来领导的；无论从文学理论还是创作来说，都是如此。"②

有学者在谈论从 20 世纪中国文学的政治化到文学的政策化时认为，在中国现代马克思主义文艺思想的传播与建构中，存在着两种模式的对立与矛盾。一种是艺术—政治模式，从 20 世纪 20 年代中期茅盾的批评开始，到 20 世纪 30 年代冯雪峰、胡风的文学主张，构成了这一模式发展的主要轨迹。既防止艺术脱离政治，又防止政治意识对于艺术的消解作用。其侧重点在于探讨艺术如何才能在政治的影响之下尽量体现自身的特点。所以，它是从艺术出发对政治的认同。对艺术规律的探讨，可以说是这一模式的重点。另一种是政治—艺术模式，其建构者主要是从政治角度切入艺术研究，政治意识明显强于艺术意识，政治思维明显强于艺术思维。他们从政治出发来看艺术问题，因而使得艺术的理解成为政治的理解，艺术的需要成为政治的需要。不能说这一模式从来都没有讨论过艺术问题，尽管这些讨论有时也是十分有价值的，但是，在政治与艺术两种要素上，政治—艺术模式明显偏向于政治而使艺术无足轻重。早期中国共产党人的文学主张，后期创造社、太阳社的文学革命主张，瞿秋白、周扬的文学思想，可以看作这一模式在不同时期的一种持续不断的建构。这是中国马克思主义文艺思想建构中的主要模式与主导力量，对于现代中国无产阶级革命

<hr />

① 茅盾：《关于左联》，见《左联回忆录》（上），122 页，北京，知识产权出版社，2010。
② 王瑶：《中国新文学史稿·绪论》，《王瑶全集》第 3 卷，55 页，石家庄，河北教育出版社，2000。

事业具有重大影响的政治家们是倾心于这一模式的。周扬批评中的巨大政治含量以及文坛的巨大影响力也就来自于此。①

这位学者在这里所概括的两种模式，特别是政治—艺术模式，在中央苏区文艺制度的建构中已经有了基本雏形，在其后的解放区文艺建设中，在左联成立和建设过程中，特别是在《讲话》之后，得到了进一步巩固和加强。

四、定于一：现代文论生产的一体化趋势

在国家机器的支持下，民国时期的执政党（特别是中国国民党）的文艺政策获得了制度的保障和支持，成为主导意识形态，很大程度上改变了文论发展的生态和走向，也影响和决定了文论的内在形态。在很多时候，主导意识形态不愿妥协，不愿退让，它不擅长，也不愿意和其他文化形态进行有效对话，即使进行了对话也不能真正地吸纳对方的话语，而是呈现出犹豫、反复或杂糅、矛盾的状态。长此以往，终将不利于促进社会制度的平稳运行，也不利于新的、更适合中国的支配文化的出现，也不符合英国文化学者斯图亚特·霍尔所谓"文化斗争"的辩证法②的要求。

从整个过程而言，民国时期的政党文艺政策存在着复杂性和有效性的问题，有其难以避免的限度。正如有学者指出的那样：五四以后的阶级分化与政党博弈让中国日益走向了独裁的道路，保障知识分子创造空间的良性机制遭遇了严重的干扰，但是民国社会的复杂形态和民国文化的复杂形态依然以自己的特殊方式支持了民国机制的基本运

---

① 刘锋杰：《中国现代六大批评家》，312 页，北京，北京大学出版社，2005。
② ［英］斯图亚特·霍尔：《解构"大众"笔记》，戴从容译，陆扬、王毅选编《大众文化研究》，48 页，上海，上海三联书店，2001。

行。① 在这种机制的运行过程中，民国时期的主要政党，特别是中国国民党的文艺政策在一些时候并没有真正得到落实，这其中有很多原因，如民国时期国统区和苏区、沦陷区等不同地区的文艺政策之间不可避免地存在着冲突，有可能相互抵消；再如外在知识制度和内在知识制度之间存在着内在矛盾，外在知识制度的落实过程中存在着误差，制度的制定者和执行者受到内在知识制度的影响（如"学术自由"元规则），在落实文艺政策的过程中不自觉地削弱了执行力，等等。②

不过，尽管存在着种种落实不力、反响寥寥甚至是南辕北辙的现象，在民国主要政党文艺政策的影响下，特别是在国统区的文坛，中国现代文论的创造与发展还是受到了政党政治的强大影响，出现了一种明显的"定于一"的趋势。

"定于一"的说法来自学者李长之。在讨论批评文学的产生条件时，李长之曾这样总结道：

> 我不敢说中国的国民性不适宜于产生批评，但是至少我们过去（而且截至现在）的生活习惯，是反批评精神的。批评以理解为

---

① "民国机制"是李怡对民国政治文化生态的一个概括，主要包括知识分子的生存机制、文化创造（文学生产及其传播机制）、国家政府的相关管理控制机制等。参见李怡：《含混的"政策"与矛盾的"需要"——从张道藩〈我们所需要的文艺政策〉看文学的民国机制》，《中山大学学报》（社会科学版）2010 年第 5 期。

② 比如，曾担任中国国民党中央宣传部部长的张道藩在《我们需要怎样的文艺政策》（《文艺先锋》1942 年 9 月 1 日创刊号）一文中提出了"六不政策"和"五要政策"，"六不政策"即不专写社会的黑暗，不挑拨阶级的仇恨，不带悲观的色彩，不表现浪漫的情调，不写无意义的作品，不表现不正确的意识；"五要政策"即要创造我们的民族文艺，要为最受苦痛的平民而写作，要以民族的立场来写作，要从理智产生作品，要用现实的形式。这显然不是个人的自说自话，而是官方意识形态的集中体现，必须要依靠着严格的书刊审查制度来落实的，张道藩本身正是国民党审查制度的制定者之一。但张道藩在同年也这样表示："干脆讲，我们提出的文艺政策并没有要政府施行统治的意思，而是赤诚地向我国文艺界建议一点怎样可以达到创造适合国情的作品管见，使志同道合的文艺界同仁有一个共同努力的方向。"他还提出：文艺政策的原则由文艺界共同决定后有计划地进行（张道藩：《关于"文艺政策"的答辩》，《文化先锋》1942 年第 1 卷第 8 期）。这两种说法显然有自相矛盾之处，前者斩钉截铁，后者欲说还休。也显示出作为留学海外的知识分子、剧作家的张道藩和作为国民党意识形态领域主要官员的张道藩的思想和价值观上的分裂，这也折射出历史的复杂维度。详见李怡：《含混的"政策"与矛盾的"需要"——从张道藩〈我们所需要的文艺政策〉看文学的民国机制》，《中山大学学报》（社会科学版）2010 年第 5 期。

基础，理解须富有同情心，但是中国往往太要求"定于一"（这在政治上是一种长处，造成向心力的团结，但是在学术上就是一种阻力），太不能容纳不同于自己的立场。我敢拆穿了说，中国的知识分子都有焚书坑儒的倾向的，只要那书不是自己一派的书，儒不是自己一派的儒。知识分子之不能容纳知识分子，比什么都利害。到现在打开史书，那血痕还崭新！秦始皇不过作了李斯的傀儡而已。这种赶尽杀绝的态度，没有同情，不肯理解，可以产生批评文学么？[①]

李长之在这里所批评和担忧的"定于一"，主要针对的是执政者不给文学批评更多的宽容度，不理解，不同情，对异己思想"赶尽杀绝"的局面。他认为这不利于中国产生伟大的文学批评。同时，他也承认，如果从加强政治向心力的角度看，"定于一"似乎又是不可避免的。在执政党的文艺政策逐渐稳定、巩固之后，富有个性的文学话语与意识形态化的政党话语之间构成了明显的矛盾，或者相互排斥，或者打压消灭，很难给文论家们留下足够的想象天地和腾挪空间。

从20年代末到40年代中，随着中国当时两大政党文艺政策的逐步确立及制度建设的深入，中国现代文论生产也逐渐呈现出许多趋于"定于一"或"一体化"[②]的特点。具体表现在三个方面：

第一，文学知识的组织方式、生产方式，包括文学机构、文学报刊、写作、出版、传播、阅读、评价等环节都呈现出组织化、指令性的特点；其中，两大执政党的宣传部门各自发挥了核心领导作用。

第二，一种文学观念（三民主义文学观、民族主义文艺观、左翼文

---

① 李长之：《产生批评文学的条件》（1938年3月7日），载《苦雾集》，商务印书馆1943年4月赣第一版，引自《李长之文集》第3卷，153—154页，石家庄，河北教育出版社，2006。

② "一体化"这个术语参考了洪子诚和许道明先生的论述，这个术语本来是被用来概括20世纪50年代到70年代这一阶段的文学和文学批评的特点。但笔者认为，中国文学或文学批评一体化的进程，可能比我们想象的要更早一些，20世纪二三十年代的中国执政党文艺政策的制度化过程就是一体化的开始。参见洪子诚：《问题与方法——中国当代文学史研究讲稿》，188页，北京，生活·读书·新知三联书店，2002；许道明：《中国现代文学批评史新编》，315—443页，上海，复旦大学出版社，2002。

学思想等)在各自的支配领域、执政场域内逐渐演化为绝对支配地位，甚至是唯一的文学观念。比如对什么是革命文学，郭沫若就认为："文学是永远革命的，真正的文学是只有革命文学的一种。""我们可以说凡是革命的文学就是应该受赞美的文学，而凡是反革命的文学便是应该受反对的文学。应该受反对的文学我们可以根本否认她的存生，我们也可以简切了当地说她不是文学。"①依照这样的推理和判断，不难得出这样的结论：只有在自家团队和阵营中的作家才是革命的作家，其他作家都是"各色的御用文士"，他们被贴上了一系列的标签，如桃红小生、蓝衣监察、黄帮兄弟、白面喽啰，等等。② 也是很自然的事情了。

第三，与上述文艺政策与文学观念相应的是，这个时期文学的题材、主题、艺术风格、方法等都出现了趋同的倾向。

文艺政策的制度化、文论生产和文学活动的"定于一"的趋势，是政统(执政党文化政策，政党领导下的协会等机构，政治制度等)、文统和学统即大众传播制度(出版体制、版权法律制度和稿酬制度等)、现代大学制度(包括教育法律的颁布、专业化的知识分工、大学教职制度保护下的言论自由机制、文艺学学科制度的确立、学生主体在文论建设中的作用)、文学社团制度等(学术共同体和文学组织的运作)逐渐建立的后果，它们形成了某种"平行四边形"，"合力"创造了现代文论的构型"历史"。一方面，这些历史现象揭示出文学活动在意识形态领域中日益受到重视，有利于文学扩大影响力，充分发挥文学的宣传作用。③ 但在另一方面，文艺的制度化管理也有可能催生文论家封闭的思想观念和追风倾向，这对以创新为旨归的文学和文论创作来说，也无疑引发了重重危机。以中国历史上的科举制度对中国古代知识生产

---

① 郭沫若：《革命与文学》，载《创造月刊》第 1 卷第 3 期(1926 年 5 月 16 日)。

② 郭沫若：《斥反动文艺》，《大众文艺丛刊》第一辑《文艺的新方向》(1948 年 3 月 1 日)。

③ 按照倪伟先生的说法，宣传思想和表达思想的区别在于，宣传最本质的特征是意图操控他人，而表达只是一种沟通和交流；宣传也不同于教育，教育是将一个问题的方方面面都表述清楚，让接受者自己判断价值，而宣传表述的是事先就构想好的观点或一套单一的符号。参见倪伟：《"民族"想象和国家统制》，42 页，上海，上海教育出版社，2003。

的影响为例，我们可以更好地看清这一点：通过太学和察举制度、科举制度的确立，儒家、儒学颠覆替代了百家知识，最终成为正统的一体化的知识体系，造就了统一的思想文化、统一的学校形态，但对于知识创新来说却是致命的，对此有学者有过深刻的论述：

> 可是，统一的国家有了统一的思想与文化，是大幸，也暗含着不幸……一切看上去都那么完美的时候，似乎思想的使命结束了，因为思想似乎失去了批评的对象，于是，它会迅速地沦落为一种依附于经典的知识，并在考试制度的挟迫下，被简约化为一些无意味的文本或公式，只是作为记忆和背诵的内容存在。
>
> ……知识阶层在海内承平、天下统一的时代，逐渐失去了或放弃了对前程的自由选择空间和思想的自由阐述余地，只能拥挤在这个狭窄的仕途上，而当唐王朝又相对比较地多门径宽松取士时，士人们就更把知识与思想集中在考试所涉及的范围内。①

这段话提醒我们：学术的制度化、知识的统一化、学术的政治化有利于学术的进步与繁荣，但也可能会使学术难以独立发展，使学术兴衰与政治力量的更迭紧紧联系在一起，一荣俱荣，一损俱损。

---

① 葛兆光：《中国思想史》第 2 卷，5—6 页，上海，复旦大学出版社，2001。

结　语

这是个互相矛盾的世界，其中相对于制度的自由就体现在制度本身。

——布迪厄[①]

将制度分析纳入中国现代文论史的研究中，并不意味着要抛弃原来已有的理论工具，它所改变的只是文论研究的重点。诺思曾经说过："历史是重要的。其重要性不仅在于我们可以从历史中获取知识，还在于种种社会制度的连续性把现在、未来与过去连结在了一起。现在和未来的选择是由过去所型塑的，并且只有在制度演化的历史话语中，才能理解过去。"[②]他在这里说的主要是经济制度，但对于知识制度或文学制度来说，也是同样适用的。我们必须重视"在制度演化的历史话语"，这样才能理解现代文论的过去和现在。

大众传媒、现代大学、文学社团和执政党文艺政策，构成了文论创造的"生产场"和"空间"。从某种程度上说，是这些制度要素而不是理论家"生产"和体现出了现代文论的价值。在这一整套知识制度的生产场中，无论是什么样的文学写作和文论创造，即使是"民间写作"或"潜在写作"，也是制度化的结果，只不过是以反制度的或去制度的形式呈现出来的，难以摆脱制度的约束和制度变迁的过程，只不过这个过程不是那么剧烈和明显罢了，这个过程是中西方的学术制度要素多方合力的过程，也是涵濡的后果。正如有学者所言："正是在由现代教

---

① ［法］皮埃尔·布迪厄：《艺术的法则：文学场的生成和结构》，刘晖译，306 页，北京，中央编译出版社，2001。

② ［美］道格拉斯·C. 诺思：《制度、制度变迁与经济绩效》，杭行译，前言第 1 页，上海，格致出版社、上海人民出版社，2008。

育体制、学术体制、传媒体制、社团体制及政党体制等组成的中国现代社会体制系统的持续涵濡中，中国现代文论逐步完成自身从现代思想革命到现代社会体制革命的体制化建构任务。"①

在知识制度的视野下关注中国现代文论史，我们可以初步得出以下结论：

其一，知识制度对文论生产起到的构型作用是怎么估计也不过分的，它的建立与变迁既是促进文论发展的一个外部要素，也是文论发展的标志性成果。

德里达说过，文学是一种允许人们以任何方式讲述任何事情的建制："文学的空间不仅是一种建制的虚构，而且也是一种虚构的建制，它原则上允许人们讲述一切。""文学的法原则上倾向于无视法或取消法……文学是一种倾向于淹没建制的建制。"②这就是说，真正有效的文学制度（建制）是无形的制度，目的就是保障和庇护文学"讲述一切"的自由和合法性。同样，中国现代文论的发展史和学术史也表明：文学的知识合法性——无论是从外部获得还是从内部获得——都是在制度的保障之下完成的。同样的文学知识在不同时代截然不同的命运，说明了知识的合法性从来是被确认的，而不是客观存在的。

制度对于中国现代文论研究的重要作用可简要概括如下：首先，特定的制度约束规定了文学组织运作的范围，也为这些活动提供了激励结构；其次，在文论研究时自觉地纳入制度因素，将迫使相关学者去追问构成其学科基础的过程是如何形成的；再次，文论观念和意识形态是重要的，而制度在决定其重要程度方面发挥着主要作用；最后，制度与文论之间极为复杂的内在联系，是我们理解任何一种文论成果时都要考虑的因素。

其二，有效的制度为文学理论提供了生成空间和生产场所，保障和促进了文论生产和研究的稳定增长。正如福柯所说的那样："我们不

---

① 王一川：《层累涵濡的现代性——中国现代文艺理论的发生与演变》，《文艺争鸣》2013 年第 7 期。

② ［法］雅克·德里达：《文学行动》，赵兴国等译，3 页，北京，中国社会科学出版社，1998。

应再从消极方面来描述权力的影响，如把它说成是'排斥'、'压制'、'审查'、'分离'、'掩饰'、'隐瞒'的。实际上，权力能够生产。它生产现实，生产对象的领域和真理的仪式。个人及从他身上获得的知识都属于这种生产。"①

有效的制度具有建立激励结构的功能，能够使每一个学术共同体的成员的学术成果得到有效的保护，从而使他们获得一种努力从事生产活动的激励，拥有发挥才能的最充分的自由，从而使学术共同体的生产潜力得到最大限度发挥。从内在制度的角度看，文学理论只有成为一种合法的建制，更具有了独立生产和再生产的自由，才能不断扩张它的势力和影响；同样，外在知识制度可以借助国家、政党的力量，通过法律化的途径，通过设置课程、鼓励出版、团队支持、物质资助等方式，使本来只属于知识共同体内部的制度固定下来，减少许多文学知识传承的无效劳动。

对中国现代文论来说，只有在晚清进行学制改革和现代大学制度建立之后，才出现了现代学术分类，文学概论课程才得以从中国文学学科逐步独立出来，成为中文系的核心课程，文论生产也从一开始的报刊上零散的译介变成理论文集的大规模出版，文学理论教材也才会如雨后春笋般涌现出来。试想，如果没有《小说月报》等一系列文艺副刊和上海四马路上星罗棋布的书店、出版社，现代文论还会出现民国时期的发展景象吗？现代文论史会缺少多少批评家的名字？如果梁启超们没有创办《清议报》《新民丛报》《新小说》并饱尝市场的甜头，他们是否还会那么激昂和自信地倡导"小说革命"？如果现代报刊和书局都像五四时的《新青年》那样不给作者稿费，文学副刊还会不会出现当年风行一时和火爆场面？是否还能产生职业的文学编辑（如郑振铎、茅盾）、职业批评家和文论家（如成仿吾、朱光潜、李长之）？如果没有五四以后文学社团的组织和运作，如果没有创造社等文学社团带来的冲击力，中国现代性文学还是否会留下如此绚烂多彩的篇章？现代文论是否还能在论争中成熟，在冲撞中收获？如果没有两大政党的强势参

---

① ［法］米歇尔·福柯：《规训与惩罚：监狱的诞生》，刘北成、杨远婴译，218 页，北京，生活·读书·新知三联书店，2003。

与，民族主义文艺是否会盛行一时，一度成为时代强音？左联还能否在倡导马克思主义文论和文学大众化等一系列文学活动中大放光彩？

其三，知识制度的建构主体是多元的，制度建设往往与外在的权力纠缠在一起，知识制度对于文学话语的生产不仅意味着"保障"，也意味着制约。正如诺思所言：无论是过去还是现在，制度总是一个"混合袋子"（mixed bag），在其中，既有促使生产能力提高的因素，也有降低生产能力的因素。①

晚清以来中国文学理论的制度化过程，是这一学科日益完善的过程，是现代文论的知识体系日益完备、逐渐构型的过程，但同时也是内在知识制度和外在知识制度出现激烈矛盾和重重危机的过程，制度在不断限制文学理论生产的自由与个性。从文学概论课程的设置、学术研究的职业化，到传播制度和文学社团组织的建立，到 20 世纪三四十年代执政党文艺主管机构的建立和完备，文学理论生产在得到保障的同时也逐渐受到越来越多的规范和限制，某种程度上已经造成了知识制度的内在制度和外在制度之间不能和谐相处造成的局面。有学者说过："文学制度是审美现代性生成的机制和网络，如同河水之于河床，文件之于运行程序。"②这句话道出了文学研究与外在知识制度之间复杂的关系："河床"对"河水"来说，既是一种保障，也是一种阻碍；"运行程序"对"文件"来说既是保证，也是威胁（一旦程序遭到损坏或感染病毒，文件也将岌岌可危）。我们可以从以下几个方面理解知识制度的双重作用：

当文论研究的学科化完全建立的时候，学科的制度化很可能导致学科间壁垒和学科保护主义的产生，会导致学科的僵化和学者的惰性，也会让学者丧失学术的主动和自由选择。华勒斯坦认为，教师对学科的忠诚要远胜对其所在组织的忠诚。"如果让学术人员在学科和单位两

---

① ［美］道格拉斯·C.诺思：《制度、制度变迁与经济绩效》，杭行译，11 页，上海，格致出版社、上海人民出版社，2008。

② 王本朝：《中国现代文学制度研究》，7 页，重庆，西南师范大学出版社，2002。

者之间进行选择，他或她一般都选择离开单位而不是学科。"①从中国
现代大学教师的流动性上看，这种可能性是存在的，不过，如果外在
知识制度过于强大，那么结果往往会相反：教师离开的是学科而不是
大学。当文论家都成了"单位人"，成了体制内的学者、学科的仆人，
他是否会丧失许多创新和创造的动力呢？

　　学术的职业化和传播制度确立了文学理论的生产、流通和消费秩
序，但同时也可能培养出制度的受益者和寄生者，使文论生产成为单
纯的谋生手段。学术的职业化和学科化并不一定意味着真正的学术繁
荣，只有当学者批判地形成其独立的价值判断（道德价值判断、方法论
价值判断等）时，他才有可能赢得真正的学术独立和自由，最大程度地
促进学术研究的发展，否则就会相反。如沈从文曾经批评过的"媒介掮
客"也不免出现在文论研究者的群体中，这类人多在"作品宣传上努
力"，"寄生于书店、报馆、官办的杂志"，"寄生于大学、中学以及种
种教育机关中"。② 1932 年"国联"召集的中国教育考察团在批评一些中
国教师时也说："教师之目的，若仅在教书之俸金，而不在谋学生之幸
福或学识之促进，自不能受学生之敬重。"③这些被批评的制度内的受
益者，拥有着共同的特点：对学术不尊重，对知识不负责，获得权力
资本和经济资本成为他们从事学术研究的最终目标。

　　随着文学社团的盛极而衰，随着执政党文艺政策制度化的完成，
文学与权力逐渐合谋，知识的权力关系常常主宰着文论的走向。当研
究者的"自由职业"的性质受到威胁以后，当一个庞大的、甚至是唯一
的组织和团体控制并管理着文学知识的生产与传播，当具有独立性、
带有流派或同人色彩的文学期刊，包括自由知识分子的文学刊物失去
了存在的可能以后，就会造成文学知识的垄断和被整合，使文学公共
空间丧失了存在价值，就会大大损害学术研究的独立性，导致知识生

　　① ［美］华勒斯坦等：《开放社会科学》，刘锋译，35 页，北京，生活·读书·新知三联
书店，1998。
　　② 沈从文：《文学者的态度》，《沈从文全集》第 17 卷，52 页，太原，北岳文艺出版社，
2009。
　　③ 国联教育考察团：《中国教育之改进》，187 页，南京，国立编译馆，1932。

产被纳入一体化的轨道中来。

外在知识制度的建构在一定程度上只是内在知识制度的结构化和正规化，不能脱离内在知识制度的要求，如果二者南辕北辙，则会对学术研究造成严重的影响，导致学术危机甚至社会危机的爆发。布迪厄认为艺术场是一个"相互矛盾的世界"，是"反制度化的制度形式"，"相对于制度的自由就体现在制度本身"。① 说的正是知识制度的内在制度和外在制度的矛盾性。当这种矛盾过于激烈，知识制度丧失了更新和制衡的动力之后，当某种特殊权力集团凌驾于学术共同体以及大多数人利益之上，它就会合法而不合理地限制了学术生产，威胁到知识制度的元规则的确立，阻碍了学术自治和学术自由，这种制度就成了无效率的制度，它对文论生产只能起到遏制甚至扼杀的作用，大大降低学术研究的生产率。

朱光潜先生在 1937 年有过这样一段意味深长的论述。他把中国的新文化思想所处的时期界定为"生发期"而不是"凝固期"，他认为："应该尽量地延长生发期"，不让我们努力孕育殷勤期待的新文化思想老早就"沟渠化"，就走上一条窄狭的路，就纳入一个固定的模型，就截断四方八面的灌溉……不妨让许多不同的学派思想同时在酝酿、骚动、发展，甚至于冲突斗争。我们用不着喊"铲除"或是"打倒"，没有根的学说不打终会自倒；有根的学说，你就喊"打倒"也是徒然。我们也用不着空谈什么"联合战线"，冲突斗争是思想生发所必需的刺激剂。不过你如果爱自由，就得尊重旁人的自由。中国的新文艺也还是在幼稚的生发期，也应该有多方面调和的自由发展。我们主张多探险，多尝试，不希望某一种特殊趣味或风格成为"正统"……我们努力的方向尽管不同，但是"条条大路通罗马"，只要真正努力前进，大家终于可以殊途同归地替中国新文艺开发出一个泱泱大国。② 抛开这段话的历史

---

① ［法］皮埃尔·布迪厄：《艺术的法则：文学场的生成和结构》，刘晖译，248 页，306 页，北京，中央编译出版社，2001。

② 朱光潜：《〈文学杂志〉发刊词》，原题为《我对本刊的希望》，收入《我与文学及其他》时改为《理想的文艺刊物》，并曾略作修改。参见《朱光潜全集》第 3 卷，434—437 页，合肥，安徽教育出版社，1987。

语境，我们似乎可以将其理解为学者对坚守知识制度元规则的向往。

现代知识制度的两种功能好比两只材质不同的手，一只软，一只硬，有着不同的特性：右手是保障，左手是制约；左手是冷酷的、刚性的，右手是炙热的、柔性的；从右往左看，看到的是压抑；从左往右看，看到的是放纵。两只手一起划出和撑起了文学知识生产所赖以生存的领域和空间。我们也许不需要对两只手的不一致和不协调而感到悲哀，这可能是永远无法完全化解的悖论。我们只能期待着它们之间能够保持适当的张力，能够提供更多的、更大的学术自由，那样，将是文论生产之大幸，也是文学之大幸。

如果我们借鉴经历了"葛兰西转向"后的文化研究理论，将知识制度或文学制度视为一个战场，那么我们会发现，在这个战场上"不会有一锤定音的胜利，总有战略高地被夺取或丢失"①，在中国现代文论的发展历程中，在各种文论形态之间的接触、对话、碰撞、融汇、转化的过程中，各种文论主张、文论形态之间存在着持续性的张力（关系、影响和对抗），它们之间的任何一种，在某个重要或关键的时刻，都可以暂时占据支配文化的地位。我们不必为它们的兴衰浮沉而叹息，这种动态的平衡，也许正是知识制度的常态。

将制度研究清晰而直接地融入中国现代文论史的书写过程中，我们会发现有更丰富的在以往学术史中被遗忘的细节和事件。诺思曾经说过："制度与历史的结合，比之其他方式，将能使我们讲出一个更好的故事。"②就这个意义而言，我们的研究和讲述也许才刚刚开始。

---

①　[英]斯图亚特·霍尔：《解构"大众"笔记》，戴从容译，陆扬、王毅选编《大众文化研究》，48—49 页，上海，上海三联书店，2001。

②　[美]道格拉斯·C. 诺思：《制度、制度变迁与经济绩效》，杭行译，181 页，上海，格致出版社、上海人民出版社，2008。

参考文献

一、著作

1. 阿英：《晚清文学丛钞·小说戏曲研究卷》，北京，中华书局，1961。

2. 阿英：《晚清小说史》(1937年初版)，北京，人民文学出版社，1980。

3. 阿英(署名张若英)：《中国新文学运动史资料》，上海，光明书局，1934。

4. 北京大学校史研究室：《北京大学史料》第1卷(1898—1911)，北京，北京大学出版社，1993。

5. 北京大学等：《国立西南联合大学史料》，昆明，云南教育出版社，1998。

6. 包礼祥：《近代文学与传播》，南昌，江西人民出版社，2001。

7. 卜召林：《中国现代新文学批评研究》，济南，山东大学出版社，2003。

8. 程千帆：《进士行卷与文学》，上海，上海古籍出版社，1980。

9. 高平叔：《蔡元培全集》，北京，中华书局，1984。

10. 陈平原、夏晓虹：《二十世纪中国小说理论资料》第一卷，北京，北京大学出版社，1989。

11. 陈平原：《中国现代学术之建立——以章太炎、胡适之为中心》，北京，北京大学出版社，1998。

12. 陈平原：《中国大学十讲》，上海，复旦大学出版社，2002。

13. 陈平原、山口守合：《大众传媒与中国现代文学》，北京，新世界出版社，2003。

14. 陈平原：《文学的周边》，北京，新世界出版社，2004。

15. 陈平原：《大学何为》，北京，北京大学出版社，2006。

16. 陈平原：《大学有精神》，北京，北京大学出版社，2009。

17. 陈永志、黄淳浩：《郭沫若书信集》，北京，中国社会科学出版社，1992。

18. 陈宝良：《中国的社与会》，杭州，浙江人民出版社，1996。

19. 陈安湖：《中国现代文学社团流派史》，武汉，华中师范大学出版社，1997。

20. 陈星：《白马湖作家群》，杭州，浙江文艺出版社，1998。

21. 蔡镇楚：《中国古代文学批评史》，长沙，岳麓书社，1999。

22. 程华平：《中国小说戏曲理论的近代转型》，上海，华东师范大学出版社，2001。

23. 陈以爱：《中国现代学术机构的兴起——以北大研究所国学门为例》，南昌，江西教育出版社，2002。

24. 陈正宏、谈蓓芳：《中国禁书简史》，上海，学林出版社，2004。

25. 陈明远：《文化人与钱——五四前后到解放前的文化人经济生活状况专题研究》，天津，百花文艺出版社，2001。

26. 陈明远：《文化人的经济生活》，修订版，上海，文汇出版社，2005；全新增修版，西安，陕西人民出版社，2010。

27. 程正民、程凯：《中国现代文学理论知识体系的建构：文学理论教材与教学的历史沿革》，北京，北京大学出版社，2005。

28. 程光炜：《文人集团与中国现当代文学》，北京，人民文学出版社，2005。

29. 程光炜：《大众媒介与中国现当代文学》，北京，人民文学出版社，2005。

30. 程光炜：《都市文化与中国现当代文学》，北京，人民文学出版社，2005。

31. 陈洪澜：《知识分类与知识资源认识论》，北京，人民出版社，2008。

32. 陈树萍：《北新书局与中国现代文学》，上海，上海三联书店，2008。

33. 陈文新：《历代科举文献整理与研究丛刊》，武汉，武汉大学出版社，2009。

34. 常勤毅：《现当代文学中的党史研究》，杭州，浙江大学出版社，2012。

35. 董兴泉等：《中国文学艺术社团流派辞典》，长春，吉林人民出版社，1992。

36. 丁晓禾：《中国百年留学全纪录》，珠海，珠海出版社，1998。

37. 杜书瀛、钱竞：《中国 20 世纪文艺学学术史》，上海，上海文艺出版社，2001。

38. 董丽敏：《想象现代性——革新时期的〈小说月报〉研究》，桂林，广西师范大学出版社，2006。

39. 但昭彬：《话语与权力：中国近现代教育宗旨的话语分析》，济南，山东教育出版社，2008。

40. 邓集田：《中国现代文学出版平台》，上海，上海文艺出版社，2012。

41. 方孝岳：《中国文学批评》，北京，生活·读书·新知三联书店，1986。

42. 方元珍：《文心雕龙与佛教关系之考辨》，台北，台湾文史哲出版社，1987。

43. 范泉：《中国现代文学社团流派辞典》，上海，上海书店出版社，1993。

44. 傅莹：《中国现代文学理论发生史》，上海，上海文艺出版社，2008。

45. 复旦大学档案馆：《抗战时期复旦大学校史史料选编》，上海，复旦大学出版社，2008。

46. 郭沫若：《创造十年》，《学生时代》，北京，人民文学出版社，1979。

47. 顾廷龙：《清代朱卷集成》，台北，成文出版社，1992。

48. 郭英德：《中国古代文人集团与文学风貌》，北京，北京师范大学出版社，1998。

49. 葛兆光：《学术薪火——三十年代清华大学人文社会学科毕业生论文选》，长沙，湖南教育出版社，1998。

50. 葛兆光：《中国思想史》，上海，复旦大学出版社，2001。

51. 高恒文：《京派文人：学院派的风采》，上海，上海教育出版社，2000。

52. 高恒文：《东南大学与学衡派》，桂林，广西师范大学出版社，2002。

53. 戈公振：《中国报学史》，上海，上海古籍出版社，2003。

54. 古敏：《头版头条——中国创刊词》，北京，时事出版社，2005。

55. 黄志雄：《中国现代文学期刊史略》，南昌，百花洲文艺出版社，1995。

56. 黄曼君：《中国近百年文学理论批评史》，武汉，湖北教育出版社，1997。

57. 洪子诚：《问题与方法——中国当代文学史研究讲稿》，北京，生活·读书·新知三联书店，2002。

58. 黄键：《京派文学批评研究》，上海，上海三联书店，2002。

59. 黄延复：《二三十年代清华校园文化》，桂林，广西师范大学出版社，2000。

60. 黄念然：《中国古代文论研究的现代转型》，北京，中国社会科学出版社，2006。

61. 韩经太：《中国文学批评史研究》，福州，福建人民出版社，2006。

62. 胡光宇：《中国共产党文化建设》，北京，人民出版社，2011。

63. 贺昌盛：《晚清民初"文学"学科的学术谱系》，北京，中国社会科学出版社，2012。

64.《纪文达公遗集》，清嘉庆十七年(1812)刻本。

65. 季剑青：《北平的大学教育与文学生产：1928—1937》，北京，北京大学出版社，2011。

66. 教育部教育年鉴编撰委员会：《第一次中国教育年鉴》，上海，开明书店，1934。

67. 教育部教育年鉴撰委员会：《第二次中国教育年鉴》，上海，商务印书馆，1948。

68. 江西省档案馆、中共江西省委党校党史教研室：《中央革命根据地史料选编》，南昌，江西人民出版社，1982。

69. 贾植芳：《中国现代文学社团流派》，南京，江苏教育出版社，1989。

70. 金观涛、刘青峰：《观念史研究：中国现代主要政治术语的形成》，香港，香港中文大学出版社，2008，

71. 旷新年：《1928：革命文学》，石家庄，河北教育出版社，1998。

72. 旷新年：《中国 20 世纪文艺学学术史》第二部，上海，上海文艺出版社，2001。

73. 林淙：《现阶段的文学论战》，上海，光明书局，1936。

74. 李一鸣：《中国新文学史讲话》，上海，世界书局，1943。

75. 李何林：《近二十年中国文艺思潮论》，西安，陕西人民出版社，1938。

76. 丁文江、赵丰田：《梁启超年谱长编》，上海，上海人民出版社，1983。

77. 刘云：《中央苏区革命文化史料汇编》，南昌，江西人民出版社，1994。

78. 刘锋杰：《中国现代六大批评家》，合肥，安徽文艺出版社，1995。

79. 刘国清：《中央苏区文学史》，南昌，江西高校出版社，1996。

80. 刘哲民：《近现代出版新闻法规汇编》，北京，新华出版社，1996 。

81. 鲁湘元：《稿酬制度怎样搅动文坛》，北京，红旗出版社，1998。

82. 刘纳：《创造社与泰东图书局》，南宁，广西教育出版社，1999。

83. 刘炎生：《中国现代文学论争史》，广州，广东人民出版社，1999。

84. 林岗：《明清之际小说评点学之研究》，北京，北京大学出版社，1999。

85. 栾梅健：《二十世纪中国文学发生论》，桂林，广西师范大学出版社，2006。

86. 栾梅健：《前工业文明与中国文学》，上海，复旦大学出版社，2008。

87. 罗岗：《危机时刻的文化想象——文学·文学史·文学教育》，南昌，江西教育出版社，2005。

88. 李勇：《飘扬的旗帜——中国共产党的文艺方针政策论纲》，武汉，湖北教育出版社，2002。

89. 李喜所：《留学生与中外文化》，天津，南开大学出版社，2005。

90. 罗志田：《国家与学术：清季民初关于"国学"的思想论争》，北京，生活·读书·新知三联书店，2003。

91. 刘小清：《红色狂飙——左联实录》，北京，人民文学出版社，2004。

92. 刘淑玲：《大公报与中国现代文学》，石家庄，河北教育出版社，2004。

93. 刘少勤：《盗火者的足迹与心迹——论鲁迅与翻译》，南昌，百花洲文艺出版社，2004。

94.《鲁迅全集》，北京，人民文学出版社，2005。

95. 李兵：《书院与科举关系研究》，武汉，华中师范大学出版社，2005。

96.《李长之文集》，石家庄，河北教育出版社，2006。

97. 李正风：《科学知识生产方式及其演变》，北京，清华大学出版社，2006。

98. 李今：《三四十年代苏俄汉译文学论》，北京，人民文学出版社，2006。

99. 刘增人等：《中国现代文学期刊史论》，北京，新华出版社，2006。

100. 林家骊：《一代辞宗——沈约传》，杭州，浙江人民出版社，2006。

101. 林岩：《北宋科举考试与文学》，上海，上海古籍出版社，2006。

102. 李春青：《在审美与意识形态之间》，北京，北京大学出版社，2006。

103. 李明德：《仿像与超越：当代文化语境中的文学期刊》，北京，中国社会科学出版社，2007。

104. 李春青、赵勇：《反思文艺学》，北京，北京大学出版社，2009。

105. 李秀萍：《文学研究会和中国现代文学制度》，北京，中国传媒大学出版社，2010。

106. 刘群：《饭局·书局·时局——新月社研究》，武汉，武汉出版社，2010。

107. 柳建辉、曹普：《中国共产党执政历程(1921—1949)》，北京，人民出版社，2011。

108. 李春雨：《出版文化与中国文学的现代转型》，北京，北京语言大学出版社，2011。

109. 牟世金：《中国古代文论家评传》，郑州，中州古籍出版社，1988。

110. 马镛：《中国教育制度通史》，济南，山东教育出版社，2000。

111.《毛泽东文艺论集》，北京，中央文献出版社，2002。

112. 马嘶：《百年冷暖：20世纪中国知识分子生活状况》，北京，北京图书馆出版社，2003。

113. 毛庆耆、董学文、杨福生：《中国文艺理论百年教程》，广州，广东高等教育出版社，2004。

114. 马佰莲：《国家目标下的科学家个人自由》，北京，中国社会科学社，2008。

115.《南开大学校史资料选 1919—1949》，天津，南开大学出版社，1989。

116. 倪墨炎：《现代文坛灾祸录》，上海，上海书店出版社，1996。

117. 倪伟：《"民族"想象和国家统制》，上海，上海教育出版社，2003。

118. 南帆：《二十世纪中国文学批评99个词》，杭州，浙江文艺出版社，2003。

119. 潘懋元、刘海峰：《中国近代教育史资料汇编·高等教育》，上海，上海教育出版社，1993。

120. 朴雪涛：《知识制度视野中的大学发展》，北京，人民出版社，2007。

121.《清华大学史料选编》，北京，清华大学出版社，1991。

122. 钱理群：《学魂重铸》，上海，文汇出版社，1999。

123. 秦林芳：《浅草——沉钟社研究》，北京，中国社会科学出版社，2002。

124. 邱运华等：《19—20世纪之交俄国马克思主义文学思想史论》，北京，北京大学出版社，2006。

125. 钱存训：《书于竹帛》，上海，上海书店出版社，2006。

126. 璩鑫圭、唐良炎：《中国近代教育史资料汇编：学制演变》，上海，上海教育出版社，2007。

127. 荣孟源：《中国国民党历次代表大会及中央全会资料》，北京，光明日报出版社，1981。

128. 容闳：《西学东渐记》，长沙，岳麓书社，1985。

129. 饶鸿竞等：《创造社资料》，福州，福建人民出版社，1985。

130. 舒新城：《近代中国教育史料》，北京，人民教育出版社，1961。

131. 上海书店：《中国近代文学争鸣》第1辑，上海，上海书店，1989。

132. 商金林：《朱光潜与现代文学》，合肥，安徽教育出版社，1995。

133. 沈固朝：《欧洲书报检查制度的兴衰》，南京，南京大学出版社，1999。

134. 孙晶：《文化生活出版社与现代文学》，南宁，广西教育出版社，1999。

135. 宋原放：《中国出版史料》，济南，山东教育出版社，2001。

136. 尚礼、刘勇：《现代文学研究》，北京，北京出版社，2001。

137.《沈从文全集》，太原，北岳文艺出版社，2002。

138. 石曙萍：《知识分子的岗位与追求——文学研究会研究》，上海，东方出版中心，2006。

139. 邵滢：《中国文学批评现代建构之反思——以京派为例》，武汉，湖北教育出版社，2006。

140. 桑兵：《晚清学堂学生与社会变迁》，桂林，广西师范大学出版社，2007。

141. 沈光明：《留学生与中国文学的现代化》，武汉，华中师范大学出版社，2011。

142. 唐沅等：《中国现代文学期刊目录汇编》，天津，天津人民出版社，1988。

143. 滕大春：《外国教育通史》，济南，山东教育出版社，1989。

144. 童庆炳等：《中国现代文学理论价值观的演变》，北京，北京大学出版社，2005。

145. 陶东风：《文化研究：西方与中国》，北京，北京师范大学出版社，2000。

146. 吴原：《民族文艺论文集》，杭州，正中书局，1934。

147. 汪木兰、邓家琪：《苏区文艺运动资料》，上海，上海文艺出版社，1985。

148. 王永生：《中国现代文学理论批评史》，贵阳，贵州人民出版社，1988。

149. 吴惠龄：《北洋高等教育史料》，北京，北京师范大学出版社，1992。

150. 温儒敏：《中国现代文学批评史》，北京，北京大学出版社，1995。

151. 魏绍昌：《中国近代文学大系 1840—1919 史料索引集》，上海，上海书店出版社，1996。

152. 王一川：《中国现代性体验的发生：清末民初文化转型与文学》，北京，北京师范大学出版社，2001。

153. 王一川：《文学理论》，成都，四川人民出版社，2003。

154. 王晓明：《刺丛里的求索》，上海，上海文艺出版社，2001。

155. 王晓明：《二十世纪中国文学史论》（修订版），上海，东方出版社，2003。

156. 王学珍等：《北京大学史料》第 2 卷(1912—1937)，北京，北京大学出版社，2000。

157. 王培元：《抗战时期的延安鲁艺》，桂林，广西师范大学出版社，1999。

158. 王瑶：《中国文学研究现代化进程》，北京，北京大学出版社，2002。

159. 王本朝：《中国现代文学制度研究》，重庆，西南师范大学出版社，2002。

160. 王本朝：《1949—1976 中国当代文学制度研究》，北京，新星出版社，2007。

161. 王元化：《文心雕龙讲疏》，桂林，广西师范大学出版社，2004。

162. 闻黎明：《第三种力量与抗战时期的中国政治》，上海，上海书店出版社，2004。

163. 王铁仙、王文英：《二十世纪中国社会科学·文学学卷》，上海，上海人民出版社，2005。

164. 王宏志：《鲁迅与"左联"》，北京，新星出版社，2006。

165. 王立群：《中国早期口岸知识分子形成的文化特征：王韬研究》，北京，北京大学出版社，2009。

166. 王奇生：《中国留学生的历史轨迹》，武汉，湖北教育出版社，1992。

167. 王奇生：《党员、党权与党争——1924—1949年中国国民党的组织形态》（修订增补本），北京，华文出版社，2010。

168. 王奇生：《革命与反革命》，北京，社会科学文献出版社，2010。

169. 吴民祥：《流动与求索：中国近代大学教师流动研究》，杭州，浙江教育出版社，2006。

170. 吴定宇：《中山大学校史1924—2004》，广州，中山大学出版社，2006。

171. 汪纪明：《文学与政治之间：文学社团视野中的左联及其成员》，北京，中国社会科学出版社，2012。

172. 萧超然等：《北京大学校史1898—1949》（增订本），北京，北京大学出版社，1988。

173. 许志英：《五四文学精神》，南京，江苏文艺出版社，1991。

174. 熊月之：《西学东渐与晚清社会》，上海，上海人民出版社，1994。

175. 熊月之：《西学东渐：近代制度的嬗变》，长春，长春出版社，2005。

176. 许道明：《中国现代文学批评史》，南京，江苏文艺出版社，1995。

177. 许道明：《中国现代文学批评史新编》，上海，复旦大学出版社，2002。

178. 徐忠：《中国古代文艺政策史》，南京，南京大学出版社，1994。

179. 徐中玉：《中国近代文学大系第1集·第2卷·文学理论集二》，上海，上海书店，1995。

180. 谢泳：《逝去的年代——中国自由知识分子的命运》，北京，文化艺术出版社，1999。

181. 谢桂华：《20世纪的中国高等教育：学位制度与研究生教育卷》，北京，高等教育出版社，2003。

182. 谢长法：《中国留学教育史》，太原，山西教育出版社，2006。

183. 谢其章：《终刊号丛话》，郑州，河南人民出版社，2006。

184. 谢晓霞：《〈小说月报〉1910—1920——商业文化与未完成的现代性》，上海，上海三联书店，2006。

185. 咸立强：《寻找归宿的流浪者——创造社研究》，上海，东方出版中心，2006。

186. 谢长法：《中国留学教育史》，太原，山西教育出版社，2006。

187. 余英时：《士与中国文化》，上海，上海人民出版社，1987。

188. 姚永朴：《文学研究法》，合肥，黄山书社，1989。

189. 杨洪承：《文学社群文化形态论：现代中国文学社团流派文化研究》，合肥，安徽文艺出版社，1998。

190. 姚辛：《左联画史》，北京，光明日报出版社，1999。

191. 杨扬：《商务印书馆：民间出版业的兴衰》，上海，上海教育出版社，2000。

192. 杨联芬：《晚清至五四：中国文学现代性的发生》，北京，北京大学出版社，2003。

193. 杨学为等：《中国考试史文献集成》，北京，高等教育出版社，2003。

194. 姚丹：《西南联大历史情境中的文学活动》，桂林，广西师范大学出版社，2000。

195. 杨国荣：《现代化过程中的人文向度》，上海，上海古籍出版社，2006。

196. 元青：《中国近代出版史稿》，天津，南开大学出版社，2011。

197. 张允侯等：《五四时期的社团》，北京，生活·读书·新知三联书店，1979。

198. 中共中央马、恩、列、斯著作编译局研究室：《五四时期期刊介绍》，北京，生活·读书·新知三联书店，1979。

199. 朱自清：《朱自清古典文学论集》，上海，上海古籍出版社，1981。

200. 中国社会科学院文学研究所现代文学研究室：《"革命文学"论争资料选编》，北京，人民文学出版社，1981。

201. 中国社会科学院文学研究所《左联回忆录》编辑组：《左联回忆录》，北京，知识产权出版社，2010。

202. 张英进、于沛：《现当代西方文艺社会学探索》，福州，海峡文艺出版社，1987。

203. 张克明辑录：《第二次国内革命战争时期国民党政府查禁书刊编目（1927·8—1937·6）》，载《出版史料》第3—4辑，上海，学林出版社，1985—1986。

204. 周振甫：《文心雕龙今译》，北京，中华书局，1986。

205.《简明不列颠百科全书》，北京，中国大百科全书出版社，1986。

206.《朱光潜全集》，合肥，安徽教育出版社，1987。

207. 张英进、于沛：《现当代西方文艺社会学探索》，张英进等译，福州，海峡文艺出版社，1987。

208. 张伊、胡惠林：《党的文艺政策概论》，上海，上海文艺出版社，1988。

209. 张静如：《中国共产党思想史》，青岛，青岛出版社，1991。

210. 中国第二历史档案馆：《中华民国史档案资料汇编·第五辑·第一编》，文化(二)，南京，江苏古籍出版社，1991。

211. 中国第二历史档案馆：《中华民国史档案资料汇编·第五辑·第一编》，教育(一)，南京，江苏古籍出版社，1994。

212. 章绍嗣：《中国现代社团辞典 1919—1949》，武汉，湖北人民出版社，1994。

213. 仲光军等：《历代金殿殿试鼎甲朱卷清代试题试卷》，广州，花山文艺出版社，1995。

214. 胡惠林：《文化政策学》，上海，上海交通大学出版社，1999。

215. 张少康：《中国文学理论批评史教程》，北京，北京大学出版社，1999。

216. 周葱秀、涂明：《中国近现代文化期刊史》，太原，山西教育出版社，1999。

217. 庄锡华：《二十世纪的中国文艺理论》，上海，上海三联书店，2000。

218. 周淑真：《政党和政党制度比较》，北京，人民出版社，2001。

219. 周晓明：《多源与多元：从中国留学族到新月派》，武汉，华中师范大学出版社，2001。

220. 朱东润：《中国文学批评史大纲》，上海，上海古籍出版社，2005。

221. 张新颖：《20 世纪上半期中国文学的现代意识》，北京，生活·读书·新知三联书店，2001。

222. 周仁政：《京派文学与现代文化》，长沙，湖南师范大学出版社，2002。

223. 周海波：《中国现代文学批评史论》，上海，上海人民出版社，2002。

224. 张宪文：《金陵大学史》，南京，南京大学出版社，2002。

225. 朱德发、贾振勇：《批判与建构：现代中国文学史学》，济南，山东大学出版社，2002。

226. 张法：《文艺与中国现代性》，武汉，湖北教育出版社，2002。

227. 张静庐：《中国近现代出版史料》，上海，上海书店出版社，2003。

228. 朱寿桐：《中国现代社团文学史》，北京，人民文学出版社，2004。

229. 左玉河：《从四部之学到七科之学》，上海，上海书店出版社，2004。

230. 左玉河：《中国近代学术体制之创建》，成都，四川人民出版社，2008。

231. 章清：《"胡适派学人群"与现代中国自由主义》，上海，上海古籍出版社，2004。

232. 曾小华：《文化·制度与社会变革》，北京，中国经济出版社，2004。

233. 张静庐：《在出版界二十年》，南京，江苏教育出版社，2005。

234. 张清民：《话语与秩序》，北京，中国社会科学出版社，2005。

235. 张亚群：《科举革废与近代中国高等教育的转型》，武汉，华中师范大学出版社，2005。

236. 张军民：《对接与冲突——三民主义在孙中身后的流变》，天津，天津古籍出版社，2005。

237. 庄森：《飞扬跋扈为谁雄——作为文学社团的新青年社研究》，上海，东方出版中心，2006。

238. 朱晓进：《政治文化与中国二十世纪三十年代文学》，北京，人民出版社，2006。

239. 朱文民：《刘勰传》，西安，三秦出版社，2006。

240. 张正峰：《权力的表达：中国近代大学教授权力制度研究》，福州，福建教育出版社，2007。

241. 张大明：《主潮的那一面：三民主义文艺与民族主义文艺》，北京，中国社会科学出版社，2010。

242. 张运君：《晚清书报检查制度研究》，北京，社会科学文献出版社，2011。

243. 中共中央党史研究室：《中国共产党历史》，北京，中共党史出版社，2011。

244. 赵亚宏：《〈甲寅〉月刊与中国新文学的发生》，北京，人民出版社，2011。

245. 赵丽华：《民国官营体制与话语空间——〈中央日报〉副刊研究（1928—1949)》，北京，中国传媒大学出版社，2012。

246. 北京大学等：《文学运动史料选》，上海，上海教育出版社，1979。

247. ［法]埃斯卡皮：《文学社会学》，于沛、王笑华译，杭州，浙江人民出版社，1987。

248. ［法]阿尔贝·蒂博代：《六说文学批评》，赵坚译，北京，生活·读书·新知三联书店，1989。

249. ［美]艾尔曼：《从理学到朴学——中华帝国晚期思想与社会变化面面观》，

赵刚译，南京，江苏人民出版社，1995。

250.［法］埃米尔·涂尔干：《社会分工论》，渠东译，北京，生活·读书·新知三联书店，2000。

251.［美］伯纳德·巴伯：《科学与社会秩序》，顾昕等译，北京，生活·读书·新知三联书店，1991。

252.［德］本雅明：《发达资本主义时代的抒情诗人》，张旭东、魏文生译，北京，生活·读书·新知三联书店，1992。

253.［俄］波利亚科夫：《结构—符号学文艺学》，佟景韩译，北京，文化艺术出版社，1994。

254.［美］伯顿·克拉克：《高等教育系统——学术组织的跨国研究》，王承绪译，杭州，杭州大学出版社，1994。

255.［法］丹纳：《艺术哲学》，傅雷译，桂林，广西师范大学出版社，2000。

256.［美］戴维·林德柏格：《西方科学的起源》，王珺译，北京，中国对外翻译公司，2001。

257.［美］道格拉斯·C.诺思：《制度、制度变迁与经济绩效》，杭行译，上海，格致出版社、上海三联书店、上海人民出版社，2008。

258.［波兰］弗·兹纳涅茨基：《知识人的社会角色》，郑斌祥译，南京，译林出版社，2000。

259.［澳］费约翰：《唤醒中国——国民革命中的政治、文化与阶级》，李恭忠等译，北京，生活·读书·新知三联书店，2004。

260.［美］傅葆石：《灰色上海1937—1945：中国文人的隐退、反抗与合作》，张霖译，北京，生活·读书·新知三联书店，2012。

261.［德］哈贝马斯：《公共领域的结构转型》，曹卫东等译，上海，学林出版社，1999。

262.［美］华勒斯坦等：《开放社会科学》，刘锋译，北京，生活·读书·新知三联书店，1998。

263.［美］华勒斯坦：《学科·知识·权力》，刘健芝等译，北京，生活·读书·新知三联书店，1999。

264.［美］库恩：《必要的张力》，纪树生译，福州，福建人民出版社，1981。

265.［意］利玛窦、［比］金尼阁：《利玛窦中国札记》，何高济等译，北京，中华书局，1983。

266.［法］利奥塔：《后现代状态——关于知识的报告》，车槿山译，北京，生活·读书·新知三联书店，1997。

267.［美］罗伯特·达恩顿：《旧制度时期的地下文学》，刘军译，北京，中国人民大学出版社，2012。

268.［加］米列娜：《从传统到现代——19 至 20 世纪转折时期的中国小说》，伍晓明译，北京，北京大学出版社，1991。

269.［捷克］玛利安·高利克：《中国现代文学批评发生史：1917—1930》，陈圣生等译，北京，社会科学文献出版社，1997。

270.［法］米歇尔·福柯：《规训与惩罚：监狱的诞生》，刘北成、杨远婴译，北京，生活·读书·新知三联书店，2003。

271.［法］皮埃尔·布迪厄：《艺术的法则：文学场的生成和结构》，刘晖译，北京，中央编译出版社，2001。

272.［法］P. 布尔迪约等：《再生产——一种教育系统理论的要点》，刑克超译，北京，商务印书馆，2004。

273.［美］R. K. 默顿：《十七世纪英国的科学、技术与社会》，范岱年等译，成都，四川人民出版社，1986。

274.［加］斯蒂文·托托西：《文学研究的合法化》，马瑞琦译，北京，北京大学出版社，1997。

275.［韩］申东顺：《在“说”与“不说”之间——上海沦陷区杂志〈万象〉研究》，北京，中国传媒大学出版社，2012。

276.［英］托尼·比彻、保罗·特罗勒：《学术部落及其领地：知识探索与学科文化》，唐跃勤等译，北京，北京大学出版社，2008。

277.［美］魏定熙：《北京大学与中国政治文化（1898—1920）》，金安平、张毅译，北京，北京大学出版社，1998。

278.［加］许美德：《中国大学 1895—1995：一个世纪的文化冲突》，许洁英主译，北京，教育科学出版社，2000。

279.［美］约翰·S. 布鲁贝克：《高等教育哲学》，王承绪译，杭州，浙江教育出版社，1987。

280.［以色列］约瑟夫·本-戴维：《科学家在社会中的角色》，赵佳苓译，成都，四川人民出版社，1988。

281.［法］雅克·德里达：《文学行动》，赵兴国等译，北京，中国社会科学出版社，1998。

282.［法］雅克·韦尔热：《中世纪大学》，王晓辉译，上海，上海人民出版社，2007。

283.［美］周策纵：《五四运动：现代中国的思想革命》，周子平等译，南京，江苏人民出版社，1996。

二、期刊

1. 童庆炳：《关于文学理论、文艺学学科的若干思考》，《文艺理论研究》2002年第4期。

2. 童庆炳：《中国文学理论现代性转型的标志与维度》，《社会科学辑刊》2003年第1期。

3. 童庆炳：《在"五四"文学理论新传统上"接着说"》，《文艺研究》2003年第2期。

4. 童庆炳：《文艺学创新：以20世纪中国现代传统为起点》，《北京师范大学学报》2003年第3期。

5. 汤哲声：《生产体系：中国现代文学生成发展的社会基础》，《文艺研究》2002年第6期。

6. 陶礼天：《〈文心雕龙〉与佛学关系再探》，《陕西师范大学学报》(哲学社会科学版)2009年第1期。

7. 王一川：《现代性文学：中国文学的新传统》，《文学评论》1998年第2期。

8. 王一川：《通向中国现代性诗学》，《北京师范大学学报》2001年第3期。

9. 王一川：《中国诗学现代2刍议——再谈中国现代性诗学》，《北京师范大学学报》2003年第3期。

10. 王晓明：《一份杂志和一个"社团"——重识"五四"文学传统》，《上海文学》1993年第4期。

11. 叶侗：《新文学传播中的开明书店》，《中国现代文学研究丛刊》1999年第1期。

12. 叶世祥：《中国现代审美主义思想的起源语境》，《文艺研究》2006年第2期。

13. 左文、毕艳：《论左联期刊的非常态表征》，《文学评论》2006年第8期。

14. 张大伟：《"左联"组织结构的构成、缺陷与解体——"左联"的组织传播研究》，《文史哲》2007年第4期。

后　记

　　我对文学制度的关注大概始于 2006 年春。当时邱运华先生正在从事"西方学术体制与现代文论的构型"（教育部重大攻关项目子课题）研究，他安排我做了一些资料整理工作，从此我对这个话题产生了浓厚的兴趣。2007 年夏，我有幸重回母校北京师范大学文艺学中心，跟随王一川教授做博士后研究。王老师鼓励我继续做文学制度这一课题，我欣然领命。本书的主要架构，基本上是做博士后期间搭建起来的，后来又得到了首都师范大学"2011 首都文化建设协同创新中心"的支持。

　　不过，令我一度感到不安的是，在博士后流动站的两年时光里，我过得非常匆忙，甚至有些狼狈，写论文、投稿、备课、评职称、申请项目、照顾孩子、买房子……每天忙得不亦乐乎，出站报告写得也有些仓促，留下了很多遗憾。后来虽然一直想静下来好好改改，但总是难以如愿，书稿也只好随着我在北京搬来搬去，从海淀搬到朝阳，再挪到通州，后来又回到海淀。从 2014 年秋开始，我到美国中部的圣路易斯华盛顿大学访学，这份书稿也跟着我漂洋过海。在华盛顿大学东亚图书馆那间小小的研究室里，我阅读了一些在国内难以见到的资料，对书稿进行了集中修改。巧合的是，本书多次引用的、我也特别看重的一位理论家——新制度经济学的代表人物、诺贝尔经济学奖获得者诺思——也在华盛顿大学任教。诺思先生当年已 95 岁高龄，我刚去的时候他还健在，有时他还在学校的教授休息室里逗留。不过，出于各种考虑，我没敢登门打扰，只在诺思曾经工作过的校园和教学楼里徘徊伫立，权当致敬。在我抵美三个月后，诺思先生溘然离世，我也永远失去了向他当面求教的机会。

　　粗算起来，这本书前前后后拖了有 10 年之久。对别人而言，这可能意味着十年磨一剑，慢工出细活，但对我而言，这个"磨"字可能更多的是"磨蹭"。不过从另一个角度看，慢也有一些慢的好处，那就是对相关领域的研究可以看得更全面一些。在本书的修改过程中，我越来越清晰地发现：制度研究在学术界似乎已成了一门显学，多年来热度未减，每次去书店都可以看到很多有价值的新书上架。就在本书即将付梓之时，一批译著又新鲜出炉，让人不忍放下，比如布尔迪厄的巨著《区分》、杰弗里·J. 威廉斯编的《文学制度》等，这一切都让我既激动又焦虑，一种"丰富的痛苦"（穆旦）和充实的茫然也不禁浮上心头：在先贤的精品面前，自己的这本小书是否只是一本速朽之作？

　　与此同时，我也注意到，国内的文艺界在以不同的方式表达着他们对制度的理解。比如，一位年轻的中国艺术家曾经在中央美院"首届CAFAM 未来展：亚现象"的展览中指出："中国的艺术设计的悲哀在于艺术家最后往往都变成了甲方。"这种对制度约束作用的犀利分析，实在让人惊叹。在 798 的尤伦斯当代艺术中心，一个雕塑上赫然刻着"制度就是观众"！这种极度重视观众需求而无视其他制度因素的决然态度，也不免让人惊讶。由于篇幅和论题所限，这本小书来不及对当代文艺现象展开深入讨论。诸多缺憾，只好留待以后弥补了。

　　这部小书能够有机会出版，我要感谢王一川老师、邱运华教授多年来的提携和鼓励，并慨然允诺将其纳入"中国现代文论史"丛书，还要感谢邱运华老师的厚爱和栽培。文学院的吴思敬教授、王光明教授、陶东风教授、左东岭教授、吴相洲教授、赵敏俐教授、马自立教授、王南教授、王德胜教授、牛亚君老师等诸位先生一直关心着我的工作与学习，这里也一并谢过。

　　本书的部分篇章曾经在《文学评论》《文艺理论研究》《南京社会科学》《中国图书评论》《热风》等刊物发表，这里要谢谢王晓明教授、朱国华教授、吴子林研究员、王峰教授、周志强教授、雷启立教授等先生的信任和支持。同时也要感谢北京师范大学出版社的谭徐锋先生、王则灵老师为本书付出了大量的辛勤劳动。

我会铭记故乡的好友张俊伟、王菊霞、黄强、费盈、袁新、何炫仪、吕静、刘一鸣、孟戎等的鼎力相助。离开故乡十多年，当年迈的父母身体不佳的时候，他们在医院跑前跑后，细心照顾老人，一次次地替我承担了子女应尽的义务，这让我既感激又惭愧。

最后，我要对爱人王宇英博士道一声辛苦，谢谢她一如既往的支持和多年来的默默付出。

2018 年 7 月 29 日于花园村

表　目

图书在版编目(CIP)数据

　中国现代文论史．第三卷，制度的后果：中国现代文论的体制构型/胡疆锋著．—北京：北京师范大学出版社，2019.7
　ISBN 978-7-303-21143-2

　Ⅰ. ①中… Ⅱ. ①胡… Ⅲ. ①中国文学－现代文学－文学批评史－ Ⅳ. ①I209.6

　中国版本图书馆 CIP 数据核字(2016)第 179211 号

营　销　中　心　电　话　　010-58805072　58807651
北师大出版社高等教育与学术著作分社　http：//xueda.bnup.com

ZHONGGUO XIANDAI WENLUNSHI DISANJUAN ZHIDU DE
HOUGUO ZHONGGUO XIANDAI WENLUN DE TIZHI GOUXING

出版发行：北京师范大学出版社 www.bnup.com
　　　　　北京市海淀区新街口外大街 19 号
　　　　　邮政编码：100875
印　　刷：北京盛通印刷股份有限公司
经　　销：全国新华书店
开　　本：787mm×1092mm　1/16
印　　张：17.5
字　　数：256 千字
版　　次：2019 年 7 月第 1 版
印　　次：2019 年 7 月第 1 次印刷
定　　价：108.00 元

策划编辑：王则灵　　　　　　　责任编辑：李洪波
美术编辑：王齐云　　　　　　　装帧设计：王齐云
责任校对：段立超　陈　民　　　责任印制：马　洁